Anja Berger

Die Farben des Bösen

Thriller

KNAUR

FSC
www.fsc.org
MIX
Papier aus verantwortungsvollen Quellen
FSC® C083411

Redaktion: Franz Leipold
Covergestaltung: ZERO Werbeagentur, München
Coverabbildung: © FinePic®, München
Druck und Bindung: CPI books GmbH, Leck
ISBN 978-3-426-21554-8

Prolog

»Melissa? Brauchst du Hilfe?« Er horchte in Richtung Tür.

Keine Antwort. Auch sonst war aus der Küche kein Geräusch mehr zu hören. Das Ploppen der zerplatzenden Maiskörner in der heißen Pfanne war seit geraumer Zeit verstummt. Die Schüsseln klapperten nicht mehr.

Sollte er sich jetzt wirklich aus diesen weichen Sofakissen aufraffen und nachsehen? War das notwendig? Schläfrig schaute er auf den flimmernden Fernseher. Der Bildschirm zeigte zwei Personen. Eine Frau mit weit geöffnetem Mund und übertrieben ängstlichem Blick. Sie war hübsch. Blond, blauäugig und bald tot. Denn über ihr stand ein schwarz gekleideter Mann. Er hielt ein Messer in der Hand und war wild entschlossen, auf die Frau einzustechen. Damit musste er aber noch warten, bis das Popcorn fertig und die Zigarettenpause vorbei war.

Sorry Bob – oder wie hieß dieser Mörder noch gleich?

Er wusste es nicht mehr. Genau genommen wusste er ziemlich wenig über den Film. Er war zu sehr mit etwas anderem beschäftigt gewesen.

Wie lange konnte man sich an Berührungen und Blicken einer bestimmten Person erfreuen, bevor man platzte und ihr schließlich trotz aller Ängste seine Gefühle beichtete?

Nun, er würde es herausfinden. Aber bis dahin genoss er einfach das heiße Kribbeln unter der Haut, das allein schon die Gegenwart dieses einen Menschen verursachte.

Herrgott, wenn das jemand wüsste …

Apropos jemand. Inzwischen fehlten auch die Raucher verdächtig lange. Wo waren sie alle?

Seufzend erhob er sich und wankte zum Fenster des zweistöckigen Holzhauses. Unterwegs schnappte er sich die halb leere Flasche Bier vom Beistelltisch. Er setzte sie an und sah nach draußen. Tolle Aussicht. Selbst bei Nacht. Er öffnete das Fenster und ließ die kühle Luft herein. Es roch nach Schnee. Rundherum ragten dunkle Tannenspitzen in den Nachthimmel.

Das Haus lag an einem Hügel, etwa zwei Kilometer außerhalb des Dorfes. Das hatte Vorteile.

Zum Beispiel konnte man nächtliche Partys feiern, so lange man wollte. Niemanden störte der Lärm. Abgesehen davon, gab es in der unmittelbaren Umgebung nur Ferienhäuser. Da keine Saison war, standen fast alle Wohnungen leer. Er konnte das nicht verstehen. War es denn nicht das Coolste, einfach spontan seine Sachen zu packen und am Wochenende in sein Ferienhäuschen abzurauschen? Er fand schon. Deshalb klaute er seinem Onkel auch regelmäßig den Schlüssel zu dieser Wohnung. Der merkte es sowieso nicht.

Er schnupperte. Zigarettenrauch.

Eva und Sam waren also noch am Paffen. Gut.

Er schnappte ein paar Fetzen ihrer Unterhaltung auf. Es ging um Chris und Tanja.

Was war noch mal der Grund gewesen, weshalb die beiden nicht hatten mitkommen können? Er dachte kurz nach. Ah ja, das Reitturnier von Tanja und der Geburtstag von Chris' Großmutter. Aber eigentlich war ihm das völlig egal, denn der wichtigste Mensch war ja da.

Seufzend wandte er sich vom Fenster ab. Melissa war noch immer nicht zurück. Was tat sie so lange in der Küche?

Er ging zum Eingang des Fernsehraumes. Der Duft von geschmolzener Butter und frischem Popcorn waberte angenehm um seine Nase.

Ein Element wollte aber nicht in diese leckere Duftnote passen.

Irgendetwas roch seltsam. Nach Angebranntem? Nein. Es war kein beißender Gestank.

Was war das?

Er ging auf den Treppenabsatz zu, stieg die Hälfte der Stufen hinunter.

Der Geruch wurde stärker.

Er stutzte, hielt sich am Geländer fest, drehte sich zum Kücheneingang.

Auf einmal ging alles ganz schnell.

Er sah Melissa vor dem Backofen.

Sie drehte an einem Knopf.

Griff nach einem Streichholzbriefchen.

Die Haustür zu seiner Linken öffnete sich.

Im Augenwinkel sah er die beiden anderen eintreten.

Melissa drehte sich zu ihm um.

Sie sah ihn an. Eine verstörende Ruhe ging von ihr aus.

Sie brach ein Streichholz aus dem Briefchen.

Ihre Augen flehten ihn an, ihr zu verzeihen.

Da begriff er.

Gas.

Aber es war zu spät.

Das Streichholz entflammte.

Und auf einmal verschwand alles in einem riesigen Feuerball.

Schwarz

Ein Bild durchzuckte ihn wie ein Blitz. Ein Krankenbett. Schreie, die in seinen Ohren nachhallten. Seine Schreie?

Wilde Emotionen pflügten unkontrolliert durch sein Inneres. Schweiß. Panik.

Er schlug die Augen auf. Eine ganze Weile rührte er sich nicht. Er starrte in die Dunkelheit und konzentrierte sich auf seinen rasenden Puls.

Man hatte ihm gesagt, die Details würden irgendwann zur Unkenntlichkeit verblassen.

Aber dem war nicht so.

Seit vielen Jahren verfolgte ihn dieser Traum nun schon. In jeder Einzelheit.

Inzwischen war er dankbar dafür.

Denn so wurde er jede Nacht aufs Neue darin bekräftigt, dass sein blutiges Handeln richtig war.

Weiß

»Noch einen!« Bevor Eva in die Zitrone biss, rief sie dem Barkeeper ihre Bestellung entgegen. Dann knallte sie das Shotglas auf den Tisch und steckte sich den sauren Schnitz zwischen ihre Zähne. Der Saft ließ sie eine seltsame Fratze schneiden, die dem Glöckner von Notre-Dame alle Ehre gemacht hätte. Ehe sie die Fruchtschale in ihr leeres Gläschen gesteckt hatte, stand der neue Tequila schon bereit. Mit einem amüsierten Lächeln nahm der Barkeeper Evas Kreditkarte entgegen und verschwand wieder.

»Ach neeeeee! Nicht noch einen! Sag mal, willst du mich abfüllen?« Übertrieben genervt gesellte sich Tanja neben Eva an die Bar.

»Das hat man eben davon, wenn man aufs Klo geht«, entgegnete Eva. »Deinen Barhocker habe ich übrigens der Dame neben dir ausgeliehen.«

Tanja nickte, tippte der Frau im blauen Top auf die Schulter, zeigte auf Eva, dann auf den Hocker. Gehorsam rutschte die brünette Unbekannte vom Stuhl, und Tanja setzte sich.

»Eigentlich ist ja nichts an Schnaps auszusetzen, aber muss es immer dieser fürchterliche Tequila sein? Kann es nicht mal etwas Leckeres sein, wie Wodka Feige?«

»Tut mir leid, der ist aus.« Eva leckte ihren Handrücken ab, streute Salz darauf und hob das Glas.

Tanja verdrehte die Augen, tat es Eva aber schließlich gleich.

»Na dann, zum Wohl.« Eva leckte das Salz ab, stürzte den Tequila in einem Zug in den Rachen, biss in ihre Zitrone und machte das passende Gesicht.

Tanja sah nicht besser aus, wie sie bei einem Blick in die Spiegel hinter den Getränkeflaschen der Bar feststellen musste. »Und wie sollen wir Männer aufreißen, wenn wir so aussehen?«

Eva folgte Tanjas Blick. Sie lächelte Tanjas Spiegelbild an und legte so anstelle von Zähnen einen gelben Streifen frei.

»Ja, an dir ist ein Komiker verloren gegangen. Eindeutig.«

Eva spuckte die Überreste der Zitrone aus. »Was fehlt, ist nicht irgendein Mann. Was fehlt, ist Sex.«

»Gut gebrüllt Löwe, aber dazu brauchen wir nun einmal einen Mann. Nur mit Dildos und Händen ist es irgendwann nicht mehr so prickelnd.«

»Pfui! So genau will ich nicht wissen, was du in deinen vier Wänden treibst!«

»Wer spricht denn von meinen vier Wänden?« Tanja wackelte vielsagend mit ihren Augenbrauen.

Mit einem Ruck hob der Barkeeper den Kopf. Er bedachte Tanja mit einem zaghaften Lächeln und verschüttete dabei den Alkohol, der eigentlich in das Cocktailglas vor ihm gehörte.

Eva musste schmunzeln. »Hör bloß auf, unser Serviceboy ist schon ganz wuschig, und die Bilder in meinem Kopf werde ich nie wieder los!«

»Wuschig, hm?« Tanja musterte den Barkeeper, während sie eine ihrer schulterlangen, schwarzen Haarsträhnen um den Finger wickelte. »Von der Bettkante stoßen würde ich ihn nicht«, lautete ihr Resümee nach einer eingehenden Begutachtung.

Ein Glas fiel klirrend zu Boden. Als der Mann hinter der Theke sich danach bückte, kam Eva zu dem Schluss, dass er noch nicht lange in diesem Business arbeitete. Sonst würde er bei einer solchen Anmache kaum nervös werden wie ein jungfräulicher Schuljunge.

»Dann sorg dafür, dass er es überhaupt bis zu deiner Bettkante schafft. Unterwegs könnte er uns aber noch zwei Bier basteln.« Eva rutschte von ihrem Hocker.

»Sicher. Welches darf's denn heute sein? Ein dunkles, ein blondes oder ein braunes?«

»Schwarz. Ich hab noch nichts gegessen.«

Tanja musterte die Zapfhähne des Offenausschanks und entdeckte das passende Logo zu Evas Wunsch.

Schwarz

Eine einzelne Öllampe hing an der Decke und gab flackernd ihr spärliches Licht ab. Die Schatten tanzten an den grauen Betonwänden. Es war feucht, roch modrig. An manchen Stellen drang Wasser ein. In dünnen Rinnsalen lief es über die Wand, wo sich ein dunkler, schlammiger Film bildete.

Aber die Frau auf dem kalten Metalltisch konnte das nicht sehen. Er hatte ihr die Augen mit einem weißen Tuch verbunden. Ganz anders als der Raum roch es frisch. Eine Mischung aus Waschmittel und Männerparfüm stieg ihm bei jeder ihrer Bewegungen in die Nase.

Und sie bewegte ihren Kopf oft.

Hektisch drehte sie ihn hin und her. Wimmerte. Heulte auf.

Angetan beobachtete er ihre leidenschaftlichen Versuche, sich gegen seine Attacken zu wehren. Sich seiner Macht zu entziehen.

Sie wollte treten. Um sich schlagen. Schreien. Er sah es deutlich. An den Muskeln, die unter ihrer weichen Haut zuckten, sich anspannten und wieder lösten.

Aber sie konnte nichts dergleichen tun.

Sie war ausgeliefert. Der Mund geknebelt. Hände und Füße an den Tischbeinen festgebunden.

Sie zerrte an den Fesseln. Doch mit jedem Ruck schnitten sie nur noch tiefer in ihre sowieso schon aufgescheuerten Gelenke.

Sie konnte vor Anstrengung kaum mehr atmen. Der Stoff glitt in ihre Mundhöhle wie eine tödliche Schlange. Er hörte zufrieden, wie sie würgte.

Erneut senkte er das Messer in ihre Brust. Der scharfe Schmerz kam sofort. Ihr Körper reagierte ohne ihre Einwilligung. Gepresst schrie sie in ihr Tuch. Riss unter der Augenbinde die Augen auf. Bäumte sich auf, soweit es die Fesseln zuließen. Ihr Atem ging stoßweise.

Schweißgebadet sackte sie zurück auf den Tisch.

Sie konnte ihn hören. Er lachte. Leise, aber er lachte. Als würde er in sich hinein lachen.

Sie wollte heulen. Und nie wieder damit aufhören. Aber dann würde sie an ihren Schluchzern ersticken. Eine neue Welle auswegloser Verzweiflung überrollte sie.

Neuer Schmerz durchzuckte ihren Körper.

Ein weiterer Schnitt. Noch einen würde sie nicht überstehen. Da war sie sich sicher.

Genauso wie er.

Sie wartete. Lauschte angestrengt.

Aber es erfolgte kein neuer Schnitt.

Ein leises, schlurfendes Geräusch, kurz darauf ein kaum hörbares Schleifen, dann nichts mehr.

Sie lenkte ihre Konzentration auf ihre unmittelbare Umgebung. Sie horchte. Schnupperte. Bis auf ein gespenstisches, regelmäßiges Quietschen war es still im Raum. Es roch nach Petroleum. Schatten tanzten vor ihren Augen. Eine Öllampe? Das Licht drang immer wieder durch den weißen Stoff ihrer Augenbinde und durch ihre Augenlider. Dunkel. Hell. Dunkel. Hell. Ein nervenzerreißendes Spiel.

Dazu dieses quälende Pochen und Brennen der offenen Wunden auf ihrer Brust.

War er wirklich weg?

Für den Bruchteil einer Sekunde fühlte sie sich bei diesem Gedanken unendlich erleichtert.

Bis der Schmerz in ihr Bewusstsein zurückkehrte.

Langsam bewegte sie ihren Kopf in die Richtung, in die er nach ihrer Meinung gegangen war.

Die frische Geruchsmischung stieg ihr wieder in die Nase.

Ihr brach der kalte Schweiß aus.

Langsam pendelte die Lampe aus. Das Licht vor ihren Augen hörte auf zu flackern. Das leise Quietschen verstummte und damit auch ihr Gefühl der Erleichterung.

Dumpfe Stille füllte den Raum.

Sie wusste nicht, was schlimmer war. Diese erdrückende Stille oder sein beängstigendes Lachen.

Er war ihre einzige Gesellschaft. Sie wollte fast, er käme zurück.

Konnte er nicht wieder der liebevolle Mann sein, der ihr diesen scheuen, zärtlichen Brief geschrieben hatte? Die Zeilen, unter die er nicht einmal gewagt hatte, seinen Namen zu setzen?

Damals hatte sie geglaubt, er wäre nur schüchtern. Heute wusste sie es besser.

Ein Scharren drang an ihr Ohr.

Sie horchte auf.

Kam er zurück?

Dem Scharren folgte ein Rascheln. Ein Fiepen.

Nein. Das war nicht er.

Das war eine Ratte.

Er war doch nicht ihre einzige Gesellschaft.

Weiß

Eva stieß sich von der Theke ab, brachte sich möglichst würdevoll auf ihren neuen Pumps in Position. Brust raus, Bauch rein und losgestöckelt.

Aber sie kam nicht weit. Kaum hatte sie einen Schritt getan, da versperrte ihr ein Wesen des anderen Geschlechts den Weg; ob Mann oder Junge, konnte sie nicht sagen. War dieser Schnösel überhaupt alt genug für diesen Club?

»Hei. Du siehst aus, als würdest du tanzen wollen.«

Sah sie das? War das sein Ernst? Und genau das fragte sie ihn auch.

»Ernsthaft? Ich denke, ich mache eher den Eindruck, aufs Klo zu wollen.«

Auf das süffisante Lächeln der halben Portion reagierend, fügte sie hinzu: »Allein.«

»Na, wer wird denn gleich so unfreundlich sein.«

Weil sie allein aufs Klo wollte? Das konnte ja heiter werden. Eva unterzog ihren neuen Gesprächspartner einer kurzen Musterung. Ja, durchaus attraktiv. Dunkles, modern gestyltes Haar, markant geschnittenes Gesicht, kantiges Kinn, braune Mandelaugen, unter dem weißen T-Shirt gut gebaut. Die Jeans ließ zu wünschen übrig, aber wer war denn schon perfekt? Er achtete auf sich. Sehr lobenswert. Alles in allem ziemlich anziehend.

Wenn man 16 Jahre alt war.

Abgesehen davon, war er einen Kopf kleiner als Eva, hatte noch kaum Bartwuchs, und seine Brust war bestimmt glatt rasiert, wenn überhaupt schon etwas flaumte.

»Kleiner, ein Vorschlag: Such dir etwas von deinem Kaliber, okay?«

»Du bist genau mein Kaliber.«

»Ach herrje. Und womit habe ich dieses Prädikat verdient?«

Er sah sie nur verständnislos an.

Das wurde ja immer besser. Der Intellekt passte sich dem Alter an. War ja nicht anders zu erwarten. »Junge, ich bin mindestens zehn Jahre älter als du, also eigentlich müsstest du mich sogar siezen. Es gibt hier genügend Mädels in deinem Alter, also schnapp dir eine von denen und lass mich aufs Klo gehen. Okay?«

»Süße, du bist heiß und frech, das gefällt mir.«

Neben Eva prustete jemand los. Sie warf Tanja, die sich ihr versabbertes Bier vom Kinn wischte, einen vernichtenden Blick zu.

»Sag mal, Kleiner, was genau hast du nicht verstanden? Ich steh nicht auf junges Gemüse und ich steh nicht auf dich. Also zieh Leine. Ist das jetzt angekommen?«

Er lächelte unbeirrt weiter. »Du lügst. Ich habe meine Erfahrung mit alten Frauen. Zuerst zieren sie sich, haben moralische Bedenken, dann werden sie doch weich, weil sie sich innerlich einen jugendlichen Geliebten wünschen. Schlussendlich endet das Ganze in ekstatischen Schreien. Außerdem sehen sich die Ladys gerne als Lehrerinnen. Sie wollen mit ihrer Erfahrung Jüngeren Lust bereiten. So läuft das nun mal. Dagegen kommst auch du nicht an.«

Eva öffnete ungläubig den Mund. Dieser arrogante, wichtigtuerische Winzling! »Okay Kleiner, ich gebe dir einen kleinen Tipp mit auf den Weg. Nenn eine Frau nie alt. Schon gar nicht, wenn sie gerade mal 32 ist. Es gibt sicherlich Frauen, die nach deinem Schema ticken. Such dir eine von denen.« Eva sah sich kurz im Raum um und entdeckte ein bekanntes, aber normalerweise ungern gesehenes Gesicht. Nicht so heute. »Eine

Kleinkindererzieherin ist genau das Richtige für dich. Siehst du die Brünette dort drüben? Versuch's bei der. Sie ist 40 und kennt sich aus damit, vorlauten Bengeln etwas beizubringen.«

Eva wagte es nicht, zu hoffen, dass ihr Plan Früchte tragen könnte, aber der Zwerg sah sich um. Seine Augen verschlangen regelrecht die Frau, auf die Eva deutete.

Ja, schön wär's, wenn er sie vernaschen und nie wieder ausspucken würde. Doch das war ein anderes Thema.

»Sorry, Süße. Es war echt nett, dich kennenzulernen, aber ich muss jetzt leider los. Du wirst darüber hinwegkommen.« Er tätschelte tröstend Evas Hand und zog ab. Eva beobachtete, wie er sich tänzelnd zwischen den Leuten hindurchschlängelte und sich langsam zu seinem nächsten Opfer vorarbeitete. Er schlich sich von hinten an, reckte den Hals, legte den Mund an ihr Ohr und flüsterte ihr offenbar etwas zu. Dabei musste er sich auf die Zehenspitzen stellen, wie Eva belustigt feststellte. Die Brünette drehte sich abrupt um und sah überrascht in das Gesicht des wesentlich Jüngeren. Die Musterung von einer knappen Sekunde reichte aus, und die Überraschung machte einem anzüglichen Lächeln Platz.

Ziel erreicht.

Die Vorstellung, wie dieser Flirt weitergehen könnte, ließ Eva angeekelt den Kopf schütteln. Dann atmete sie erleichtert aus, kehrte dem Raum den Rücken, konzentrierte sich noch einmal kurz auf Tanja und das volle, besitzerlose Bierglas auf der Theke. In tiefen Zügen trank Eva das Glas leer, klopfte ihrer Freundin, die sich nur mit Mühe das Lachen verkniff, auf den Oberarm, deutete auf das Glas und wandte sich wieder um mit dem Ziel, ihren ursprünglichen Plan erneut in Angriff zu nehmen. Sie hob entschlossen den Kopf und erstarrte. Über die Köpfe anderer Discobesucher hinweg und zwischen ihnen hindurch sah sie ihn. Ihre Blicke trafen sich. Für den Augenblick eines Wimpernschlags schien keiner von beiden fähig wegzusehen. Eva schluckte schwer.

Wie irrational.

Aber egal, was ihr Gehirn dachte, ihr Puls machte etwas anderes. Blind suchte sie nach Tanjas Knie. Sie fand es und tippte vorsichtig dagegen.

Evas Blickkontakt lächelte kurz, dann konzentrierte er sich wieder auf sein Bierglas.

War er etwa verlegen? Oder gelangweilt?

Tanja, die intensiv mit dem Barkeeper beschäftigt war, schlug Evas Hand ungeduldig weg. Als das Klopfen dann aber drängender wurde, drehte sie sich um.

»Du bist immer noch hier?«

Eva ignorierte die Frage. »Guck mal unauffällig geradeaus. Siehst du den Kerl mit den braunen Haaren und den ebenso braunen Augen? Der, der gerade sein Bierglas an diese toll geformten Lippen oberhalb dieses faszinierend kantigen Kinns hebt?«

Mit einem schiefen Lächeln versuchte Tanja, Evas Hinweis zu folgen. Und tatsächlich, sie entdeckte den Mann. »Au, verflixt. Warum hast du dieses Sahneschnittchen zuerst entdeckt?«

»Er hat mich entdeckt. Halt dich nur an deinen Barkeeper, ich bin gleich zurück.«

»Oder auch nicht«, murmelte Tanja zufrieden grinsend.

Eva nahm ihren gesamten Mut zusammen und steuerte direkt auf den Mann mit den sanften braunen Augen zu, der praktischerweise vor dem Eingang zur Damentoilette stand. Als Eva sich ihm näherte, hob er den Kopf und sah sie an.

Erneut erwiderte Eva den Blick. Sie trat an ihn heran, öffnete leicht den Mund.

Dann schloss sie ihn wieder, lächelte scheu, strich sich eine helle Haarsträhne hinters Ohr und drückte sich entschuldigend an ihm vorbei.

Eva huschte in die Damentoilette und lehnte sich gegen die Wand.

Der Mut hatte sie verlassen. Auf den letzten Metern. Typisch. Dabei konnte er kaum deutlichere Signale senden. Sie schlug mehrmals leicht mit dem Hinterkopf an die Wand und verfluchte sich selbst. Tanja hatte sie bestimmt beobachtet und klatschte sich jetzt mit der Hand gegen die Stirn, wie es typisch für sie war, wenn sie an etwas verzweifelte. Das dazugehörende Aufstöhnen konnte Eva beinahe hören.

So ein Mist. Aber es war noch nichts verloren. Einfach aufs Klo gehen, dann raus und es erneut versuchen. Er wird bestimmt noch da sein.

Nur, was sollte sie sagen? Einfach Hallo?

Nein.

Doch.

Nein.

Warum eigentlich nicht?

Gut.

Hinter der verschlossenen Tür der WC-Kabine betätigte jemand die Spülung. Gleich darauf öffnete sich die Tür, und eine stark nach Alkohol riechende, übernächtigt aussehende Frau mit blauer Perücke schlurfte wackelig an Eva vorbei. Eva schlüpfte in die frei gewordene Kabine, erledigte, was zu erledigen war, atmete tief durch, setzte ein süffisantes Lächeln auf, von dem sie hoffte, es möge sexy wirken, und beeilte sich, zurück in den lauten, von wild umherhuschenden Lichtern erleuchteten Raum zu kommen.

Sie sah sich um. Aber dort, wo der Unbekannte vorhin gestanden hatte, war niemand mehr.

Verflucht.

Angestrengt hielt sie nach ihm Ausschau, konnte ihn aber nicht entdecken. Obwohl ... an der Bar, unweit von Tanja entfernt ... Das war er doch, oder?

Ein Mann und eine Frau versperrten Eva die Sicht. Sie wünschte sich sehnlichst, die beiden würden verschwinden. Und sie schienen ihren Wunsch zu hören, denn sie traten zur Seite und gaben den Blick auf einen gut gebauten Herrn frei, der mit charmantem Lächeln auf den Barkeeper einredete.

Eva konnte sich ein breites Grinsen nicht verkneifen. Sie suchte Tanjas Blick und fand ihn. Tanja nickte ihr aufmunternd zu. Sie hatte ihn also auch entdeckt. Eva reckte das Kinn und marschierte zielsicher los. Kaum fünf Schritte schaffte sie.

Schwarz

Die Ratten huschten den Schatten entlang. Sie kamen näher. Neugierig schnuppernd, hielten sie die kleinen Schnauzen in die Luft. Die Barthaare zitterten. Flink eilten sie weiter. Blieben vor der schwarzroten Lache stehen, die sich auf dem Boden gesammelt hatte. Schnupperten wieder.

In einer Lache aus ihrem Blut, Urin und Schweiß lag sie da. Die hässlichen Wunden schlossen sich bereits, aber es sickerte noch immer frisches Blut heraus.

Es rann aus ihrer Brust über den Metalltisch, folgte der Neigung der Tischplatte, vermengte sich mit demjenigen aus ihren aufgescheuerten Handgelenken. Langsam bewegte es sich auf die Kante zu.

Und tropfte darüber.

Erschöpfung machte sich breit.

Wie spät war es? Tag oder Nacht? Wie lange lag sie schon hier? Es fühlte sich an wie Wochen. Doch in Wirklichkeit waren es wahrscheinlich nur wenige Stunden.

Wie lange würde er sie festhalten?

Ließ er sie überhaupt jemals wieder frei?

Diese Frage versetzte sie nicht mehr in Panik. Dafür hatte sie keine Energie mehr.

Ihre Gedanken kreisten weiter, verloren aber zunehmend an Kontur, bis sie schließlich ganz verschwanden. Ehe sie wusste, wie ihr geschah, umfing sie eine tiefe Ohnmacht.

Weiß

Eva hatte ihr Ziel fest im Blick, als plötzlich jemand unversehens von der Tanzfläche stolperte und sie anrempelte. Überrascht drehte er sich um. Sein Gesicht glühte, seine Augen glänzten, und ein strahlendes Lachen lag noch auf seinen Lippen, als er eine Entschuldigung stammelte. »Himmel! Wo kommst du denn plötzlich her? Hast du dir was getan? Ich hoffe nicht! Es tut mir leid, ich habe kurz mal das Gleichgewicht verloren, war wohl etwas abgelenkt. Ich bin auf dem Weg zur Bar, flüssigen Nachschub besorgen, du weißt schon. Willst du auch was? Ich gebe dir einen aus, als Entschuldigung!« Er schaute Eva derart vergnügt an, und sein Angebot klang so wenig nach Anmache, dass Eva sich einfach von seiner Heiterkeit anstecken lassen musste. Aber annehmen wollte sie es dennoch nicht. Sie hielt vorsichtig nach ihrem potenziellen Date an der Bar Ausschau. Er stand noch immer dort. Und er hatte das Zwischenspiel mitbekommen. Interessiert beobachtete er die Szene, sehr zu Evas Freude.

»Ist schon gut. Nichts passiert. Dein Angebot ist sehr nett, aber ich bin nicht allein hier.«

»Oh! Verstehe! Schade!«

Eva zuckte bedauernd mit den Schultern und wollte ihren Weg fortsetzen, als sich eine weitere Stimme einmischte.

»Daniel! Wie oft soll ich dir noch sagen, du sollst nicht rückwärts, sondern vorwärts gehen! Du fährst dein Auto schließlich auch nicht rückwärts durch die Gegend, oder? Alles in Ordnung?« Während er sprach, schlug er seinem Freund kräftig auf die Schulter; dann wandte er sich Eva zu.

Sie konnte nicht antworten, sondern starrte den Neuankömmling einfach nur an. Mit zusammengebissenen Zähnen.

Jetzt sah er ihr direkt ins Gesicht. Und sein Lächeln wich einem Ausdruck der Überraschung. Dennoch fand er die Sprache als Erster wieder. »Oh, hallo.«

Etwas Besseres fiel ihm anscheinend nicht ein.

Daniel schien von der unbehaglichen Stimmung, die auf einmal herrschte, nichts zu bemerken. »Sam, darf ich vorstellen, das ist ehm …« Beide Hände zur Präsentation erhoben, schaute Daniel Eva erwartungsvoll an.

»Eva«, gab sie artig zur Antwort, ohne die Augen von Sam zu nehmen.

»Richtig. Eva. Hübscher Name. Ich hol uns mal was gegen die trockenen Kehlen.«

»Tu das«, antworte Sam, ohne seinen Freund eines Blickes zu würdigen.

Evas Hoch war vorbei. »Hallo, Samuel.«

»Eva. Schön, dich zu sehen.«

Evas Stimmung kam bei ungefähr 40 Grad unter null an, und sie gab sich keine Mühe, das zu verheimlichen. »Weiß mein Bruder, dass du zurück bist?«

Sam verstand. »Ich habe ihn gestern angerufen. Du siehst gut aus. Wie geht es dir?« Die Frage war aufrichtig gemeint, aber Evas Emotionen fuhren Achterbahn. Eine normale Antwort ließ sich nicht bewerkstelligen.

Eva nickte. »Gut. Na, dann. Tanja wartet auf mich. Ich werd dann mal gehn.« Mit dem Daumen deutete sie vage hinter sich. Sie hielt ihre kleine Handtasche mit der anderen Hand wie einen Rettungsanker umklammert. »Außerdem wartet da noch jemand an der Bar, also ...«

Sam steckte die Hände in die Hosentaschen. Ein zartes Lächeln umspielte seine Lippen und ließ ein vertrautes Gefühl in Eva aufsteigen. Mit aller Macht versuchte sie, es zu bekämpfen.

»Etwa der junge Schnösel, den du sehr gekonnt abserviert hast?«

Woher ...? »Nein. Wie du richtig erkannt hast, habe ich ihn abserviert und einer Kleinkindererzieherin übergeben. Dabei fällt mir ein ...« Eva suchte die Menschenmenge ab. Und tatsächlich. In einer dunkleren Ecke am anderen Ende des Raumes entdeckte sie ihren vormaligen Verehrer in einer innigen Umarmung mit der Erzieherin. Sie knutschten wild, und seine Hände fummelten an allem herum, was sie finden konnten.

Eva verzog angeekelt das Gesicht. Für einen Augenblick vergaß sie, dass sie auf ihr jetziges Gegenüber schlecht zu sprechen war. »Ist ja grauenhaft. Wenn ich mir vorstelle, dass er das mit mir machen wollte, wird mir richtig übel.«

Sam lächelte sie an. »Die Gefahr bist du los. Der Kleine hat aber auch überhaupt nichts gerafft. Dabei warst du eigentlich doppelt gemein. Du hast ihm eine Kleinkindererzieherin als Lehrerin aufgebrummt. Für normal Denkende ist das eine ziemliche Beleidigung.«

Eva dachte kurz darüber nach. »Stimmt. Dabei war das nicht mal Absicht. Woher weißt du überhaupt so genau über unser Gespräch Bescheid?«

»Ich habe dich gesehen und wollte dich begrüßen, da wurdest du von ihm in die Unterhaltung verwickelt. Also dachte ich, ich verschiebe mein Hallo auf später. Also: Hallo.«

Sie schnaubte. Ihren Lippen entschlüpfte ein Lächeln, obwohl sie das nicht wollte. Noch viel weniger wollte sie sich allerdings in seiner Nähe wohlfühlen. Dennoch tat sie auch das. Sie versuchte, weiter wütend zu sein. Doch sie spürte nur diesen gemeinen Stich. Die alte Wunde, die auf einmal wieder zu pulsieren begann. Dasselbe Gefühl wie damals. Vor fünfzehn Jahren. Eva wusste, dass er sie nur aus dem Konzept bringen konnte, weil er ihr heute wieder zum ersten Mal seit damals gegenüberstand. Unerwartet hatte sie in fünfzehn Sekunden eine Zeitreise von fünfzehn Jahren unternommen, das warf sie vorübergehend aus der Bahn. Das war alles. »Du hast gelauscht?«

»Sicher. Dein Gespräch war zu amüsant, als das ich hätte weghören können. Außerdem wollte ich bereit sein, falls der Junge sich gegen deinen Willen nicht hätte abschütteln lassen und dir weiter auf die Pelle gerückt wäre.«

»Soso. Der Ritter im weißen Hemd.«

»Na ja, die goldene Rüstung wäre etwas umständlich, findest du nicht?«

Eva schmunzelte. Hatte er sich denn überhaupt nicht verändert? Bevor sie sich weiter in solch ungesunden Gedanken verlor, kappte sie das Gespräch. Mit einem vorsichtigen Blick zu Tanja, die nach wie vor an ihrem Barkeeper herumscharrte, räusperte sie sich. »Okay, also dann. Ich werd mal gehen, bevor Tanja mit ihrer Flirtattacke den ganzen Betrieb lahmlegt.«

»Gewisse Dinge ändern sich wohl nie, was?«

Wie recht er doch hatte. Aber das behielt Eva lieber für sich. Stattdessen verzog sie einen Mundwinkel zu einem schiefen Lächeln. »Also dann, wir sehn uns vielleicht mal«, nahm sie den Faden wieder auf, kehrte Sam den Rücken und ging davon. Aber nicht ohne ihre Bewegungen möglichst weiblich und sexy wirken zu lassen.

Wie irrational. Wahrscheinlich sah er ihr überhaupt nicht nach. Warum sollte er auch?

Weil er nicht anders konnte.

Daniel, der längst von der Bar zurück war, aber rücksichtsvoll im Hintergrund gewartet hatte, gesellte sich neben seinen Freund. Unverhohlen begutachtete er gemeinsam mit Sam Evas Rückansicht. »Gut gebaut. Könnte obenrum ein wenig mehr sein. Das wilde, lange Haar mag ich. Hinten zerzaust, vorne hübsch hinter die Ohren gestrichen. Eine interessante Mischung aus gutem Mädchen und bösem Mädchen. Hübscher Hintern, nette Beine. Ziemlich lang. Ein schnuckeliger kleiner Speckring, der sich da an der Hüfte abzeichnet. Der da über der Hose, siehst du ihn? So was ist einfach sexy, solange er nicht zu groß ist. Und dieser hier hat die perfekte Größe. Ideale Lovehandels für einen wilden Ritt. Oh, Himmel, da wächst mir doch glatt was in der Hose, wenn ich daran denke. Sie auf mir …«

»Halt die Klappe.«

Daniel bedachte den um gut zehn Zentimeter größeren Sam mit einem unschuldigen Hundeblick. »Ich mein ja nur. Außerdem hat sie einen scharfen Style. Das schlichte schwarze Top kommt gut mit den hellblonden Strähnchen in ihren dunkelblonden Haaren. Der Friseur wusste, was er tat.«

»Da ist nichts gefärbt. Die waren schon immer so«, murmelte Sam mehr zu sich selbst.

Daniel überging den Einwand und fuhr mit seinem Bericht fort. »Sie steht auf Rockmusik, würd ich sagen.«

Sam hob überrascht eine Augenbraue. »Wie kommst du darauf?«

»Na ja, Kleidung, Schminke, Schmuck, Frauentyp. Wie sie geht. Einer Frau sieht man den Musikstil an. Mit ein wenig Übung natürlich.«

»Ist das so?«

»Liege ich mit meiner Einschätzung etwa falsch?«

Skeptisch kniff Sam die Augen zusammen. »Worauf willst du hinaus?«

»Du kennst sie. Wer ist sie? Oder besser: Wer war sie?«

Sam leistete keinen Widerstand. Wieso sollte er auch? »Sie ist die Schwester meines besten Freundes aus der Jugendzeit. Wir sind quasi zusammen aufgewachsen, bis ich wegging. Das ist das erste Mal seit fünfzehn Jahren, dass wir uns wiedersehen.«

»Und was noch?«

»Nichts. Das ist alles.«

»Das soll alles sein? Komm schon, Mann, fünfzehn Jahre,

und die Begrüßung fällt derart unterkühlt aus. Da steckt doch mehr dahinter.«

Sam setzte sein »Ich habe keine Ahnung, was du meinst«-Gesicht auf.

»Schon gut, ich hab's kapiert. Ich halt die Klappe. Vorerst.«

»Ist auch besser so. Übrigens, mehr als feuchte Träume wirst du von ihr niemals bekommen.«

»Oho, da spricht jemand aus Erfahrung!«

Sam grinste verstohlen. »Und ja, sie stand auf Rock. Und wie. Am liebsten mochte sie die Jungs, die in ihren jungen Jahren eine ähnliche Frisur hatten wie sie heute.«

Daniel rieb sich über seine frisch geschnittene Kurzhaarfrisur. »Ernsthaft? Oh, Schande. Kein Wunder, dass ich nicht bei ihr punkten kann.«

Schwarz

Ein scharfes Stechen holte sie zurück. Sie versuchte, sich zu bewegen, den Schmerz abzuschütteln. Aber sie konnte sich kaum rühren. Sie wurde panisch. Bekam keine Luft. Sie wusste nicht, wo sie war. Dann wieder dieser Schmerz. Diesmal an ihrem Arm.

Ein Biss. Noch einer. Und noch einer. Am Bein. Am Zeh.

Sie waren überall.

Da kehrte die Erinnerung zurück.

Der anonyme Brief in ihrem Briefkasten. Der unbekannte Mann. Der Schlag auf ihren Hinterkopf. Der kalte Tisch. Die Fesseln. Das Messer. Das Kichern. Die Ratten.

Die Ratten!

Hysterisch schreckte sie auf. Erstickte Schreie drangen aus ihrer Kehle.

Im nächsten Augenblick fühlte sie einen Lufthauch.

Die Ratten hörten zu beißen auf.

Stattdessen spürte sie einen sanften Druck an ihrer linken Hand. Dann wurde der Druck stärker. Er wandelte sich in Schmerz. Schier unerträglichen Schmerz.

»Aufhören!«, wollte sie rufen, aber sie konnte nicht.

Ein Knacken erfüllte den Raum. Sie schrie. Heraus kam aber nur ein ersticktes Kreischen. Die Mundfessel saß zu fest.

Es war noch nicht vorbei. Sie fühlte, wie etwas in ihre Haut glitt, als wäre sie nur weiche Butter.

Er setzte das Messer präzise oberhalb der Mittelhandknochen an. Er genoss ihren Schmerz. Er verinnerlichte ihn, sog ihn in sich auf. Langsam drückte er die frisch geschärfte Klinge weiter in ihr Fleisch. Dann zog er sie wieder heraus und wechselte das Messer. Diesmal nahm er sich eines mit scharfen Zacken.

Langsam und genüsslich begann er, es vor und zurück zu bewegen. Die Sehnen und Nerven zu durchtrennen. Dann den Knochen. So lange, bis schließlich der ganze Finger abgesägt war.

Hinter ihren Augenlidern explodierten Sterne.

Bilder blitzten auf, vermischten sich mit den unerträglichen Schmerzen.

Wie sie den unbeschrifteten Briefumschlag zwischen ihrer Zeitung entdeckt hatte. Wie sie ihn öffnete. Wie sie an den Zeilen zweifelte.

Und seiner Einladung schließlich doch folgte.

Dann zeigte ihr Körper Erbarmen. Der Schmerz ließ nach. Sie gab sich der Bewusstlosigkeit hin.

Unendlich erleichtert.
Mit einem Lächeln auf den Lippen.

Weiß

Eva kehrte an die Bar zurück. Ihr eigentliches Vorhaben hatte sie vollkommen vergessen. »Tanja. Tanja! Jetzt lass den guten Mann mal wieder arbeiten, ja?«

Widerwillig gab Tanja ihrem Flirtpartner zu verstehen, dass sie sich kurz jemand anderem widmen musste. »Du kannst einem ja jede Tour vermasseln. Was ist? Wo ist dein Toilettenflirt?«

Mit einem Blick zum Barkeeper, der Tanja, sogar während er Bier zapfte, nicht aus den Augen ließ, antwortete Eva: »Ich denke nicht, dass du dich um den Barkeeper sorgen musst. Der kommt wieder, und er geht mit dir, wohin du willst. Also schenk mir eine Minute, dann lass ich euch beide weitermachen.«

»Na gut, schieß los.«

»Guck mal unauffällig zu der zweiten Theke dort drüben. Was siehst du?«

»Einen Pfosten.«

Eva verdrehte die Augen. »Neben dem Pfosten.«

Tanja brauchte einen Moment. Suchend blickte sie sich um. Dann entdeckte sie ihn. Ungläubig kniff sie die Augen zusammen, nur um sie im nächsten Moment überrascht aufzureißen. »Nein!« Verblüfft richtete sie sich auf ihrem Barhocker auf. »Ist das der, von dem ich glaube, dass er es ist?«

Eva nickte.

»Er ist zurück?«

Eva nickte erneut.

»Und er sieht gut aus. Verdammt gut.«

Eva nickte wieder. Ganz automatisch. Bis sie merkte, was sie tat. Beschämt hielt sie inne und riskierte einen vorsichtigen Blick zu Tanja.

Tanja sah sie mit einem Lächeln an, das eindeutig sagte: »Erwischt.«

»Idiotin.«

»Sie sind reichlich ungehobelt, meine Liebe. Aber er ist wirklich süß. So groß, und das blonde Haar so gekonnt zerzaust. Ist es dunkler als früher? Oha, und was ist das für ein Lächeln? Ziemlich einnehmend. Fehlt nur noch der Dreitagebart, dann wäre er der perfekte Pirat, nur eben blond. Sah er schon immer so aus? Falls ja, frag ich mich, warum nicht ich ihm damals nachgelaufen bin, sondern du.«

»Du redest von ihm, als wäre er ein Filmstar.«

»Oh, nein, so perfekt ist er nicht. Das linke Auge ist kleiner als das rechte, die Nase ist etwas zu breit, und die unteren Eckzähne sind leicht windschief. Außerdem macht es ganz den Anschein, als hätte er etwas zugenommen.«

Eva war beeindruckt von Tanjas detaillierter Beschreibung, ließ sich aber nichts anmerken. »Auch er wird nicht jünger. Aber um deine Frage zu beantworten: Ja, er war schon immer ganz nett anzuschauen. Damals trug er das Haar ganz kurz. Und du bist meinem Bruder nachgelatscht. Darum hast du ihn nicht bemerkt, was mir ganz gelegen kam.«

Tanja tauchte kurz in Erinnerungen ab. »Stimmt. Dein Bruder. Den habe ich mindestens so lange nicht mehr gesehen wie Sam.«

»Er war auch mindestens genauso lange weg.«

»Richtig.« Verträumt ließ Tanja ihren Blick über die Tanzfläche schweifen. Erinnerung und Gegenwart begannen, sich auf seltsame Weise zu vermischen. Es war so lange her, dass einer ihrer größten Teenagerträume wahr geworden war, dass es schon beinahe unrealistisch wirkte. Chris hatte sie während eines Schullagers zum Tanzen aufgefordert. Sie war gerade mal 13 gewesen und er bereits 15. Sie wusste noch genau, wie sie beinahe vom Stuhl gefallen wäre, als ihr Klassenlehrer ihnen mitgeteilt hatte, das Schullager würde ausnahmsweise zusammen mit der Klasse von Herrn Wenger stattfinden. Also mit einer Schulklasse, die zwei Jahre über ihrer eigenen war. Das allein brachte die Mädels schon zum Seufzen. Dazu kam aber noch, dass die Jungs in dieser Klasse als die mit Abstand süßesten des ganzen Schulhauses angesehen wurden. Und einer davon war eben Chris gewesen, der Bruder ihrer besten Freundin. Tanja wusste noch genau, wie wenig begeistert Eva davon gewesen war, mit ihrem Bruder in ein Klassenlager zu fahren. Immerhin war Sam dadurch auch dabei, das hatte es erträglicher gemacht, dessen war sich Tanja heute noch sicher, auch wenn Eva das nie offen zugegeben hatte.

Tanja schmunzelte. Eine süße Erinnerung. Wie hatte ihr Herz doch gerast. Mit einem tiefen Seufzer kehrte sie in die Gegenwart zurück. Langsam leerte sich der Raum, während Bonnie Tyler Meat Loaf mit Inbrunst zu verstehen gab, dass ihn zu lieben ein harter Job sei. Wahrscheinlich der Wunsch eines Gastes. Tanja sah auf ihre Uhr. »Schon vier? Wie ist das denn passiert?« Sie stupste Eva mit dem Finger an. »Du, dein Sam hat mir irgendwie die Lust auf meinen Barkeeper verdorben. Dein Toilettenflirt ist auch wie vom Erdboden verschluckt. Oder von einer anderen Frau. Selbst dein Jüngling ist weg. Lass uns ‘ne Fliege machen, ja?«

»Klingt gut.« Die beiden Frauen schlenderten zur Garderobe, holten ihre Jacken und traten ins Freie. Der Tag graute bereits. »Sicher, dass es erst vier Uhr ist?«

Tanja schüttelte den Kopf. »Nee, meine Uhr ist vor zwei Stunden stehen geblieben. Das sagt zumindest mein Handy.«

Sechs Uhr? Eva kicherte. »Warum war Sam eigentlich schuld an deiner plötzlichen Lustlosigkeit?«

»Erinnerungen.«

»Oh. Tödlich so was.«

»Ganz genau.«

Müde, aber zufrieden in eine Wolke aus Erinnerungen und Tequila gehüllt, winkten die beiden Frauen nach einem Taxi und stiegen ein.

Die Disco ließen sie hinter sich, während die Vögel mit fröhlichem Gesang den Samstag einläuteten.

Der Taxifahrer hielt zuerst vor Tanjas Wohnung. Sie drückte ihrer Freundin einen Kuss auf die Wange und schälte sich aus dem Auto, bevor der Fahrer in aller Ruhe wieder anfuhr und vor dem wohlverdienten Feierabend seinen letzten Fahrgast absetzte.

Das Taxi bog um eine Ecke in Evas Straße ein.

Die Scheinwerfer huschten über den kleinen Vorgarten. Für einen kurzen Moment war der Briefkasten hell erleuchtet.

Exakt in diesem Augenblick rückte etwas aus dem Licht in den Schatten. Einem verschreckten Tier gleich, aber es war kein Tier.

Mit einem leisen Klack klappte der Briefschlitz des Briefkastens zu. Doch das Brummen des Automotors überlagerte das Geräusch.

Träge richtete sich Eva in ihrem Sitz neben dem Fahrer auf.

Da quietschte draußen das mannshohe, eiserne Gartentor.

Wie von Geisterhand öffnete es sich und schloss sich im nächsten Augenblick wieder.

Eva beugte sich nach ihrer Handtasche im Fußraum des Toyotas. Sie war ihr während der Fahrt von den Knien gerutscht.

In dem Moment, als sie den Kopf senkte, huschte ein Schatten am Seitenfenster vorbei.

Eva bezahlte den Taxifahrer und stieg aus. Sie ging direkt ins Haus, ohne auch nur das Geringste bemerkt zu haben.

Grau

»Gleich noch einmal.« Staatsanwalt Franz Weber stand von seinem Stuhl auf und stützte sich mit den Händen auf dem Tisch ab. Seine Gesichtszüge waren hart, unnachgiebig und von vielen Berufsjahren gezeichnet. Dass er, seit die Meldung eingegangen war, bereits zwei schlaflose Nächte hinter sich und eine ungesunde Menge Kaffee intus hatte, sah man ihm hingegen nicht an. Streng blickte er seinem Gegenüber in die Augen.

Die Beute unter dem wachsamen Auge des Jägers.

»Wie oft soll ich das denn noch erzählen?« Der Verzweiflung nahe, starrte der andere Mann zurück.

»Bis ich Sie nicht mehr dazu auffordere«, donnerte die tiefe Stimme des Staatsanwalts durch den kleinen Raum.

Eingeschüchtert wich Rolf zurück und versank noch ein wenig tiefer in seiner unbequemen Sitzgelegenheit.

Wie kam es, dass er hier gelandet war?

Dabei hatte der Tag doch so vielversprechend begonnen.

Bereits um vier Uhr morgens hatte der Wecker Rolf Frisch aus den Federn geklingelt. Anfänglich grummelnd, aber mit jedem Meter Bewegung besser gelaunt, hatte er sich auf seinen Ausflug vorbereitet. Ein paar Brote, Landjäger, ein Mars und zwei Flaschen Wasser in den Rucksack, dazu noch Karabiner und ein Kletterseil, schließlich weiß man ja nie. Dann steckte er noch die Sonnenbrille ein, zog sich die Funktionsjacke über und verließ die Wohnung in Richtung Bahnhof. Die Zugfahrt dauerte eine gute Stunde, bis er am Fuß des Rigi ankam. Dort begann er arglos mit seiner Wanderung. Es dauerte eine Weile, bis seine Muskeln warm wurden und er einen angenehmen Rhythmus fand. Der Aufstieg gestaltete sich anfänglich als unschwer, wurde dann aber zunehmend anspruchsvoller. Zumindest für einen ungeübten Wanderer, wie er einer war.

Er dachte nichts Böses, als er den steilen Anstieg über eine begrünte Fläche bis zum nächsten Waldrand bewältigte. Er konzentrierte sich nur auf seine Schritte.

Ein Fuß vor den anderen.

Atmen. Immer schön gleichmäßig atmen.

Leichter gesagt als getan. Aus der Puste kam er am Waldrand an. Erschöpft stützte er sich am nächstbesten Baum ab. Eine Hand am Stamm, die andere auf seinem Knie. Das Bein auf einen Baumstrunk abgesetzt, den Oberkörper nach vorne gebeugt, den feuchten Erdboden vor Augen.

»Meine Güte. Das nächste Mal nehme ich die Bahn auf den Berg«, hatte er vor sich hin gemurmelt.

Ja. Das nächste Mal würde er die Bahn nehmen. Wandern war sowieso eine dämliche Beschäftigung. Hätte er sich nicht in den Kopf gesetzt, seine Leidenschaft für diesen beliebten Zeitvertreib zu entdecken, nachdem seine Freundin ihn mal wieder verlassen hatte, säße er jetzt nicht hier in der Staatsanwaltschaft. Also eigentlich war sie schuld. Eine gute Lösung. Sie trug sowieso an allem die Schuld. Doch das änderte nichts an seiner misslichen Lage.

Da zischte eine Faust durch die Luft. Mit einem lauten Krachen schlug sie auf der Tischplatte auf.

Rolf schreckte hoch, wobei sein Stuhl auf die hinteren zwei Beine zurückkippte.

»Hören Sie auf mit der Träumerei und rücken Sie endlich mit der Sprache raus! Sofort!« Das Gesicht des Staatsanwalts war mittlerweile tiefrot angelaufen. Die Halsschlagader pulsierte besorgniserregend unter der dünnen Haut. Die Verhöre lagen nicht mehr in Webers Zuständigkeit, seit er den Posten als Staatsanwalt angenommen hatte. Dennoch konnte er gewisse Gewohnheiten einfach nicht ablegen, obwohl er wusste, dass er seiner Gesundheit keinen Gefallen tat.

»Ich habe Ihnen doch schon alles gesagt. Was soll ich denn noch erzählen? Soll ich etwas erfinden, damit Sie zufrieden sind? Dann sagen Sie mir, was Sie hören wollen!«

Falscher Ansatz. Die Augen des Staatsanwalts quollen aus den Höhlen. Doch entgegen Rolfs Erwartung blieb der Wutanfall aus. Stattdessen presste der Mann seine Zähne zusammen, bis die Kiefermuskeln hervortraten. Rolf wollte nicht schuld sein, wenn diesem Weber der Kopf explodierte, also kehrte er in Gedanken noch einmal an den Ort allen Übels zurück.

***

Sein Puls beruhigte sich allmählich. Sein Atem flachte langsam ab. Rolf wog innerlich ab, ob er die ungeplante Rast während seiner Rigi-Besteigung bereits beenden konnte, als es im Geäst seines Pausenbaums raschelte. Neugierig richtete Rolf seinen Blick nach oben. Beeindruckt hielt er den Atem an. Eine außerordentlich große tiefschwarze Krähe hatte sich auf dem Ast niedergelassen. Der Schwung, mit dem der Vogel gelandet war, und sein Gewicht ließen den Ast gefährlich schwanken. Die Krähe jedoch gab sich unbeeindruckt. Erhaben thronte sie auf dem dünnen Zweig. Es wirkte, als richte sie ihren Blick nachdenklich in die Ferne.

Rolf hatte in seinem Leben schon einige Krähen gesehen, und eigentlich mochte er diese Vögel nicht besonders. Ihre pechschwarzen Augen, das glänzende Gefieder und das raue Krächzen hatten etwas Unheimliches. Boten des Unheils, das waren sie für ihn. Doch dieses Exemplar wirkte geradezu majestätisch. Der Gedanke war kaum zu Ende gedacht, da breitete das Tier seine Schwingen aus und hob mit zwei kräftigen Flügelschlägen ab. Der Ast geriet erneut heftig in Bewegung. Aber Rolf hatte nur Augen für den Vogel. Fasziniert sah er ihm nach.

Da plumpste ihm etwas auf den Kopf. Im ersten Moment dachte er an einen Tannenzapfen, bis er realisierte, dass er unter einem Laubbaum stand.

Suchend blickte er um sich.

Laub. Erde. Holz. Steine. Ein wenig Grünzeug. Sonst nichts.

Moment. Zwischen dem Laub lag etwas. Länglich. Beigefarben.

Ein Pilz? Im Sommer?

Nein. Falsche Jahreszeit.

Rolf beugte sich zu dem seltsamen Gegenstand hinunter. Auf halbem Weg stockte er.

Das konnte nicht sein. Seine Augen spielten ihm einen

Streich. Offenbar war der Aufstieg doch anstrengender gewesen, als er gedacht hatte. Oder wie sonst sollte er sich diese Halluzinationen erklären?

Er blinzelte einmal kräftig und besah sich das beigefarbene Ding genauer.

Scheiße. Keine Illusion.

Der Würgereflex setzte sofort ein. Rolf drehte sich ab und erbrach sich neben dem Baumstamm. Notdürftig wischte er sich den Mund ab, spülte ihn aus und zog dann sein Mobiltelefon aus der Tasche.

Er wählte die 112.

»Ja? Hallo? Rolf Frisch mein Name. Mir ist da etwas auf den Kopf gefallen.«

»Nein, nein, mir ist etwas übel, aber sonst geht es mir gut. Das Problem ist nicht, *dass* mir etwas auf den Kopf gefallen ist, sondern *was*.«

Die Stimme am anderen Ende wollte wissen, was es war.

Die Stunde der Wahrheit.

Er zögerte. Es war einfach zu unglaublich. Selbst in seinen Ohren, obwohl er es mit eigenen Augen vor sich sah.

»Es ist ...«, er stockte.

»Da liegt ...« Rolf sammelte all seinen Mut. Und was, wenn er sich doch geirrt hatte?

Er drehte sich um. Nein. Kein Irrtum.

Da lag er. Mit freigelegten Sehnen. Schmutzig. Aber sonst irgendwie säuberlich gepflegt. Feingliedrig.

Sofort stand ihm der Schweiß wieder auf der Stirn. Er schmeckte die Magensäure in seinem Mund. Mit vor Ekel verzerrtem Gesicht schluckte er sie hinunter. Und beantwortete die Frage.

***

Rolf schüttelte sich, als würden so diese ekelhaften Erinnerungen von ihm abfallen, was natürlich nicht geschah. Weber war während Rolfs gesamter Erzählung im Raum auf und ab gegangen, den Kopf konzentriert gesenkt, als hörte er die Geschichte zum ersten Mal. Webers Augen waren zwar wieder dort, wo sie hingehörten, aber sein Gesicht hatte immer noch eine ungesund rote Farbe. Gesagt hatte er jedoch keinen Ton mehr.

Gespannt beobachtete Rolf sein Gegenüber, als ein Klopfen ihn aus seiner Betrachtung riss. Der Staatsanwalt gab einen knurrenden Laut von sich, rammte seinen Stuhl grob gegen den Tisch und ging zur Tür. Er öffnete sie und fauchte ein ungehaltenes »Was?!«.

Rolf schielte zum Eingang. Er konnte aber nur eine knochige Hand, die eine graue Akte hielt, und eine polierte Schuhspitze erkennen.

Was ging hier eigentlich vor sich? Gut, was geschehen war, war ungewöhnlich, zugegeben – okay, mehr als ungewöhnlich. Rolf musste sich eingestehen, dass sein Mageninhalt seiner Mundhöhle immer noch bedrohlich nahe kam, wenn er daran zurückdachte.

Wie er so unter dem Baum gestanden hatte. Arglos. Von der Krähe beeindruckt, außer Atem, aber dennoch irgendwie begeistert von seiner Idee. Und wie es ihn dann erwischt hatte. Einfach so. Aus heiterem Himmel. Er war ihm einfach auf den Kopf gefallen, dieser einzelne menschliche Finger.

Weiß

Eva warf die Briefkastenschlüssel auf den Tisch neben der Tür und begann im Gehen, die Post durchzublättern.

»Rechnung, Rechnung, Rechnung, Kontoauszug, Rechnung, Zeitung, Werbung, Zeitschrift. Tolle Ausbeute.« Frustriert warf sie den Stapel auf den runden Küchentisch.

Eva kehrte der Post den Rücken und trat in ihre Küche. Sie öffnete den Kühlschrank, kramte eine Milchtüte hervor, drehte sich zur Kaffeemaschine und knipste sie an. Während sie wartete, bis sich die Maschine aufgewärmt hatte, fiel ihr Blick auf den verchromten Wasserkocher daneben und zwangsweise auf ihr verzerrtes Spiegelbild.

Herrje.

Die Haare standen ihr wild vom Kopf ab, unter den Augen lagen dunkle Schatten, ihre Haut wirkte fahl. Und ihre Laune war nicht besser als ihr Aussehen, wie sie zerknirscht feststellen musste. Eine Nacht dem Tequila zu frönen, dafür bekam sie jetzt prompt die für alle sichtbare Quittung. Das war früher anders gewesen. Damals gab es rauschende Feste en masse, und am nächsten Morgen war sie dennoch taufrisch.

Tja, das Alter forderte seinen Tribut, ob sie wollte oder nicht. Die Kaffeemaschine gab ein zischendes Geräusch von sich. Das Zeichen, sich aus der kritischen Selbstbetrachtung zu lösen. Seufzend richtete Eva sich auf, zog klimpernd eine Tasse aus dem Schrank und stellte den zu hohen Rand schräg in die Maschine. Gelangweilt drückte sie den Knopf. Während die Maschine das Wasser durch die Leitungen zu pumpen begann und sich wohliger Kaffeeduft in der Küche ausbreitete, dachte Eva über ihre nächsten Schritte nach.

Sie hatte Urlaub. Der kam eigentlich genau richtig. Kein

Wunder, sie war es gewesen, die beschlossen hatte, dass es an der Zeit für eine Büropause war. Nur, was sollte sie mit der Freizeit anfangen? Sie hatte sich noch keine Gedanken darüber gemacht. Wollte sie wegfahren? Müsste sie eigentlich. Nur, wohin? Und mit wem? Allein? Nein. Das lag ihr nicht. Obwohl, woher wollte sie das wissen? Schließlich hatte sie es noch nie versucht. Bevor sie den Gedanken zu Ende führen konnte, klingelte das Telefon. Sie verdrehte genervt die Augen, beugte sich aber trotzdem über die Theke und schnappte sich den Hörer.

Eine bekannte Nummer leuchtete auf dem Display auf.

»Hey Tanja. Na, wie geht es dir? Gut geschlafen?« Eva holte sich die Kaffeetasse aus der Maschine, füllte sie randvoll mit Milch und setzte sich an den Küchentisch. Sie lauschte Tanjas mürrischen Äußerungen über Kater, die nicht auf vier Beinen spazierten, sondern sich auf schmerzhafte Weise ihren Körper vornahmen, und trank einen Schluck. Während Tanja weiter Belanglosigkeiten von sich gab, hellte sich Evas Laune zunehmend auf. Sie strich mit dem Finger über den Rand ihrer Zeitung, ließ den Blick über die auf dem Tisch verteilte Post schweifen und begann, die Briefumschläge zu einem sauberen Stapel zusammenzuschieben.

Sie griff nach dem weißen Umschlag, während Tanja sich in Erinnerungen an den Vorabend wälzte. Bereitwillig ließ Eva sich mitreißen. Bei der Anekdote mit dem Barkeeper, der aufgrund von Tanjas Kommentar über sexuelle Befriedigung das Glas fallen ließ, brachen beide in schallendes Gelächter aus.

Eva drehte den Umschlag in den Fingern, klopfte mit der Ecke auf den Tisch. Sie war gedanklich weit weg. Zurück in der Disco. Den Barkeeper lebhaft vor Augen. Bis er aus ihrer Vorstellung verdrängt wurde. An seine Stelle trat ein anderer

Mann. Groß, blond, treue blaue Augen, ein selbstbewusstes und doch beinahe scheues Lächeln.

Sam.

Verdammt.

Eva blinzelte, riss sich aus ihren Tagträumen zurück an ihren Küchentisch.

Sie stutzte. Erstaunt sah sie auf ihre Hand, als würde sie sie zum ersten Mal sehen.

Der Brief war doch vorhin noch nicht da gewesen. Woher kam er?

Sie hörte nicht mehr, was Tanja sagte. Die Stirn nachdenklich in Falten gelegt, klemmte sie den Hörer zwischen Kopf und Schulter. Dann nahm sie den weißen Umschlag in beide Hände und drehte ihn. Von vorne nach hinten und von hinten nach vorne. Kein Absender. Keine Anschrift. Zugeklebt. Die Kanten der Lasche waren v-förmig, aber nicht gerade geschnitten. Sie waren gewellt.

Sie ahnte nichts Böses, als sie den kleinen Finger oben unter den Falz schob. Die Kante zerfetzte, während sie den Brief aufriss.

Sie schob Zeigefinger und Daumen in das geöffnete Kuvert und zog die einzelne weiße Karte heraus.

Der Text war handgeschrieben. Fein säuberlich abgefasst, in einer schönen, elegant geschwungenen Handschrift.

Tanja schien nichts davon zu merken, dass ihre Freundin sie völlig ausgeblendet hatte.

Skeptisch begann Eva zu lesen.

»Liebe Unbekannte,

dieser Brief muss Sie sehr erstaunen, und wahrscheinlich löst er einige zwiespältige Gefühle aus. Doch habe ich leider keine andere Möglichkeit gesehen, mit Ihnen in Kontakt zu treten. Sicher, es gibt Tausende Arten, jemanden auf sich aufmerksam zu machen, aber für die konventionellen Methoden fehlte mir schlicht der Mut. Sei es, wie es will, wir sind uns schon begegnet, unsere Blicke ebenfalls. Ob Sie mich wahrgenommen haben, weiß ich nicht. Aber ich Sie. Und seither kann ich Sie nicht mehr aus meinen Gedanken vertreiben. Das ist sehr direkt formuliert, dessen bin ich mir bewusst, aber trage ich diese oder ähnliche Worte nicht endlich in irgendeiner Form an Sie heran, werde ich es nie tun. Und ich bin mir sicher, das würde ich bereuen. Ebenfalls würde ich es bereuen, wenn ich Sie nicht bitten würde, mit mir mittagessen zu gehen. Sicher, es ist viel verlangt, sich auf eine Einladung mit einem Fremden und für Sie wahrscheinlich Gesichtslosen einzulassen. Dennoch, gehen Sie mit mir aus. Ich werde am nächsten Donnerstag, um 11.30 Uhr, beim Zschokke-Brunnen am Kunstmuseum auf Sie warten. Herzliche Grüße LG«

»... du mir überhaupt noch zu?«

»Was?« Eva ließ die Karte sinken. Ihr Unterbewusstsein stellte sich die Frage, wie dieser Mensch darauf kam, dass sie an einem Donnerstag um 11.30 Uhr Zeit hatte? Menschen mit Bürozeiten arbeiteten dann meist noch. Wusste er vielleicht, dass sie am Donnerstag jeweils früher zum Mittagessen ging? Oder wusste er gar, dass sie Urlaub hatte? Aber Eva hörte nicht auf die Warnsignale. Sie kehrte gedanklich lieber zu Tanja zurück.

»Anscheinend nicht«, meinte diese schließlich.

»Tanja?«

»Ja?«

»Hast du unserem gut aussehenden Unbekannten von gestern Abend meine Adresse gegeben?«

Schwarz

Sie weinte nun nicht mehr. Schade eigentlich. Ihre Stimme war einfach wundervoll gewesen. So hoch, anfangs glockenklar, bis sie sich heiser geschrien hatte. Rau war sie geworden. Richtig sexy. Dann hatte sie sie ganz verloren. Nur noch ein Fiepen verließ ihre Kehle. Wie bei einer Labormaus. Er hasste Mäuse. Ratten waren in Ordnung. Sie waren klug und lernfähig. Mäuse waren hässlich und unnütz. Grässlich und nervtötend.

Ein Wimmern holte ihn aus seinen Gedanken.

Immer noch nicht erstickt?

Ziemlich zäh. Dabei dachte er bereits bei ihrem zweiten Asthmaanfall, sie würde ihn nicht überstehen. Aber sie lebte. Auch nach dem dritten. Der vierte vermochte sie ebenso wenig zu töten.

Dann musste er es eben selbst in die Hand nehmen.

Oder sich weiter gedulden. Ihr weiter beim Krepieren zusehen.

Das hatte auch seinen Reiz.

Er legte die Kettensäge beiseite und betrachtete sein neuestes Opfer.

Sie roch nach Panik, Hilflosigkeit und Verzweiflung, nach Schweiß, Urin und Erbrochenem.

Er hatte ihr das Gesicht abgewischt, nachdem sie sich übergeben hatte. Vorsichtig. Fürsorglich.

Die Mahlzeit war ihr wohl nicht bekommen. Dabei hatte er extra darauf geachtet, nicht allzu fauliges Wasser zu nehmen.

Einem Impuls folgend, strich er ihr übers Gesicht.

Sie zuckte zusammen und rang sofort wieder japsend nach Luft.

Er wurde wütend. Eine zärtliche Berührung. Alles, was sie sich gewünscht hatte. Das hatte sie zumindest gesagt, als sie telefonierend durch das Lebensmittelgeschäft gelaufen war. Frei von der Leber weg hatte sie ihrem Gesprächspartner von ihren Wünschen an einen potenziellen Lebensgefährten erzählt, während alle zuhören konnten. So auch er. Sie hatte irgendwie unerfüllt ausgesehen, als sie aus ihrem Auto gestiegen war. Er war ihr gefolgt. Dass sie ihn gleich so offen mit Informationen fütterte, war ein Glücksfall gewesen. Er hatte sich nur einen halben Meter hinter ihr halten müssen, um alles zu erfahren, was er wissen musste.

Sie hatte ihn nicht einmal bemerkt.

Romantisch sollte er sein.

Einfühlsam.

Zuvorkommend. Aber nicht zu verweichlicht.

Nähe wollte sie spüren. Zuneigung. Eine sanfte Berührung. Eine zärtliche Geste. War das denn zu viel verlangt? Das hatte sie gefragt, und er hatte in Gedanken geantwortet.

Nein, war es nicht. Er konnte und würde ihr genau das geben.

Noch am gleichen Abend legte er ihr den Brief in den Briefkasten. Und sie tauchte zum vorgeschlagenen Zeitpunkt beim Löwenkäfig im Zoo auf. Sie spazierten durch den Tierpark. Sie hing an seinen Lippen. Sie war verwundert und fasziniert gewesen, wie er ihr aus dem Herzen sprechen konnte. Fast so, als würden sie sich schon ewig kennen.

Als wären sie seelenverwandt.

Er schenkte ihr die gewünschte Zärtlichkeit. Sie gab sich ihm vertrauensvoll hin.

Das war noch keine zwölf Stunden her.

Und jetzt? Jetzt zuckte sie zurück. Dabei war er noch derselbe, mit dem sie sich eingelassen hatte.

Sie wollte Berührung, sie hatte sie bekommen. Im hinteren Teil des gestohlenen VW-Busses.

Gut, ihr während des Geschlechtsaktes ein mit Chloroform getränktes Tuch auf Mund und Nase zu drücken war vielleicht nicht das Romantischste, was er an diesem Tag getan hatte, aber niemand war perfekt.

Als sie begriff, was geschah, als sich ihre Augen weiteten, sich ihr Körper unter seinem zu winden begann, sie sich panisch gegen ihn zur Wehr setzte, überkam ihn die Woge der Lust, die es ihm ermöglichte, den Akt zu beenden. Sie verlor das Bewusstsein, während er sich in sie ergoss.

Natürlich trug er ein Kondom. Spuren zu hinterlassen war das Letzte, was er wollte. Zumindest vorerst.

Vorsichtig zog er sich zurück. Er setzte sich ans Steuer und fuhr den VW-Bus noch tiefer in den einsam gelegenen Wald hinein, an dessen Eingang er mit ihr gefahren war, um ein romantisches Mitternachtspicknick abzuhalten.

So hatte er es zumindest vorgeschlagen. Ihre Augen hatten sich vor lauter zärtlicher Gefühle verklärt und mit Tränen gefüllt. Schließlich hatte sie ihn geküsst.

Er konnte also nichts dafür.

Ein keuchendes Japsen erinnerte ihn an das Hier und Jetzt.

Pfeifend rang sie nach Luft.

Er konnte dieses Geräusch nicht mehr ertragen. Genug war genug.

Mehrfach zog er an dem Seil, bis die Kettensäge laut ratternd ansprang.

Mit Genugtuung beobachtete er, wie sein Opfer beim Geräusch der Säge zusammenfuhr.

Dass sie noch bleicher werden könnte, hätte er nicht gedacht.

Er hob die Säge und ließ sie zwei Mal aufheulen. Dann setzte er sie an.

Ihr heiserer Schrei kam nicht gegen das Dröhnen der Maschine an.

Hungrig fraß sich die Kette in ihren Hals.

Rote Spritzer überzogen die Wände des Busses.

Das Blut klebte an seinen Händen. In seinem Gesicht. An seiner Kleidung.

Unbeeindruckt nahm er den abgetrennten Körperteil. Verpackte ihn in eine Plastiktasche. Er stieg aus dem Bus, holte den zuvor verstauten Kanister aus der Fahrerkabine und übergoss alles mit Benzin. Er ließ das Streichholz über die Packung sausen.

Zischend entzündete sich der Kopf des Holzes.

Der Geruch nach Schwefel vermischte sich mit dem des Blutes.

Er ließ das Streichholz fallen.

Der Bus fing Feuer. Es fraß in wilder Gier alles, was sich darin befand.

Grau

»Mami, Mami! Darf ich jetzt ins Wasser? Bitteeeeee!« Das kleine Mädchen mit dem hellen, viel zu langen Pony hüpfte aufdringlich vor seiner Mutter herum, dass die Haare nur so wippten.

»Nein Leandra, du wartest. Zuerst werden wir uns hier einrichten, dann werde ich dir die Schwimmflügel anziehen, und erst dann gehen wir auch nur in die Nähe des Wassers. Zusammen. Verstanden? Und hör endlich auf, vor meiner Nase rumzuhüpfen! Das ist ja schlimmer als Wellengang durch ein Bullauge!«

Verständnislos betrachtete die Kleine ihre Mutter. Ein was durch ein was? Leandra dachte so angestrengt darüber nach, dass sie das Hüpfen vollkommen vergaß.

Na geht doch. Zufrieden setzte Mona die riesige blaue IKEA-Tasche ab und begann, den Inhalt Stück für Stück auszupacken. Die großen Badetücher lagen zuunterst. Natürlich. Was hatte sie sich bloß dabei gedacht?

Nichts. Das war ja gerade das Problem.

Seufzend wühlte Mona weiter, bis sie mit ihrem Kopf nahezu in der Tasche steckte.

Es war nur der Bruchteil einer Sekunde. Ein Wimpernschlag. Länger hatte sie nicht weggesehen.

Doch es reichte aus. Mona hob den Kopf. Stolz präsentierte sie die Badetücher.

Und ließ sie entsetzt fallen.

Denn da war niemand, dem sie ihren Fund hätte zeigen können.

Der Schreck, der sie zunächst gefangen hielt, ging in Panik über.

Hektisch sah sie um sich. »Leandra?« Sie versuchte, ihrer Stimme nichts anmerken zu lassen. Aber ihre Bewegungen verrieten sie. Sie schoss in die Höhe, eilte zum Badeteich.

Der Steg war keine vier Meter entfernt

Innerlich redete sie auf sich selbst ein.

Alles war in Ordnung. Ihre Tochter spielte irgendwo. Wahrscheinlich am Wasser.

Monas Blick jagte über das in der Sonne schimmernde Nass.

Die Wasseroberfläche lag ruhig da.

Das war doch gut. Oder?

Herrgott, warum musste ihr Mann immer dann arbeiten, wenn sie ihn am meisten brauchte?

Sie zwang sich zur Ruhe. Atmen. Ein und dann wieder aus.

Aber es half nicht. Fahrig strich sie sich durchs Haar.

»Leandra!«, schrie sie aus vollem Hals.

Sie wartete angespannt.

Keine Antwort.

Ihre Kehle schnürte sich zu. Die Augen füllten sich mit Tränen. Ohne dass sie etwas dagegen hätte tun können.

Rund um den Teich stand Schilf. Dicht und hoch. Dazwischen war das Wasser schlammig. Für einen Erwachsenen war es schon mühsam, durch solches Gelände zu waten.

Wie musste es denn erst für ein kleines Mädchen sein?

Gehetzt eilte Mona auf das Schilf zu. Achtlos trat sie in den Schlamm. Sofort stand sie knietief in einer dunklen, matschigen Suppe. Sie kämpfte sich durch die dicht beieinanderstehenden Rohre und Sträucher. Trotz des kühlen Untergrundes rann ihr bald der Schweiß über die Stirn. Das Haar klebte feucht an ihrem Gesicht. Die Sonne brannte auf ihren Kopf.

Das Atmen fiel ihr zunehmend schwerer, während sie sich durch das unwegsame Gelände kämpfte. Die Lungen brannten, aber sie rief weiter. Immer und immer wieder brüllte sie den Namen ihrer Tochter.

Erschöpfung wollte sich breitmachen, aber ihr Mutterinstinkt war stärker. Andauernd blitzten Bilder vor ihrem inneren Auge auf. Unheilvolle Bilder. Ein kleines Mädchen, das mit dem Gesicht voran auf der Wasseroberfläche dahintrieb. Das blonde lange Haar im Rhythmus der sanften Wellen wippend, der rosarote Badeanzug mit der Sonne um die Wette leuchtend.

Mona schrie auf vor Hilflosigkeit. Sie befahl ihrem Gehirn, diese Bilder zu löschen.

Vernunft. Sie musste nachdenken.

Vielleicht war Leandra auch im angrenzenden Wald? Möglicherweise hatte sie etwas entdeckt und sich so sehr in dessen Betrachtung vertieft, dass sie die Rufe ihrer Mutter nicht hörte. Das kam vor. Ständig. Mütter schienen oft in einer Tonlage zu sprechen, die Kinder nicht hörten.

Oder sie war schon wieder zurück bei den Badetüchern und wunderte sich, dass ihre Mutter nirgends zu finden war. Wahrscheinlich hatte Leandra inzwischen ebensolche Angst, mutterseelenallein an diesem See zu sein.

Himmel! Was war nur los mit ihr?

Seit ihre eigene Mutter gestorben war, schien sie von Tag zu Tag verrückter zu werden.

Und wenn sie überhaupt nicht mehr allein war? Wenn inzwischen noch mehr Badegäste zum Teich gekommen waren?

Angst würde sie aber dennoch haben.

Was, wenn jemand darunter war, der Leandra nichts Gutes wollte? Ein Perverser?

Und was tat sie? Sie watete blindlings durch Schilf und Entenscheiße.

Verdammt!

Mona wollte gerade umkehren.

Da zerschnitt ein helles Kreischen die schwüle Luft.

Leandra.

Sie wusste es mit absoluter Sicherheit. Sie kannte diese Stimme besser als ihre eigene.

»Leandra! Leandra! Wo bist du!«

Eigentlich erwartete sie keine Antwort. Sie folgte der Richtung, aus der der Schrei gekommen war, und geriet noch tiefer in die Schilflandschaft.

So schnell es ging, kämpfte sich Mona durch das unwegsame Gelände, bis sie sich ihrer schlimmsten Befürchtung gegenübersah. Blondes Haar wippte im Rhythmus der Wellen. Durch die Bewegungen wurde das schlammige Wasser aufgewühlt, der sanfte Takt wurde zu einem wütenden Peitschen.

Kalkweiß war Leandras Gesicht. Regungslos ihr Körper. Weit aufgerissen und starr waren ihre Augen, blau ihre Lippen. Die kleinen Finger der linken Hand verkrampften sich um blonde Strähnen.

Aber es war nicht Leandras Haar.

Das Bild war zu verstörend. Mona brauchte einen Moment, um es zu begreifen.

Erster Gedanke: Das Haar gehörte nicht zu ihrer Tochter.

Sofort machte sich Erleichterung breit. Direkt gefolgt von neuem Entsetzen.

Wem gehörte es dann?

Es hatte sich zwischen mehreren Schilfrohren verheddert.

Eine Perücke. So sah es aus, so musste es sein.

Das ungute Gefühl wurde Mona dennoch nicht los.

Sie schluckte schwer. Vorsichtig streckte sie den Arm nach Leandra aus, umfasste ihr linkes Handgelenk. Mit sanftem Druck versuchte sie, Leandra zum Loslassen zu bewegen, indem sie leicht an der Hand ihrer Tochter zog.

Leandra ließ nicht los.

»Komm schon, Schätzchen, lass los.« Mona flüsterte. Fast so, als ob sie niemandes Ruhe stören wollte.

Ein kalter Schauer rann ihr durch Mark und Bein.

Leandra ließ noch immer nicht los.

Mona zog etwas kräftiger.

Anfangs rührte sich nichts. Dann, auf einmal, gab der Widerstand nach.

Aber es war nicht Leandras Hand, die das Haar freigab.

Es war das Haar, das sich teilweise aus dem Schilf löste. Und am Haar hing noch etwas dran. Oval und hart.

Die obere Seite kehrte sich nach unten. Die untere drehte sich aus dem dunklen Wasser nach oben.

Sie starrte Mona direkt in die Augen. Aber der Blick war leer. Ausdruckslos. Tot.

Die wässrig blauen Augen saßen in einem aufgequollenen Gesicht.

Leandras Mutter schnappte nach Luft. Sofort drückte sie ihre Tochter, die endlich das Haarbüschel losgelassen hatte, fest an ihren Körper. Schützend legte Mona den Arm um Leandra, zwang sie wegzusehen.

Doch Mona selbst konnte den Blick nicht abwenden.

Eine Frau.

Sie entdeckte die Nase, die Ohren. Die Wangen. Das Kinn. Den Hals ...

Und das war‘s. Mehr war da nicht.

Unausweichlich drängte sich eine einzige Frage auf: Wo war der Rest?

***

»Zürich hat gerade angerufen. Sie haben gestern auch eine gefunden.«

Weber löste den Blick von den Papieren, die vor ihm auf dem Schreibtisch lagen, und blickte über den Rand seiner auf der Nasenspitze sitzenden Lesebrille zur Tür. Es brauchte keine Erklärung. Weber wusste, wovon sein Kollege sprach. »Am Stück?«

»Nein.« Der um zwanzig Jahre jüngere Mann im Eingang fühlte sich sichtlich unwohl.

Weber setzte in einer betont langsamen Bewegung die Brille ab. »Welchen Teil?«

Die Antwort schien Webers jungen Kollegen einige Überwindung zu kosten.

»Na spuck‘s schon aus. Welchen Teil?«, fragte er noch einmal.

»Den Kopf.«

Weber fuhr sich über das Gesicht. »Scheiße«, murmelte er. Er hatte so sehr gehofft, dass keine weiteren auftauchen würden, als er einer Eingebung folgend seine Kollegen aus den anderen Kantonen über den seltsamen Fund eines einzelnen Fingers informiert hatte. An sein Gegenüber gewandt, fügte er an: »Männlich oder weiblich?«

»Weiblich.«

Langsam nickte Weber. »Wo hat man sie gefunden. Oder besser, wo hat man ihren Kopf gefunden?«

»Im Barchetsee. Ein kleiner Badesee im Zürcher Weinland.

Etwas abgelegen, umgeben von einer ganzen Menge Schilf und Wald.«

»Wer fand sie?«

»Ein Kind. Die Mutter hatte offenbar ihr Kind am See verloren, suchte es und fand es, wie es ihr Händchen im Haar der Toten festgekrallt hatte.«

»Ein Kind?«, hakte Weber entsetzt nach. Das konnte doch nicht wahr sein! Ein einziger Finger hatte einen erwachsenen Wanderer schon komplett aus der Fassung gebracht. Was würde ein abgetrennter Kopf mit einem Kind anstellen? Er atmete tief durch. »Haben die Kollegen schon einen Namen für die Körperlose?«

»Ja. Janine Rudolf. Sie wohnte in Winterthur. Offenbar hatte sie sich bei Freunden in die Ferien abgemeldet. Ein Anruf an der Zieldestination ergab, dass sie nie dort angekommen ist. Im Moment wird gerade die Wohnung des Opfers durchsucht. Wir werden den Bericht erhalten.«

»Wow. Die Jungs haben schon alle Arbeit geleistet.« An dieser Stelle brannte nur noch eine Frage auf Webers Zunge. Sie würde den Neuen wahrscheinlich wieder um die Nase herum erbleichen lassen, wie es so oft geschah. »Das war schon ziemlich gut, Johann. Danke.«

Ein schiefes Lächeln zuckte in Johanns Mundwinkel. Nervös fuhr er sich mit der Zunge über die Lippen, klappte die dünne Akte mit seinen Notizen zu und wandte sich zum Gehen.

»Eine Frage ist da aber noch.«

Johann blieb stehen. Unsicher drehte er sich wieder um. »Ja?«

»Passt unser Finger zum Kopf?«

Johann erschauderte. Er zögerte eine Weile mit der Antwort, als wollte er seine Worte abwägen. Dabei gab es eigentlich nur zwei Antwortmöglichkeiten. Ja oder Nein. »Die Tests sind noch nicht durch, aber danach zu urteilen, was wir schon wissen, lautet die Antwort: Nein.«

Mist. Oder war das gut? Weber war sich nicht ganz sicher. Er nickte Johann zu und bedeutete ihm zu gehen.

Zwei Körperteile in zwei Tagen. Und sie passten nicht zueinander. Zufall? Kaum. Abgetrennte Köpfe lagen nicht einfach so in der Gegend herum. Genauso wenig wie abgetrennte Finger. Obwohl der Finger noch weit plausibler erklärbar wäre. Die Untersuchungen ergaben, dass der Finger sauber abgeschnitten worden war. Wahrscheinlich mit einer Säge. Das konnte durchaus im Alltag passieren. Während der Arbeit. Das hatte es schon oft gegeben. Dumm nur, dass der Finger post mortem abgetrennt worden war.

Also nach Eintritt des Todes.

Und ein Toter sägte sich nicht selbst die Finger ab.

Es gab also nicht nur eine Leiche. Es gab zwei. Und das legte eine ganz andere, äußerst beunruhigende Frage nahe: Gab es noch mehr?

Chris zog sich eilig hinter die große Topfpflanze zurück, als Johann die Tür zu Webers Büro hinter sich zuzog.

Was war das mit diesen Körperteilen? Die Presse wurde noch außen vor gelassen, und er würde sich hüten, seine zufällige Kenntnis über die Funde bereits in die Zeitung zu bringen. Vorher wollte er mehr wissen. Und egal, ob er nun einen exklusiven Bericht hätte oder nicht, Weber würde ihn lynchen, wenn er die Story bringen würde, ehe Weber grünes Licht gab. Also war Abwarten angesagt. Und weitere Infos sammeln.

Vorsichtig äugte Chris um das Grün seines Verstecks herum.

Er konnte Johann gerade noch sehen, wie er den schmalen Korridor hinuntereilte und um die nächste Ecke verschwand. Erst jetzt wagte sich Chris hinter dem etwas verwahrlosten Gestrüpp hervor. Sein ursprüngliches Ziel ignorierend, steuerte er auf einen farblosen Tisch hinter einer noch farbloseren Trennwand zu. Die Frau, die am Tisch saß, war das krasse Gegenteil ihrer Umgebung: ein knallrotes, etwas zu enges Top, ein hellblauer Blazer und eine ebenso blaue Hose verhüllten ihre ausladenden Rundungen gerade so, dass noch hervorragend zu erahnen war, was daruntersteckte. Die Füße zierten passend zum Top blutrote Sandalen. Dass ihr Haar nicht auch noch eine auffällige Farbe hatte, grenzte beinahe an ein Wunder. Sie war kaum älter als Chris, erinnerte in ihrer Art aber sehr stark an eine Matrone. Manchmal im positiven Sinn des Wortes, trotz der Farbenpracht, manchmal auch eher abwertend. Vielleicht lag das an ihrer Ausbildung. Menschen, die Psychologie studierten, waren nach Chris' Meinung immer etwas eigen. Dennoch war sie eine der Guten. Er konnte nach wie vor nicht verstehen, weshalb Weber ihr ihren eigentlichen Berufswunsch verwehrte und sie lediglich als seine Sekretärin missbrauchte. Sie wäre mit ihrem Talent, Zusammenhänge zu erkennen, sicherlich eine hervorragende Fallanalytikerin. Mit ihrer unkonventionellen Denkweise könnte sie der Polizei eine gute Hilfe sein – sofern sie jemals ihre äußerst chaotische Seite in den Griff bekam. Aber was noch nicht war, konnte ja noch werden.

Kurz bevor Chris entdeckt wurde, bremste er seinen Schritt, steckte die Hände lässig in seine Jeanstaschen und schlenderte betont gleichgültig auf die Farbenpracht zu.

Jenny begrüßte ihn mit seinem Namen, gerade als Chris die Trennwand zu ihrem Tisch umrundete. Ohne den Kopf zu heben. Wie erwartet. Er musste nicht in ihrem Blickfeld sein, damit sie ihn erkannte. Das musste niemand. Kein Mitarbeiter kam um diese Gabe herum. Sie erkannte den Klang der Schritte auf dem Boden. Bei jedem. Und wenn sie ihn nicht kannte, wich ihre Gelassenheit einem unnahbar strengen Ausdruck. Die Schultern spannten sich an, und die Kiefermuskeln begannen zu arbeiten. Diese Reaktion blieb jetzt aber aus. Seine Sneakers in Kombination mit dem Linoleumboden ergaben ein Geräusch, das ihre Warnsensoren nicht aktivierte.

Das war auch gut so, denn vor Jenny, der Unerbittlichen, hatte er einen Heidenrespekt. Dabei konnte sie, die mütterliche Plaudertasche, jedem ein Lächeln abringen. Selbst dem mürrischen Weber.

»Was führt dich heute zu mir, mein lieber Chris? Mittagessen mit Ariane oder mit Cindy?« Jenny legte den Stift beiseite, faltete die Hände vor ihrer üppigen Brust. Die Zeichen standen auf Flirt. Wie immer, wenn er sie aufsuchte. Sie stand auf heiße Jungs, wie sie es zu nennen pflegte. Und Chris war offenbar einer ihrer heißen Jungs. Er hatte dunkelbraunes Haar und braune Augen. Nichts Ungewöhnliches. Dazu ging er jede Woche ins Fitnessstudio, was ihm aber seinen winzigen, dennoch verräterischen Ansatz eines Bierbäuchleins nicht wegzaubern konnte. Ansonsten bevorzugte er unkomplizierte Lässigkeit. Er hielt nichts von Gel und liebte seine Jeans, Poloshirts und Kapuzenpullis. Attribute, die Jenny unerklärlicherweise zusagten. Was sie jedoch am meisten an ihm schätzte, und das hatte sie ihm auch schon anvertraut, war sein Lächeln. Sie mochte seine spitzbübischen Grübchen, die sich in der Wange bildeten, wenn er sein natürliches warmes Lachen zur Schau stellte – so hatte sie es ausgedrückt. Das hatte er schon mehrfach von Frauen zu hören bekommen. Zuletzt von seiner Schwester, aber die zählte nicht.

»Nichts Besonderes. Ich wollt nur mal nach dir sehen.« Chris zog eine Hand aus der Tasche und schob das grüne Modellauto auf Jennys Tisch hin und her.

Jenny legte den Kopf schräg und hob eine Augenbraue. »Chris Siedler, bind mir keinen Bären auf.«

Ja, das war die mütterliche Seite. Meist fürsorglich, manchmal auch tadelnd. Und das zu Recht. Schuldbewusst ließ Chris die Schultern hängen. »Gut. Ariane.«

Jenny seufzte. »Du bist ein begehrter Mann, Chris, und du merkst es nicht einmal. Aber was denkst du, weshalb die Mädels hier dich beinahe täglich zum Lunch oder zum Kaffee einladen? Um zu plaudern? Nein, die wetteifern um deine Gunst. Doch das wirst du wohl nie begreifen. Sei's drum. Was führt dich an meinen Tisch? Ariane sitzt noch ein paar Büros weiter.«

»Weiß ich doch. Wie gesagt, ich wollte nach dir sehen.«

Jenny glaubte ihm kein bisschen. »Du bist wegen der Sache mit den Körperteilen hier.« Nachsichtig sah sie Chris an. »Aber ich weiß darüber so viel wie du.«

So viel wie er?

Als hätte sie seine gedachte Frage gehört, antwortete Jenny: »Ich hab dich gesehen, mein Lieber. Unser Ficus ist keine besonders gute Tarnung. War sehr nachlässig von Johann, die Tür zu Webers Büro nicht ganz ins Schloss zu ziehen, aber er wird es noch lernen.«

»Erwischt. Dann hast du auch nichts?«

»Nein. Seit der Finger aufgetaucht ist, ist Weber noch mürrischer als zuvor. Das ist alles, was ich dir sagen kann. Er hütet sein Geheimnis wie eine Glucke ihre Küken.«

Chris konnte seine Enttäuschung nicht ganz verbergen. Trotzdem beugte er sich nach vorne und hauchte Jenny einen Kuss auf die Wange, die sich sofort rötete. »Danke. Es war wie immer ein Vergnügen.« Kurz bevor Chris hinter der nächsten Ecke verschwand, drehte er sich noch einmal zu Jenny um. »Eins noch, dieser Johann, kommt der von hier? Ich hab irgendwie das Gefühl, ihn zu kennen. Aber bisher hab ich ihn nur von hinten zu sehen bekommen. Als würde er mich meiden.«

»Er kommt von hier, ja. Und er ist ziemlich zurückhaltend, um nicht zu sagen scheu. Wahrscheinlich schüchterst du ihn ein.«

»Dabei kann ich doch ein ganz netter Kerl sein!« Chris grinste Jenny verschmitzt an, hob die Hand zum Abschied und war im nächsten Moment zur Tür hinaus.

Schwarz

Den ausgebrannten VW-Bus würde bald jemand finden. Bis sie den ersten Körper fanden, würden sie trotzdem noch eine Weile benötigen, weshalb sie auch keine Verbindung zu den Körperteilen würden herstellen können. Denn das, was davon übrig war, hatte er aus dem Bus herausgeholt, nachdem er das Feuer wieder gelöscht hatte. Gut verpackt, wartete der Torso nun an einem sicheren Ort auf seinen Einsatz. Aber alles zu seiner Zeit.

In den Medien stand noch nichts. Die Polizei behielt ihr Geheimnis offenbar noch für sich. Aber bald würde etwas an die Presse durchsickern. Wie immer. Brauchten sie dafür mehr Leichenteile?

Die konnten sie haben.

Er durchquerte das Restaurant. In den Sommermonaten war hier niemand. Man schloss es und kam erst kurz vor Wintereinbruch zurück, um es für die Wintersportsaison wieder zu öffnen. Bis dahin war er schon längst wieder weg. Der Gastronomiebetrieb war so abgelegen, dass es eine Weile dauern würde, bis jemand bemerkte, dass er eingebrochen und einen ganz bestimmten Teil in Betrieb genommen hatte. Er stieg die Treppe hinter der Küche hinunter und öffnete den Kühlraum. Die warme Luft traf auf eiskalte und zeigte ihr nebliges Gesicht. Wie von Geisterhand wich die Kälte zurück. Beleidigt kräuselte sie sich und wartete, bis die Tür wieder geschlossen wurde. Begierig darauf, den verlorenen Raum zurückzuerobern.

Er hörte die Kette klirren, bevor er sie sah.

Sie war also noch bei Bewusstsein. Sehr schön.

Er trat an sie heran. Streckte die Hand nach ihr aus.

Auf ihrem ganzen Körper zeichneten sich schwarzblaue Flecken ab. Die Lippen waren farblos. Die Zähne klapperten. Das Haar hing ihr in dunklen Strähnen ins Gesicht.

Ihre Augen lagen tief in den Höhlen.

Ihr Körper hing schlaff an den Armen, die über ihrem Kopf an einem Haken befestigt waren. Sie sah aus wie eine Eisprinzessin.

Einfach bezaubernd.

Eine Leiche hätte nicht schöner ausgesehen.

Er berührte eine Strähne. Drehte sie zwischen den Fingern, bis sie brach. Er steckte sie ein.

Mit halb geschlossenen Augen beobachtete sie ihn. Doch ihr Gehirn war nicht mehr aufnahmefähig.

Erst als sie an ihm herabsah, entdeckte, was er in der anderen Hand hielt, regten sich die letzten Lebensgeister. Aber sie konnte nicht mehr schreien. Nicht mehr weinen. Nicht mehr kämpfen.

Ein erneutes Klirren der Ketten war alles, was auf ihr Entsetzen hinwies.

Sie hatte keine Kraft mehr. Egal, wie sehr sie sich bemühte, wach zu bleiben, die Erschöpfung war stärker.

Langsam ließ sie den Kopf gegen ihren tauben Arm sinken.

Einschlafen. Einfach einschlafen. Und alles wäre vorüber.

Ihre Augenlider flatterten.

Sie hörte noch, wie er ihr süße Träume wünschte.

Dann fühlte sie eine merkwürdige Berührung an ihrem Bein. Es fühlte sich an, als ob man mit einer Keule auf einen gefrorenen Fisch schlagen würde.

Nur war es keine Keule.

Es war eine Axt.

Er hieb auf ihr Fußgelenk ein. Immer und immer wieder. Erst durch das gefrorene Fleisch. Dann durch den Knochen. Schließlich wurde die letzte Verbindung zu ihrem Bein durchtrennt.

Wie ein Klumpen Eis plumpste der Fuß zu Boden.

Grau

»Lucien, ich geh jetzt los! Wenn du mit willst, dann musst du dich beeilen!« Das brauchte Carol nicht zweimal zu sagen. Sofort sprintete ein brauner Airedale Terrier um die Ecke. Er schoss derart schnell an der hölzernen Dachstütze vorbei, dass er auf dem weißen Steinboden ins Schleudern kam. Verzweifelt versuchte er, mit allen vieren gegenzusteuern, was wenig elegant aussah. Carol fühlte sich an Bambi erinnert, als es sich von Klopfer überreden ließ, auf den vereisten See zu gehen. Sie konnte ein Lächeln nicht unterdrücken, aber dem Hund war das egal. Er war schließlich auch nicht ihr Exmann, dieses verlogene Schwein. Sofort zog sich bei dem Gedanken an ihn wieder ihr Bauch zusammen. Sie empfand eine Mischung aus Wut und tiefer Enttäuschung. Ein verheerender Mix, der sich lange nicht verdauen ließ. Er lag schwer wie Käsefondue in ihrem Magen und zersetzte sich ebenso langsam. Trotz Kirschgeist. Und davon hatte sie nach der Trennung einige gehabt. Der Vorteil war: Sie wusste jetzt, dass sie sich nicht zum Alkoholiker eignete. Nach drei Tagen durchgehendem Schnapsgenuss, allerlei betäubten Sinnen und dumpfen Empfindungen, Kopfschmerzen, schwerer Zunge und der Unfähigkeit, sich den normalsten Dingen des Alltags zu widmen, war der eigentliche Schmerz doch geblieben. Er saß so tief, dass der Alkohol ihn nicht zu erreichen vermochte. Sicher, sie hätte auch einfach weiter trinken können, nur wäre dann wohl die Besinnungslosigkeit gefolgt. Und danach? Nichts hätte sich verändert. Also gab sie das Trinken wieder auf. Sie raufte sich zusammen, kämpfte um Haus, Hund und Würde, und gewann. Dieser Erfolg baute sie so weit auf, dass sie das erste Mal seit langer Zeit wieder an sich selbst zu glauben begann.

Am schlimmsten war damals gewesen, dass sie überhaupt nicht bemerkt hatte, wie ihr Exmann nach und nach ihr Vertrauen in sich selbst zerstörte.

Aber das lag in der Vergangenheit. Sie hatte ein neues Leben begonnen. Angefangen hatte es mit dem Verkauf des alten Grundstücks und dem Kauf dieses neuen kleinen Häuschens direkt am Waldrand. Und genau diesen Wald wollte sie jetzt mit ihrem Hund für einen ausgiebigen Spaziergang nutzen.

»Na komm, mein Junge, los geht's.«

Lucien gab den Balanceakt auf, setzte sich hin und schlitterte auf dem Hintern die letzten Meter zu seinem Frauchen. Mit neugierig hochgerecktem Kinn hielt er schnuppernd die Nase in die Luft.

Carol öffnete die Tür und verließ das Haus als Erste. Wie immer.

Lucien erhob sich, nachdem sie draußen war, sprang an der Garderobe hoch, schnappte nach der Leine, die über einem Haken mit seinem Namen hing, und trottete ihr hinterher.

»Guter Junge.« Carol ging in die Hocke, kraulte Lucien hinter den Ohren und nahm ihm die Leine ab. Dann zog sie die Tür zu.

Sie ging durch den kleinen Vorgarten auf die Öffnung zwischen den beiden Zäunen zu und tauchte direkt in den Wald ein. Die Temperaturen waren angenehm warm, die Sonne schien in weichen Streifen durch die Blätter. Der Geruch nach Erde und ein Hauch von Blütenduft hingen in der Luft. Sie atmete den Sommer tief ein. Die Bäume leuchteten in allerlei Grüntönen, die Blätter waren voller Kraft. Carol konnte förmlich spüren, wie die Natur vor Leben strotzte. Der Weg führte in einer leichten Steigung bergan und wurde immer schmaler. Sie ging noch eine ganze Weile weiter, ehe sie bemerkte, dass sie Lucien nicht mehr hörte.

Nicht schon wieder. Welche Hasen jagte er wohl heute?

Sie rief nach ihm. Mehrfach. Aber es tat sich nichts.

Ziemlich konzentriert, der Gute. Na dann, er würde sich ihr wieder anschließen, sobald er fertig war, wie immer. Sie ging weiter.

Bis ihr die Schweinerei vom letzten Mal in den Sinn kam.

Lucien hatte sich ein Eichhörnchen geschnappt und es mit seinem Hundespielzeug verwechselt. Zugegeben, es hatte eine gewisse Ähnlichkeit besessen, zumindest anfangs.

Lucien hatte das Tier am Nacken gepackt und war kurz davor, es zu verbuddeln, als Carol zu ihm stieß. Anstatt ihrem Hund zu befehlen, von der Beute abzulassen, hatte Carol entsetzt aufgeschrien.

Das Eichhörnchen lebte noch. Es zuckte und zappelte in der Schnauze des Terriers, aber Lucien schien das nicht weiter zu stören.

Aus dem Affekt griff Carol nach Lucien. Sie versuchte, sein Halsband zu erwischen und ihn irgendwie dazu zu bewegen, seinen neuesten Besitz loszulassen. Doch Lucien gab ihn nicht frei. Er wollte behalten, was er gejagt hatte. Also begann er zurückzuweichen, die Jagdbeute ihrer Reichweite zu entziehen.

Sie ließ aber nicht von ihm ab.

Er begann, sich kräftig zu schütteln, während Carols Hand herausfordernd schnell nach seinem Kopf schnappte.

Und schließlich ein felliges Etwas erwischte.

Lucien zerrte, kämpfte um seine Beute.

Carol wurde an Tauziehen erinnert, eines seiner Lieblingsspiele.

Etwas zerriss. Ein hässliches Geräusch.

Eine warme Flüssigkeit rann über Carols kalte Finger.

Dann ein Knacken.

Verzweifelt und angeekelt sah Carol auf ihre Hände.

Das Eichhörnchen war nicht mehr wiederzuerkennen. Sie hielt die Beine in Händen. Am Bauch klaffte ein hässliches Loch. Die Innereien quollen heraus. Wie bei einem Plüschbären, dem der Bauch aufgeschlitzt worden war.

Blut rann aus der Wunde und tropfte auf Carols Schuhe.

Sie realisierte ihren Fehler und ließ von beiden Tieren ab. Zittrig atmete sie ein. Sie kämpfte mit dem Würgreflex.

Wie hatte doch die Hundetrainerin gesagt? Wenn du den Hund dazu bewegen möchtest, etwas loszulassen, und er nicht auf den entsprechenden Befehl hört, biete ihm etwas Gleichwertiges als Ersatz an; wenn du nichts hast, versuch es mit einem Leckerli. Oder pack ihn am Kiefer und drück langsam zu, bis er loslässt. Zwar war die Trainerin eher Esoterikerin gewesen und bestimmt nicht über alle Zweifel erhaben. Dennoch kamen die meisten Hundebesitzer aus ihrem Kurs mit ihren Tipps schnell zum Erfolg. Auch Lucien war darauf angesprungen.

Carol schluckte. Dann ging sie erneut auf Lucien zu. Zuerst forderte sie ihren Hund mit fester Stimme auf, seine Beute auszuspucken. Das klappte auch, allerdings erst, als sie ihm nach mehreren gescheiterten Versuchen eine leckere Alternative in Form eines Hundekuchens angeboten hatte.

Sie hatte das geschändete Eichhörnchen damals sich selbst und der Natur überlassen.

Lucien machte sie keinen Vorwurf. Er war eben einfach noch undiszipliniert und jung gewesen – sie waren beide noch jung gewesen.

Das war heute anders. Und trotzdem wollte Carol nichts riskieren. Sie verließ den Weg und kämpfte sich durchs Unterholz. Immer wieder blieb sie stehen und horchte aufmerksam. Sie vernahm ein Rascheln und Knacken. Für einen Hund von Luciens Größe waren die Geräusche jedoch zu sanft und zu leise.

Vögel zwitscherten. Eine ganze Weile konnte Carol nichts außer diesem Gesang hören. Sie ging langsam voran, hatte keine Eile. Wenn sie Lucien nicht fand, würde er eben sie finden. So war es schon immer gewesen, und so würde es auch bleiben.

Eine Art Versteckspiel zwischen Frauchen und Hund.

Carol versuchte, Lucien mit Rufen zu locken. Sie ließ ihre Stimme so weich wie irgend möglich klingen.

Auf einmal mischte sich ein neues Geräusch in die bestehende Kulisse.

Wasserrauschen.

War sie schon so weit gegangen?

Das Bachbett war nicht besonders breit. Aber sobald die Schneeschmelze oder Regenfälle einsetzten, strömte eine beeindruckende Menge Wasser den Abhang hinunter. Mancherorts wild sprudelnd, andernorts ruhig dahinfließend. Immerzu gurgelte und rauschte es, die darunterliegenden Felsen stetig bearbeitend.

Carol schob einen tief hängenden Ast beiseite, drückte sich an einem dichten Strauch vorbei. Sie blieb an den scharfen Dornen einer Brombeerhecke hängen und riss sich den Ärmel der Jacke auf. Fluchend begutachtete sie den Schaden.

Sie hatte keinen Blick für das klare Wasser, das sich märchenhaft den Weg zwischen den Farnen hindurch talwärts suchte, geschweige denn für die Sonne, die in hellen Strahlen durch das grüne Blätterdach schimmerte und das Wasser stellenweise zum Glitzern brachte.

Und im ersten Moment nicht für den braunen Hund, der sich schwanzwedelnd vor ihr eingefunden hatte und etwas vor ihre Füße fallen ließ.

Mit einem dumpfen Laut schlug es auf dem Waldboden auf.

Sie nahm die Bewegung wahr. Deshalb schenkte sie ihm auch einen abwesenden Blick.

Da war er also.

»Die Lefzen zu einem Grinsen verzogen, stehst zu hier, guckst mich aus unschuldigen braunen Augen an. Was du mit deiner Aktion angerichtet hast, siehst du nicht«, dachte sie laut mit einem wehmütigen Blick auf ihre zerrissene Jacke.

Sie seufzte. Was soll's. Dann gibt es eben eine neue Jacke. Sie streckte die Hand nach ihrem Hund aus, wollte ihm besänftigend den Kopf tätscheln.

Und hielt auf halbem Weg inne.

Ihre Augen weiteten sich. Ihre Kehle wurde trocken.

Er hatte etwas gejagt. Und gefangen.

Aber diesmal war es kein Eichhörnchen.

Es war ein Fuß.

Weiß

Schon wieder das Telefon. Ungefähr das zehnte Mal heute. Eva saß in ihrem Büro, starrte den Text auf dem Computerbildschirm an und fragte sich, was sie da eigentlich getippt hatte. Sie war nicht bei der Sache, und inzwischen war ihr auch wieder klar, was sie zu dem planlosen Urlaub bewegt hatte. Jetzt, da sie wieder an diesem Punkt angelangt war, verstand Eva allerdings nicht mehr, warum sie ihre Ferien aus bloßer Langeweile hatte abbrechen können. Sie steckte in einer Endlosschleife. Irgendwie musste sie ihr Leben grundsätzlich überdenken. Dieses Hamsterrad wurde langsam zu eng. Aber zuerst kam die Arbeit, denn ohne den Job würde sie kaum genug Geld haben, um eine Veränderung, welcher Art auch immer, auch wirklich umzusetzen.

Entnervt drehte sie sich auf ihrem Bürostuhl um ihre eigene Achse und bremste vor dem Telefon, indem sie sich an der Platte ihres dunklen Tisches festhielt.

Wenigstens ein Vergnügen an diesem grauen Tag.

Wahrscheinlich war es nur das Wetter, das ihre Stimmung so grässlich drückte. Draußen hing der Himmel voller Wolken, und es roch nach Regen. Ein Geruch, den sie eigentlich genoss, aber heute wollte sich die Freude einfach nicht einstellen.

»Büro Näfels, Eva Siedler am Apparat. Was kann ich für Sie tun?«

»Aufs Display gucken und nicht so förmlich gelangweilt in die Muschel sprechen. Das beleidigt meine Ohren.«

»Chris! Was für eine Überraschung! Ein Sonnenstrahl, der sich durch die Wolken kämpft. Danke!«

»Himmel, hast du was geraucht?«

»Nein, noch nicht. Es ist nur einer dieser mies gelaunten, entsetzlich unbefriedigenden Tage.«

»Trink ein Bier.«

»Eine gute Idee, nur der falsche Ort.«

»Womit wir beim Thema wären. Ich dachte, du hättest Ferien?«

»Hatte ich auch. Zwei Tage hab ich's ausgehalten.«

»Das kannst du aber besser, das weiß ich.«

»Ja, sicher. Den ganzen Tag schlafen, fernsehen, rumlümmeln. Aber es gab da so einen fiesen Gedanken, der mich zurück ins Büro trieb.«

»Ach ja? War er kugelrund, trug eine schmale Brille, einen grauen Anzug und einen schwarzen Aktenkoffer?«

»Nein, es war nicht mein Chef. Ich hatte nur immer das Gefühl, ich könnte mir diese kostbaren freien Tage für etwas Nützlicheres aufsparen, wie zum Beispiel Urlaub im Shrek-Land.«

»Weit weit weg? Ja, versteh ich. Dann komme ich ja wie gerufen.«

Eva wurde skeptisch. Wenn ihr Bruder diesen Unterton in der Stimme hatte, heckte er etwas aus. Meistens war es nichts Gutes.

»Dein Schweigen verrät mir, dass du darüber nachdenkst, in welches Chaos ich dich als Nächstes stürzen möchte. Aber glaub mir, heute nicht. Wir fahren zusammen weg.«

»Wir tun was?«

»Urlaub. Wir zwei. In den Bergen.«

Eva dachte kurz nach. Sie mit ihrem Bruder in den Bergen? Irgendetwas war daran faul, aber sie kam nicht darauf, was. »Ich weiß nicht. Um welchen Berg handelt es sich denn genau? Und wie lange würden wir dort bleiben?«

So lange wie möglich. Er brauchte Zeit, die Dinge geradezubiegen, die vor so langer Zeit schiefgegangen waren. Eva schien zwar nicht mehr wütend darüber, dass er und Sam sich nach dem Horrorunfall in den Bergen vor fünfzehn Jahren ohne einen Blick zurück einfach aus ihrem Leben gestohlen hatten. An ihm jedoch nagte das seit Jahren. Und jetzt, nach Sams Rückkehr, war die Zeit gekommen. Er wollte es wiedergutmachen, aber das behielt er vorerst für sich. »Ich dachte an zwei Wochen. Verlängerung nicht ausgeschlossen. Der Ort soll eine Überraschung bleiben. Aber pack dir warme Sachen ein, es könnte durchaus auch kühl werden.«

Chris konnte richtiggehend hören, wie seine Schwester nachdachte. Das dauerte ihm zu lange. Er musste die Taktik ändern. »Ach komm schon, du musst hier mal raus. Du bist abgespannt und unzufrieden. Das hast du mir bei unserem letzten Gespräch selbst gesagt. Nimm dir Zeit, zur Ruhe zu kommen, nachzudenken. Ich habe im Auftrag eines neuen Hotels einige Fotos gemacht und dachte, das wär doch mal was. Außerdem kommt Tanja auch mit. Das hätte zwar eine Überraschung werden sollen, aber du lässt dich ja mal wieder nicht so leicht überzeugen.«

Das schlechte Gewissen nagte an Chris. Wann hatte er seine Schwester das letzte Mal so schamlos angelogen? Egal. Würde er ihr sagen, was in den Bergen wirklich auf sie wartete, käme sie nicht mit. Das war sicher.

Während Chris sich mit seinem Gewissen herumschlug, machte sich Eva ihre ganz eigenen Gedanken. Tanja? Chris hatte sie seit fünfzehn Jahren nicht gesprochen, und jetzt sollte er auf einmal spontan gemeinsame Sache mit ihr machen?

»Glaub ich nicht.«

»Eva, du stammst eigentlich gar nicht aus unserer Familie. Du bist ein Granitblock, der aus einem Gebirge gebrochen und vor den Füßen unserer Mutter gelandet ist. Anders kann ich mir das nicht erklären. So unerbittlich kann doch keiner sein.«

Eva lächelte ins Telefon. Da klingelte es auf der zweiten Leitung. Sie warf einen Blick auf die Nummer und verdrehte die Augen. Nicht der schon wieder. Dieses Exemplar eines äußerst nervenden Kunden würde sie für den Rest der Woche mehrmals täglich an der Strippe haben. Was war besser? Ein Urlaub mit ihrem Bruder, bei dem sie nicht wusste, worauf sie sich einließ, oder dieser Arsch mit Ohren, der ganz oben auf ihrer Aggressionsliste stand? »Gut. Du hast gewonnen. Wann und wo?«

Jetzt war es an Chris, zu lächeln. Erleichtert atmete er auf.

»Freitagnachmittag geht's los. Stell dich um vier vors Haus. Ich hol dich ab.«

»Und wie lange, sagtest du, bleiben wir?«

»Ich dachte an zwei Wochen mit Option auf Verlängerung.«

Zwei Wochen. »Chris, warte, zwei Wochen? Aber ich habe am Donnerstag in einer Woche eine Verabredung.«

»Eine Verabredung? Kann man die nicht verschieben?«

Eva hüstelte. »Nun, nein.«

»Warum nicht?«

Eva wog ihre Möglichkeiten ab. Wenn sie Chris sagen würde, dass sie auf ein Blind Date gehen wollte, würde er sie zuerst auslachen, dann anbrüllen und schließlich bemitleiden. Sie wollte eigentlich keinen dieser drei Ausbrüche erleben, aber er war immerhin ihr Bruder. »Weil es ein Blind Date ist.«

Die Reihenfolge stimmte nicht ganz. Er lachte sie aus und bemitleidete sie dann. Den Wutausbruch ließ er aus. »Ein Blind Date? Oh Schwesterherz, so etwas von dir zu hören bricht mir das Herz. Wo hast du ihn aufgegabelt? Im Internet? Oder ist es eine Sie? Wie dem auch sei, du hast doch bestimmt irgendwelche Kontaktdaten von deinem Date? Deine potenzielle Liebe hat doch sicherlich einen tollen Nickname wie Loverboy69 oder etwas in der Art?«

Mit jedem Wort wurde Eva gereizter. Aber sie biss die Zähne zusammen, denn eigentlich hatte ihr Bruder ja recht. Ein Blind Date? War es mit ihr denn wirklich schon so weit gekommen? »Ich kann keinen Kontakt mit ihm aufnehmen, weil es ein anonymes Date ist. Er«, wobei sie das Wort »er« stark betonte, »hat mir einen Brief in den Briefkasten gesteckt. Seinen Namen hat er nicht hinterlassen, nur einen Treffpunkt. Und damit du nicht gleich wieder einen Lachanfall bekommst, ich habe ihn schon gesehen. In der Disco am Wochenende, und er sieht toll aus.« Wenn er es überhaupt war, der sich mit ihr treffen wollte. Sicher war das nicht, obwohl Tanja ihm Evas Nummer zugesteckt hatte. Aber eben die Nummer, nicht die Adresse. Eva behielt diese Zweifel für sich. Das Ganze war so schon zu demütigend.

»Ich lache nicht.«

»Lügner. Ich kann's genau hören.«

Chris japste deutlich vernehmbar nach Luft. »Okay, okay. Ich gebe auf. Wenn du zu deinem halben Blind Date mit deinem anonymen Discoman gehen möchtest, anstelle mit Tanja und mir an einem Ort Urlaub zu machen, an dem du vielleicht einen realen Mann treffen kannst, der auch den Mut hat, sich zu zeigen und mit dir zu sprechen, dann bitte tu, was du nicht lassen kannst.«

Sie wusste nicht, weshalb sie das heute immer noch zuließ. Wieso konnte ihr Bruder sie selbst im Erwachsenenalter noch zur Schnecke machen? Aber inzwischen fand sie ihre Idee, auf das Blind Date zu gehen, selbst so bescheuert, dass sie sich lächerlich vorkam. Also kippte sie ihre Pläne über Bord. »Gut. Du hast gewonnen. Aber du rufst Tanja an und überredest sie zu diesem Urlaub.«

»Wie meinst du das?« Jeder Schalk war aus Chris' Stimme verschwunden.

»Himmel, Chris, denkst du, ich weiß nicht, dass die Sache mit Tanja nur eine Finte war, um mich rumzukriegen? Diese Suppe kannst du jetzt selbst auslöffeln. Viel Spaß dabei!« Es klickte, und im nächsten Moment war die Leitung tot.

Grau

»Ein Fuß, ein menschlicher Fuß. Weiblich, um genau zu sein. Blauschwarz und stellenweise noch gefroren.«

»Gefroren?« Weber kratzte sich das Kinn. »Wo?«

»In einem Waldgebiet in der Nähe der Beatushöhlen.«

»Wann?«

»Heute Morgen.«

»Und warum erfahre ich das erst jetzt?«

»Weil die Kollegen die Ergebnisse der Hausdurchsuchung des Opfers gleich mitliefern wollten.«

Weber hob eine Augenbraue. »Im Ernst? Hing an dem Fuß ein Etikett mit der Adresse des Opfers oder warum wussten die so schnell über die Identität Bescheid?«

»Kollege Zufall half mit. Der Fuß wies eine frische Operationsnarbe auf. Bei den Abklärungen führte dadurch zügig eins zum andern. Wie sich herausstellte, hatte sich das Opfer den großen Zeh kürzlich im Kantonsspital operieren lassen.«

»Wer hat den Fuß gefunden?«

»Genau genommen hat ein Hund den Fuß seinem Frauchen gebracht.«

Das wurde ja immer besser. Weber rieb sich mit den Zeigefingern die Schläfen.

»Legen Sie den Bericht bitte auf den Tisch. Ich werde ihn mir ansehen.«

Das ließ Johann sich nicht zweimal sagen. Er deponierte das Papier am gewünschten Ort und verschwand.

Mit gesenktem Kopf rauschte er aus dem Büro. Dabei hätte er beinahe Chris erwischt. Neugierig blickte dieser ihm nach.

Johann wirkte nervös. Irgendwie grün im Gesicht. Zittrig. Soweit Chris das bei dieser flüchtigen Begegnung hatte beurteilen können. Entweder hatte Weber ihm aus irgendwelchen Gründen die Leviten gelesen oder aber, es gab etwas Neues bei den Körperteilen. »Jenny!«

Heute in Knallgrün gehüllt, drehte sich Jenny auf ihrem Bürostuhl um. »Sie wünschen?«

»Es gibt was Neues, stimmt's?«

Jenny seufzte. »Ein Fuß. Die Presse soll bald mit in den Fall eingebunden werden. Sie tüfteln noch daran, wie viel sie den Journalisten zu fressen geben. Eine Massenhysterie wäre schließlich auch nicht hilfreich. Es gibt da anscheinend ein paar Dinge, die für die Polizei in der ganzen Schweiz ziemlich beunruhigend sind. Vor allem der Umstand, dass man absolut keine Spur hat. Die Körperteile sind jeweils von verschiedenen Frauen, deren Identitäten man inzwischen alle ermittelt hat. Der Rest der Körper aber ist unauffindbar. Wie die Einzelteile dorthin gelangt sind, wo sie gefunden wurden, weiß man nicht.« Jenny hielt inne. »Chris?«

»Ja?« Erwartungsvoll beugte er sich vor.

»Das wirst du aber alles brav für dich behalten, ja? Was glaubst du, was hier los wäre, wenn du die Geschichte bringst, bevor die anderen Zeitungen auch nur die geringste Ahnung von der Sache haben? Die Jungs hier wüssten genau, dass ich dir die Infos gegeben hätte. Das würde mich meinen Job kosten. Und das möchtest du doch nicht.«

Chris musterte Jennys pausbackiges Gesicht. »Liebste Jenny, nein, das will ich nicht. Du sollst weiter die Möglichkeit haben, Fallanalytikerin zu werden, wenn auch auf Umwegen.«

»Profilerin. Klingt eleganter.«

Chris winkte ab. »Dann eben Profilerin. Jedenfalls werd ich nichts sagen. Schließlich habe ich kein Interesse daran, es mir mit Weber zu verscherzen, sonst dürfte ich mich hier nicht mehr blicken lassen, und das wiederum würde mich meinen Job und ein paar unterhaltsame Kaffeepausen mit deinen Mitarbeiterinnen kosten. Du weißt ja, mein lieber Boss hält mich nur noch aus, weil ich in seinem gesamten Betrieb die besten Verbindungen zur Staatsanwaltschaft habe. Obwohl ich nur der Fotograf bin und nicht schreiben darf. Ohne den Kontakt zu euch hätte er mich schon lange in die Kreuzworträtselabteilung gesteckt. Ich kann also warten, bis ihr die Presse offiziell informiert. Außerdem gehe ich sowieso in die Ferien.«

»Ach ja, mit wem denn?«

»Mit meiner Schwester und ihrer Freundin.«

»Mit deiner Schwester und ihrer Freundin?« Ungläubig hob Jenny eine Augenbraue. »Damit habe ich jetzt nicht gerechnet.«

»Glaube mir, sie auch nicht. Aber das haben Überraschungen nun einmal so an sich. Es brauchte aber schon ein wenig Überzeugungsarbeit, bis sie eingewilligt hat. Vor allem, da sie deswegen ein mysteriöses Date verpassen wird.«

Jetzt war es an Jenny, sich interessiert vorzubeugen. »Ein mysteriöses Date?«

»Oh, ja. Es ist aber weit weniger aufregend, als es klingt. Mein Schwesterherz wollte sich doch tatsächlich mit einem Typen treffen, der ihr einen anonymen Brief eingeworfen hat. Sie glaubt zwar zu wissen, wer er ist, aber sicher kann sie sich da ja nicht sein. Lächerlich, oder?«

Chris grinste. Aber als er erneut in Jennys Augen sah, stutzte er. Der schwärmerische Ausdruck war aus ihren Zügen gewichen. Sie blickte ihn ernsthaft an.

War es Sorge?

»Jenny, was ist los?« Einfühlsam senkte er die Stimme.

Jenny schien einen inneren Kampf auszufechten, bevor sie

das Wort ergriff. »Hör mal, ich will dich nicht unnötig belasten. Ich habe noch keine harten Fakten, es ist nur so ein entsetzlich dummes Gefühl.«

Jetzt war Chris alarmiert. »Jenny? Ist bei dir etwas nicht in Ordnung? Geht es um deine Mutter? Hatte sie einen Rückfall oder macht sie den Anschein, als könnte sie rückfällig werden?«

»Nein. Ihr geht es gut. Sie hat schon seit über einem Jahr keinen Schluck Alkohol mehr angerührt. Es ist ... Es geht ...« Jenny atmete geräuschvoll ein. »Dieser Brief, den deine Schwester bekommen hat, du weißt nicht zufällig mehr darüber?«

Chris wich skeptisch zurück. »Nein, weiß ich nicht. Jenny, was soll das?«

»Ich … Ach nichts. Pass einfach auf deine Schwester auf, okay?«

War das alles? »Auf sie aufpassen soll ich? Ich habe immer ein Auge auf sie, obwohl sie das nicht nötig hat.«

»Nein, Chris, du verstehst nicht. Die Körperteile, die verschwundenen Frauen ...«

Die Tür zu Webers Büro öffnete sich. Jenny schwieg sofort. Sie sah zur Tür, dann bedachte sie Chris mit einem flehenden Blick.

Chris wurde ungeduldig. Vor allem aber wurde er nervös. Er schnappte sich Jennys Telefon, drückte eine Taste.

Aus Webers Büro drang ein Klingeln. Die Tür öffnete sich nicht weiter. Stattdessen hörte man knirschende Schritte, die sich von der Tür zu entfernen schienen. Chris legte den Hörer wieder auf. »Also?«

»Es muss nichts zu bedeuten haben, aber in dem Polizeibericht, den wir heute erhalten haben, steht, dass in der Wohnung der Frau ohne Fuß eine Karte gefunden wurde. Es war eine Einladung zu einem Blind Date, Absender unbekannt. Jetzt ist die Frau verschwunden …«

»Jenny? Was soll der Mist?« Webers Stimme donnerte durch den Raum.

Jenny schluckte die letzten Worte hinunter. »Entschuldigung. Ich bin wohl an die Telefonanlage gekommen. Kommt nicht wieder vor.« Schuldbewusst senkte Jenny den Kopf. Eine Geste, die ihr so gar nicht ähnlich sah, wie Chris feststellte. Das entging auch Weber nicht. Allerdings schien er den Grund für diese ungewohnte Haltung woanders zu vermuten, als es wirklich der Fall war.

Webers kleine Augen wanderten aufmerksam von einem Gesicht zum anderen. Chris reagierte prompt. Er hauchte Jenny einen Kuss auf den Mund, warf Weber ein bedeutungsschwangeres Grinsen zu, schlängelte sich um ihn herum und eilte so leichtfüßig wie möglich davon.

Dabei wogen Jennys Worte tonnenschwer.

Schwarz

»Hallo.« Zögerlich trat die leicht pummelige Blondine mit dem hübschen Gesicht auf den einzigen Tisch im Café zu, der besetzt war. Drei Uhr nachmittags war normalerweise nicht die Zeit, um in diesem Haus inmitten von Bürogebäuden einzukehren. Deshalb hatte er wohl den Ort gewählt. Sie strich mit dem Finger am Rand einer Papierkarte entlang, die sie in

Händen hielt. Sie schaute noch einmal kurz darauf, als müsste sie den Namen, der dort stand, zur Sicherheit noch einmal lesen. Dabei war das unnötig. Sie kannte die Initialen genau. »Bist du LG?«

Er nickte langsam. Mit leicht eingezogenem Kopf blickte er sie schüchtern aus großen Augen an. »Ich war nicht sicher, ob du kommst. Aber ich bin froh, dass du hier bist.« Ein schiefes Lächeln breitete sich auf seinem Gesicht aus, während er sie einfach nur ansah.

Unbehaglich trat sie von einem Fuß auf den anderen. »Was ist?«

»Tut mir leid. Du bist nur so …« Er brach ab.

»Was?«, fragte sie noch einmal.

Er räusperte sich. Schob unsicher die leere Tasse vor sich hin und her. »Na ja, du bist nur einfach so wunderschön. Entschuldige, das war zu direkt, ich weiß.« Er wedelte abwehrend mit den Händen, errötete leicht.

Ihr Herz begann noch schneller zu schlagen, als es das vor Aufregung sowieso schon tat. Ein warmes Gefühl breitete sich in ihrer Magengrube aus.

Sie sammelte ihren Mut und trat näher an den Tisch heran. »Darf ich mich setzen?«

Er riss erschrocken die Augen auf. »Oh, mein Gott, wie unhöflich von mir! Natürlich! Bitte.« Er sprang vom Sitz, eilte um den Tisch herum, zog den zweiten Stuhl unter der Platte hervor. Dann wartete er, bis sie reagierte. Er rückte den Stuhl zurecht. Gerührt von seinen Bemühungen ließ sie sich nieder.

Was für ein Mann.

»Möchtest du etwas trinken? Einen Kaffee?«

»Sehr gerne.« Sie lächelte ihn von unten herauf an und machte besonders große Augen.

Er sah sie an. Eine Sekunde länger als nötig. Dann breitete sich erneut ein scheues Lächeln auf seinem Gesicht aus. Er rieb sich verlegen mit der flachen Hand über den Nacken, schüttelte leicht den Kopf, als würde er sich selbst und seine Reaktion nicht mehr verstehen, bevor er sich schließlich umdrehte und an die Kaffeetheke zurückzog.

Sie war im siebten Himmel angekommen.

Und er wusste das.

Sein Auftreten hatte er über lange Zeit penibel einstudiert. Selbst das Erröten. Er konnte sogar auf Kommando weinen. Je nachdem, wonach das Herz der Frau verlangte. Er wusste, er sah gut aus. Das machte ihm vieles einfacher. Aber das war nicht immer so. Früher hatte man ihn verspottet. Die Frauen hatten ihn gemieden, wegen seiner Pickel und seiner schlechten Frisur. Er war viel zu dünn gewesen, hatte nichts von Haltung und erst recht nichts von selbstbewusstem Auftreten verstanden.

Doch er hatte dazugelernt, an seinem Aussehen und seinem Auftreten gefeilt und geschliffen. Bis nichts mehr an ihm dem Jungen von früher ähnelte.

Nun lagen sie ihm zu Füßen. Die einsamen Herzen vermochte er zu trösten. Und schließlich erlöste er sie von ihrem Schmerz. Endgültig.

Doch sie waren alle nur Übungsobjekte.

Klirrend setzte er die Kaffeetasse auf dem Unterteller ab. Seine Hand zitterte. Er fluchte. Grimmig biss er die Zähne zusammen.

Nicht jetzt. Es war nicht der richtige Zeitpunkt, um auszurasten. Er verdrängte die rasende Wut hinter einer Maske der Selbstbeherrschung. Aber er wusste, bald musste er seinem Ärger erneut Luft machen. Dann aber richtig. Seine Finger krampften sich um den Löffel in seiner Hand. Ein gutes Instrument, so ein Löffel. Er dachte an die hübschen blauen Augen der Frau, mit denen sie ihn so treuherzig angeblickt hatte. Die sie noch größer machte, als sie waren, nur um ihm zu gefallen.

Das war ihre Masche. Das wusste er. Schließlich hatte er sie beobachtet, wie sie im Coop mit dem Kassierer, im Zug mit dem Kontrolleur geflirtet hatte. Wie sie ihre Kunden im Herrenglobus mit den Augen anlächelte.

Er hätte über ihre naive Hingabe am liebsten laut gelacht.

Sie würde bald merken, was sie davon hatte, ihre Augen so schamlos einzusetzen.

Wieder schloss er die Finger fest um den Griff des Löffels.

Er labte sich an dem Gedanken, wie er ihn präzise an ihrem strahlend schönen Sehorgan ansetzen würde. Wie er ihn genüsslich an der Augenhöhle entlang hinter den Augapfel schob. Dann den Apfel herausziehen und die Nerven durchtrennen. Er konnte ihren kalten Schweiß schon beinahe riechen, so real war seine Vorstellung. Ein wohliger Schauer überlief ihn. Er dachte an das Adrenalin. Es würde wie eine Droge durch seine Adern rauschen.

Er atmete tief ein. Noch nicht.

Er löste seine verkrampften Finger vom Griff des Löffels. Einen nach dem anderen. Er nahm das Kaffeeservice und richtete sich zu seiner vollen Größe auf.

Als er sich umdrehte, waren die Zornesfalten verschwunden. Der ernste Ausdruck war einem sanften Lächeln gewichen. In ihrem Blick lag Skepsis. Sein Aussetzer war also nicht unbemerkt an ihr vorbeigegangen.

Aber das war kein Problem. Er würde den Schaden beheben.

Und dann würde er sie töten.

Grau

»Jetzt geh auf dieses verfluchte Dach und tu deine Arbeit!« Jason baute sich vor seinem halb so breiten Arbeiter auf und zeigte mit ausgestrecktem Finger auf das Dach des Einfamilienhauses.

»Ich kann nicht!« Der Angestellte stand mit gesenktem Kopf wimmernd vor Jason.

»Herrgott, das kann doch nicht wahr sein! Warum denn nicht? Hast du auf einmal einen Anflug von Höhenangst? Die Ziegel müssen ersetzt und die Regenrinnen gereinigt werden, und du wirst das übernehmen, so wie immer!«

»Das kann ich nicht!«

Jason rollte mit den Augen. Der verschüchterte Junge vor ihm tat ihm leid, aber gleichzeitig brachte er ihn zur Weißglut. Andauernd hatte Philippe solche Anfälle, dass er aufgrund eines schlechten Gefühls die Arbeit verweigerte. Gut, bisher hatte er auch immer recht behalten. Beim letzten Mal wäre ein anderer von Jasons Arbeitern beinahe vom Dach gefallen, hätte der Junge nicht im Vorfeld verlangt, dass man den Mann zusätzlich sicherte. Warum, hatte Jason gefragt. Die Männer waren schließlich immer auf die gleiche Art gesichert gewesen. Philippe hatte nur mit der Schulter gezuckt. Aber auch wenn kein plausibler Grund für weitere Vorsichtsmaßnahmen ersichtlich gewesen war, Jason hatte nachgegeben … und seinem Arbeiter damit das Leben gerettet. Er war ausgeglitten, die erste Sicherung hatte der Belastung nicht standgehalten, und der Bursche rutschte vom Dach in Richtung Abgrund. Bevor er in die Tiefe stürzen konnte, griff die zweite Sicherung.

Das war unheimlich gewesen.

»Gut. Dann gehe ich.«

»Nein!«

»Was?« Erstaunt musterte Jason den Jungen. »Warum nicht? Was stimmt denn da oben nicht?«

Philippe schwieg.

»Hör mal, ich habe den Auftrag angenommen, jetzt muss ich ihn auch ausführen. Wenn du dich weigerst, muss eben ich da hoch, denn es ist niemand anderes da.«

Jason wandte sich der Leiter zu. Er setzte einen Fuß auf die erste Sprosse, als er eine feingliedrige Hand auf seinem breiten Arm spürte.

»Nein. Ich krieg das hin.«

Jason hätte beinahe gelacht. Der Junge sah aus wie ein geprügelter Hund. Er war so entschlossen, mutig zu sein. Dabei sprachen seine Augen eine ganz andere Sprache. Jason, ein Bär von einem Mann, wurde warm ums Herz. Wie hätte er den Jungen nicht mögen sollen? Jasons neue Lebenspartnerin hatte sich völlig umsonst Sorgen gemacht. Ihr Sohn war schwer in Ordnung. Philippe konnte anpacken, obwohl er so schmächtig war. Klar, Jasons Dachdeckerbetrieb war nicht gerade das, was sich der Junge für seine Zukunft gewünscht hatte, aber mit seinen seltsamen Anwandlungen war er schon manches Mal auf die Schnauze gefallen. Er blieb zwar tapfer, aber irgendwann musste Schluss sein mit diesen Rückschlägen. Das sah auch Jason ein, weshalb er Philippe unter seine Fittiche genommen hatte. Mit gemischten Gefühlen, zugegeben. Doch die hatten sich mittlerweile in Luft aufgelöst. Solange man akzeptierte, dass der Knabe manchmal ein seltsames Gefühl hatte und dies nicht wie andere Menschen einfach ignorierte, konnte man sogar ganz gut von ihm profitieren. Unfälle gab es seit Philippes Anwesenheit zumindest nur noch wenige. Das kam Jason natürlich auch entgegen. Und in Anbetracht dessen, dass

Jason um seine eigenen Fehler wusste, die der Junge aber ohne Weiteres akzeptierte, kamen die beiden hervorragend miteinander aus.

»Bub, ich weiß nicht, was dich nun schon wieder reitet, aber ich will nicht, dass du da raufgehst, wenn du dieses komische Gefühl hast.«

»Genau das ist ja auch der Grund, weshalb ich nicht will, dass du da raufgehst! Außerdem sagst du doch immer, ich soll mich der Sache stellen.«

»Aber nicht um jeden Preis.«

»So schlimm wird's schon nicht. Ich bin dein Arbeiter, also muss ich auch was tun.« Entschlossen schob sich Philippe unter Jasons riesigem Arm hindurch und setzte seinen Fuß eine Sprosse über den von Jason. »Ich wäre dir dankbar, wenn du die Leiter halten würdest«, rief er noch, dann eilte er flink wie ein Wiesel hinauf, ehe Jason dazu kam, ihn aufzuhalten.

Also hielt Jason die Leiter und sah dem Jungen zu, wie er oben angekommen aufs Dach kletterte. Er überwand die Regenrinne, arbeitete sich vorsichtig zu den defekten Ziegeln und dem daneben deponierten Ersatzmaterial vor und machte sich daran, den Schaden zu reparieren. Philippe brauchte nicht lange, und darauf war er stolz. Er wusste, dass er seine Aufgabe sauber erledigt hatte. Als Nächstes folgte die Regenrinne. Aber vorher wollte er Jason noch Bescheid sagen. Philippe richtete sich auf und balancierte zurück zur Leiter. Einen Augenblick lang hielt er inne und genoss die herrliche Aussicht, die nur den wenigen vergönnt war, die einen Grund hatten, aufs Dach zu steigen. Auch deshalb fand er diese Arbeit gar nicht so schlimm. Er sah sich um und entdeckte Jason beim Lieferwagen. »Hei, Jason! Ich bin fertig! Ich mach mich jetzt an die Regenrinne, in Ordnung?«

Jason sah nach oben und nickte. »Hast du alles bei dir?«

Philippe senkte seinen Blick und musterte erst seinen Materialgurt, den er um die Hüfte trug, dann die Regenrinne. »Fürs Erste wird's reichen!«

»Gut. Ich muss noch mal kurz zu Frau Meyer; sie glaubt immer noch, ihre Ziegel fallen ihr demnächst auf den Kopf.« Jason konnte beobachten, wie der Junge den Mund zu einem Lächeln verzog.

»Sicher. Tu das. Schon wieder.« Noch während er grinste, ging er in die Hocke. Er wollte testen, wie fest der Dreck saß, der die Rinne verstopfte. Also stocherte er mit dem Schraubenzieher darin herum, bewegte ein wenig Schmutz hin und her. Pustete hier, kratzte da.

Schob vertrocknetes Laub beiseite.

Entdeckte unter einem Blatt etwas weiß Schimmerndes.

Sein erster Gedanke war: ein Vogelei.

Neugierig legte Philippe den Schraubenzieher weg. Streckte die Hand aus.

Beiläufig hörte er, wie die Flügeltüren der Ladefläche des Lieferwagens zuschlugen.

Er nahm noch ein Blatt weg, legte den Gegenstand frei.

Rund. Seltsame Färbung. Diese Maserung. Fast wie eine Marmorkugel. Nur schimmerten die feinen Linien rötlich. Adern, erinnerte er sich. Diese Maserung konnte man auch als Adern bezeichnen, weil sie sich genauso durch den Gegenstand zogen wie die Blutbahnen durch den menschlichen Körper.

Was konnte das nur sein? Er tippte es mit einem Finger an. Drückte darauf. Und noch einmal. Diesmal etwas fester.

Erstaunliche Konsistenz. Irgendwie weich und doch fest.

Philippe hörte, wie der Motor gestartet wurde, aber nicht, dass Jason wegfuhr.

Er nahm seinen Fund zwischen die Fingerspitzen. Hob ihn an. Drehte ihn um.

Und starrte in ein Auge.

***

Weber war kurz davor, mit der Stirn gegen die Tischplatte zu schlagen, aber er beherrschte sich. Ein derartiger Ausbruch würde Johann wohl erst recht verunsichern. Vor allem, da er noch überhaupt nichts gesagt hatte. Doch Weber kannte diesen gewissen Ausdruck auf Johanns Gesicht allmählich.

Sie hatten also schon wieder etwas gefunden. Was war es wohl diesmal?

»Lassen Sie mich raten. Ein Ellbogen? Ein Hals? Innereien?«

Johann tippte unsicher mit dem Finger auf das Papier in seinen Händen. »Augen.«

Augen. Angewidert verzog Weber das Gesicht. »Wie und wo?«

»Ein Dachdecker aus Chur. Sein Arbeiter war auf dem Dach eines Kunden und wollte die Regenrinne reinigen. Der Dachdecker selbst war im Aufbruch begriffen, als er das seltsame Verhalten seines Arbeiters bemerkte. Er wartete ab und beobachtete ihn. Da fing der Arbeiter auf einmal panisch zu schreien an. Dass er nicht gleich vom Dach gefallen ist, grenzt an ein Wunder.«

»Verstehe. Die Augen lagen also in einer Dachrinne? Und wie kamen sie dorthin?«

Johann schüttelte nur den Kopf.

Natürlich. Man wusste es nicht. Woher auch?

»Und zu wem gehören die Augen?«

»Maria Elmo.«

»Seit wann wird sie vermisst?«

»Seit die Augen gefunden wurden. Die Nachbarn haben sie vorgestern aus dem Haus gehen sehen. Niemand sah sie zurückkehren. Aber das war nicht ungewöhnlich, wie die Nachbarn weiter erzählten. Sie blieb oft einige Tage einfach weg. Deshalb sorgte sich auch niemand.« Johann blätterte in der Akte. »Eine Nachbarin sagte sogar, sie zelebriere ihr Singledasein. Sie hatte immer mal wieder Männerbesuche, sie war oft unterwegs in Bars, und ihr Ruf lautete dahingehend, dass sie sich gern auf einen Flirt einließ. Sie passte sich optisch auch den Wünschen ihrer jeweils aktuellen Traummänner an. Aber meist deshalb, weil sie auf der Suche nach der großen Liebe war und eigentlich nicht nach Abenteuern. Ihre Taktik sei einfach ungeheuer schlecht, und sie hätte ständig miese Typen an Land gezogen, sagte eine Freundin.«

»Miese Typen, das kann man wohl sagen. Johann?« Weber legte die Stirn in Falten.

»Ja?«

»Welchen Beziehungsstatus hatten die anderen Frauen?«

Johann dachte nach. Er zog sein Handy hervor, tippte den Code ein und öffnete eine Datei.

»Zum SMS-Schreiben ist jetzt nicht die Zeit, Johann.«

Verlegen ließ Johann das Telefon sinken. »Nein, so ist das nicht. Ich habe die ganzen Fallakten, die wir bisher zusammengetragen haben, in eine Datei auf mein Handy gespeichert, damit ich sie immer dabeihabe. Zum Beispiel für den Fall, dass Sie mir eine solche Frage stellen.«

Weber zog fragend eine Augenbraue hoch. Er wusste noch

nicht, was er davon halten sollte. Darüber wollte er allerdings später nachdenken. Viel später.

»Alles Singles.«

Weber lehnte sich zurück. »Sie sind alle Singles«, wiederholte er. »Was wissen wir noch?«

»Nun, Singles, blond, nicht unattraktiv, blaue Augen, langes Haar. Wenn man die Bilder miteinander vergleicht, sehen sie sich alle erstaunlich ähnlich.«

»Wie sieht es aus mit dem Wunsch nach einer Beziehung? Soweit ich weiß, hatte die Kopflose erst eine einschneidende Trennung hinter sich. Die Augen werden als ›Liebe suchend‹ beschrieben. Fuß und Finger?«

Johann wischte mit dem Daumen über das Display, konnte aber keine passende Aussage finden. »Ich werde mich erkundigen.«

Weber nickte. »Gut. Und der Pressebericht? Hat ihn die Presseabteilung schon fertig?«

»Noch nicht ganz. Er wird derzeit noch um das neueste Opfer erweitert.«

»Tatsächlich? Und warum habe ich den ursprünglichen Bericht noch nicht gesehen?«

Johann wollte im Boden versinken. »Weil ich dachte, Sie hätten am meisten von einem aktuellen Bericht.«

Webers Miene blieb undurchdringlich. Streng sagte er: »Sorgen Sie dafür, dass er bald druckfertig ist.«

»Natürlich. Nur eines noch, warum ist der Bericht wie eine Vermisstenmeldung aufgebaut? Wir wissen doch, dass ein Psychopath diese Frauen verstümmelt. Die Presse hat bestimmt auch schon von den Körperteilen Wind bekommen.«

»Wollen Sie einen brodelnden Gerüchtetopf und eine Massenhysterie, noch bevor wir eine Spur haben? Wenn wir jetzt schon mit allen Infos rausrücken, können wir uns vor angeblichen Informanten nicht mehr retten. Jeder will dann irgendwo einen Körperteil entdeckt haben. Solange es sich um Vermisstenmeldungen handelt, sind eingehende Informationen meist etwas seriöser. Und wer weiß, vielleicht hat ja tatsächlich jemand eine dieser Frauen zum passenden Zeitpunkt in Begleitung eines Mannes gesehen oder ungewöhnliche Vorkommnisse im Nachbarhaus bemerkt. Um uns das zu melden, müssen die Menschen nicht wissen, dass die Frauen nicht nur vermisst werden, sondern auch noch verstümmelt wurden.«

»Und diejenigen, die Körperteile gefunden haben, mussten sich mit ihrer Unterschrift vorerst zum Schweigen verpflichten«, fügte Johann mehr zu sich selbst gewandt hinzu.

Weber musterte ihn kritisch. »Sonst noch was?«

Johann sah verlegen auf. »Nein«, brachte er knapp hervor und eilte zur Tür hinaus.

Weber faltete die Hände zusammen und legte nachdenklich die Zeigefinger an die Lippen.

Singles. Blond. Blauäugig. Ein klares Beuteschema – das alles bedeuten konnte.

Vielleicht sah seine Mutter so aus. Vielleicht steht er einfach auf solche Frauen. Vielleicht sieht er sich als brutale Version von Casanova. Der Erlöser der einsamen Herzen. Oder er war ein von Frauen ewig Abgewiesener. Wahrscheinlich war er sogar eine Mischung aus alledem. Nur half das nicht im Geringsten, ihn zu finden.

Vielleicht war es ja nicht einmal ein Er. Vielleicht waren es mehrere Täter. Möglich, aber unwahrscheinlich. Damit war eines auf jeden Fall klar: Sie hatten es mit einem Serientäter zu tun. Es gab zweifelsohne Leichen. Gefunden hatte man aber noch keine. Nur Körperteile.

Weiß

»Sag mal, wie lange fährst du weg? Ein Jahr?« Eva beobachtete, wie Tanja eine Tasche nach der anderen aus ihrem kleinen alten Peugeot hievte.

»Man weiß nie, was kommt. Dein Bruder sagte, es könnte durchaus schon sehr kalt sein, dort, wo wir hinfahren. Also musste ich mich beim Packen anpassen. Diese Tasche«, sie deutete auf eine pinkfarbene Sporttasche, »ist für die wärmeren Tage, und diese hier«, sie zeigte auf die hellblaue Reisetasche, »ist für die kalten Tage. So komme ich nicht durcheinander, hab alles griffbereit und bin für jedes Wetter gerüstet. Nicht so wie du.«

»Moment. Ich habe in genau dieser Tasche hier alles, was ich brauche. Nur packe ich einfach besser als du.«

»Dafür hast du auch doppelt so lange gebraucht.«

Eva öffnete den Mund, klappte ihn jedoch wieder zu. Tanja hatte recht. Sie konnte sich in der Regel wochenlang im Voraus das Hirn darüber zermartern, was sie für eine Reise einpacken sollte. Diesmal hatte sie nicht so lange Zeit gehabt; außerdem wusste sie nicht, wo es hingehen sollte und was sie erwartete. Der pure Stress für Evas Vorbereitungen. »Stimmt. Aber was hast du denn da drin?«

Tanja schnappte sich die weiße Plastiktüte, öffnete sie und hielt sie Eva unter die Nase. »Proviant.«

Eva musterte den Inhalt. Eine Unmenge an Gummibärchen und Schokoladenkeksen, Wasser, Rivella und das Wichtigste: Maltesers. Unweigerlich musste Eva lächeln. Genau wie früher. Sie verspürte auf einmal denselben Hauch von Wehmut, dem sie in der Nacht, als sie Sam wiedersah, kurz verfallen war. »Meine Liebe, du hast nichts ausgelassen, was?«

»Nein. Ich war schon immer für den Proviant zuständig. Diese Aufgabe nehme ich nach wie vor sehr ernst.«

»Das sehe ich. Na, ich bin mal gespannt, was mein Bruderherz sagt, wenn er dein Gepäck sieht.«

Ein Motor heulte auf, und gleich darauf rauschte ein Opel Zafira um die Ecke.

»Wenn man vom Teufel spricht.« Eva hob beim Anblick des Wagens erstaunt eine Augenbraue.

Chris stoppte, drehte den Zündschlüssel, stieg aus und lehnte sich lässig gegen die geöffnete Tür. Er schob die dunkle Sonnenbrille über die Stirn und zeigte seine Lachfältchen. »Na, was sagt ihr?«

»Warum hast du Mam und Paps ausgeraubt?«

»Weil ich Tanja kenne. Großes Gepäck, großes Auto.«

»Das ist nicht fair! Du wusstest doch überhaupt nicht, ob das immer noch zutrifft!«

»Hast du eine Proviantttasche gepackt?«, fragte Chris, ihren Protest ignorierend.

Tanja zog eine Schnute und schnaubte. »Ja«, grummelte sie schließlich.

»Na, siehst du. Manche Dinge ändern sich eben nie. Na los, Mädels, die Pferde warten!«

Pferde? »Welche Pferde?«

»Hab ich dir das nicht gesagt? Dort, wo wir hinfahren, gibt's auch Pferde! Aber lass dich einfach überraschen.«

Chris küsste seiner Schwester im Vorbeigehen die Wange und steuerte auf Tanjas Gepäck zu. Er blieb vor Tanja stehen, die noch immer ihre geöffnete Tüte in Händen hielt, und grinste sie an. »Hallo. Schon ziemlich lange her, was? Willst du mir was zur Stärkung anbieten oder trägst du die Tüte ins Auto?«

Tanja verstand im ersten Augenblick kein Wort. Dann folgte sie Chris‘ Blick und begriff. Verlegen schloss sie die Tüte, nickte und ließ ihn allein bei ihrem Gepäck.

Dieses verdammte Lächeln. Warum konnte er inzwischen nicht einfach kahlköpfig und hässlich sein? Und wieso konnte sie nicht so normal mit ihm umgehen wie er offenbar mit ihr?

Gut, als er aus heiterem Himmel angerufen hatte, war sie nicht in der Lage gewesen, ihm überhaupt zu antworten. Er redete wie ein Wasserfall, und sie stammelte unverständliches Zeug, was er als Einverständnis für seinen Ferienplan mit seiner Schwester genommen hatte. Dann war das Gespräch beendet gewesen. Sie hatte ihre kindische Nervosität als Schock abgetan, weil er sie überrumpelt hatte, und beschlossen, dass sie ihm bei der ersten Begegnung taff und entschlossen gegenübertreten würde.

Das hatte ja vortrefflich funktioniert.

Tanja stiefelte an Eva vorbei und setzte sich hinten ins Auto.

Na, das fing ja gut an. »Was hast du angestellt?«, fragte Eva ihren Bruder, als er mit Tanjas Taschen an ihr vorüberlief.

»Nichts. Ich habe ihr Hallo gesagt, das war alles.«

Ja, es war genau wie früher, überlegte Eva versonnen, während Chris die Taschen wegstellte und in seine Hosentasche griff. Er zog ein leise surrendes Mobiltelefon heraus. Eva beobachtete seine Reaktion genau, als er auf das Display schaute und die Nummer offenbar erkannte. Er zögerte. Wog er ab, ob er den Anruf annehmen sollte?

Schließlich tippte Chris den grünen Knopf. »Ja?« Er drehte sich von Eva weg. Sie konnte ihn zwar noch hören, aber einen Reim auf seine Worte konnte sie sich nicht machen. Keine zwei Minuten später kam Chris zurück. Er packte die Taschen ins Auto, als wäre nichts gewesen, aber er wirkte bedrückt.

»Chris, wer war das?«, wagte Eva einen Vorstoß.

»Niemand«, kam die abweisende Antwort.

Daraufhin stellte sich Eva mit verschränkten Armen direkt hinter ihn und wartete. Sie wusste, dass das ausreichte. Er würde sich umdrehen, herumdrucksen und ihr schließlich sagen, was Sache war. Zumindest würde er ihr den Teil erzählen, den er wollte.

Genauso kam es dann auch. Er schlug den Kofferraum zu und ließ die Hand noch ein paar Sekunden auf dem geschlossenen Deckel liegen. Dann wandte er sich seiner Schwester zu. »Okay. Wenn ich dich jetzt etwas frage und um etwas bitte, versprichst du mir, keine Folgefragen zu stellen?«

Eva kniff die Augen zusammen. Sie wusste genau, dass sie sich nur schwer an seine Forderung würde halten können. Auf der anderen Seite würde er nicht einbrechen, egal, wie sehr sie ihn löcherte. Was war besser? Nichts wissen oder wenigstens ein paar Häppchen haben, über die man nachdenken konnte? Häppchen. Eindeutig Häppchen. »Schieß los.«

»Du hast mir von einem anonymen Brief erzählt. Hast du ihn noch?«

Den Brief? Warum interessierte er sich dafür? Keine Folgefragen. Mist. »Ja«, setzte Eva langsam an, »den habe ich noch.«

»Tust du mir einen Gefallen und zeigst ihn mir?«

Es verstrichen ein paar Sekunden, ehe sich Eva schließlich wortlos in Bewegung setzte. Sie verschwand im Haus und kam kurz darauf mit einem Umschlag wieder heraus. Sie öffnete ihn und zeigte ihrem Bruder den Brief. Ebenso schweigend wie Eva machte er mit dem Handy ein Foto davon. »Danke.«

Das war das Zeichen. Er hatte alles gesagt, was er hatte preisgeben wollen. Sie steckte das Papier wieder in den Umschlag, ging erneut in die Wohnung, ließ den Brief auf den

Küchentisch segeln und kehrte nach draußen zurück. Sie versperrte die Tür und wollte sich wieder zu ihrem Bruder gesellen. Er stand mit dem Rücken zu ihr und hatte wiederum das Telefon am Ohr. Dass Eva mittlerweile in Hörweite war, schien er nicht zu bemerken.

»Ich hab dir ein Bild davon gemailt. Aber mir ist nicht wohl bei der Sache.« Chris schwieg und lauschte auf die Worte, die am anderen Ende der Leitung gesprochen wurden.

»Wenn du sie raushalten könntest, wäre ich dir auf ewig dankbar, Jenny. Wir fahren jetzt. Ich melde mich. Bis dann.« Chris stopfte sein Handy zurück in die Hosentasche, atmete tief durch. Dann steuerte er in großen Schritten auf das Auto zu.

Er war so in Gedanken, dass er Eva, die seitlich hinter ihm stand, noch immer nicht wahrgenommen hatte. Blitzschnell wog Eva ihre Möglichkeiten ab. Sie entschied, so zu tun, als wäre sie gerade erst aus dem Haus gekommen und hätte nichts von dem seltsamen Gespräch mitbekommen. Sie bemühte sich um einen lockeren Schritt. »So, dann wollen wir mal!« Mit heiterer Miene kam sie an der Beifahrerseite an. Sie hatte bereits den Türgriff in der Hand. Ehe sie öffnete, blickte sie ihren Bruder über das Autodach hinweg an. Eva konnte eben noch sehen, wie der Schatten aus seinen Augen wich.

Sie verlor kein Wort darüber.

Schwarz

Sie kam nicht. Er wartete seit nunmehr zwei Stunden, aber sie war nicht erschienen. Wieso? Wurde sie aufgehalten? War ihr etwas zugestoßen? Oder das Undenkbare war eingetreten: Sie wollte nicht kommen. Sie hatte sich gegen seine Einladung entschieden. Sie wollte ihn nicht kennenlernen. Angewidert verzog er das Gesicht. Seine Kiefermuskeln mahlten. Seine Hände ballten sich zu Fäusten. Seine Finger verkrampften sich. Seine Nägel gruben sich in die Handflächen. Tiefer und tiefer. Er spürte, wie unter dem Nagel des kleinen Fingers die Haut nachgab. Der Nagel bohrte sich tief in das weiche Fleisch des Handballens. Blut quoll aus der Wunde, aber er empfand keinen Schmerz.

Er empfand Linderung.

Doch es war noch nicht genug. Er schloss seine Faust noch fester. Bohrte die Fingernägel weiter in die Handflächen. Doch der gewünschte Effekt blieb aus. Und er wusste, weshalb. Nicht er musste für ihr Fernbleiben leiden. Diese Zeiten waren vorbei.

Sie war es, die büßen musste.

Langsam erhob er sich von der hölzernen Bank am Rande des von Bäumen beschatteten Weges. Gemächlich setzte er sich in Bewegung. Bedächtig. Konzentriert auf jeden Schritt. Er durfte keine unnötige Aufmerksamkeit erregen. Er musste sich beherrschen.

Eine Frau Mitte zwanzig kam ihm entgegen. Fröhlich lächelte sie ihn an und deutete ein Nicken zum Gruß an. Er nickte zurück. Und zögerte. Er verlangsamte seinen Schritt. Während sie an ihm vorüberging, folgte er ihr mit dem Kopf.

Er sah ihr nach. Wurde langsamer.

Er sah ihren blonden Pferdeschwanz im Rhythmus ihres Schrittes wippen.

Er blieb stehen.

Ihre nackten Beine in der kurzen Hose.

Er drehte sich ganz nach ihr um.

Ihr luftiges weißes Shirt, das einen gesunden, von Leben strotzenden Körper einhüllte.

Er schob eine Hand in seine rechte Hosentasche.

Diese Energie, die sie ausstrahlte.

Er schloss seine Finger um das Seil.

Der Nacken, in dem sich das Haar kräuselte, das nicht in den Pferdeschwanz passte.

Er tat einen Schritt in ihre Richtung.

Sie hob eine Hand an die rosigen Lippen.

Er hielt inne.

Ein kurzer, schriller Pfiff entwich ihrem Mund.

Er horchte auf.

Es raschelte zwischen den Bäumen.

Er wich zurück.

Kaum einen halben Meter vor ihm schoss ein enorm großer Vierbeiner zwischen den Bäumen hervor. Die Deutsche Dogge blieb kurz auf dem Weg stehen, betrachtete den fremden Mann und hob bedrohlich die Lefzen. Ihrer Kehle entrann ein leises Knurren, eine deutliche Warnung. Dann ließ der Hund ein heiseres Bellen vernehmen und galoppierte zu seinem Frauchen.

Er verfluchte sich innerlich und eilte in die entgegengesetzte Richtung weiter.

Zwei Tiefschläge an einem Tag. Das war zu viel. Eine musste büßen. Obwohl es gut war, dass dieser Köter ihn aufgehalten hatte. Es war gefährlich, seinem Impuls einfach nachzugeben. Gefährlich und töricht. Schließlich kannte er diese Frau nicht. Er wusste nichts über sie. Sie war nicht sein eigentliches Ziel gewesen.

Er wurde noch wütender. Diesmal über sich selbst. Über

seine Unbeherrschtheit. Aber weshalb war es überhaupt so weit gekommen?

Ihretwegen. Weil sie nicht erschienen war.

Er beruhigte sich ein wenig.

Es war ihr Fehler, und dafür musste sie leiden.

Und er würde sie leiden lassen. Er würde sie sich holen.

Oder glaubte sie etwa, nur weil sie seine Einladung ausschlug, bekäme er sie nicht zu fassen?

Noch am selben Abend schlug er zu. Er wartete geduldig vor ihrer Wohnung. Er folgte ihr, als sie ins Auto stieg und losfuhr. Er beglückwünschte sich, als sie aus der Stadt hinausfuhr. Er lächelte, als sie vor einem Haus parkte, das am Ende einer Wohnstraße stand, mit einigem Abstand zu den anderen Häusern.

Sie stieg aus, ging um ihren Wagen herum zum Kofferraum. Sie öffnete die Heckklappe des sportlichen Coupés.

Er raste mit seinem weißen Lieferwagen ohne Kennzeichen hinter sie.

Melanie blieb keine Zeit, zu reagieren.

Weiß

Die Stimmung im Auto war seltsam. Eva und Chris waren beide mit den Gedanken überall, nur nicht auf ihrer Fahrt in die Ferien. Tanja schien die Einzige zu sein, die voll bei der Sache war. Sie beobachtete genau, welche Autobahn Chris ansteuerte. Nach Pratteln kam die Autobahn in Richtung Zürich.

Eine Bergregion, die man über Zürich anfuhr? Spontan fiel Tanja nur das Bündnerland ein. Sie lehnte sich nach vorne, stützte den Arm an Evas Sitz ab und legte das Kinn in die Beuge ihres Ellbogens. »Wohin fahren wir eigentlich?«

»Frag nicht mich, frag den Geheimniskrämer neben mir.« Evas Antwort fiel kühler aus als beabsichtigt. Sie wollte einfach in Ruhe darüber nachdenken, was ihr Bruder im Schilde führte.

Tanja nahm's gelassen. Sie hatte ihre ganz eigenen Methoden, die Stimmung aufzuhellen. Sie zog ihren Kopf zurück und begann, in ihrer Vorratstüte zu wühlen. Kurze Zeit später drückte sie Chris zwei Nussstangen und Eva ein dunkelbraunes Süßgebäck, das in seiner Form an eine Muschel erinnerte, in die Hand.

Tanja fing Chris' verblüfften Blick im Rückspiegel auf.

»Das weißt du noch?«

»Was? Dass Nussstangen deine Lieblingsautoknabberei sind und Bärentatzen die deiner Schwester? Klar!«

Während Eva genüsslich an ihrer Bärentatze herumknabberte, steuerte Chris den Opel laut knuspernd von der Autobahn weg auf eine breite Landstraße. Zu ihrer linken Seite wurde sie von einer felsigen Hügelkette gesäumt, rechts zog sich eine Talsohle hin, die ebenfalls von Felsmassiv eingerahmt wurde. Geradeaus begrenzten Berge mit teils weißen Gipfeln den Horizont.

Skeptisch knabberte Eva weiter. Sie drehte die Musik etwas auf, um sich selbst von der sinnlosen Grübelei nach ihrem Ziel abzulenken. Passend zur Umgebung drangen die Töne vom Gigi von Arosa aus dem Radio. Als Chris die Hauptstraße verließ und in eine einspurige Seitenstraße einbog, schob sich

Eva gleich zwei Bärentatzen in den Mund, um sich im wahrsten Sinne das Maul zu stopfen.

Die Straße, auf der anfangs noch zwei Autos kreuzen konnten, wurde immer schmaler. Sie führte durch eine Siedlung, die aus gefühlten fünf Häusern und einem Restaurant bestand. Zwischen einem hölzernen Chalet und dem Restaurant stieg die Straße steil an.

Ein tiefer gelegtes Auto hätte den Übergang zu dieser Steigung nicht überstanden, ohne mit dem Unterboden auf dem Asphalt aufzuschlagen. Eva stopfte sich weiter den Mund voll, während Tanja leise und unauffällig den Kopf zwischen den vorderen Sitzen hervorschob, um besser durch die Windschutzscheibe sehen zu können. Chris fuhr unbeirrt die immer schmaler werdende Straße weiter. Links ging es inzwischen steil den felsigen Abhang hinunter, rechts bildete das Gestein eine bedrohlich wirkende Mauer.

»Was tun wir, wenn uns einer entgegenkommt?« Fragend blickte Tanja erst zu Chris, dann zu Eva.

Eva hob ahnungslos eine Schulter. Chris zeigte keine Reaktion.

»Ich glaube, mein Bruder entführt uns. Was wissen wir nicht, Chris? Du kannst es uns sagen, wir fliehen nirgendwo mehr hin.«

»Jetzt seid nicht so ungeduldig. Wir haben's ja bald.«

Die Straße wurde zur allgemeinen Zufriedenheit wieder etwas breiter. Chris bog in eine Kurve ein. Er hielt sich so nahe wie irgend möglich am rechten Rand. Sein Instinkt gab ihm recht.

Als sie aus der Kurve herauskamen, sahen sie sich direkt mit einem gelben Postauto konfrontiert. Chris trat mit klopfendem Herzen auf die Bremse. Doch der Buschauffeur war die

Ruhe selbst. Ohne wirklich hinzuschauen, lenkte er sein Gefährt souverän an Chris' Wagen vorbei, haarscharf am Abgrund entlang. Chris sah bereits seinen Rückspiegel bersten und den Bus den Abhang hinunterrollen, doch der Chauffeur zuckte nicht einmal mit der Wimper. Im Gegenteil. Er hob die Hand zum Dank und fuhr unbeeindruckt weiter.

»Ist es nicht beinahe ein wenig unheimlich, wie die ihre riesigen Fahrzeuge beherrschen?« Eva erntete zustimmendes Nicken, während Chris anfuhr. »Nur noch ein paar Kurven, dann sollten wir eigentlich da sein.«

So war es dann auch. Wenige Biegungen weiter wurde die Straße noch breiter. Dichte Tannen säumten den Weg.

Eva kam nicht umhin, die Schönheit dieser Gegend anzuerkennen.

»Hier ist es!«

Eva und Tanja wendeten ihre Aufmerksamkeit Chris zu und versuchten, seinem Blick zu folgen, konnten aber nichts außer Bäumen entdecken.

»Sorry, aber da ist nichts.«

Chris senkte den Kopf, brachte ihn während des Fahrens ganz nah an die Windschutzscheibe und äugte nach oben. »Da! Seht ihr den Turm, der zwischen den Baumwipfeln auftaucht?«

Gespannt spähten die Frauen aus dem Fenster. »Oh! Da! Eva, da drüben!«

Jetzt konnte auch Eva das schmale Gebäude sehen, war aber lange nicht so begeistert. »Du weißt aber schon, dass wir uns von dem Turm wieder entfernen?«, gab sie rechthaberisch zu bedenken.

Chris nickte, fuhr aber unbeirrt weiter. »Ja, und etwas gute Laune würde auch dir nicht schaden. Und nun sieh her.«

Eva folgte seiner Aufforderung und staunte nicht schlecht. Chris war um den Turm herumgefahren, denn nun befanden sie sich so weit oberhalb, dass der Blick auf eine beeindruckende, schlossähnliche Hotelanlage frei geworden war.

Chris setzte den Blinker und bog links ab. Er fuhr den Hügel hinunter, der sich als Beginn der Zufahrt entpuppte und in einem flachen Straßenstück auslief. Sie fanden sich vor einem riesigen, kunstvoll gestalteten Tor wieder. Auf der linken Seite stand ein kleines Häuschen aus verputztem Backstein mit einem Schieferdach. Als sie vorfuhren, kam ein gebeugter Mann mit weißem Haar heraus.

Chris ließ die Scheibe herunter. Sagen musste er nichts. Der Blick unter den buschigen Augenbrauen wechselte von argwöhnisch zu hocherfreut. »Oh, da seid ihr ja! Magda wartet schon sehnsüchtig auf euch!«

Eva legte skeptisch die Stirn in Falten, sagte aber nichts. Irgendetwas war hier faul, da war sie sich sicher. Und ihr Bruder würde ihr Rede und Antwort stehen müssen, aber nicht, solange der Alte dabei war.

Der Mann ging zurück in sein Häuschen und öffnete per Knopfdruck das elektrische Tor. Die schmiedeeisernen Flügeltüren glitten langsam unter leisem Quietschen zur Seite und gaben den Weg zu einem schlichten, aber beeindruckend angelegten Vorplatz frei. In der Mitte befand sich ein Minikreisverkehr, der von einem Springbrunnen dominiert wurde.

Eine Zufahrt wie im Film, ging es Eva durch den Kopf. Wahnsinn. Doch sie ließ sich nichts von ihrer Begeisterung anmerken. Noch nicht. Sie wollte ihrem Bruder das Leben noch ein wenig länger erschweren.

Chris hielt, und alle stiegen aus. Kaum hatte ein jeder seine Tür zugeschlagen, ging das riesige Eingangstor oberhalb einer ausladenden, dreistufigen Steintreppe auf. Eine mütterlich wirkende Frau mit einer weißen Schürze um den fülligen Bauch, einer Dauerwelle in ihrem kurzen grauen Haar und gutmütigen Augen in einem Gesicht, das nur wenige Falten zierten, stand im Durchgang. Sie breitete einladend die Arme aus. »Chris! Da seid ihr ja alle! Lasst euch ansehen! Hattet ihr eine gute Reise?«

Tanja, die das erste Mal seit der Entdeckung des Turmes wieder etwas sagte, flüsterte ganz nahe an Evas Ohr: »Woher kennt er die alle? Und was schulden wir ihm bloß für die Zimmer? Die müssen ihn ein Vermögen kosten! Sieh dir den Kasten nur mal an!«

»Genau das habe ich mich in diesem Augenblick auch gefragt.«

Und nicht nur das. Irgendwie hatte sie das Gefühl, diese Frau schon einmal gesehen zu haben. Entschlossen erklomm Eva die Stufen. Sie reichte der Frau die Hand und betrachtete ihr Gesicht etwas genauer. »Guten Tag. Magda, nehme ich an? Kann es sein, dass wir uns schon einmal begegnet sind?« Die Frau ignorierte die angebotene Hand und Evas Frage. Sie zog Eva stattdessen direkt in die Arme. Als Magda Tanja entdeckte, ließ sie Eva los und schnappte sich die Letzte der drei Neuankömmlinge. Nachdem die überrumpelte Eva sich wieder gefangen hatte, zischte sie ihrem Bruder zu: »Woher kennen die dich alle so gut? Und was tun wir in einem solchen Luxusschuppen? Hast du im Lotto gewonnen?«

Sie bekam keine Antwort. Magda war mit Tanja fertig und forderte die volle Aufmerksamkeit ihrer neuen Gäste. »So, nun mal rein in die gute Stube.« Sie schob ihre Schützlinge vor sich her, sodass sie nichts anderes tun konnten, als Magdas Anweisungen Folge zu leisten.

»Und das Auto?«, fragte Eva.

»Das Gepäck?«, fügte Tanja an.

»Corsin«, erwiderten Chris und Magda wie aus einem Munde.

Was zum Teufel ... Eva konnte nicht zu Ende denken. Sie trat in die Halle, und der Anblick verschlug ihr die Sprache. Links und rechts vom Eingang führten zwei riesige Marmortreppen auf eine Galerie, die einer Krone gleich die kreisrunde Halle säumte. Von ihr aus schienen mehrere Gänge tief in das Hotel hineinzuführen. Eva sah sich um. Sie merkte nicht einmal, dass ihr Mund offen stand. Geradeaus vor ihr lag in den Boden eingelassen ein ebenfalls rundes Mosaik; es stellte einen Steinbock dar, der stolz auf einem Fels thronte. Hinter ihm befand sich die polierte, aus dunklem Holz gefertigte und dezent beleuchtete Theke der Rezeption.

»Scheiße.«

Tanja riss Eva mit ihrem plumpen Ausspruch aus ihrer Betrachtung. »Du sagst es. Chris? Das werd ich dir niemals zurückzahlen können.«

»Mach dir darüber keine Gedanken.«

Magda stellte sich an die Theke, hinter der ein Mann in einer eleganten Uniform stand, mit dem Rücken zu seinen Gästen. »Emilio?«

Der Mann drehte sich um. Das Kinn leicht erhoben, den Kopf etwas schief und – was am meisten irritierte – die Augen geschlossen.

»Sie sind angekommen.«

Emilio hob den Kopf noch etwas weiter und richtete ihn wie eine Antenne nach Magda aus. »Das weiß ich doch. Ich hab Alfred schon gehört, als er das Tor öffnete.«

»Jetzt bluffst du aber.« Magdas Grinsen wurde breiter, als

Emilio, anstatt zu antworten, seine Hände hob und seine Fäuste den Neuankömmlingen entgegenstreckte. Er öffnete die Finger.

Die Hände waren leer.

Er schloss sie wieder, drehte die Gelenke im Kreis. Er öffnete sie erneut und brachte mit einem geheimnisvoll gehauchten Abrakadabra drei Schlüssel zum Vorschein.

Tanja unterdrückte ein Kichern. »Das war ziemlich gut!«

Eva nickte zustimmend, während sie Emilio aufmerksam musterte. Sie begutachtete auch den hölzernen Aufbau hinter ihm mit den vielen kleinen Kästchen. Schlüsselfächer, wie sie annahm. Die Beschriftung mutete allerdings etwas seltsam an. Auf den Metalltafeln erhob sich unter den Nummern noch eine Aneinanderreihung von Punkten.

»Blindenschrift.« Verdutzt sah sich Eva um. Dieser Einwand kam nicht etwa von Chris, der sie beobachtete, er kam von Emilio, der den Gegenstand ihrer Aufmerksamkeit seiner Antwort zufolge überhaupt nicht sehen konnte. Woher wusste er also, worüber sie nachdachte?

»Ich spüre es. Ihre Anspannung und ihre Skepsis. Außerdem haben Sie als Einzige noch keinen Ton von sich gegeben, seit Sie die Halle betreten haben. Sie scheinen alles sehr genau zu betrachten; deshalb bin ich davon ausgegangen, dass Sie sich derzeit mit mir und dem Schlüsselkasten beschäftigen. Schließlich ist der von Ihrem Platz aus gesehen das Auffälligste.«

Eva kam nicht mehr aus dem Staunen heraus. »Und woher wissen Sie, dass Sie mir genau das erklären mussten?«

»Übung. Ich bin nicht erst seit gestern blind und arbeite schon eine ganze Weile am Empfang von Hotels. Ein Mensch ist meist leichter zu durchschauen, als er denkt. Wenn jemand einem Blinden in dieser Position gegenübersteht, ist der Gedankengang eigentlich bei allen ähnlich.«

»Emilio, ich bin ernsthaft beeindruckt.«

»Hei! Das erste positive Wort meiner Schwester, seit wir die Reise angetreten haben! Danke, Emilio!«

Der Rezeptionist lächelte in Chris‘ Richtung. »Stets zu Diensten, Chris. Hast du übrigens deine Bilder schon gesehen? Sie kommen auf der Homepage ganz ausgezeichnet zur Geltung.«

Bei Eva fiel der Groschen. Stimmt. Fotos. Chris hatte Bilder erwähnt. Er war wohl der Haus- und Hoffotograf dieses Hotels.

»Hab ich noch nicht, nein. Aber ich werd‘s mir ansehen. Wer hat dir gesagt, dass sie gut sind?«

»Der Chef persönlich und viele Gäste.«

Chris klopfte stolz auf die Theke und nahm Emilio die Schlüssel ab. Während die Neuankömmlinge loszogen, ihre Zimmer zu suchen, griff Magda über die Theke hinweg nach dem Telefon. Sie drückte die Eins und wartete. Es klingelte dreimal, bis am anderen Ende ein kurzes »Ja« ertönte.

»Sie sind da.«

»Alle?«

»Ja, alle.«

Schwarz

Langsam öffnete sie die Augen. Sie wollte sich mit der Hand übers Gesicht reiben, um die Müdigkeit zu verjagen. Das erkannte er daran, dass sich ihre Oberarmmuskeln anspannten. Ihre Hand sich ein kleines bisschen anhob. Ihr Gesichtsausdruck sich von abwesend schläfrig zu verständnislos schockiert wandelte.

Selbstgerecht und zufrieden beobachtete er die Veränderung, die in ihr vorging.

Auf einmal schien sie hellwach. Sie riss den Kopf hoch, versuchte, sich zu bewegen. Sie wand sich und wehrte sich gegen die Fesseln. Leise jaulende Geräusche entwichen ihrer Kehle.

Sie wollte ihren Mund öffnen. Schreien. Aber das Klebeband erstickte ihre verzweifelten Versuche. Gehetzt schossen ihre Augen hin und her, während sie nach Atem rang. Es dauerte eine Weile, bis ihr gestresstes Gehirn begriff, dass die Luft nur noch durch die Nase kam.

Sie riss an ihren Handgelenken, bis die Kabelbinder in ihr Fleisch schnitten. Dennoch hörte sie nicht auf. Der Schock ließ sie den Schmerz nicht spüren. Der Instinkt befahl ihr, sich nicht aufzugeben. Obwohl sie schon ahnte, dass sie keine Chance hatte.

Sie sah an sich hinunter. Erkannte, dass sie nichts mehr trug, außer ihrer Unterwäsche.

Da entdeckte sie ihn. Endlich.

Ihre Augen weiteten sich. Schweiß glänzte auf ihrer Stirn. Ihre Wangen waren rot gesprenkelt. Ihr Atem kam stoßweise. Ihre Nasenflügel bebten.

Er stand langsam auf.

Es kostete sie einige Anstrengung, den Kopf erhoben zu halten, um ihn beobachten zu können. Die vor Schreck aufgerissenen Augen verengten sich. Zwischen ihnen bildeten sich Falten. Sie war auf der Hut. Er wusste, was in ihr vorging. Sie hatte panische Angst. Und sie dachte angestrengt darüber nach, was als Nächstes geschehen würde. Gleichzeitig wünschte sie sich einen Ausweg. Sie überlegte sogar, ob nicht vielleicht er die Rettung sein könnte. So absurd das auch war.

Er schnitt eine Grimasse. Törichtes kleines Miststück. »Nein, Süße, du kommst hier nicht mehr weg. Und das weißt du.«

Volltreffer. Tränen traten ihr in die Augen. Sie heulte gepresst auf, ließ den Kopf zurücksinken.

Er stand jetzt direkt über ihr. Strich mit dem Finger über ihren Arm.

Sie erzitterte. Nicht vor Erregung. Aus tiefer Verzweiflung.

Aber er würde sie nicht schänden. Obwohl sie es verdient hätte. Schläge. Prügel. Eine Strafe für ihren Ungehorsam. Das lag allerdings unter seiner Würde. Die Frauen mussten sich ihm freiwillig hingeben. So wie die Schlampe, die im VW-Bus gebraten hatte.

Nur wusste sie hier das nicht. Mit dieser Unwissenheit zu spielen war ein weit größeres Vergnügen, als das zu tun, was sie von ihm erwartete.

Er war direkt über ihr. Legte seine andere Hand auf ihre Stirn. Streichelte über ihr Haar. Brachte sein Gesicht ganz nahe an ihres. Sah ihr direkt in die Augen. Hielt ihren Blick fest. Spürte ihre kurzen Atemstöße an seinem Mund.

Er sog jede Sekunde seiner Herrschaft über dieses hilflose Geschöpf genüsslich in sich auf.

»Du hast entsetzliche Angst. Und das ist gut so. Hättest du nur auf mich gehört. Du hättest lediglich meiner Einladung Folge leisten müssen. Dann wärst du zu den Engeln emporgehoben worden. Aber du bist heute Nachmittag nicht gekommen. Du hast mich warten lassen, mich versetzt. Das hat mich sehr wütend gemacht.« Sein Griff an ihrem Kopf wurde fest. Seine Finger krallten sich in ihr Haar.

Erst spiegelte sich Verwirrung in ihren Augen, dann Erkenntnis.

Unverständliche Laute entrannen ihrer Kehle. Ihre Augen sprachen Bände.

»Nein. Für Erklärungen ist es zu spät.«

Er riss mit einem Ruck brutal ihren Kopf zurück. »Du musst eines verstehen: Du bist ein fester Bestandteil meines Plans. Dem kannst du dich nicht widersetzen. Wer nicht freiwillig auftaucht, wird geholt. So wie du jetzt. Du hattest eine einzige Chance, und die hast du nicht genutzt. Damit bist du zur Verdammnis verurteilt. Weißt du, was ich jetzt mit dir tun werde?«

Sie wimmerte.

»Ich werde dir zuerst die Hand abtrennen.«

Sie schrie innerlich.

»Dann werde ich dir den Arm abnehmen.« Er fuhr verwirrend sanft mit dem Zeigefinger von der Achsel entlang zu ihrer Schulter. »Genau hier werde ich die Säge ansetzen.« Er hob den Finger von ihrer Schulter und streckte die Hand nach etwas aus, das neben ihrem Körper auf der Werkbank lag. Als er die Hand hob, hatte er eine Säge gepackt. Er hielt sie ihr vors Gesicht. Das blanke Sägeblatt fing das spärliche Licht auf. Sie zog den Kopf zurück, aber er hielt ihn weiter fest.

»Sei unbesorgt. Es wird wehtun. Aber nicht lange. Nach einer gewissen Zeit wirst du ohnmächtig werden. Ein Selbstschutz deines Körpers. Ich werde aber erst dann weitermachen, wenn du wieder bei Bewusstsein bist. Und du wirst das Bewusstsein wiedererlangen. Versprochen. Denn verbluten lassen werde ich dich nicht, auch wenn du vielleicht gehofft hast, dich auf diese Weise elegant aus der Verantwortung stehlen zu können. Wir werden eine ganze Weile Spaß zusammen haben.«

Er grinste sie boshaft an. »Mindestens doppelt so lange, wie es gedauert hätte, wenn du einfach meiner Einladung gefolgt wärst. Im Anschluss wird dir die größte Schande zuteil. Ich werde dich nicht in die Lüfte tragen, nicht zum Himmel emporsteigen lassen, dich nicht feiern wie einen gefallenen Engel. Du wirst als die Hexe ausgestellt werden, die du bist.«

Er schlug ihren Hinterkopf hart gegen die Tischplatte.

Sie stöhnte.

Dann nahm er ihre rechte Hand. Löste die Fessel. Sofort versuchte sie, gegen ihn anzukämpfen. Aber er war stärker. Er nahm die Knochensäge. Hob sie noch einmal triumphierend hoch. Sah ihr in die Augen. Sein Mund verzog sich zu einem Lächeln. Dann ließ er das Instrument sinken. Die scharfen Zacken des Sägeblattes trafen auf ihren Arm.

Unterhalb des Handgelenks verhakte sich das Blatt. Blut sickerte aus der Wunde.

Er erhöhte den Druck.

Und zog.

Grau

Der Morgen graute, als Franz sich mit seinem Traktor auf den Weg machte.

»Aber komm nicht wieder so spät zurück!«, hörte er seine Frau noch rufen. Ohne zurückzublicken, winkte er aus dem offenen Fenster und fuhr unbeirrt weiter.

Natürlich würde er erst spät zurückkommen. Schließlich verbrachte er keine Stunde mehr als nötig mit diesem Hausdrachen.

Ein Grund, weshalb er seine Arbeit liebte. Er konnte früh gehen und spät zurückkehren. Das wäre auch in anderen Berufen möglich gewesen, aber als Bauer war er Herr über sich selbst, verbrachte viel Zeit an der frischen Luft und musste nicht mit Anzug und Schlips ins Büro. Franz liebte seine Tiere mehr als seine Frau, obwohl sie nicht so schlimm war wie seine Mutter. Aber er konnte Mutter nicht aus dem Haus werfen. Schließlich war es Vaters Hof gewesen. Er hatte den Hof zwar noch vor seinem Tod auf den Sohn überschrieben, aber mit Wohnrecht für Mutter bis an ihr Lebensende. Im Nachhinein gesehen, war das einer der schlechtesten Deals, die Franz jemals eingegangen war. Und er hatte schon so manche falsche Entscheidung getroffen.

Während er seinen Gedanken nachhing, lenkte er den Traktor mit der Mähmaschine im Schlepptau über den schmalen Feldweg. Ein frischer Geruch lag in der Luft, der einen lauen Sonnentag versprach.

Ohne jegliche Hektik fuhr er auf sein Feld zu. Mit einem leichten Buckel saß er hinter dem Steuer. Ein Umstand, der seine Mutter zur Weißglut brächte, wenn sie es denn wüsste. Aber das tat sie nicht. Wenn er nämlich vom Hof fuhr, saß er kerzengerade am Lenkrad. Sobald er außer Sichtweite war, gab er die Haltung auf und sackte so weit in sich zusammen, bis er mit der Krümmung einer Banane konkurrieren konnte. Er freute sich, wenn er mit seinem kleinen Täuschungsmanöver seine Mutter überlisten konnte. Das war seine Art, unartig zu sein und sich gegen das, was ihm nicht gefiel, aufzulehnen. Darüber hinaus gegen Regeln zu verstoßen war ihm zu anstrengend. Das ärgerte ihn ab und zu. Aber etwas daran ändern wollte er auch nicht. Das war ihm schlicht zu viel zusätzlicher Aufwand für etwas, aus dem er keinen wirklichen Nutzen ziehen konnte. Er wusste, dass mitunter diese Denkweise andere veranlasste, ihn als faul oder träge zu bezeichnen. Er sei nicht besonders klug, hatte man ihm auch schon nachgesagt. Doch Franz war da anderer Meinung. Er war tüchtig. Seine Arbeit erledigte er. Immer. Allerdings in seinem eigenen Tempo. Sich nicht hetzen zu lassen von dieser rauen Welt, das war eine seiner Devisen. Wer das anders sah, der war der Dumme. Ganz einfach.

Zufrieden in sich hineinschmunzelnd, fuhr er auf seine Wiese. Der Traktor holperte über das unebene Gelände und schüttelte den gekrümmten Franz ordentlich durch. Er brachte sein Arbeitsgerät in Position und ratterte los.

Die Messer des Mähwerks arbeiteten sich unnachgiebig durch das hohe Gras. Sie schnitten das Grün ganz dicht über der steinigen Erde, brachten die Halme büschelweise zu Fall. Der süßliche Geruch des frischen Tages vermengte sich allmählich mit dem schweren Duft saftigen, feuchten Grases.

Hinter Franz entstand langsam, aber stetig eine Schneise nach der anderen. Kam er am einen Wiesenrand an, wendete er und fuhr parallel zum frisch gemähten Streifen zum anderen Wiesenrand zurück.

Die Sonne kletterte an ihrer blauen Wand langsam höher. Die frische Morgenluft wurde wärmer und drückender. Manchmal wehte Franz eine kühle Brise ins Gesicht, die dem Wald am oberen Rand des Feldes und dem darin verborgenen Bachlauf entwischte.

Er hätte ewig so fahren können.

Hätte nicht auf einmal das Mähwerk gestockt.

Erst war es nur ein Stottern. Ein großer Stein oder sonst ein gröberes Hindernis, dachte sich Franz. Das würde seinen Mäher aber nicht aufhalten. Einfach Augen zu und durch, dann löste sich das Problem in Luft auf. So war es meistens.

Die Maschine ächzte.

Komm schon, Franny, du schaffst das.

Er hatte für jedes seiner Geräte einen Kosenamen. Er glaubte fest daran, dass sie ihre Arbeit zuverlässiger verrichteten, wenn er ihnen eine Persönlichkeit gab. Bisher behielt er damit auch recht.

Aber Frannys Laune wurde zunehmend schlechter. Schließlich würgte sie und verstummte dann ganz.

Irgendwas musste sich in der Mechanik verklemmt haben. Franz stoppte seinen Traktor und sprang vom Sitz. Er tätschelte das Gefährt liebevoll und schlenderte gemächlich an dessen Seite entlang.

»Na, Franny, wo tut es dir weh? Hast du einen Stein im Schuh?« Franz untersuchte die Messer. Frisches Gras klebte wie Kleister daran. Er klopfte hier und da gegen die Schneiden, wischte darüber. Die klebrige Masse löste sich stellenweise. Er ging weiter. Ohne zu beachten, was zu Boden bröselte.

Eine Krähe flog auf das Feld. Sie landete neben der Mähmaschine. Es schien sie kein bisschen zu interessieren, dass ein Mensch in der Nähe war. Sie schloss ihre Flügel und hüpfte an die Stelle, an der Franz zuvor gestanden hatte.

Was sie fand, gefiel ihr. Sie krächzte aufgeregt. Mit der Schnabelspitze stupste sie ihr Fundstück an. Pickte hinein. Da es sich nicht rührte, schnappte sie sich ihre beigefarbene Beute.

Franz betrachtete die Krähe. Neugierig, was ihre Aufmerksamkeit erregt haben könnte. Er sah auf ihren Schnabel.

Er glaubte zu träumen. Seine Augen spielten ihm einen

Streich. Auf jeden Fall. Es musste zwischen die Messer des Mähwerks geraten sein, so zerfleddert, wie es aussah. Weiße Teile lugten zwischen beigefarbenen Fetzen hervor.

Franz schnaubte. Die Krähe schreckte hoch. Mit kräftigem Flügelschlag trug sie ihre Errungenschaft in die Lüfte.

Franz sah ihr nach. Er schüttelte ungläubig den Kopf.

Hätte er es nicht besser gewusst, hätte er das Ding für den Teil einer Hand gehalten.

Einfach lächerlich.

Er stützte sich an seiner Franny ab. Zog die blaue Mütze vom Kopf. Rieb sich mit dem Handrücken über die Augen. Mit den Fingern durch das schüttere Haar. Setzte die Mütze wieder auf. Wandte sich zu der Maschine um.

Stocksteif blieb er stehen.

Tatsächlich, etwas blockierte die Mechanik.

Aufgeschnitten. Zerschlissen. Zerfleddert. Geschunden. Geschändet. Ein Stück, das er so zugerichtet noch nie gesehen hatte. Und schon gar nicht ohne passenden Körper.

Später konnte er nur noch stotternd wiedergeben, was er gesehen hatte. Er wollte nicht mehr daran denken. Doch sobald er die Augen schloss, sah er ihn wieder überdeutlich vor sich.

Diesen einzelnen, körperlosen Arm.

Von einer Frau, wie ihm der Polizist später erklärte.

***

Als Weber an diesem Sonntagmorgen seine Haustür öffnete und Johann davor stehen sah, ging es dem eigentlich geplanten Ausflug mit seiner Frau so, wie es seiner Ehe schon seit geraumer Zeit ging: an den Kragen.

»Ein Arm? Und eine Hand existierte auch noch? Es ist wohl überflüssig zu fragen, wie man darauf kommt, dass dieser Fund ausgerechnet mit meinem Fall zusammenhängen könnte«, merkte Weber ironisch an.

»Ja. Das Muster ist einfach zu ähnlich. Und ja, eine Hand hätte es auch noch gegeben. Wäre da nicht die Krähe gewesen.«

»Ja, ja, ich weiß schon. Der Teufel im schwarzen Mantel, der die Hand gegen das Himmelreich emporhob, als wollte er Gott verhöhnen. Dieser Bauer hat eine sehr bildliche Sprache. Fehlt nur noch, dass die Körperteile, die wir sonst fanden, wie Stücke von Engeln vom Himmel gefallen sind.« Weber hielt augenblicklich inne. Langsam hob er den Blick. Er konnte in Johanns Augen deutlich lesen, was in seinem eigenen Kopf vorging. »Engelsgleich vom Himmel gefallen. Sie denken dasselbe wie ich. Nicht wahr?«

Es war das erste Mal, dass Johanns Unsicherheit gänzlich verschwand. Er nickte langsam. »Ich denke, Sie haben den Nagel auf den Kopf getroffen. Entweder es ist nicht derselbe Täter, oder er will uns etwas sagen.«

Weiß

»Meine Güte. Ich fass es immer noch nicht, wie groß meine Badewanne ist. Ich könnte darin Bahnen schwimmen, im Ernst!« Tanja stach mit der Gabel nach einem Stückchen Ananas, das auf dem Teller vor ihr lag.

Chris lächelte selig. Auch Eva hatte ihren sorgfältig gepflegten Ärger in einer inneren Schublade weggesperrt, nachdem der Urlaub mit einem richtig herrlichen ersten Tag begonnen hatte. Nun saßen sie am Morgen des zweiten Tages inmitten einer von saftig grünem Gras umgebenen Gartenanlage. Sie ließen sich von der Sonne verwöhnen, lauschten dem leisen Plätschern des Wasserfalls. Das schimmernd blaue Wasser des großen Pools lullte sie ein, ebenso wie das grünliche Wasser des daneben angelegten Naturschwimmbeckens, das die Sonnenstrahlen auffing und glitzernd zurückwarf. Gesäumt wurde das Grundstück von einem vor Leben strotzenden Wald, dessen frischer, reiner Geruch ab und an zu den Gästen herüberdrang. Überhaupt wehte in steter Regelmäßigkeit ein laues Lüftchen, das für angenehme Temperaturen sorgte.

Es war in diesem wohltuenden Umfeld einfach unmöglich, weiterhin wütend zu sein.

Eva rutschte in ihrem Stuhl ein Stückchen nach unten und streckte die Beine aus. Zufrieden seufzend, schob sie sich die Sonnenbrille zurecht, hob die Nase in den Wind und streckte ihr Gesicht der Sonne entgegen. »Ja, hier könnte man bleiben. Die stinkige Stadt weit weg, genauso wie Arbeit und Alltag.« Sie rümpfte die Nase. »Reich müsste man sein. Oder werden. Und wie ginge das am einfachsten?«

Sie hob leicht die Brille und schielte unter dem Rand hindurch.

Tanja lächelte sie erwartungsvoll an. »Wie denn?«

»Ja, wie denn? Welchen teuflischen Plan verfolgt meine Schwester?« Chris hob die überdimensionale Kaffeetasse an und führte sie zum Mund. Dabei ließ er seine Schwester nicht aus den Augen.

»Ganz einfach. Ich heirate den Manager.«

Chris verschluckte sich, kaum hatte Eva den Satz zu Ende gesprochen. Prustend setzte er geräuschvoll die Tasse zurück auf den Unterteller, knapp bevor er den restlichen Inhalt verschüttete. Der Husten schüttelte seinen ganzen Körper.

Tanja eilte ihm zu Hilfe, indem sie ihm kräftig auf den Rücken schlug. Chris japste nach Luft. »Kaffee ..., falscher Hals ..., Wasser ...«, ächzte er, wobei auf jedes Wort ein neuer Hustenanfall folgte.

Einige der anderen Gäste schielten entweder dezent zu der Dreiergruppe hinüber oder starrten sie offen an. In manchem Blick war deutlich der Unmut über diese lärmende Störung zu lesen. Andere brüskierten sich richtiggehend über dieses unflätige Verhalten. So oder so, unter den gut betuchten Gästen war ein solcher Zwischenfall unerwünscht.

Ehe Tanja und Eva reagieren konnten, eilte bereits der Kellner durch die gläserne Flügeltür auf die Veranda, ein Tablett mit einer Karaffe Wasser auf einer Hand balancierend. Hilfsbereit erhob sich Eva und ging dem Kellner entgegen. Sie griff nach der Karaffe und dem leeren Glas, nickte dem Kellner dankend zu und stutzte. »Sie kenn ich doch.«

Überrascht riss der Kellner die Augen auf. »Die Glamrockerin aus der Disco!«

Eva verstand nicht. Sie sah den Kellner fragend an, aber er kam nicht bis zu einer Erklärung.

»Wasser!«, krächzte es von hinten. Eva fiel wieder ein, weshalb sie eine Karaffe und ein Glas in Händen hielt. Sie drehte sich um, und während sie an den Tisch zurückkehrte, füllte sie das Glas, drückte es Chris in die Hände und ließ sich wieder in den Sessel fallen.

Gierig trank er es in einem Zug halb leer.

»So wirst du gleich den nächsten Schluck in den falschen Hals bekommen, mein Lieber.«

Die Stimme kam von Evas linker Seite. Ihr Magen zog sich

bei deren Klang zusammen. Tief und warm war sie. Manchmal aber auch heiser und rau, meldete sich ihr Unterbewusstsein.

Stocksteif blieb sie sitzen und starrte die Tischplatte vor sich an. Die Hände ruhten nicht mehr entspannt auf der Stuhllehne. Die Finger krampften sich darum.

Das konnte einfach nicht wahr sein. Sie bildete sich das nur ein. Es gab sicherlich noch mehr Menschen mit einer ähnlich klingenden Stimme.

Schwarz

Sie war nicht gekommen. Sie hatte dafür ihre gerechte Strafe erhalten. Er hatte unter dem kühlen Blätterdach der Bäume zugesehen, wie der Bauer sein Feld mähte. Und wie das Mähwerk den Geist aufgab. Selbst ihre Knochen machten nur Schwierigkeiten. Er musste allerdings zugeben, dass der Fund auf diese Weise viel effektvoller war, als wenn der Bauer die Knochen einfach auf offenem Feld entdeckt hätte.

Trotzdem, er wollte nicht noch eine Frau auf diese Weise verlieren. Und das würde er auch nicht. Sie hatten ihm zu gehorchen, seiner Einladung Folge zu leisten. Ende der Diskussion. Mit vor Wut verzerrtem Gesicht drehte er den Hahn auf. Klares, kaltes Wasser trommelte in einem harten Strahl in den zweckmäßigen Metallwaschtrog. Als er die Hände unter den Strahl hielt, reagierte das Wasser auf das plötzliche Hindernis. Es suchte sich einen neuen Weg.

Genauso hatte er selbst es auch getan. Er hatte auf die neue Situation reagiert. Der Frau aufgezeigt, wer das Sagen hatte.

Und das würde er gleich noch einmal tun. So lange, bis sie elendig krepierte.

Er nahm das große Stück Kernseife aus der Schale und schrubbte seine Hände. Jedes noch so kleine erdige Überbleibsel musste weg. Vor allem um die Fingernägel herum. Es war schon riskant genug gewesen, sich einen ganzen Tag und eine ganze Nacht mit diesen Schmutzresten in der Öffentlichkeit zu zeigen. Außerdem wollte er seinem nächsten Ziel keinesfalls derart ungepflegt und schlampig gegenübertreten.

Apropos Schlampe.

Ein Wimmern drang leise an seine Ohren. Die Wut verschwand aus seinen Zügen. Gemächlich säuberte er weiter seine Hände und labte sich an den zunehmenden Klagelauten.

Sie litt sicherlich unter höllischen Schmerzen, sinnierte er. Er warf einen Blick in den zerschrammten Spiegel über dem Waschtrog.

Was er beobachtete, war aber nicht sein Spiegelbild. Sondern das, was sich hinter ihm befand.

Beide Beine waren noch immer an die Beine der Werkbank gekettet. Ein Arm ebenso. Der zweite nicht. Den hatte sie nicht mehr.

Die Wunde unterhalb der Schulter war ein hässlicher Anblick. Alles lag offen. Anatomisch sehr interessant. Der Blick auf zerfetztes Fleisch war frei. Die Sehnen lagen schutzlos da. Man konnte das zertrümmerte Schlüsselbein erkennen. Die Gelenke. Die Knorpel.

Alles war in Rot getaucht. Noch immer lag sie in einer riesigen Blutlache. Es roch nach Eisen. Ein Geruch, den er liebte. Aber nicht des Metalls wegen. Blut stand für Leben. Nahm man es, wich das andere. Ganz automatisch. Ein Prozess, den er gerne beobachtete, wenn er denn genug Zeit hatte. Und mit ihr ließ er sich Zeit. Sie war es nicht wert, aus ihren Qualen erlöst zu werden, denn sie hatte ihm nicht gehorcht.

Weiß

Sie redete sich vergeblich gut zu. Sie spürte förmlich, wie er sich dem Tisch näherte. Er baute sich so zwischen ihr und ihrem Bruder auf, dass er direkt vor der Sonne stand. Als sie das Gesicht hob, war er nur ein schwarzer Fleck vor einem hellen Hintergrund. Sie musste die Augen zusammenkneifen, weil sie trotz Sonnenbrille geblendet wurde.

Tanja war mindestens ebenso überrascht wie Eva, nur wesentlich positiver. »Sam! Das ist ja ein erfreulicher Anblick!« Sie strahlte ihn an, bevor sie Eva herausfordernd angrinste. »Nicht wahr, Eva? Erfreulich.«

Evas Augen schossen Blitze. Sie hätte Tanja am liebsten unter dem Tisch hinweg getreten, aber das durchschimmernde Milchglas hätte sie verraten. Daher ließ sie es bleiben und schwor, sich später an Tanja zu rächen.

»Ist alles in Ordnung bei euch?«, fragte Sam, als hätte er Tanjas Anspielung nicht bemerkt. »Man hat mich informiert, dass hier draußen jemand kurz vor dem Ersticken wäre. Da dachte ich, ich seh mal nach. Aber wie mir scheint, ist alles wieder im Lot.«

Was ging ihn das an? Eva ahnte es zwar, aber sie weigerte sich, den Gedanken zu vertiefen.

Chris nickte eifrig. »Alles gut. Tut mir leid, wenn ich deine Gäste nervös gemacht habe.«

Seine Gäste? Na, hervorragend.

»Ist nicht wahr! Deine Gäste? Dann bist du hier der ...«

»... Manager«, vollendete Chris Tanjas Satz, nicht ohne das Wort besonders zu betonen.

»Ein Mann zum Heiraten! Oder was meinst du, Chris?« Tanja lächelte Chris unschuldig an, während dieser sich reichlich Mühe geben musste, nicht laut herauszulachen.

»Ja, liebste Tanja, unser Sam hat sich in der Tat zu einer ganz ordentlichen Partie gemausert.«

Jetzt war auch klar, weshalb Chris über Evas Hochzeitsplänen schier erstickt wäre. Evas Anspannung vermischte sich mit Verärgerung. Das war es also gewesen, was ihr lieber Bruder verheimlicht hatte. Und das zu Recht. Er hatte gewusst, dass sie nicht mitgekommen wäre, hätte er ihr erzählt, wer in diesem Hotel das Sagen hatte. Aber warum war Chris ihre Anwesenheit auf dieser Reise überhaupt so wichtig gewesen?

Er tat niemals etwas ohne Grund. Also, was führte er im Schilde?

»Na, na. Jetzt ist es aber gut, ihr zwei.« Sam war nicht entgangen, wie Eva sich mit ihren Fingern in der Armlehne verkrallt hatte. Einem Impuls folgend, legte er eine Hand auf ihre Schulter und drückte sie leicht.

Sie zuckte zusammen. Unmerklich. Aber während andere die Bewegung nicht wahrnahmen, konnte Sam sie unter seiner Hand spüren. Er ließ sich nichts anmerken, sondern ging zur Tagesordnung über. Dass seine Finger dort, wo sie Eva berührt hatten, leicht kribbelten, als er ihre Schulter wieder freigab, verbarg er hinter einer Fassade geschäftiger Professionalität.

Sie spürte seine Hand noch lange, nachdem er sie weggenommen hatte. Wie lange war seine letzte Berührung nun her? Fünfzehn Jahre? Erstaunlich. Ihre Gedanken schweiften in die Vergangenheit zurück, und obwohl die Erinnerung an ihre letzte Begegnung schmerzhaft war, huschte ein Lächeln über ihr Gesicht. Wie naiv und unerfahren sie doch gewesen war. Aber seither war viel Zeit vergangen. Sie war älter geworden, hatte einige Beziehungen hinter sich gebracht und viel erlebt, wodurch sie an Reife gewonnen hatte. Genau. Sie war reifer geworden. Die träumerische Unschuld des Teenagers von einst gab es nicht mehr. Sie war eine erwachsene Frau mit wesentlich mehr Gefühl für die Realität. Und dieser Mensch, der sie nun war, würde sich bestimmt nicht der Lächerlichkeit preisgeben, indem er sich durch den Schwarm längst vergangener Tage verunsichern ließ. Außerdem war es doch wirklich schön hier, egal, wer der Manager war. Damit stand ihr Entschluss fest: Ab sofort wollte sie ihren Aufenthalt genießen!

Eva löste die Finger von den Armlehnen und ließ die angespannten Schultern sinken. Sie setzte ein Lächeln auf, das sogar ernst gemeint war. Chris und Tanja klopften noch einige Sprüche auf ihre Kosten, aber es machte ihr nichts mehr aus.

Sie hörte sie sich in aller Ruhe an und fand sie sogar selbst ziemlich lustig. Nebenbei widerstand sie dem Drang, ihren Kopf schief zu legen und sich vorzustellen, wie ihre Wange seine Haut berührte.

Schwarz

Das erste Mal war sie bewusstlos geworden, als er ihr Hand und Arm einzeln abgetrennt hatte. Das Blut hatte nur so gespritzt.

Als die Schulter nicht gleich nachgegeben hatte, war er ausgerastet und hatte ihr das Schlüsselbein zerschmettert. Schließlich ließ der Körper seinen Arm gehen.

Er stillte die Blutung, packte den Arm in einen Beutel und wartete.

Zu ihrem eigenen Besten hätte sie sich dem drohenden Tod überlassen sollen, aber sie war eine Kämpferin.

Sie erwachte mit einem lauten Schmerzensschrei.

Die Ellbogen auf den Knien abgestellt, den Kopf in die Hände gestützt, mit den Zeigefingern an die Nase tippend, lauschte er ihren animalischen Schreien eine ganze Weile lang. Er beglückwünschte sich zu dem Entschluss, ihr das Klebeband vom Mund gerissen zu haben.

Dann ließ er die Hände sinken und erhob sich.

Mit einem einzigen gezielten Schlag brachen die Adern wieder auf. Geronnenes Blut vermischte sich mit frischem. Er ließ sie im wahrsten Sinne des Wortes ausbluten. Bis ihre Schreie leiser wurden. Ihre Kraft schwand. Ihre bewundernswerte Energie nachließ.

»Hallo Schönheit.« Er blieb neben der Werkbank stehen, auf der sie aufgebahrt war.

Ihre Augen waren rot unterlaufen. Sie lagen tief in den Höhlen. Ihre Haut war aschfahl, ihr schwarzes Haar hatte jeden Glanz verloren. Ihr Atem ging flach und stoßweise. Jede noch so geringe Anstrengung forderte ihren Tribut. Dennoch drehte sie schwerfällig den Kopf.

Mühsam öffnete sie die halb geschlossenen Lider. Ihre trockenen, rissigen Lippen bebten. Worte, nicht lauter als ein Lufthauch, verließen ihren ausgetrockneten Mund.

Er beugte sich lächelnd zu ihr hinunter. Er wollte hören, was sie zu sagen hatte.

Ihre Bemühung, einzuatmen, wurde sogleich mit einem trockenen Husten bestraft.

Teils angewidert, teils belustigt zog er den Kopf ein Stück zurück.

Der Anfall ebbte in ein hässliches Röcheln ab.

Er betrachtete sie. Sein Werk. Er kam nicht umhin, einen gewissen Stolz zu empfinden. Voller Zuneigung blickte er ihr in die Augen, strich über ihr Haar. Ein Liebender hätte nicht zärtlicher sein können.

Auf einmal glomm ein Funke in ihren Augen auf. Ihr Blick wurde wild und lebendig.

Interessiert beobachtete er die Veränderung, die in ihr vorging. Er hatte ihr mit seiner Zärtlichkeit neues Leben eingehaucht. Ein weiterer Erfolg. Nun würde sie die nötige Demut aufbringen. Und er würde ihr Dahinsiechen beenden und sie in Würde sterben lassen.

Das Triumphgefühl breitete sich warm in seiner Brust aus.

Er wünschte sich, sie würde ihn anflehen. Seinen Namen flüstern. Einer Liebkosung gleich.

Als hätte sie seinen stillen Wunsch gehört, öffnete sie erneut die Lippen. Sie fuhr sich mit der ebenso trockenen Zunge darüber.

Erwartungsvoll horchte er auf.

Sie raunte etwas. Diesmal konnte er sie verstehen. »Komm näher«, hatte sie gesagt. Eine Bitte. Nein. Ein Flehen.

Er entsprach ihrer Aufforderung. Er brachte sein Ohr so nahe an ihre Lippen, dass sie sich beinahe berührten.

Er hörte das Pfeifen in ihrem Atem.

Sie hauchte nur zwei Worte. »Fick dich.«

Dann schloss sie die Lider. Für immer.

Grau

Mit zittrigen Fingern packte Margrit den großen braunen Picknickkorb. Immer wenn sie nach einem Gegenstand griff, schüttelte sie vorher die Hände aus, damit ihr das Geschirr und die Einmachgläser nicht zu Boden fielen, bevor sie den Korb erreichten.

Das Zittern lag nicht nur an der Aufregung, obwohl Margrit sich das nur zu gern einredete. Langsam musste sie wohl einsehen, dass sie allmählich alt wurde. Schlicht und einfach. Aber war das so schlimm? Sie hatte ein erfülltes Leben gehabt und zwei zauberhafte Kinder großgezogen. Nie hatte sie richtig Hunger leiden müssen, nicht einmal im Krieg, den sie miterlebt hatte. Angst hatte sie gehabt. Schon oft. In ihrem Gesicht hatte die Furcht deutliche Spuren hinterlassen. Tiefe Falten auf ihrer Stirn zeugten von den weniger entspannten Tagen, aber daran störte sie sich nicht. Schließlich war sie eine Mutter. Und inzwischen Großmutter. Die Sorge war somit ihr ständiger Begleiter. Was wäre sie für eine Rabenmutter, wenn dem nicht so wäre.

Sie packte ein Glas mit selbst gemachter Kirschkonfitüre in den Korb. Die Leibspeise ihres jüngsten Enkels. Glas öffnen, Löffel rein und direkt in den Mund. Wer brauchte denn schon Brot?

Ein seliges Lächeln huschte über Margrits Gesicht.

»Ist bei dir alles in Ordnung?« Frederik kam mit gebeugtem Rücken in die Küche getrottet.

»Ja, ich bin gleich so weit.« Sie musterte ihren Mann über den Rand ihrer Lesebrille hinweg. »Sag mal, wie siehst du denn wieder aus.« Margrit griff über den Tisch und richtete Frederiks Hemdkragen, der verwurstelt unter dem warmen grünen

Pullunder steckte. »Meinst du nicht, du bist zu warm gekleidet?«

»Nein. Im Schrebergarten wird‘s schnell kühl.«

»Da muss ich dir allerdings recht geben. Ich pack mir auch noch eine Jacke ein.« Margrit klappte den Korbdeckel zu und reichte Frederik den geflochtenen Behälter. »Dann wollen wir mal.«

Als sie ihre kleine Wohnung verließen und die Tür des Haupteingangs zum Wohnblock öffneten, schlug ihnen ein kühler Wind entgegen. Frederik nickte Margrit schweigend zu. Er brauchte nichts zu sagen. Sie wusste auch so, worauf er hinauswollte. Sie lächelte süffisant. »Ja, mein Lieber, du hattest recht, dich warm einzukleiden.«

In gewohnter Geste schob Frederik seine Brille zurück über die Nasenwurzel. Nur war da kein Bügel.

Tadelnd beobachtete Margrit unter leisem Schnauben, wie es in seinem Gehirn zu rattern begann. Sie wartete eine Weile, bevor sie ihn erlöste. »Auf dem Kopf, mein Lieber. Wie immer.«

Er grummelte etwas, das sie nicht verstand, legte die flache Hand auf sein Haupt und fand das Gesuchte. Dann setzte er die Brille auf und musste feststellen, dass er seine Fingerabdrücke überall auf den Gläsern verteilt hatte. Ehe er auch nur einen klaren Gedanken gefasst hatte, hielt Margrit ihm bereits ein Brillenputztuch unter die Nase.

Ja, sie kannte ihren Frederik. Er war keineswegs durchschaubar. Im Gegenteil. Er war ein äußerst wortkarger Mensch. Herauszufinden, was er wollte, war so schwierig wie das Fliegen einer Rakete. Allerdings hatten sie schon so viele Jahre ihres Lebens zusammen verbracht, dass Margrit eine Art

Bedienungsanleitung für Frederik entwickelt hatte, die sie gern an Menschen weitergab, die nicht mit ihm zurechtkamen.

»Mit dem Seitenwagen?«, fragte sie dann, als er seine Brille gereinigt hatte.

Er nickte nur. Gemeinsam gingen sie in die Tiefgarage. Vor Stellplatz Nummer sieben blieb er stehen. Er übergab ihr den Picknickkorb. Stolz, beinahe ehrfürchtig tastete er nach der rechten Ecke der grünen Plane. Vorsichtig zog er daran und legte ein Motorrad frei, das nur knapp jünger war als er selbst. Der dazu passende Seitenwagen war Marke Eigenbau, aber mit Zulassung.

Margrit stellte den Korb in den Fußraum und kletterte auf ihren Platz. Sie zog die Nussschale über, die Frederik ihr reichte, richtete die Fliegerbrille und fixierte das Garagentor.

Frederik tat es ihr auf der Seite des Motorrades nach. Bevor er sich jedoch vollständig einrichtete, erhob er sich halb, setzte den Fuß auf den Kickstarter und trat ihn mit aller Kraft nach unten.

Wie immer in diesen Momenten fragte sich Margrit, woher ihr gebeugter, grauer Frederik jedes Mal diesen Schwung holte.

Bereits nach zwei Versuchen lief der Motor ratternd an. Frederik legte den Gang ein und knatterte los. Das elektrische Garagentor glitt wie von Zauberhand zur Seite, als hätte es jemand mit den Worten »Sesam öffne dich« beschworen.

Sobald sie im Freien waren, reckte Margrit die Nase schnuppernd in den Wind.

Ein wundervolles Gefühl.

Bald hätten sie die stinkende Stadt hinter sich gelassen, und es würde noch wundervoller sein.

Zielsicher lenkte Frederik, wobei er jede Menge neugieriger Blicke der morgendlichen Pendler auf sich zog, seinen ganzen

Stolz mitsamt Ehefrau durch den Großstadtdschungel und auf direktem Weg hinaus ins umliegende Land. Sie brauchten keine zwanzig Minuten, bis Margrit das erste Mal frei aufatmen konnte. Der Motorenlärm der Autos rückte in den Hintergrund, bis nur noch ein beruhigendes Brummen zu hören war, das an einen Bienenstock erinnerte. Das Taubengurren wich Vogelgezwitscher, und der Asphalt wurde durch saftig grünes Gras ersetzt. Es hatte in diesem Jahr eine ganze Weile geregnet, bevor sich die Sonne gezeigt hatte, aber als es dann so weit war, sprießte das Grün umso schneller.

Frederik hielt vor einem Tor an; es markierte die Abgrenzung zu einem Grundstück, auf dem sich eine Ansammlung kleiner Holzbauten befand. Er legte den Leerlauf ein und stieg von der Maschine. Zufrieden trommelte er mit den Fingern an die Hosentasche, in der er den Schlüssel zu seinem eigenen kleinen Paradies wusste. Die anderen Grundstückbesitzer würden, wenn überhaupt, erst in einigen Stunden eintreffen; so lange waren er und seine Margrit noch allein und konnten ungestört tun und lassen, was sie wollten, ohne laufend zu einem Schwätzchen über den Zaun aufgefordert oder durch lästige Fragen von der herrlichen Gartenarbeit abgehalten zu werden. Dann, irgendwann im Lauf des Abends, würden seine Kinder mit den Kleinen kommen. Darauf freute er sich, obwohl er das nicht zugeben konnte.

Beim Tor angekommen, steckte er den Schlüssel ins Schloss und drehte ihn um. Leise quietschend schwang das Gatter auf.

Frederik schlurfte zur Maschine zurück und setzte die Reise über die schmalen Wege fort, vorbei an einigen kreativ gestalteten Gärtchen, bis er vor seiner eigenen winzigen Hütte ankam. Sie bestand aus dunklem Holz und war mit allerlei Kram vollgestopft. Dazu kamen ein seitlicher Anbau und ein winziger Geräteschuppen, in dem er alles aufbewahrte, was er für die intensive Pflege seines Gartens benötigte. Davor lag ein Sitzplatz, um dessen hölzernen Aufbau sich Weinreben rankten. Hier konnte er auch sein Motorrad abstellen.

Neben dem Sitzplatz befand sich eine kleine Rasenfläche, auf der die Kinder toben konnten. Gesäumt wurde das Ganze von einem penibel gepflegten Gemüse- und Blumengarten.

Das Außergewöhnlichste und gleichzeitig Auffälligste an dem hübschen Arrangement war aber etwas anderes oder vielmehr eine andere.

Sie war die Bewacherin des Gartens, solange die Besitzer nicht da waren. Sie sah nach dem Rechten und sollte die Vögel von den Beeten fernhalten. Und sie machte ihren Job gut.

Normalerweise.

Die große, in Lumpen gekleidete Vogelscheuche stand auf ihrem Posten. Wie immer.

Dennoch war heute etwas anders.

Margrit hatte sie schon von Weitem erkannt. Und ihren Augen nicht getraut.

Selbst als sich das Motorrad knatternd näherte, kam nur zögerlich Bewegung in den Garten.

»Nun sieh dir mal die frechen Viecher an!«, rief sie Frederik über den Motorenlärm hinweg zu. »Jetzt weichen sie nicht einmal mehr vor motorisierten Fahrzeugen zurück!«

Frederik ließ den Motor absichtlich aufheulen, aber selbst dann erhoben sich die schwarz gefiederten Krähen nur widerwillig in die Lüfte.

Einen knappen halben Meter weiter landeten sie wieder.

Kopfschüttelnd drehte Frederik den Zündschlüssel. Mit einem grollenden Schnaufen ging der Motor aus. Er kletterte von seinem Sitz und zog sich den Helm vom Kopf, dass seine weißen Haare in alle Himmelsrichtungen abstanden.

Margrit tat es ihm nach. Als sie das nächste Mal zu der Strohpuppe schaute, konnte sie es nicht fassen.

Gleichermaßen anmutig wie auch bedrohlich breiteten die Vögel ihre Schwingen aus.

Im nächsten Moment hatten sich die Tiere wieder um die Vogelscheuche herum versammelt, ohne den anwesenden Menschen auch nur die geringste Beachtung zu schenken.

Entrüstet beobachtete Margrit, wie eine Krähe auf einer Schulter der Strohpuppe landete. Nachdem sie zweimal mit dem Schnabel durch ihr Gefieder gefahren war, begann sie, mit ruckartigen Bewegungen nach dem Kopf der Vogelscheuche zu picken.

»Das ist ja unverschämt, dieses fürchterliche Ding ist da, um euch zu verscheuchen, nicht um euch zu ernähren!« Sie wollte einen Schritt auf die Vögel zumachen und sie mit einem kräftigen Schhhh! das Fürchten lehren, als sie plötzlich eine Hand auf ihrem Arm spürte, die sie zurückhielt.

Verständnislos betrachtete sie die Hand. Als er sich nicht rührte, bewegte sie sich. Sein Griff wurde stärker. Fragend schaute Margrit ihrem Mann ins Gesicht.

Frederik hatte seine Brille aufgesetzt. Und was er durch die geschliffenen Gläser erkannte, ließ ihm das Blut in den Adern gefrieren.

»Margrit, du ahnst nicht, wie fürchterlich dieses Ding wirklich ist.«

Endlich sah er sie an. Er beantwortete ihre Frage, ehe sie sie stellen konnte. »Und ob das Ding da ist, um die Krähen zu ernähren.«

***

»Wir haben die erste Leiche!« Aufgeregt platzte Johann in Webers Büro. Er wedelte mit den Papieren, die er soeben ausgedruckt hatte, als wollte er eine Fliege verscheuchen.

Aber hinter Webers Schreibtisch saß niemand. Zum Glück, wie Johann in diesem Augenblick begriff, denn er hatte nicht einmal angeklopft.

Gleichermaßen erleichtert wie auch verdutzt ließ Johann die Akte sinken. Er trat einen Schritt zurück, und während er sich umdrehte, zog er die Tür wieder hinter sich zu. Unsicher, was er als Nächstes tun sollte, blieb er einen Augenblick stehen und betrachtete seine Schuhspitzen.

»Ist was?«

Wie so oft, hatte er sie überhaupt nicht bemerkt. Was schwer war, denn Jenny war mit ihrem inzwischen violetten Haar und der farblich dazu abgestimmten Kleidung alles andere als unauffällig. »Ehm, ja. Weber ist nicht da?«

»Wäre er da, hätte ich dich dann einfach sein Büro stürmen lassen?«

Johann dachte kurz darüber nach. »Schätze nein.«

»Eben. Ihr habt eine Leiche?«

»Wer hat eine Leiche?«, dröhnte eine strenge Stimme durch den Korridor.

Unweigerlich zuckten Johann wie auch Jenny eingeschüchtert zusammen.

Schützend hielt er die Blätter vor seine Brust. »Wir.«

»Was sagen Sie da?« Weber trat mit raschen Schritten näher.

Wäre es nicht so abwegig, hätte Jenny geglaubt, ihr Chef sei nervös.

Weber entriss Johann die Akte, setzte die Lesebrille, die er an einer Kette um den Hals trug, auf die Nase und blätterte fahrig in den Papieren herum. »Los, berichten Sie!«, verlangte er gleichzeitig.

Johann schluckte den ersten Schrecken hinunter. »Ein altes Ehepaar hat heute Morgen auf dem Grundstück ihres Schrebergartens die Leiche einer Frau gefunden.«

»Wo?«

»Auf dem Bruderholz im Kanton Baselland.«

»So nahe? Und wer hat sie zuerst entdeckt?«

Johann schluckte sichtlich unruhig. »Krähen.«

Weber hielt mitten im Blättern inne. Langsam hob er den Kopf und schielte Johann über den Rand seiner Lesebrille hinweg an. In seinem Kopf spielte sich ein ganzer Film ab. Er wollte sich nicht vorstellen, wie die Leiche aussah. Zerkratzt von den scharfen Krallen der Tiere. Zerlöchert von ihren Schnäbeln, die sich unbarmherzig mit schnellen, ruckartigen Bewegungen in das weiche, wahrscheinlich schon leicht faulige Fleisch bohrten. An den Ohren pickten. Nach der Nase schnappten. Die Augenhöhlen ausweideten. Und noch Schlimmeres, sollte der Mörder die Leiche auch noch aufgeschlitzt haben.

Ihn schauderte. Doch er ließ sich nichts anmerken.

»Und wo lag sie?«

»Sie lag nicht.«

»Was soll das hießen? Hat er sie aufgehängt?«

»Nun, nicht direkt. Er hat sie ...« Johann stockte. Die Bilder, die ihm die Kollegen von der Leiche übermittelt hatten, schwirrten wie Fetzen kleiner Albträume in seinem Kopf herum.

Webers drohender Blick sprach Bände. Entweder sein Untergebener rückte endlich raus mit der Sprache, oder er würde ihn zum Teufel jagen. Fürs Erste.

Johann konnte förmlich hören, was sein Boss dachte. Er riss sich zusammen und räusperte sich. »Sie wurde aufgespießt.«

Jenny japste unkontrolliert nach Luft. Weber sah sie scharf an. Dann wandte er sich wieder an Johann. »Aufgespießt?«

»Ja. Aufgespießt. Ein Stock durch das Rektum. Er steckte bis zum Hals in ihr drin.«

Weber bekam eine Gänsehaut.

»Sie ...« Erneut musste Johann sich sammeln. Er holte tief Luft, um die aufsteigende Übelkeit zu vertreiben. »Sie wurde aufgespießt, als Vogelscheuche verkleidet und in den Garten gestellt. Die Besitzer des Schrebergartens erkannten daher nicht sofort, weshalb die Krähen sich nicht vertreiben ließen, sondern beharrlich auf der vermeintlichen Puppe sitzen blieben. Und, Herr Weber, bezeichnenderweise fehlte ihr ein Körperteil.«

Weber rieb sich mit der Hand übers Kinn. »Welches?«

»Ein Arm.«

Weber nickte. »Der Körper passt zu dem Arm, den der Bauer auf dem Feld fand?«

Johann musste nicht antworten. Weber kannte die Antwort bereits.

In Gedanken versunken starrte Weber ins Leere. Nach einer Weile fragte er: »Warum?«

Johann sah hilfesuchend zu Jenny, die gespannt die beiden Männer beobachtete.

Warum was?

Er hatte die Frage nicht ausgesprochen, dennoch erhielt er die Antwort von Weber. »Warum stellt er sie so aus, während wir von den anderen noch nicht einmal wissen, ob sie noch leben? Bis auf die ohne Kopf natürlich.«

Darüber hatte Johann ebenfalls schon nachgedacht. »Vielleicht hat sie einen Fehler begangen.«

Einen Fehler. Weber betrachtete sein Gegenüber aufmerksam. »Wie meinen Sie das?«

»Es war nur so ein Gedanke, aber früher stellte man Menschen, die etwas verbrochen hatten, an den Pranger. Man stellte sie bloß, indem man sie ausstellte. Ein Mahnmal.«

»Aber sie ist tot.«

»Unabhängig davon, bleibt die Symbolik doch eigentlich dieselbe.«

Weber ließ sich Johanns Worte durch den Kopf gehen. Er musste sich eingestehen, dass der Gedanke nicht übel, wenn nicht sogar ein Volltreffer war. »Ihre abgetrennte Gliedmaße steckte er in die Erde, während die der anderen quasi vom Himmel fallen. Ihren Körper stellt er aus. Was wird er mit den anderen tun?« Eine Frage, von der Weber wusste, dass sie ihn noch eine ganze Weile plagen würde. Eines stand jedenfalls fest: Dieses Monster würde ihnen die anderen Mädchen präsentieren. Als Leichen. Aber zu einem Zeitpunkt, den er wählte. Sein Spiel, seine Regeln. Wollten sie ihn kriegen, mussten sie schneller sein. Wollten sie schneller sein, mussten sie ihn durchschauen. »Er spricht zu uns. Aber was sagt er?«

»Herr Weber?« Jenny hatte sich bis jetzt aus den Überlegungen der beiden Männer herausgehalten. Ihr war immer noch nicht wohl dabei, das Wort zu ergreifen, aber sie musste es tun. Auch wenn es sich wie ein Verrat an Chris anfühlte. Zwei Augenpaare ruhten in gespannter Erwartung auf ihr.

»Jenny, wenn Sie nicht gleich mit der Sprache rausrücken, werd ich ziemlich wütend. Sie wissen, ich lasse mich nicht gerne beim Nachdenken unterbrechen.«

Wusste sie. Sie riss sich zusammen und sagte, was gesagt werden musste. »Herr Weber, diese Sache mit der Symbolik ist sehr interessant, aber ich denke, ich kenne vielleicht noch einen anderen Weg, wie man an den Täter herankommen könnte.«

Sie spürte deutlich, wie Weber innerlich kochte. Sie konnte sich ausmalen, was er dachte. Eine ganze Armada an Polizisten hielt die Augen offen, ein eigens abgestelltes Team arbeitete im Hintergrund und unterstützte Weber und Johann bei dem Fall, ganz zu schweigen von den Beamten in den anderen Kantonen. Keiner brachte Ergebnisse, aber sie, Jenny, die an der Polizeischule gescheiterte, farbenprächtige, untersetzte, matronenhafte Möchtegern-Profilerin, sollte eine Lösung haben. Tja, manchmal ging das Schicksal eben seltsame Wege.

»Gut. Meine Ermittler bekommen nichts auf die Reihe, aber Sie, Jenny, haben eine Lösung. Ich bin gespannt.«

Jennys Blick wanderte hilfesuchend zu Johann. Der aber schien sich zu wünschen, er wäre eine Schildkröte, die sich in ihren Panzer verkriechen konnte, so weit hatte er seinen Kopf eingezogen. Von ihm war keine Schützenhilfe zu erwarten. »Nun, im Fall mit dem gefrorenen Fuß fand man in der Wohnung des Opfers einen anonymen Brief mit einer Einladung zu einem Blind Date. Bisher sind zwar noch keine weiteren vergleichbaren Schreiben im Zusammenhang mit den bisherigen Opfern gefunden worden. Stattdessen stieß ich per Zufall auf eine Frau, die einen praktisch identischen Brief erhalten hat. Formulierung, Formatierung, Stil, Papierform, Papierfarbe, die Ähnlichkeit ist frappant. Und doch gibt es einen wichtigen Unterschied.«

Weber fielen beinahe die Augen aus dem Kopf. Er konnte nicht glauben, was er da hörte. Möglichst beherrscht fragte er: »Und wo liegt dieser wichtige Unterschied?«

»Sie ist noch am Leben, und ich weiß, wo sie ist.«

Weiß

Eva lehnte sich seufzend auf ihrer Bank zurück. Sie legte die Hände auf ihren Bauch und verschränkte die Finger.

»Du sagst es.« Tanja tat es ihr gleich, und Chris machte den Anschein, er würde ebenfalls am liebsten zufrieden aufatmen, einen Hosenknopf öffnen und einen lauten Rülpser von sich geben. Die letzten beiden Sehnsüchte unterdrückte er aber tapfer. Vor allem, da sich manche Gäste anscheinend von seinem nachmittäglichen Hustenanfall noch nicht erholt hatten. Immer wieder wanderten Blicke durch den Raum und blieben an den dreien haften. Sicher, das lag nicht nur an der störenden Einlage vom Nachmittag, sondern vielmehr am Anblick, den die drei boten: zwei Frauen, ein Mann. Kleidung und Auftreten wollten nicht zu den Sternen des Hotels passen, und die ehrlich gemeinte herzliche Begrüßung des Managers ebenso wenig. Die drei machten sich jedoch nichts daraus.

»So, und was testen wir als Nächstes? Plündern wir Sams Grappabestand oder gibt es noch einen Nachtisch?«, fragte Tanja.

»Ich hatte nach dem Sorbet schon genug Nachtisch. Ich wäre für Whisky.« Eigentlich würde sie lieber ein Schläfchen halten, aber dafür war es Eva eindeutig noch zu früh. Noch dazu in den Ferien.

»Dafür könnten wir uns aber in die Zigarrenlounge verziehen. Ich möchte Sams Zigarrensortiment noch unter die Lupe nehmen.« Auch Chris wirkte schläfrig, aber fest entschlossen, ein Comeback zu geben.

Die leeren Teller wurden von Kellnern in eleganten weiß-schwarzen Uniformen abgeräumt, und der fleißige Oberkellner kam flink wie ein Wiesel angehuscht. »Haben Sie noch einen Wunsch?«

Chris ergriff das Wort. »Nein. Ich denke, wir verschieben uns in die Zigarrenlounge.«

Der Kellner hatte für Chris' saloppe Ausdrucksweise keinen Sinn. Er war genau so, wie Chris sich einen französischen Garçon vorstellte. Arrogant, herablassend, hochnäsig, penibel, unfreundlich. Er arbeitete strikt nach Vorschrift und richtete sich nur nach der Etikette, was wohl der Grund dafür war, dass Sam ihn eingestellt hatte.

Kopfschüttelnd schob Chris seinen Stuhl zurück. Seine beiden Begleiterinnen erhoben sich ebenfalls. Gemeinsam verließen sie das imposante Restaurant, das in einer Mischung aus dunklem Granit, Wasserläufen, schlichten Formen und verspielten, gold-roten Elementen kombiniert mit wenig rustikalem Holz eine faszinierende Welt ergab, die alte, schwere Eleganz mit moderner Leichtigkeit widerspiegelte, ohne vergessen zu lassen, dass man sich inmitten ländlicher Natur befand.

Eva fragte sich nicht zum ersten Mal seit ihrer Ankunft, welcher Innendekorateur an diesem Flecken Erde seine geschickte Hand bewiesen hatte. Und immer wieder schoss es ihr durch den Kopf, dass die Einrichtung die Handschrift einer

Frau trug. Sie verspürte einen Stich bei diesem Gedanken, der ihr allmählich vertraut wurde.

Ungeduldig verscheuchte sie dieses Gefühl wieder.

Das durfte doch nicht wahr sein. Wie sehr konnte sich ein Mensch von der Vergangenheit einholen lassen?

»Alles in Ordnung?«

Eva sah auf. Ihr Bruder ging direkt neben ihr. Seine Hände steckten in den Hosentaschen. Er gab sich unbekümmert, aber sie kannte ihn besser. Sein rechter Nasenflügel bebte leicht. Ein Zeichen dafür, dass etwas an ihm nagte.

Das war nur gut so. Er hatte es nicht anders verdient. Sie zuckte unwillig mit der Schulter. »Sicher. Was soll sein?«

»Du bist mir immer noch böse, nicht wahr?«

»Nein. Warum sollte ich?«

»Das frag ich mich eigentlich auch.«

Chris fing Evas böses Funkeln auf, sagte aber nichts weiter. Er öffnete den beiden Frauen die gläserne Tür zur Lounge. Sofort wurden sie vom schweren Tabakgeruch nach teuren Havannas eingehüllt, zwischen den sich hölzerne Düfte von Whisky, kräftigen Rotweinen und Cognac mischten.

Sie durchquerten den Raum auf der Suche nach einer freien Sitzecke. Die klobigen schwarzen Ledersessel mit hohen Rücken- und breiten Armlehnen waren zu Chris‘ Verdruss alle besetzt. Am hinteren Ende der Lounge führte eine weitere Glastür auf eine Veranda, die teilweise von der Innenbeleuchtung sanft beschienen wurde. Der größte Teil lag allerdings im Halbdunkel. An der steinernen Begrenzung der Veranda rankten Schlingpflanzen empor, und zwischen dem Grün hatte man geschickt unauffällige Lämpchen angeordnet. Es wirkte, als wäre der schwarze Nachthimmel mit seinen Milliarden Sternen bis hinunter zum Hotel verlängert worden. Als Lichtquellen taugten sie nicht, aber sie sorgten für eine angenehme Stimmung, die man durchaus als romantisch hätte bezeichnen können, hätte Evas Sinn nach solchem Kitsch gestanden. Nahe der Gebäudemauer waren einige Sitzgruppen angeordnet, auf denen man weiche Wolldecken drapiert hatte. Eva neigte den Kopf in Richtung Tür. »Wie wär's?«

»Gute Idee. Geht ihr schon mal vor, ich hole die Getränke«, bot Chris sich an. »Was wollt ihr?«

»Einen Moët, bitte.« Eva lächelte herausfordernd.

»Witzig, kleine Schwester, witzig. Willst du, dass ich verarme, und das aus reiner Rache?«

»Ja, bitte.«

Tanja grinste in sich hinein. »Jetzt hört auf ihr zwei. Ihr benehmt euch ja wie Bruder und Schwester.«

»Och, was für ein Zufall!«

Tanja schlug Chris sanft mit der flachen Hand auf den Hinterkopf. »Idiot. Jetzt komm schon, ich helf dir tragen.«

»Meint ihr nicht, dieses Nobelding ist bedient?«, gab Eva zu bedenken.

»Wahrscheinlich. Aber warum einen Kellner anstrengen, der eh nur Trinkgeld will, wenn man das Zeug selbst tragen kann?« Chris' Einwand entlockte Tanja eine zustimmende Grimasse, aber Eva war nicht überzeugt.

»Ich erinnere dich daran, wenn du das nächste Mal in einem Restaurant bestellst. Dann holst du dein Essen selbst aus der Küche, nur damit das schon mal klar ist. Wie dem auch sei, Garçon, ich warte draußen.« Eva deutete einen Hofknicks an und wandte sich zum Gehen, während Chris ihr einem kleinen ungehorsamen Jungen gleich die Zunge rausstreckte. Dann begab er sich an die Bar und bestellte für Eva, was sie normalerweise trank.

Bevor Eva die Tür zur Terrasse öffnete, lauschte sie Chris' Bestellung. Sie hörte, was sie zu hören gehofft hatte. Schmunzelnd trat sie hinaus in die kühle Nachtluft.

»Lagavulin? Gute Wahl. Wo ist denn die Genießerin dieses güldenen Destillats?«

Keiner der beiden hatte bemerkt, dass jemand hinter sie getreten war.

Mit ihrem strahlendsten Lächeln kehrte Tanja der Bar den Rücken.

»Sam!« Sie umarmte ihn herzlich und hielt ihn dann auf Armeslänge von sich entfernt, um ihn betrachten zu können. »Ich habe mich heute Nachmittag also nicht getäuscht. Du siehst einfach zum Anbeißen aus!«

»Danke. Du übrigens auch.«

Chris neigte leicht den Kopf und hob eine Augenbraue.

»Ja, Chris, du auch.« Chris nickte zum Dank. »Sie ist draußen auf der Terrasse.«

»Oh, es ist schön da.«

Das klang wenig überzeugend. Der Tonfall gefiel Tanja nicht. Sie runzelte nachdenklich die Stirn. Was hatte er eigentlich sagen wollen? Wie sie feststellen musste, würde sie es nicht erfahren.

»Kann ich dich einen Augenblick sprechen?« Sam legte Chris freundschaftlich den Arm um die Schulter, aber Tanja spürte, wie angespannt er war.

»Sicher.« Chris räusperte sich. Die Heiterkeit, die eben noch seine Mundwinkel umspielt hatte, war verschwunden. »Worum geht es denn?«

»Ach, nur eines deiner Bilder.«

»Gut. Tanja, kümmerst du dich um die Getränke?« Die Männer gingen davon, noch bevor sie antworten konnte. Sie verließen den Raum und verschwanden um die Ecke, aber sie blieben in Tanjas Sichtfeld. Tanja sah ihnen nach und entdeckte auf der anderen Seite der verglasten Lounge zwischen einer hohen, ausladenden Pflanze einen Spiegel, der das Bild der beiden Männer reflektierte. Sie konnte sie zwar nicht hören, aber die Gesten machten sie misstrauisch.

Auf einmal zog Sam eine Zeitung aus der Innenseite seines Jacketts. Er öffnete sie energisch und tippte mit dem Finger auf etwas in der Zeitung.

Chris reagierte, indem er sich mit der Hand über Mund und Kinn fuhr.

Das mussten echt schlechte Nachrichten sein. Hoffentlich hatte Chris nicht irgendein Bild verunstaltet und so für schlechte Presse gesorgt.

Sam rollte die Zeitung wieder zusammen, behielt sie aber in der Hand. Die Männer kehrten zurück in die Lounge.

Waren sie bleicher als zuvor?

Die Drinks kamen, und Tanja schob den Gedanken beiseite.

Chris trat gerade rechtzeitig an Tanjas Seite, um ihr ein Glas abzunehmen. Währenddessen ging Sam auf den Kamin zu, in dem ein gelbrotes Feuer flackerte. Er warf die Zeitung in die Flammen. Sofort bleckten sie gierig nach der neuen Nahrung. Man konnte zusehen, wie sich die Zungen um das Papier legten und es in schwarze Asche verwandelten. Schnell und zuverlässig vernichteten sie den Teil, der sich aufgeschlagen hatte: *»Vermisst. Wer hat diese Frauen gesehen?«*

Das war jetzt also der erste Zeitungsartikel zu dem Fall, den Chris erwähnt hatte. Sam betrachtete, wie das Feuer das Papier mit der tödlichen Zielsicherheit einer schwarzen Witwe zuerst umgarnte und dann gnadenlos verschlang.

Die Flammen fraßen das Bild, das unter dem Titel prangte. Eine hübsche, glücklich lächelnde, blonde Frau. Weiche Züge. Blaue Augen.

Die anderen Gesichter auf der gegenüberliegenden Seite sahen dem ersten zum Verwechseln ähnlich. Und nicht nur dem.

Es waren Gesichter von toten Frauen. Ziemlich sicher.

Verstümmelte Leichen.

So irrational es sein mochte, so sehr hatte sich Sam über den Anblick dieser Bilder erschrocken. Hatte diese hässliche Geschichte tatsächlich mit dem Brief zu tun, den Eva erhalten hatte? Sam war klar, dass er davon eigentlich nichts wissen durfte, aber Chris hatte es ihm dennoch anvertraut. Ihm, als bestem Freund. Als Mann, der seiner Schwester einst sehr nahestand. Aber Chris hatte ihm auch versichert, dass er Eva nicht deswegen mit in die Berge genommen hatte. Chris habe erst nach der Urlaubseinladung davon erfahren, dass die Polizei anonyme Briefe bei den Opfern gefunden hatte. Sam glaubte Chris. Doch das linderte die aufkeimenden Sorgen nicht.

Sam löste sich vom Kamin und trat auf die Veranda.

Eva drehte sich zu ihm um. Ihr blondes Haar wehte leicht im Wind.

Mit ihren blauen Augen inmitten der weichen Züge lächelte sie ihn an.

Beinahe so, als wäre sie für den Zerreißer geschaffen worden.

Grau

Georgs Herz raste immer noch wie verrückt. Er wagte es kaum, die Augen zu öffnen. Er wollte es nicht noch einmal sehen. Es war einfach zu abscheulich.

Noch niemals hatte er eine Leiche gesehen. Schon gar nicht eine, die so zugerichtet war.

Sicher, er schaute fern. Da gab es schlimmere Anblicke. Doch in diesen Momenten konnte man sich wenigstens damit beruhigen, dass die verstümmelten Toten nicht echt waren.

Irgendwann rief jemand »Schnitt«, und die Gummileiche wurde weggeräumt. Oder der Tote stand wieder auf, klopfte sich den Staub von der Hose und beschwerte sich über das Jucken unter der Silikonverletzung. Über den hässlichen Geschmack des Kunstblutes. Vielleicht riss er Scherze über seine inneren Organe, die man gefälligst wieder an Ort und Stelle packen sollte.

Aber diese Leiche hier war echt. Kein Film. Kein Theater.

Eine reale, entstellte, verstümmelte Leiche.

Und sie war auch noch teilweise zerfetzt.

Georg war sich sicher, dass er ihre Füße erwischt hatte. Er hatte sie zwar früh gesehen, aber selbst bei seinem geringen Tempo war der Bremsweg immer noch zu lang gewesen.

Die Passagiere saßen auf ihren Plätzen, rührten sich nicht. Genauso wie Georg, der ohne Regung in seinem Führerstand verharrte. Rücken an Rücken mit Lara, der stark erbleichten Zugbegleiterin.

Dabei hatte der Tag so gut angefangen.

Gut gelaunt war er noch vor seinem Wecker um vier Uhr in der Früh aufgewacht. Voller Elan aus dem Bett gehüpft. Hatte seine Katze gefüttert. Mit seinem Kanarienvogel gesungen.

Dann war er zur Arbeit gefahren. Hatte seine Lokomotive übernommen und die ersten Fahrten absolviert. Am Bahnhof in Chur wurde es noch besser.

Lara stieg zu.

Georg betete sie an, seit sie angefangen hatte, bei der Rhätischen Bahn als Zugbegleiterin zu arbeiten. Bisher war sie bei den Schweizerischen Bundesbahnen beschäftigt gewesen. Er hatte sie damals schon gekannt, aber nur als Stimme hinter den Bahnhofsdurchsagen.

Eine Engelsstimme.

Schon immer hatte er die zur Stimme gehörige Frau kennenlernen wollen, aber nie den Mut aufgebracht. Und plötzlich stand sie vor ihm.

Eine neue Aufgabe hatte sie sich gewünscht. Die SBB hatte ihr ihren Wunsch gewährt und sie an die Rhätische Bahn vermittelt.

Noch viel beflügelter als zu Beginn des Morgens begann Georg spontan, seine noch müden Passagiere mit Witzen zu unterhalten. Begleitet von der wundervollen Aussicht schien der Weg von Arosa zurück nach Chur so kurz wie selten zuvor.

Lara stattete ihm dann und wann einen Besuch im Führerstand ab und beglückwünschte ihn zu einem gelungenen Unterhaltungsprogramm. Dann fragte sie ihn, ob er nach Feierabend Lust auf ein Bier habe.

Das Herz blieb ihm stehen.

Und wollte nicht mehr anspringen, denn genau im Augenblick seines größten Glücks begann ein nicht enden wollender Horror.

Lara nahm sein zustimmendes Nicken mit leuchtenden Augen entgegen und verließ den Führerstand wieder.

Als Georg nach einem weiteren gelungenen Spruch lächelnd

die Sprechanlage ausschaltete, sammelte er seine Gedanken und richtete seine Konzentration wieder voll und ganz auf die Strecke vor sich.

Da entdeckte er es.

Er hatte zweimal hinsehen müssen.

Lag da etwas auf den Geleisen?

Nein. Das war einfach nicht möglich. Der Tag war zu gut.

Die Strecke machte eine Kurve. Der Gegenstand verschwand kurzzeitig aus dem Blickfeld.

Dann tauchte er wieder auf.

Doch, da lag etwas. Etwas ziemlich Großes.

Was konnte das sein? »Geh weg!«, beschwor Georg den Gegenstand. Geh weg!

Aber er ging nicht weg.

Georgs Puls begann zu rasen. Schweißperlen traten auf seine Stirn. Erst nur am dunklen Haaransatz, dann immer weiter bis zu den breiten Augenbrauen.

Er drosselte das Tempo. Kniff die Augen zusammen, um zu erkennen, was sich da vor ihm auf den Geleisen befand.

Er hatte den Notstopp eingeleitet, bevor sein Gehirn das Bild verarbeitet hatte. Der ruckartige Einsatz der Bremsen blockierte die Räder. Georg war zu schnell gefahren. Ausgerechnet heute. Aber seine Euphorie hatte ihn übermütig werden lassen. Dennoch, sein Tempo glich nicht annähernd demjenigen eines normalen Linienzuges. Das wäre auf dieser Strecke auch schlicht nicht machbar. Trotzdem musste er nun einen außerordentlichen Halt für eine beachtenswert lange und tonnenschwere Komposition in einem Gefälle innerhalb kürzester Zeit erzwingen. Das reichte aus, um das Material zu strapazieren und die Passagiere nervös zu machen.

Die Bremsen quietschten. Der beißende Geruch nach heißen, überdurchschnittlich beanspruchten Bremsbelägen verbreitete sich in den Waggons.

Er hörte, wie hinter ihm etwas zu Boden polterte. Einige Leute machten ihrem Schrecken über den unerwarteten Ruck Luft.

Georg konnte sich vorstellen, was in den Waggons ablief. Verschüttete Getränke. Fragende Gesichter. Neugierige Blicke. Nasen, die an den Scheiben platt gedrückt wurden.

Der Zug verlangsamte sein Tempo drastisch.

Dennoch war der Bremsweg lang.

Zu lang?

Georg rieb sich mit der Schulter die Schweißperlen von der Oberlippe.

Der Gegenstand kam immer näher. Rasend schnell. So fühlte es sich in diesem Augenblick zumindest an.

Was weiter geschah, lag nicht mehr unter seiner Kontrolle.

Die folgenden Sekunden spielten sich in Zeitlupe ab. Georg starrte auf die Gleise.

Immer noch hoffte er, er würde sich alles nur einbilden. Aber je länger er das hoffte, desto realer wurde die Situation.

Es lag wirklich da.

Kein Tier. Kein Gegenstand.

Eine Frau.

In einer seltsamen Haltung auf die Geleise gelegt. Sie wirkte wie hingeworfen. Der Oberkörper gekrümmt, ein Arm lag schräg über der Brust, der andere hing über dem Abgrund. Das Gesicht gegen den Himmel gerichtet. Ein Bein angewinkelt, das andere gestreckt. Aber ... Mit nur einem Fuß.

Das gestreckte Bein endete am Knöchel. Als wäre seine Sehkraft auf einmal geschärft wie die eines Adlers, erhaschte er einen Blick auf Knochen, freigelegtes Fleisch und Blut.

Den Rest konnte er sich denken.
Sehnen. Muskelfasern.
Wo war ihr Fuß?
Lebte sie noch?
Sollte das sein erster Mord sein? Nein, Personenunfall würde man es nennen.
Die letzten Meter vor dem Stillstand. Georg meinte, ihr in die Augen sehen zu können.
In weit geöffnete Augen.
Sein Magen krampfte sich zusammen.
Er schloss fest die Augen und presste die Faust auf seinen Bauch.
Stehen bleiben. Bitte stehen bleiben!
Ein schleifendes Geräusch. Ein Holpern. Dann stand der Zug still.
Langsam öffnete Georg erst ein Auge, dann das andere.
Er konnte ihr blondes Haar sehen.
Ihren Blick.
Sie starrte ihn an. Aber sie sah ihn nicht.
Sie hatte leicht geöffnete, blau gefärbte Lippen. Ihre Fingernägel waren blau unterlaufen. Er konnte es an der Hand sehen, die über ihrem Oberkörper lag.
Georg wollte sich übergeben.
Da flog die Tür zu seiner Kabine auf. Eine schwankende, adrett gekleidete, aber zerzauste Lara stolperte in die Führerkabine.
»Was zum Teufel ist los?«, rief sie aufgeregt.
Georg antwortete nicht. Das musste er auch nicht. Lara drückte sich neben ihn. Sie sah aus dem weiten Fenster. Erst schaute sie in die Ferne. Natürlich entdeckte sie nichts. Ihre

Augen wanderten nervös hin und her. Suchend kam ihr Blick immer näher.

Georg musste sie nicht ansehen, um festzustellen, wann sie den Grund für den abrupten Halt entdeckt hatte. Sie zuckte merklich zusammen. Ihre Finger krallten sich in seine Schulter. Ein würgender Laut entwich ihrer Kehle. Sie drehte sich ruckartig um und sank hinter seinem Rücken in die Hocke.

Der Funk begann zu knistern.

Die Leitstelle wollte wissen, was los war.

Georg riss sich zusammen.

Er setzte den Funkspruch kurz und knapp ab.

»Eine was?«, schallte es aus dem Mikrofon.

Georg wiederholte sich nicht. Er reichte eine Hand nach hinten.

Lara griff danach.

So saßen sie nun hier. Eine gefühlte Ewigkeit lang. Sie rührten sich nicht einmal, als die Tür des Führerstands erneut aufgerissen wurde und sich ein Polizist mit zwei Sanitätern im Schlepptau in die Kabine zwängte.

***

Schrill klingelte der Apparat und holte Jenny aus ihrer Konzentration. Sie riss sich von Weber und ihrer Laptoptastatur los. Streng sah ihr Weber in die Augen. Jenny ließ das Besprechungsprotokoll, das sie mittippte, Protokoll sein und stahl sich reumütig aus dem Besprechungsraum.

Wo war sie bloß mit ihren Gedanken? Es war zwar erst das zweite Mal in ihrer gesamten Laufbahn, dass sie vergessen hatte, die Rufumleitung einzuschalten, bevor sie in eine Besprechung ging. Für Weber waren das aber zwei Mal zu viel.

Missmutig hob sie den Hörer ab. Sie schnauzte ein kurzes »Ja?« in die Muschel und hörte halbherzig zu. Aber das änderte sich schnell. Der aufgeregte Redeschwall vom anderen Ende der Leitung erregte mit jedem neuen Wort mehr und mehr Jennys Aufmerksamkeit. Sie selbst sagte nichts. Sie beendete das Gespräch, indem sie den Hörer grußlos auflegte. Mit vor Aufregung gerötetem Gesicht huschte sie zurück ins Besprechungszimmer. Sie wandte sich ihren grübelnden Kollegen und ihrem Vorgesetzten zu.

Sie brüteten über einer möglichen Lösung für einen anderen Fall, als Jenny mit einem für sie ungewöhnlich leisen »Entschuldigung?« dazwischenfunkte.

Als ihr niemand zuhörte, wurde sie lauter. »Herr Weber?«

Und noch lauter. »Herr Weber?«

Alle Anwesenden wandten sich ihr zu, sichtlich irritiert über die Unterbrechung.

Jenny ließ sich nicht beirren. »Sie haben noch eine Leiche gefunden. Und Sie hatten recht mit ihrer gestrigen Aussage. Er spricht tatsächlich.«

Sie hatte die volle Aufmerksamkeit.

»Und, was sagt er?«, verlangte Weber ungeduldig zu wissen.

»Noch nicht viel. Es sind nicht direkt Worte, sondern ...«

»Sondern ...?«

»Ein Buchstabe.« Jenny holte Luft. »In die Brust der Frau wurde ein einzelner Buchstabe eingeritzt.«

Schwarz

Es war riskant, aber er konnte nicht anders. Er wollte zusehen, wie sie die Erste fanden.

Nein. Die Zweite. Genau genommen.

Aber die erste Planmäßige.

Er verkleidete sich nicht. Wozu auch? Er war zu weit vom Geschehen weg. Außerdem wussten sie nicht, wer er war. Er saß am Steuer eines weißen Lieferwagens. Das Fahrzeug war beschriftet, aber das machte nichts. Jeder würde glauben, der Mann mit der Mütze hinter dem Steuer wäre ein Bote der Firma, deren Name auf seinem Lieferwagen prangte: DPD.

Nur, dass hinten auf der Ladefläche keine Päckchen lagen.

Zumindest nicht direkt solche, wie sie von einem Postboten zu erwarten wären.

Er stellte sein Fernglas scharf.

Eine Frau mit einer Leine in der Hand näherte sich der Gruppe Uniformierter. Anscheinend führte sie ihren Hund Gassi. Als sie erkannte, dass es sich um Polizisten handelte, die sich unterhalb der begrünten Böschung versammelt hatten, verlangsamte sie ihren Schritt.

Er konnte richtiggehend spüren, wie Neugierde und Sensationslust die Oberhand über sie gewannen.

Als sie den Kopf, der unter einem breitkrempigen Hut verborgen lag, leicht drehte, hob sich die Krempe im Wind und gab einen kurzen Blick auf ihr Gesicht frei.

Ihm stockte der Atem.

Aufgeregt richtete er sich in seinem Sitz auf.

Sie war hübsch. Sie würde ein tolles Opfer abgeben. Aber sie passte in einem entscheidenden Punkt nicht in sein Beuteprofil. Das wusste er mit absoluter Sicherheit, obwohl er nicht die geringste Ahnung hatte, wer die Frau da unten war. Schade.

Enttäuscht kauerte er sich wieder in seinen Sitz. Die Frau wurde von einem Polizisten gebeten weiterzugehen. Seine Gesten und sein verbissener Gesichtsausdruck verrieten, dass der Mann sich freundlich, aber bestimmt durchsetzte.

Er suchte sich einen neuen Bildausschnitt.

Die Leute im Zug wurden zunehmend nervös. Obwohl sich ein Mann in Schaffneruniform außerordentlich bemühte, alle bei Laune zu halten. Nach gut einer halben Stunde des Wartens im geschlossenen Zug war das keine leichte Aufgabe. Wie lauteten wohl die Durchsagen? Wie erklärte man, was geschehen war?

Er wünschte sich für einen kurzen Augenblick, er wäre ebenfalls eingestiegen und hätte alles miterlebt. Das wäre nicht nur logistisch ohne Weiteres möglich gewesen. Der Zug hatte gemäß Fahrplan noch in Arosa im Bahnhof gestanden, als er dabei gewesen war, sein Geschenk mit lang geübter Präzision abzuwerfen. Nach seiner Landung hätte er noch ausreichend Zeit gehabt, den Gleitschirm im Lieferwagen zu verstauen, zur nächsten Station vor der Abwurfstelle zu gelangen und dort in den Zug einzusteigen.

Niemand hätte ihn verdächtigt.

Niemand wäre auf die Idee gekommen, der Auslöser dieser Aktion könnte sich unter den Fahrgästen befinden.

Aber dann hätte er nicht beobachten können, was sich vor dem Zug abspielte. Und was noch schlimmer gewesen wäre: Er hätte sich in seiner Bewegungsfreiheit eingeschränkt.

Das wiederum hätte sehr wohl ein Risiko für ihn selbst werden können.

Er ließ sein Fernglas am Zug entlang von ganz hinten nach ganz vorne gleiten.

Es gab viele Leute, die entweder heftig gestikulierend auf ihren Plätzen saßen oder stoisch schweigend aus den weiten Fenstern blickten … und doch nichts sehen konnten.

Wahrscheinlich erklärte man den außerordentlichen Stopp mit einer technischen Störung. Oder einem Personenunfall.

Eine alltägliche Geschichte, mit der jeder Zugreisende rechnen musste.

Nur, dass die Person normalerweis noch lebt, bevor sie auf die Schienen aufprallt.

Aber wer würde seine Gedanken schon an solch ein Detail verschwenden?

Er lächelte in sich hinein, während er mit seiner Betrachtung erneut am Zuganfang ankam. Auch der kreideweiße Lokführer hatte seinen Führerstand noch nicht verlassen. Wie auch? Wäre er aus seinem direkten Zugang zur Lok ausgestiegen, wäre er in die Tiefe gestürzt. Genau wie die anderen Passagiere auch.

Er justierte die Schärfe des Fernglases neu und beglückwünschte sich innerlich für den Ort, den er seinem blonden Engel zugewiesen hatte.

Er hatte sie exakt nach einer Eisenbahnbrücke abgeworfen.

So kam die Polizei gut an sie heran, und der fahrende Zug musste auf der Brücke zum Stehen kommen. Oder einfach über sie hinwegbrausen. Und sie in Fetzen reißen.

Er erschauderte bei dem Gedanken.

Wenn einer seine Schönheit zerfetzen durfte, dann war er es und niemand sonst.

Aber er hatte sich den richtigen Chauffeur ausgesucht.

Natürlich hatte er das. So, wie alle seine bisherigen Entscheidungen richtig gewesen waren.

Er beobachtete amüsiert und beinahe ein wenig erregt, wie man seine Kreation in einen Leichensack packte, auf einer Trage die Böschung hochschaffte und in einen bereitstehenden Krankenwagen verfrachtete.

Bald würde die Fahrt weitergehen.

Es schmerzte ihn beinahe ein wenig, als der Reißverschluss über ihrem Gesicht zugezogen wurde.

Adieu mein Engel.

Ein leises Schleifen aus dem hinteren Teil seines Fahrzeugs holte ihn aus seiner Betrachtung. Die leichte Wehmut über seinen Abschied verflog. Zwar war eine seiner Schöpfungen jetzt weg, aber eine andere wartete bereits.

Weiß

»Das wird ja schon fast zur Gewohnheit.«

Eva hatte gespürt, dass jemand näher kam. Sie hatte anhand des leisen Klickens der Absätze auf den Steinplatten auch geahnt, wer es war. Dennoch hatte sie sich nicht umgesehen. Und das tat sie auch jetzt nicht. Obwohl er sie angesprochen hatte. Sie hielt nur den Finger in die Luft, zum Zeichen, dass er warten solle.

Erst jetzt sah er, dass sie ihr Handy am Ohr hielt.

»Verstehe. Kann ich kurz darüber nachdenken?«, fragte Eva ihr Telefon.

Sam hielt aus Respekt einen gewissen Abstand, konnte aber dennoch genau hören, was Eva sagte.

»Es gibt für mich noch einige, ehm, Umstände zu beachten und Dinge zu regeln, bevor ich mich entscheiden kann. Ich melde mich. Auf Wiederhören, Jenny.« Eva nahm das Telefon vom Ohr und hielt es fest in der Hand. Tausende von Gedanken und Gefühlen wirbelten kreuz und quer durch ihr Inneres und wühlten sie noch stärker auf, als sie sowieso schon war. Dass Sam in der Nähe stand, kam ihr ganz und gar nicht gelegen. Sie musste über den Anruf nachdenken. Sie hatte jetzt keinen Kopf, sich mit ihm auseinanderzusetzen. Sie erinnerte sich an ihre Begegnung mit ihm am Vorabend, nachdem sie die Raucherlounge in Richtung Terrasse verlassen hatte. Im Irrglauben, Chris und Tanja kämen mit den Drinks auf die Terrasse, hatte sie sich erfreut umgedreht. Und da stand er. Er dachte, sie schenke ihm ihr Lächeln. Er strahlte zurück. Irgendwie erleichtert, aber auch gequält. So wirkte es zumindest.

Das zu sehen hatte ihre Stimmung mehr getrübt, als sie zuzugeben in der Lage war. Dabei wollte sie doch nur, dass alles wieder war wie früher. Bevor sie sich in ihre lächerlich kindliche Schwärmerei gestürzt hatte. Und bevor er ihre Gefühle erwidert hatte.

Aber diesen Wunsch konnte ihr niemand erfüllen. Natürlich nicht.

Sie konnte nicht aus ihrer Haut. Mit seiner Anwesenheit stellte sich sofort das seltsam beklemmende Gefühl wieder ein.

Er gesellte sich neben sie, ohne sie anzusehen. Nebeneinander schauten sie in die Ferne. Der Horizont erschien an diesem sonnigen, klaren Tag unendlich weit weg. Ein atemberaubender Ausblick. Aber diese Aussicht nebeneinander unbeschwert genießen, dazu waren sie beide nicht in der Lage. Jeder war sich der Anwesenheit des anderen überdeutlich bewusst.

»Nun, ich bin hier zu Gast, du leitest diese Unterkunft. Es

ist wohl unvermeidbar, dass man sich begegnet.« Ihr Kommentar klang schärfer als beabsichtigt. Eva biss sich leicht auf die Unterlippe.

Beherrsch dich, ermahnte sie sich selbst.

»Tut mir leid. Ich wollte nicht so zickig klingen. Aber irgendetwas scheinst du an dir zu haben, das mich jedes Mal, wenn du auch nur in meine Nähe kommst, in Rage versetzt.«

Sie wagte einen kurzen Blick auf sein Seitenprofil.

Da war es. Sein feines Grübchen an der linken Wange zuckte leicht.

Er schmunzelte also. Das war doch schon einmal ein Anfang. Sie entschied, diese Unterhaltung doch nicht abzuwürgen. Sein kleines positives Signal gab ihr genug Mut, das zu formulieren, was sie bisher noch nicht auszusprechen gewagt hatte. »Meinst du, wir werden jemals wieder normal miteinander umgehen können?«

Seine Gegenfrage kam prompt. »Wie meinst du das?«

»Ist das dein Ernst? Merkst du nicht, wie distanziert wir sind? Wie kindisch wir uns verhalten? Ich meine, wir hatten doch immerhin einmal so etwas wie eine Beziehung, und jetzt können wir uns kaum in die Augen sehen. Es ist zwar ein gefühltes Jahrhundert her, aber es gab einmal eine Zeit, in der ich deine Nähe sehr genossen habe. Jetzt bereitet sie mir Unbehagen. Und ich bin mir sicher, es geht nicht nur mir so.«

Sam schwieg. Er war ganz kurz davor, es ihr zu sagen. Ihr mitzuteilen, weshalb er so distanziert war. Er hatte Angst.

So einfach war das.

Schwarz

Er legte das Fernglas weg und drehte den Kopf in Richtung Fahrzeuginnenraum.

Mit auf den Rücken gebundenen Armen und einem Knebel im Mund lag sie da. Herrlich hilflos.

Er hatte darauf verzichtet, ihr die Augen zu verbinden. Sie sollte in ihren wachen Momenten ruhig die an der Decke befestigten Folterinstrumente sehen, wie sie mit den Bewegungen des Fahrzeugs mitpendelten.

Erkennen, dass sie in einem Auto lag.

Ein wenig Hoffnung spüren, die den Kampf mit der Angst aufnehmen musste.

Feststellen, dass die Panik stärker war.

Spüren, wie die Ungewissheit immer mehr in Verzweiflung umschlägt.

Er hielt es nicht mehr aus.

Der Drang, sie sich sofort vorzunehmen, war einfach zu übermächtig. Er suchte mit seinem Feldstecher die Umgebung ab. Als er sich sicher sein konnte, dass niemand in der Nähe war, schaltete er das Radio ein und kletterte auf die Ladefläche.

Sie dämmerte immer noch vor sich hin. Ihr Ausdruck war verschwommen. Ihre Glieder waren klamm.

Alle. Bis auf eines.

Der Daumen der rechten Hand. Der konnte nicht klamm sein.

Denn der war weg.

Als hätte jemand einen guten Witz gemacht, lachte er laut auf.

Sie zuckte kurz. Instinktiv rollte sie sich zusammen. Wie ein Fötus im Bauch der Mutter.

Das belustigte Flackern wandelte sich zu einem irren Leuchten.

So ist das also? Du ziehst dich lieber zurück, als dich mit mir zu amüsieren?

Er schloss seine Finger zu einer Faust und holte unkontrolliert zum Schlag aus.

In angespannter Erwartung presste sie die Augenlider aufeinander. Sie zog den Kopf noch etwas tiefer zwischen ihre Schultern zurück und wartete entsetzlich lange Sekunden darauf, bis die Faust ungebremst ihr Gesicht erreichte und es zertrümmerte. Bis Knochen knirschten und Gewebe platzte. Bis warmes Blut über ihr schwellendes Gesicht rann.

Aber nichts geschah.

Die Faust durschnitt die Luft, begleitet von einem leisen Rauschen.

Sie sauste nieder. Und blieb nur fünf Millimeter vor ihrem Gesicht in der Schwebe.

Vorsichtig öffnete sie ihre Augen.

Er hätte ihr den Kiefer gebrochen. Davon war sie überzeugt. Aber er berührte sie nicht.

Mit seiner ganzen Willenskraft hielt er die Faust dicht vor ihrem Gesicht, ohne ihre glänzend feuchte Haut zu berühren.

In ihrem Blick stand das blanke Entsetzen. Nicht darüber, dass er sie hatte schlagen wollen, sondern aus Panik davor, was er nun tun wollte, da er sie nicht berührt hatte. Sie würde nicht lebend davonkommen. So viel war sicher.

»Ja, jetzt hattest du Grund, Angst zu haben. Aber weiche nicht zurück, wenn ich dir nahe komme. Nie wieder! Hast du verstanden?«

Sie nickte unmerklich mit immer noch eingezogenem Kopf.

Natürlich. Sie verstanden immer alles, wenn man nur die richtige Sprache sprach.

Seine Sprache war die Gewalt.

Er küsste sie auf ihren zugeklebten Mund.

Sie zuckte wieder zusammen. Sie konnte nichts dagegen tun. Ihre Nasenflügel bebten. Wie ein verletztes Tier lag sie wimmernd da.

Er konnte ihren jämmerlichen Anblick nicht länger ertragen.

Er streckte blind die Hand aus, bekam den Griff seines Werkzeugkoffers zu fassen. Zog ihn zu sich und öffnete den Deckel.

Alles unter ihrem verängstigten, aber deshalb umso aufmerksameren Blick.

Er fasste ins Innere des Koffers. Seine Folterutensilien waren gut sortiert. Alles hatte seinen Platz.

Sofort hielt er in Händen, was er suchte. Als er die Hand wieder herauszog, umschloss er mit seinen Fingern eine feine, spitze Ahle.

Er beugte sich tief zu ihrem Gesicht hinunter. Die Ahle drohend vor ihren Augen hin und her bewegend. Er legte die Spitze an den linken Augenwinkel.

Sie schluchzte. Eine Träne quoll hervor und sickerte über das kalte Metall.

Er leckte die Stelle mit seiner Zungenspitze ab. Langsam. Genüsslich. Immer ihre nervös zuckende Iris fixierend. Er zog sich etwas zurück. Setzte sich rittlings auf sie. Presste sein Geschlecht gegen ihres. Wohlwissend, dass sie fest davon überzeugt war, er würde sie vergewaltigen.

Was er nicht tun würde. Aber psychischer Terror war ihm

fast so lieb wie körperliche Folter. Langsam umkreiste er mit der Spitze der Ahle den äußeren Rand ihres Augenlides.

Weiß

Gut, als Chris ihm vorschlug, mit seiner Schwester, die sowieso Urlaub hatte, vorbeizukommen und ein paar Tage bei ihm abzuhängen, wie er es genannt hatte, gab es für Sam keinen Grund, nicht zuzusagen. Das war jedoch, bevor er Eva in der Disco wiedergesehen hatte. Nach dieser Begegnung war er kurz davor gewesen, alles zu canceln. Doch kurz bevor die drei aus dem Unterland aufbrechen wollten, also im letzten Moment, da Sam noch hätte abspringen können, hatte Chris ihn über einen Fall informiert, an dem die Polizei gerade arbeitete. Es ging um Frauen, die offenbar verschwunden waren und die in Einzelteile zerlegt wieder auftauchten. Von dem Brief, der in der Wohnung eines der Opfer gefunden worden war, und von demjenigen, den Eva erhalten hatte. Ob das alles wirklich zusammenhing, konnte niemand mit Bestimmtheit sagen. Aber die Anzeichen zu ignorieren wäre verantwortungslos. Chris war froh gewesen, seine Schwester einige Tage fern der gewohnten Umgebung zu wissen. Vielleicht würde sich die Geschichte bis zu ihrer Rückkehr beruhigen, vielleicht hätte die Polizei den Fall bis dahin aufgeklärt. Wie auch immer, damit war Sams Plan gestorben, im letzten Augenblick alles abzusagen. Er ließ sich das Versprechen abknöpfen, Eva gegenüber zu schweigen, woran er sich bisher auch gehalten hatte. Nachdem aber am Vortag das erste Mal die Medien über den

Fall, in den Eva möglicherweise verwickelt war, berichtet und diese Vermisstenmeldungen in der Zeitung gebracht hatten, wuchs Sams Sorge. Eine Frage drängte sich ihm hartnäckig auf: Wie sicher war Eva?

Er wollte sie beschützen. Unbedingt. So sehr, dass es ihm ironischerweise schwerfiel, sie auch nur anzufassen. Jede noch so beiläufige Berührung war geplant und kostete ihn enorme Anstrengung. Das war irritierend und verwirrend.

Seine Antwort darauf: Er ging auf Abstand. Und konnte doch nicht anders, als in ihrer Nähe zu bleiben.

Oder wie hätte er sie sonst schützen sollen?

Idiotisch. Wovor sollte er sie überhaupt schützen? Eigentlich gab es doch überhaupt keine handfeste Bedrohung! Oder doch?

Verzweifelt über die Ausweglosigkeit seiner eigenen Gedanken, fuhr er sich mit den Fingern durchs Haar.

Eine Reaktion, die nicht unbemerkt blieb.

»Worüber denkst du nach? Kaum über meine Frage. Die war nicht so schwierig.«

Oh, doch. Das war sie. Sam wich aus. »Wie kommst du darauf, dass ich über etwas nachdenke?«

»Deine Haare. Du fährst dir immer mit der Hand durchs Haar, wenn du grübelst und zu keiner Lösung kommst.«

Er sah sie erstaunt an. Das war ihm selbst noch nie aufgefallen. »Wirklich?«

»Und ob. Eigentlich schön zu wissen, dass manche Dinge sich nie ändern.«

Sie lächelte ihn an. Das war doch ein Lächeln, oder? Sam betrachtete ihre Mundwinkel genau. Die Augen konnte er nicht sehen, sie waren durch eine dunkle Sonnenbrille geschützt. Doch ihre feinen Fältchen in den Mundwinkeln verrieten genug. Tatsächlich. Sie lächelte. Scheu, aber eindeutig.

Der beklemmende Knoten in seinem Magen lockerte sich ein wenig.

»Du beißt dir immer noch auf die Unterlippe, wenn du etwas bereust«, nahm er den Faden auf und war überrascht, noch ein Stückchen seines Knotens schwinden zu spüren.

»Tatsächlich?« Ihre Frage war nicht echt. Sie wusste um diese Macke. Aber sie wollte ihm nicht die Genugtuung geben, dass er recht hatte. Da erwischte sie sich selbst dabei, wie sie prompt auf ihre Unterlippe biss. Ihr Lächeln wurde breiter.

»Das gefällt mir.« Er hob die Hand, streckte leicht einen Finger. Auf halbem Weg bemerkte er, was er zu tun im Begriff war. Sofort schaltete sich sein Gehirn ein. Wenn er sie jetzt berührte, würde das hauchdünne Band, das sie in ebendiesem Augenblick knüpften, womöglich sofort wieder zerreißen.

Sich zu beherrschen widerstrebte ihm mehr, als er zugeben wollte. Erneut ihre eiskalte Schulter zu spüren allerdings auch. Er würde sich in Geduld üben müssen.

Und er würde darüber nachdenken müssen, was er eigentlich von ihr wollte. Eine Stimme in seinem Inneren versuchte, sich Gehör zu verschaffen, ihm die Antwort zu geben, denn die war im Grunde ganz simpel: Er wollte sie. Im Bett. Verschwitzt, zerzaust, schwer atmend. Er wollte sie berühren. Überall. Er wollte sehen, fühlen und schmecken, was die vergangenen Jahre aus ihr und ihrem Körper gemacht hatten. Er wollte wissen, ob sie sich anders anfühlte als damals.

Sein Magen zog sich bei diesen erotischen Gedanken zusammen.

Er würde kalt duschen müssen. Sehr kalt.

Schwarz

»Soll ich dir dein erbärmliches Gewimmer aus dem Leib vögeln? Oder soll ich dir die Augen ausstechen, damit ich dieses verabscheuungswürdige Flehen um Gnade nicht mehr sehen muss?«

Er tippte mit der feinen Spitze ihren Augapfel an. Sie schloss reflexartig das Lid und verletzte die Iris.

Sie schrie. Ein erstickter Schrei. Und noch einer. Sie kreischte richtiggehend. Gegen das Klebeband kam sie nicht an.

Sie wälzte sich vor Schmerz. Aber er hielt sie mit seinen Schenkeln umklammert. Genoss das kleine Rodeo.

Sie versuchte, das Auge zu öffnen. Eine klare Flüssigkeit trat aus, vermischte sich mit ihren Tränen. Sofort schloss sie es wieder.

Er lächelte auf sie herab. »Hast du dich verletzt? Dumm von dir. Dabei habe ich mir gerade überlegt, dass ich bereits einem Mädchen die Augen ausgestochen habe. Es wäre langweilig, das erneut zu tun. Also darfst du deine Guckerchen behalten.«

Er öffnete mit einem lauten Ratschen den Reißverschluss seiner Hose.

Sofort hörte sie zu zappeln auf.

Sollte er ihre Brust berühren?

Nein. Das war zu viel des Guten.

Er war kein Vergewaltiger. Aber wenn er jetzt ihre empfindlichen Knospen berühren würde, spürte, wie sie sich gegen ihren Willen aufrichteten, würde er es vielleicht werden.

»Nein, Süße. Ich habe andere Pläne mit dir.«

Er ging nicht von ihr herunter. Aber er machte auch keine weiteren Anstalten, sie mit sexuellen Andeutungen in die Irre zu führen.

Stattdessen rutschte er mit den Knien an ihrem Körper entlang höher, bis er ihre Taille zwischen den Beinen hatte. Er presste seine Oberschenkel wie ein Schraubstock immer mehr zusammen und wartete ihre Reaktion ab.

Anfangs tat sich nichts, bis auf das stetige Wimmern, das sie schon die ganze Zeit von sich gab.

Je weiter er den Druck erhöhte, desto stärker wurde ihre Reaktion. Erst erzitterte ihr Körper. Dann verkrampfte er sich. Schließlich heulte sie auf. Sie bäumte sich unter ihm, aber er stellte mit Genugtuung fest, dass sie nicht im Geringsten gegen ihn ankam. Er verlor keinen Millimeter seiner übermächtigen Position.

Gut so. Allerdings durfte er sie nicht unterschätzen. Denn dieser kleine Test war nichts im Vergleich zu dem, was nun folgte.

Er wusste aus eigener Erfahrung, welche übernatürlichen Kräfte ein Mensch entwickeln konnte, wenn er in Not war. Aber er verließ sich darauf, dass sie an den Qualen seiner Attacke zerbrechen würde.

Er drehte seinen Oberkörper zum Werkzeugkoffer und öffnete eine Klappe. Dahinter befand sich ein Bett aus Schaumstoff, in den Formen gestanzt waren. Die darin ruhenden Phiolen schmiegten sich passgenau in die Formen. Die neutralbraunen Glasfläschchen waren sauber beschriftet, aber er brauchte die Etiketten nicht.

Behutsam legte er die Fingerspitzen um den Hals der zweiten Flasche. Langsam, beinahe feierlich, zog er sie aus ihrem sicheren Bett.

Er schraubte den Deckel, an dessen Innenseite eine Pipette befestigt war, vorsichtig auf, drückte leicht auf den Gumminippel oben am Flaschendeckel.

Die Pipette sog sich mit der klaren Flüssigkeit voll.

Während des ganzen Vorgangs missbrauchte er die Frau unter sich als Schutzunterlage.

Er ließ die Hand mit der Pipette über ihr Gesicht schweben. Ein feiner Tropfen haftete an der Öffnung. Aber er dachte nicht daran, sich zu lösen.

Er schüttelte die Pipette ein wenig heftiger.

Die Flüssigkeit konnte sich nicht mehr festhalten. Sie löste sich vom gläsernen Rand.

Und tropfte hinunter.

Direkt auf das Gesicht der angespannt lauschenden, blonden Frau.

Leise zischend traf die Flüssigkeit auf Haut.

Sie kreischte erstickt und wand sich unter seinen Oberschenkeln. Doch seine Umklammerung war zu fest.

Wo die Säure auftraf, hinterließ sie einen hässlichen Fleck verätzter Haut.

So ist es gut, Süße. »Hups!« In gespielter Reue legte er sich die Hand aufs Herz. Sie konnte das mit ihren zugekniffenen Augen kaum sehen, aber er hatte seinen Spaß.

Und das war erst der Anfang. »Willst du noch mehr?«

Verzweifelt schlug sie den Kopf hin und her.

»Nein? Quatsch. Natürlich willst du mehr. Und du kannst mehr haben. Viel mehr. Weißt du, was das ist, was da so schmerzlich in deinem Gesicht brennt und es verunstaltet? Batteriesäure. In höchstem Maße ätzend. Man sollte damit nicht in Kontakt kommen. Ich werde mich hüten. Für dich kann ich leider nicht garantieren.« Er senkte seine Stimme zu einem bedrohlichen Flüstern. »Man wird dein hübsches Antlitz leider nicht wiedererkennen, wenn ich mit dir fertig bin.«

Er beugte sich über ihren Kopf, hauchte ihr einen Kuss auf die Lippen.

Der Kuss des Todes. Reine Poesie, dachte er grimmig.

Dann drehte er die offene Flasche auf den Kopf.

Und schüttete den gesamten Inhalt über ihrem Gesicht aus.

Weiß

Alles, was Sam von Eva verlangen konnte, war Vergebung. Vielleicht Freundschaft. Wenn überhaupt. Sie musste erst lernen, ihm wieder zu vertrauen.

Himmel! Woher kamen auf einmal diese Einsichten? So lange Zeit hatte er sich eingeredet, genau das Richtige getan zu haben. Und damit sein schlechtes Gewissen betäubt.

Obwohl, wahrscheinlich war sein Handeln ja richtig gewesen. Die Art und Weise, wie er seine Pläne umgesetzt hatte, waren das Problem. Ihnen war ein Chalet um die Ohren geflogen, sie hatten dabei zwei Freunde verloren, und was hatte er getan? Nichts Klügeres, als wegzulaufen. Ohne ein Wort der Erklärung hatte er sich grußlos davongeschlichen. Er hatte es sich leicht gemacht und sich eingebildet, bei Eva keine Spuren zu hinterlassen. Falsch gedacht. Leider erkannte Sam seinen Fehler erst heute. Fünfzehn Jahre zu spät.

»Du grübelst schon wieder. Eigentlich hätte ich gerne gewusst, was dir gefällt, aber ich schaff es nicht durch deinen Gedankennebel.«

Sam kehrte aus seinen Gedanken über die junge Teenie-Eva zurück zu der erwachsenen Frau aus Fleisch und Blut. »Wenn du lächelst. Und vor allem, wenn dein Lächeln mit mir zusammenhängt.«

In Evas Magengrube stieg eine leichte Wärme empor, die ihr nicht geheuer war. Ihr Gesichtsausdruck wurde wieder verschlossen.

Zurück im Schneckenhaus, ging es Sam durch den Kopf. Er hatte sie verloren. Schon wieder. Aber er wollte es diesmal nicht einfach so stehen lassen.

»Eva? Auch wenn ich riskiere, dass du mir davonläufst und nie wieder mit mir sprichst, möchte ich etwas loswerden, das ich dir schon längst hätte sagen sollen.«

Sie hob die Brauen. Er konnte die leicht in Falten gelegte Stirn sehen. Außerdem tauchten die Augenbrauen hinter dem breiten Rand der Sonnenbrille auf.

Sie hörte also zu. »Es tut mir leid. Du kannst dir nicht vorstellen, wie sehr. Ich hätte dich damals nach dem Unfall nicht einfach allein lassen dürfen.«

Ein Fausthieb hätte nicht besser platziert werden können. Wo ihr Herz saß, wurde es gleichzeitig heiß und kalt. Ihr war auf einmal zum Heulen zumute, aber sie hatte keine Tränen mehr. Nicht für ihn. Nicht für dieses Thema.

»Sam. Lass es. Bitte.«

»Nein. Das muss jetzt raus. Ich hab es dir nie gesagt, aber du musst es wissen.«

»Weswegen? Damit dein Gewissen leichter wird, indem du meines belastest?« Sie atmete tief ein, um ihre Stimme in den Griff zu bekommen. »Sam, du hast mich damals abserviert und bist gegangen. Ich habe gelitten. Sehr sogar. Aber ich habe es überstanden. Glaubte ich zumindest. Als du auf einmal wieder vor mir gestanden bist, hat mich das aus dem Gleichgewicht gebracht. Plötzlich waren all die sauber weggeschlossenen Erinnerungen und Gefühle wieder da. Die guten wie auch die schlechten. Aber ich habe diesen Ausbruch erkannt als das, was er war. Als kurze und zugegeben heftige Reise in die Vergangenheit. Und was sagt uns das Wort Vergangenheit?« Sie erwartete keine Antwort, deshalb fuhr sie fort: »Dass es vorbei ist. Inzwischen sind wir beide erwachsen. Haben viel erlebt, sind unsere Wege gegangen. Belassen wir es dabei. Alte Geschichten wieder aufzuwärmen ist keine gute Idee. In jeder Hinsicht.«

Sie wandte sich zum Gehen, aber er hielt sie am Handgelenk zurück. »Ich habe dich geliebt. Glaubst du mir das?«

Okay, das war zu viel. Sie setzte sich gegen seinen Griff zur Wehr. Mehr schlecht als recht. »Willst du, dass ich schreie? Das würde wohl kein gutes Bild auf dein prächtiges Hotel werfen, wenn der Manager eine Frau gegen ihren Willen festhält.«

»Hör auf damit.« Er knurrte nicht, brüllte nicht, sondern blieb ganz ruhig.

Trotzdem wusste Eva, dass er verärgert war und kurz davorstand, wütend zu werden. Sie spürte seine Anspannung. Sie schien wie eine unsichtbare Hülle direkt über seiner Haut zu vibrieren.

»Warum?« Sie reckte herausfordernd das Kinn.

»Weil du mir nach wie vor sehr viel bedeutest. Und wie hast du selbst gerade eben erwähnt? Wir sind erwachsen geworden und haben die Vergangenheit verdaut. Unser Verhalten ist allerdings mehr als kindisch und straft deine Aussage Lügen. Meinst du, wir können einen Weg finden, wieder normal miteinander umzugehen? Oder müssen wir uns unbedingt gegenseitig verletzen?«

Eine grelle Stimme ließ die beiden aufhorchen, ehe Eva antworten konnte. Eine dünne Frau mit sehnigen Armen, langem, glänzend schwarzem Haar, einer kleinen Stupsnase inmitten eines schmalen Gesichts und einer Armani Handtasche am dürren Handgelenk stöckelte auf High Heels mit zahnstocherdünnen Absätzen über die Steinplatten der Veranda. Sie war in einen engen weißen Schlauch gehüllt, der im Rotlichtviertel sicherlich als Kleid durchgegangen wäre. Hinterher trotteten ein Foxterrier und ein äußerst gelangweilter, um nicht zu sagen angewiderter Junge im Alter von ungefähr acht Jahren. »Liebling! Da bist du ja! Ich habe dich schon überall gesucht. Moses stirbt schon fast vor Sehnsucht nach dir!«

Liebling? Gut, das konnte alles bedeuten.

Und Moses? Hund oder Junge? Eva bekam die Antwort auf dem Silbertablett oder eher auf hohen Hacken serviert.

Die Erscheinung in Weiß sah sich um. Als sie das Objekt ihrer Suche nicht hinter sich sah, ging sie einige Schritte rückwärts und zog den Jungen an ihre Seite.

Der Junge also. Ob er das Meer teilen konnte? Wohl kaum. So störrisch, wie er in die Welt blickte, würde man ihm keine Zehn Gebote und kein ganzes Volk anvertrauen.

Moses wehrte sich nicht direkt, aber sein Widerwille gegen die besitzergreifende Geste seiner Mutter – Eva nahm zumindest an, dass sie seine Mutter war – konnte man deutlich sehen.

Auf einmal geriet die Frau ins Stocken. Eva fürchtete schon, sie würde vornüberkippen.

Langsam schob sie ihre Sonnenbrille nach vorne auf die Nasenspitze. Offenkundig musterte sie Sams Hand um Evas Gelenk.

»Sam, Schatz, was geht hier vor?«

Sofort ließ Sam von Eva ab.

Interessant.

»Milena, was tust du denn hier?«

Milena? Konnte das stimmen?

»Was ich hier tue? Das, was die Frau eines Managers eben tut! Himmel! Ich habe dir gesagt, wir würden dir nachreisen, sobald es die Zeit zulässt, und hier sind wir. Die Familie ist wieder vereint!«

Sie breitete bedeutungsschwanger ihre Arme aus.

Das war der Augenblick, in dem Eva einen Entschluss fasste, über den sie ohne Sams unfreiwillige Unterstützung noch hätte nachdenken müssen. Sie musste Jenny zurückrufen und sie informieren. »Sam?«

Er zuckte zusammen, als Eva ihn ansprach. Fast, als hätte er ihre Anwesenheit vergessen.

Obwohl sie es zu bekämpfen versuchte, fühlte Eva, wie ein gemeines Gefühl der Enttäuschung in ihr hochkrabbelte. Bevor es ihre Stimme erreichte und sie mit einer Umklammerung belegte, wollte sie loswerden, was sie zu sagen hatte. »Du willst wissen, ob wir uns unbedingt gegenseitig verletzen müssen«, sie machte eine Pause, um sicherzugehen, dass er auch genau zuhörte. »Ich gebe die Frage hiermit zurück: Sag du es mir.«

Eva unterbrach den Blickkontakt, entsperrte ihr Handy und wählte im Weggehen die Nummer des letzten Gesprächspartners. Es klingelte nur einmal, bis der Anruf entgegengenommen wurde.

»Jenny? Ich habe mich entschieden.«

Grau

Ein langer und ereignisloser Tag ging zu Ende.

Hygieneartikel wie Tampons und Binden oder Verhütungsmittel wie Kondome hatte sein Sieb zuverlässig herausgefiltert. Schlamm, Fäkalien und sonstige Dinge, die andere Menschen als ekelhaft empfanden, waren vom restlichen Wasser getrennt worden. Das Abwasser durchlief die verschiedenen Reinigungsstufen einwandfrei. Die Maschinen hatten tapfer gearbeitet. Innerlich tätschelte Francesco seine Geräte. Er war stolz auf sie wie andere auf ihre Hunde.

Zwar konnten die Maschinen nicht apportieren, dafür befassten sie sich täglich mit dem Abfall der Menschheit. Ohne zu murren.

Noch ein letzter Rundgang, dann würde er nach Hause gehen und seinen Feierabend mit einem kühlen Bier begießen. Noch während er darüber nachdachte, ob er sich ein Kilkenny oder ein Sierra Nevada Pale Ale genehmigte, stellte er sein Hörgerät leiser und spazierte gemütlich seine Runde.

Er musste sich nicht beeilen. Zu Hause wartete niemand mehr auf ihn.

Francesco hatte seine Frau an den Krebs und seine Freundin an den Postboten verloren.

Kinder hatte er keine. Er hätte zwar nichts gegen einen properen Jungen oder ein niedliches Mädchen gehabt, aber seine Erna war immer dagegen gewesen. Wegen ihrer Gene, wie sie sagte. Als hätte sie es kommen sehen.

Sie hatte die Veranlagung, an Brustkrebs zu erkranken. Genauso wie ihre weiblichen Vorfahren. Sie wollte dieses schlechte Erbgut nicht weitergeben, obwohl die Wahrscheinlichkeit, dass sie ein Mädchen bekommen würden, 50:50 stand.

Er hatte Verständnis gehabt. Schließlich waren ihre Großmutter und auch ihre Mutter an dieser hässlichen Krankheit gestorben. Letztendlich auch sie selbst.

So konnte es gehen. Das Leben war nicht immer nett oder einfach, aber es war eigentlich ganz okay.

Er sinnierte weiter, als er noch einen Blick ins Klärbecken warf. Seine stinkende, kleine Kläranlage.

Sein Zuhause.

Ruhig lag die dunkle, wässrig schlammige Oberfläche vor ihm.

Alles wie immer. Alles, wie es sein musste. Francesco stemmte die Hände in die Hüften und ließ seinen Blick über die Anlage gleiten.

Ohne den weißen unnatürlichen Flecken am Himmel zu sehen.

Er wurde auch nicht darauf aufmerksam, als der Fleck größer wurde.

Als er näher kam.

Stattdessen drehte Francesco sich ab, wandte dem Klärbecken den Rücken zu.

Er hatte sich nur wenige Schritte vom Becken entfernt, als er glaubte, einen Lufthauch, einem kühlen Schatten gleich, über seine Halbglatze hinweghuschen zu spüren. Ein ungutes Gefühl kroch unter seine Haut. Als wäre etwas hinter ihm, das da nicht hingehörte.

Da platschte es.

Francesco spürte, wie sein Nacken nass wurde.

Verdutzt fasste er sich ans Genick. Strich mit der flachen Hand darüber. Besah sich die Handfläche. Bräunliche Flüssigkeit klebte daran.

»Was zum Teufel ...?« Das war die richtige Frage.

Francesco machte kehrt. Sein Blick fiel auf das Klärbecken.

Es lag nicht mehr ruhig im schwindenden Licht des Tages da.

Die Wasseroberfläche warf abklingende Wellen.

Ansonsten gab es nichts Ungewöhnliches zu sehen.

Die tief stehende Sonne blendete Francesco. Er hob schützend die Hand vor seine Augen. Suchte den Himmel ab. Aber er konnte auch dort nichts Seltsames erkennen. Da war nur ein einzelner Gleitschirmflieger, der dem Horizont entgegensegelte.

Kopfschüttelnd war er drauf und dran wegzugehen.

Was auch immer da reingeplatscht war, seine Anlage würde es klären.

So dachte er.

Ein leichtes Gurgeln. Ein leises Blubbern.

Francesco hielt inne.

An einer Stelle warf das Wasser Blasen.

Konzentriert starrte Francesco dorthin.

Er war sich nicht ganz im Klaren, was er zu entdecken erwartet hatte. Ein Stück Holz vielleicht. Einen toten Vogel.

Aber keinesfalls das. Das übertraf in jedem Fall seine kühnsten Vorstellungen.

Denn da war nichts.

Irritiert schnaubend ging Francesco weg.

Er schloss das Gatter zum Gelände. Ein letzter Blick, dann stieg er in seinen alten Alfa Romeo.

Abgesehen von einem leisen Brummen, lag die Anlage ruhig da. Die Sonne war untergegangen. Die gelbrote Färbung des Himmels ging mit einem dämmrigen Graublau langsam in nächtliches Schwarz über. Die Schatten wurden länger und länger. Träge erwachten die Lebewesen der Nacht. Ein leichter Wind kam auf und ließ die Blätter der umliegenden Büsche und Bäume zu ihren eigenen raschelnden Klängen tanzen.

Und inmitten dieser Idylle lag schlummernd das Wasser des Klärbeckens.

Bis die ruhige Oberfläche auf einmal Blasen warf.

Dann ging alles ganz schnell. Ein Gurgeln, und plötzlich war sie da. Sie tauchte so unerwartet an der Wasseroberfläche auf, wie sie darunter verschwunden war.

So trieb sie im schlammigen Wasser des Klärbeckens.

Mit dem Gesicht nach unten.

In der Dunkelheit der hereingebrochenen Nacht.

Während die Bakterien fleißig ihre Arbeit taten, um den Fäulnisprozess weiter voranzutreiben.

Damit sie keinesfalls erneut untertauchte.

Als Francesco am nächsten Tag das sorgfältig verschlossene Tor öffnete, ging er von einem ganz normalen Arbeitstag aus.

Nichts ahnend, was in seinem Becken auf ihn wartete.

Aber ein kurzer Blick reichte aus, um zu erkennen, dass etwas nicht stimmte.

Was trieb da im Wasser?

Er wagte einige zögerliche Schritte, ging immer schneller, bis er am Rand des Beckens abrupt stehen bleiben musste.

Francesco erinnerte sich an die Szene vom Vortag. Und er wusste, dass sich das offenbart hatte, was ihm tags zuvor verborgen geblieben war.

Obwohl er in einer Kläranlage arbeitete und schon einige Übelkeit erregende Funde gemacht hatte, übertraf das hier alles bisher Gesehene.

Er veränderte nichts am Becken. Stattdessen marschierte

Francesco zielsicher in sein Büro. Gefasst griff er nach dem altmodischen Telefonhörer. Und wählte die 117.

***

»Und heute ist es ein Ohr?« Ein schmaler Schatten verdeckte die warmen Sonnenstrahlen. Weber musste nicht aufsehen, um festzustellen, wer es wagte, seine heilige Mittagszeit zu stören. Er kannte die Schuhspitzen, die sich in sein Blickfeld schoben. Bedächtig legte er sein Sandwich beiseite. Auch wenn Johann direkt vor der Sonne stand, fiel ein Strahl an seinem Kopf vorbei direkt auf Webers Gesicht. Geblendet musste er ein Auge schließen, als er aufsah. Weber hasste es, zu jemandem aufschauen zu müssen, aber in seiner sitzenden Position war das unvermeidbar. Also, entweder aufstehen oder sich von oben herab anstarren lassen.

Er wählte ausnahmsweise Letzteres. Vielleicht war es ganz gut zu sitzen, während Johann seine zweifellos schlechten Nachrichten kundtat.

»Kein Ohr. Überhaupt kein Einzelteil.«

»Ein Körper also?«

»Genau.«

»Dann muss ich wohl eher danach fragen, welcher Teil ihr fehlt.«

»Der Finger.«

»Sie ist der Daumen?«

»Die Untersuchungsergebnisse liegen noch nicht vor, aber die Indizien sprechen dafür, dass sie es ist.«

»Indizien? Passt ihr Gesicht zu einem der Vermissten, lässt sich das doch relativ schnell ermitteln. Ist sie es oder ist sie es nicht?«

Johann zögerte nur einen kurzen Augenblick. Weber war sofort auf der Hut. »Was?«

Johann räusperte sich. »Das können wir so leicht nicht feststellen.«

Weber rang um Fassung. »Warum nicht? Raus mit der Sprache, oder muss ich Ihnen alles aus der Nase ziehen?«

»Ihr Gesicht war bis zur Unkenntlichkeit zerstört. Der Pathologe geht von einer durch Säure verursachten Verätzung aus.«

Webers Finger schlossen sich so fest zur Faust, dass sich seine Nägel schmerzhaft in die Handflächen gruben. »Dieser verdammte Mistkerl!«, Weber ließ die Faust auf den Stein sausen, auf dem er saß. »Er bestimmt, was wir finden und wann wir es finden. Wir können also davon ausgehen, dass sie sein erstes Opfer war, da ihr Daumen als Erster gefunden wurde. Eigentlich hätte dann ihre Leiche auch als Erste gefunden werden müssen, abgesehen von der, die er als Vogelscheuche ausgestellt hat. Stattdessen präsentierte er uns zuallererst den Körper zum fehlenden Fuß. Der Fuß selbst war das zweite Fundstück. Also war sie wahrscheinlich das zweite Opfer. Was sagt uns diese Vorgehensweise?« Weber gab sich die Antwort gleich selbst. »Er war noch nicht fertig mit Opfer eins. Der Finger allein war ihm zu wenig. Er musste ihr noch mehr nehmen. Also nahm er ihr das Gesicht.« Weber sah auf seine Füße, während er laut nachdachte. Dann konzentrierte er sich wieder auf Johann, der jedem von Webers Schlussfolgerungen genau gefolgt war. »Wo hat man sie gefunden?«

»Im Klärbecken einer Kläranlage im Tessin.«

»Wer fand sie?«

»Ein Angestellter. Er berichtete, dass er abends zuvor seinen routinemäßigen Kontrollgang gemacht habe, bevor er nach

Hause ging. Nachdem er sich vom Klärbecken abgewandt hatte, nahm er wahr, wie etwas ins Wasser hinter ihm plumpste. Sein Nacken wurde nassgespritzt, aber als er sich umsah, war da nichts im Klärbecken, also ging er nach Hause. Am nächsten Morgen entdeckte er die Leiche gleich nach seiner Ankunft. Er rief sofort die Polizei.«

»Etwas plumpste ins Wasser?« Ungläubig musterte Weber Johann. »Wenn ein ganzer menschlicher Körper auf eine Wasseroberfläche prallt, kann man kaum von plumpsen sprechen!«

Ein Ausraster? Auch eine Art, mit einem derart an der Substanz zerrenden Fall umzugehen. Aber ausgerechnet bei Weber? Johann war etwas beunruhigt. Er musterte seinen Chef prüfend. Die Wangen waren eingefallener als vor ein paar Tagen. Die Haut wirkte grau. Die Ringe unter den Augen waren so dunkel, wie Johann sie bei ihm noch nie gesehen hatte. Sein Vorgesetzter wirkte erschöpft und abgekämpft. Jetzt schon. Oder steckte da noch mehr dahinter?

Zoff mit seiner Frau?

Johann ließ sich nichts anmerken. Er lenkte seine Gedanken wieder in die richtigen Bahnen. Ruhig antwortete er: »So gab es der Mann zu Protokoll. Die Leiche ist abgetaucht und kam erst wieder zum Vorschein, als der Verwesungsprozess einsetzte.«

Und als hätte er keinen Aussetzer gehabt, hakte Weber ebenso gelassen nach: »Und woher kam sie? Sie wird kaum vom Himmel gefallen sein.«

Johanns Kopf schnellte hoch. »Vielleicht doch.«

Webers Miene spiegelte Verständnislosigkeit wider, was Johann eilig zu ändern versuchte. »Dieser Angestellte. Er erwähnte, am Himmel einen Gleitschirmflieger gesehen zu haben.«

Weber reagierte nicht sofort. Johann zappelte wie ein Fisch an der Angel.

»Absurd«, murmelte Weber endlich. »Das ist doch absurd!«, wiederholte er lauter. »Wollen Sie damit andeuten, der Gleitschirmflieger könnte die Leiche abgeworfen haben? Das würde heißen, ein Fluggerät von beachtlicher Größe hätte sich dem Klärbecken genähert, einen menschlichen Körper fallen gelassen, und der einzige Anwesende, der direkt danebenstand, will nichts gesehen oder gehört haben?«

Johann schluckte leer, ehe er ausführte: »Der Angestellte sagte aus, er hätte sein Hörgerät während seines Rundgangs leiser gestellt, da er ja Feierabend gehabt hätte. Daher habe er nichts gehört, aber auf einmal eine Art kühlen Lufthauch wahrgenommen. Außerdem meinte er, der Gleitschirm wäre in Richtung Horizont gesegelt. Er erwähnte nichts von einer Landung. Daraus ließe sich schließen, dass der Gleitschirm noch ziemlich hoch in der Luft war, als er über das Klärbecken flog.«

»Eine solche Treffsicherheit im Flug, aus einer Höhe, in der er einigermaßen unbemerkt bleiben konnte? Dann haben wir es nicht mehr nur mit einem Serientäter zu tun, sondern mit Superman?«

»Vielleicht war es auch Zufall, dass er genau das Becken traf. Jedenfalls wäre ein Abwurf durch einen Gleitschirmflieger eine Möglichkeit, wie die Opfer oder deren Körperteile an ihre jeweiligen Fundstellen gelangt sind. Er reduziert auf diese Weise das Risiko, dabei von jemandem gesehen zu werden.«

»Die meisten bisherigen Fundorte waren auch zu Fuß gut erreichbar«, warf Weber ein.

»Nicht so die abgesperrte Kläranlage«, entgegnete Johann. »Hinter dem Rücken eines Angestellten eine Leiche ans Becken zu schleppen, sie hineinzuwerfen und sich anschließend unbemerkt wieder wegzuschleichen, das klingt für mich noch mehr nach Superman als der Abwurf einer Leiche aus der Luft.«

»Auch wieder wahr«, musste Weber zugeben. »Haben wir denn weitere Details über diesen Gleitschirm oder dessen Flieger?«

»Nein. Er wurde bisher nicht weiter beachtet.«

»Verstehe. Das werde ich nachher gleich ändern. Aber zuerst möchte ich noch etwas anderes wissen: Spricht die Leiche zu uns?«

Seltsame Fragestellung. Aber Johann wusste dennoch, was Weber hören wollte. Er nickte und sagte nur: »S.«

»S und M. Dann haben wir jetzt zwei. Zwei verdammte Buchstaben. Und nicht mehr. Wenn ich es nicht besser wüsste, würde ich die beiden kombinieren und glauben, dass genau das die Botschaft ist: SM. Sado Maso. Unser Mörder ist ein Masochist. Eine Punktlandung. Dummerweise weiß ich es besser. Ein solch krankes Gehirn teilt uns nicht das Offensichtliche mit, und schon gar nicht auf dem Silbertablett. Er will uns seine Macht demonstrieren, uns beweisen, dass er klüger ist. Er wirft uns häppchenweise Hinweise auf ihn selbst hin und lacht sich krumm, weil wir nicht fähig sind, sie zu entschlüsseln. Er führt uns an der Nase herum und zeigt mit dem Finger auf uns. Hier, das sind die Dummen! Und ich bin der Kluge. Ihr beißt euch die Zähne an dem Fall aus, während ich meine Perversionen ungehindert auslebe. Das muss ein Fest für ihn sein.«

»Wenn er so tickt, wird er uns zu sich führen.«

»Sicher. Früher oder später?«

Johann schwieg. Diese Frage verlangte nach keiner Antwort. Er presste stattdessen die Lippen zusammen und fixierte einen Punkt hinter Weber, ehe er mit fester Stimme sagte: »Holen Sie Jenny dazu.«

Weber glaubte schon, sich verhört zu haben, als Johann mit Nachdruck wiederholte: »Setzen Sie Jenny vollständig über den Fall in Kenntnis.« Er löste sich von dem Punkt hinter seinem Vorgesetzten und sah ihm entschlossen wie noch nie in die Augen. »Sie weiß sowieso schon mehr, als wir ahnen. Irgendetwas übersehen wir. Irgendwo machen unsere Gedanken eine falsche Biegung.«

In einer Mischung aus Mitleid und Fassungslosigkeit über diesen absurden Vorschlag starrte Weber unerbittlich zurück.

»Sie sehen mich an, als wäre ich verrückt geworden.«

Das traf Webers Gedanken ziemlich genau. Doch er schwieg und starrte störrisch weiter.

»Denken Sie doch mal genau darüber nach. Unser Team kommt nicht weiter. Die anderen Kantone offenbar auch nicht, sonst wüssten wir‘s. Wir haben nichts außer einem Verrückten, zwei Buchstaben, Frauen, die sich unheimlich ähnlich sehen, Körperteile, und täglich eine Leiche. Wollen wir weitere Opfer verhindern, müssen wir etwas unternehmen.«

Webers Ausdruck änderte sich nicht. Aber sein Daumen tippte in kleinen nervösen Bewegungen auf seinen Oberschenkel, wo seine Hand ruhte. Hätte Johann nicht um diesen Tick gewusst, wäre es ihm nicht einmal aufgefallen.

Er dachte also hinter seiner undurchdringlichen Fassade über Johanns Worte nach. Das war die Chance. Tapfer fasste Johann nach. »Natürlich, die Kollegen aus den anderen Kantonen arbeiten auch auf Hochtouren an den Fällen, vor allem aber an denen, die sie betreffen. Wir tauschen uns bereits mit ihnen aus. Sie wissen, was wir wissen, und umgekehrt. Die zündende Idee ist bisher dennoch ausgeblieben. Wir treten wie die Idioten auf der Stelle und lassen uns an der Nase herumführen. Wir brauchen Jenny, weil sie eben nicht wie eine Uniformierte denkt. Wir sogenannten Profis stolpern nur zu gerne über unser Rasterdenken. Dafür haben wir keine Zeit. Jenny sitzt vor ihrer Tür, weil sie auf eine Chance wartet, sich zu beweisen. Geben Sie ihr diese Chance. Wir haben absolut nichts zu verlieren.«

Es dauerte eine gefühlte Ewigkeit, bis Weber reagierte. »Sie lehnen sich weit aus dem Fenster. Mein *Rasterdenken* hat schon zu außerordentlich vielen Erfolgen geführt.«

Weber wiederholte Johanns Wort, als wäre es Gift.

Johann fuhr sich mit der Zunge über die trockenen Lippen, ließ seine selbstbewusst gestrafften Schultern wieder hängen. Weber widmete sich dem Rest seiner Mittagspause. Er musste sie ausgiebig genießen, denn Pausen waren in letzter Zeit rar geworden. Weber war sich sicher, Johann würde sich geschlagen vom Schlachtfeld zurückziehen. Aber der Schatten, der ihm die Sonne nahm, blieb stehen, straffte die Schultern erneut und sah Weber ernst an.

»Bei allem Respekt, Ihr Ego scheint keine Ahnung zu haben, was das Beste ist, also muss ich es noch weiter belasten, damit Sie merken, was richtig ist. Darum frage ich Sie: Wie viele Engel sollen denn noch vom Himmel fallen?«

Weiß

»Himmel, was ist denn nun schon wieder los?«

Eva sah, wie Chris missmutig ihre gepackte Tasche musterte, die sie neben sich auf den schönen Mosaikboden gestellt hatte.

»Ich reise ab.«

»Ja, das seh ich. Ich frag mich nur, welche Laus dir jetzt wieder über die Leber gelaufen ist. Du bist launischer als Sokrates' Frau. Gestern war doch alles noch in Ordnung, bis du dich allein verzogen hast, während ich im Pool planschte und Tanja sich massieren ließ. Was ist in dieser Zeit vorgefallen?«

»Xanthippe? Ist ja nett. Nichts ist vorgefallen. Ich bin einfach nur erholt genug und brauche keine Ferien mehr.«

»Sagte sie und musste die Masseure abwimmeln, die hinter ihr lauern, um die zum Zerreißen angespannten Schultern zu lockern.«

Obwohl Eva genau wusste, dass Chris sie nur aufzog und niemand hinter ihr stand, sah sie reflexartig über ihre Schulter. »Keine Masseure zu sehen. Also bin ich wohl doch entspannt.«

»Und die Kopfschmerzen?«

Woher, verdammt, wusste er das? »Welche Kopfschmerzen?«

»Deine Kopfschmerzen, Dummerchen.«

So hatte er sie seit fünfzehn Jahren nicht mehr genannt – seit er weggegangen war, genau genommen. »Ich habe keine Kopfschmerzen.«

»Liebste kleine Schwester. Du weißt, dass du mich nicht belügen kannst. Konntest du noch nie. An deinem linken Auge bildet sich eine dünne Falte, wenn der Schmerz hinter den Schläfen pocht.«

Im Ernst? »Stimmt nicht.«

»Stimmt wohl und jetzt hör auf, das Offensichtliche zu bestreiten. Sag mir lieber, was los ist.« Seine Stimme hatte nichts mehr vom üblichen Sarkasmus. Sie war verstörend einfühlsam.

Aber sie würde sich nicht einlullen lassen. Er würde sie nur erst recht aufhalten wollen, wenn er die Wahrheit wüsste.

Stur blieb Eva an Ort und Stelle und wartete, bis sie ihren Zimmerschlüssel abgeben konnte.

Sie ignorierte ihren Bruder, weshalb Chris fieberhaft über eine neue Taktik nachdachte. Die sprang ihm dann auch im nächsten Moment ins Auge.

Tanja ging nicht die Treppe hinunter. Sie schwebte richtiggehend. Jeden Schritt auf dem herrlich polierten Boden auskostend, flog sie in die Lobby. Sie fühlte sich wie Kaiserin Sissi persönlich, nur weniger deprimiert.

Zuerst entdeckte sie Chris. Verschwommen erkannte sie, wie sich seine Miene bei ihrem Anblick so sehr erhellte, dass sie misstrauisch wurde. Um Chris gestochen scharf zu sehen, hätte sie ihre Brille benötigt, die sie aber aus Eitelkeit nicht trug.

Tanjas Augen wanderten zu Eva, die an der Empfangstheke stand und ihr den Rücken zuwandte.

Chris deutete mit dem Kopf unauffällig in Evas Richtung. Tanja stand auf der Leitung, fragend hob sie eine Augenbraue. Chris senkte den Kopf nach unten. Er fixierte einen Gegenstand, der neben Evas Füßen stand.

Tanja kniff ihre Augen zusammen und erkannte Evas Reisegepäck.

Sie versuchte, die Einzelteile zusammenzusetzen: Chris. Eva. Empfang. Gepäck auf der Erde. Chris' bedeutungsschwangerer Blick zu Tanja.

Eva wollte abreisen. Aber warum?

Sam.

Das war der einzige Grund, den sie sich vorstellen konnte. Gestern nach der Massage hatte sie die beiden auf der Terrasse gesehen. In ein Gespräch vertieft, das doch gar nicht so übel abzulaufen schien, sonst wäre sie eingeschritten, anstatt mit einem zufriedenen Grinsen weiterzulatschen.

»Hab ich etwas verpasst? Wo soll's denn hingehen? Sind die geschenkten Urlaubswochen schon vorüber?«

Eva pustete sich betont beherrscht eine Haarsträhne aus dem Gesicht. »Ihr dürft bleiben, solange Sam euch duldet. Aber für mich ist es langsam Zeit, wieder heimzufahren.«

Tanja suchte Chris' Blick. Diesmal verstanden sie sich auf Anhieb.

»Komm mal mit. Wir beide gehen erst mal an die frische Luft.« Sie legte Eva einen Arm um die Taille und zog sie einfach mit sich. Also trottete Eva widerwillig neben Tanja her. »Ich kann ja später noch auschecken.«

»Ja, in ungefähr zwei Wochen.« Tanja schob Eva durch einen der hellen Korridore, zog die nächstbeste Tür auf, die ins Freie führte, und schubste ihre Freundin nach draußen.

»Was hat Sam gestern angestellt?«

Schwarz

Der Tag der Tage rückte langsam näher. Die Puzzleteile waren weitestgehend gestreut. Zwei seiner Botschafterinnen hatte er abgeliefert. Während er seinen eisgekühlten Billigwodka schlürfte, machte es sich ein Wolkenband zur Aufgabe, das heitere Sonnenlicht zu vertreiben. Die Wolken waren so erfolgreich wie er selbst.

Zielsicher und unaufhaltsam.

Was stand heute auf dem Plan? Er stellte den Wetterkanal auf seinem Röhrenfernseher ein. Das Bild rauschte, die Stimme plärrte. Eine katastrophale Qualität. Aber ihm war das egal. Er hielt es nicht für notwendig, die Antennen auf dem Dach zu richten. Wozu auch? Er war nicht zum Fernsehen geboren worden.

Er war geboren worden, um zu töten.

Dieses Bewusstsein kam ihm schon sehr früh. Während andere Kinder auf dem Spielplatz turnten, zerschnitt er Regenwürmer. Nicht einen oder zwei. Hunderte. Nicht aus Neugierde. Aus Lust am Töten. Woher das kam? Keine Ahnung. Seine Eltern waren eigentlich normal gewesen. Bis auf die Macke seiner Mutter, wie eine lebende Leiche durch die Gegend zu schleichen und denselben billigen Wodka in sich reinzuschütten, den er auch bevorzugte. Er hatte ihren Vorrat eines Tages per Zufall entdeckt, als er den Reinigungsmittelschrank ausräumte. Er wollte ausprobieren, wie die Chemie in den einzelnen Mitteln reagierte, wenn man sie zusammenmischte. Von einem wesentlich älteren Kumpel, der als Taugenichts galt, hatte er erfahren, dass chemische Stoffe unvorsichtig kombiniert zu richtigen Explosionen führen konnten. Das wollte er genauer wissen. Er verzog sich mit seiner Beute in den nahe gelegenen Wald und schüttete mehrere Mittel in einem Eimer zusammen.

Aber nichts passierte.

Er war enttäuscht. Aufgeben gab es aber nicht. Also schnupperte er an den Flaschen. Öffnete jede einzelne. Goss sich von so manchem Inhalt ein wenig auf den Finger und leckte daran.

Bei der vierten Flasche stellte er fest, dass deren Inhalt genauso schmeckte wie der aus der ersten Flasche. Die Flüssigkeit sah auch genau gleich aus. Trotzdem waren die Behälter unterschiedlich. Neugierig machte er weiter. Flasche fünf und sechs. Genau dasselbe Problem. Sieben auch. Und die neun ebenso. Die zehn schmeckte er schon gar nicht mehr.

Die elf konnte er nicht mehr zählen.

Erwacht war er im Krankenhaus.

Diagnose: Vergiftung.

Reinigungsmittel sollte man nicht kosten. Das war seine Lektion gewesen.

Dass auch eine andere Substanz in seinem ausgepumpten Magen gefunden worden war, darüber verlor seine Mutter allerdings nie ein Wort.

Aber er wusste es dennoch. Er hatte den Arzt gehört, der mit einer Krankenschwester über die Zustände in seiner Familie sprach. Der Doktor war überzeugt gewesen, dass sich trotz dieses Vorfalls nichts an der Situation ändern würde. Wie hatte er seine Mutter genannt?

Beratungsresistent.

Und er behielt recht.

Sie machte sich nicht einmal die Mühe, ihren Alkohol besser oder woanders zu verstecken.

Irgendwann kam dann der Tag, an dem sie ihrer eigenen List zum Opfer fiel.

Vater war nicht zu Hause gewesen, wie eigentlich immer, und ihn hatte man irgendwann vergessen, was auch nichts Neues war. Sie zog sich die Schürze über, band ihr dünnes, mausgraues Haar zurück, zog die gelben Gummihandschuhe an, holte den Eimer und den Mopp aus dem einen Schrank und zwei Reinigungsmittel aus dem anderen.

Während sie das eine in den Eimer kippte, kippte sie das andere in sich selbst. Natürlich nicht so offensichtlich.

Mit der Zeit begann sie zu singen. Irgendwann fühlte sie sich so gut, dass sie mit dem Mopp zu tanzen anfing. Die Schlucke aus der rosaroten Flasche wurden immer größer. Schließlich stellte sie sie überhaupt nicht mehr ab und trank immer schneller. Die gesungenen Worte wurden zunehmend undeutlicher, und die Tanzschritte verloren an Sicherheit.

Auf einmal schien alles im Weg zu sein. Sie stolperte in den Küchentisch, in den Türrahmen und stieß den Eimer um, dass es nur so schepperte.

Das fand sie jedoch unglaublich witzig. Lachend und grunzend watete sie durch die schmutzige Lache, hob den Eimer auf und befüllte ihn mit frischem Wasser. Dann wankte sie zum Schrank und holte eine neue Flasche heraus. Sie drehte sie auf, kehrte sich um und entdeckte ihren Sohn, der geduckt hinter der Tür hervorspähte.

Sie rief ihn. Aber er wagte sich nicht aus seinem Versteck.

Schließlich gab sie auf. Schulterzuckend setzte sie die Flasche an.

Bis sie merkte, dass es die falsche war, war es schon zu spät.

Sie brach würgend und hustend zusammen.

Was sie zuerst umbrachte, ihr eigenes Erbrochenes oder die giftigen Substanzen, war später nicht mehr festzustellen.

Klar war nur: Er half ihr nicht. Nicht, weil er es nicht gekonnt hätte. Er wusste, was er hätte tun müssen.

Telefon. Notarzt. Das hatte man ihn gelehrt.

Vorwürfe machte ihm keiner. Auch er selbst nicht. Obwohl er seine eigene Mutter hatte sterben lassen. Ganz bewusst.

Und sein Vater? Nun, er war zwar nicht besser als seine Mutter, aber zumindest ehrlicher. Er betrank sich nicht heimlich. Er schüttete, was er kriegen konnte, in der Quartierspelunke in sich hinein.

Im Gegensatz zu manch anderen Alkoholikern war er zumindest nicht gewalttätig. Er war einfach faul und zu nichts zu gebrauchen.

Und das einzige Familienmitglied, das ihm noch blieb.

Diesen Umstand wusste er aber zu ändern.

Heute war seine nächste Verwandte eine Cousine. Sonst gab es niemanden mehr.

Den Plan hatte er noch während der Beerdigung seiner Mutter gefasst. Als er alt genug war, setzte er ihn, ohne mit der Wimper zu zucken, in die Tat um.

Wie einfach alles war, hatte er schließlich von seiner Mutter gelernt. Falsche Substanz in die richtige Flasche, ein klein wenig Ermunterung. Keiner stellte Fragen.

Nein, an seinem Elternhaus lag seine Mordlust nicht. Die waren ganz normal gewesen.

Die richtigen Schwierigkeiten begannen erst, als man irgendwo einen Typen fand, den man ihm als seinen Onkel vorstellte. Er hatte keine Ahnung gehabt, dass da doch noch mehr Verwandtschaft herumlungerte. Dieser Onkel war eigentlich nicht übel gewesen. Kein Alkoholmissbrauch. Einen guten Job. Mehrere saubere Häuser. Große, glänzende Autos. Eine nette Frau. Und eine bildhübsche Tochter. Eine Blondine. Sie wollte nichts von ihm wissen. Inzest nannte sie es.

Als hätte das eine Rolle gespielt.

Aber auch sie war eigentlich nicht das Problem.

Es war eine andere.

Er schreckte hoch. Er hatte nicht bemerkt, wie er sich in seinen Erinnerungen verlor.

Wie er wegdöste.

Entschlossen rieb er sich über sein Gesicht.

Und über seinen Schritt.

Nicht schon wieder. Er ging ins Bad und tat, was zu tun war.

Als die Wellen der Selbstbefriedigung abklangen, wusch er sich die Reste des Ergusses mit kaltem Wasser von den Händen. Er spritzte sich das wohltuende Nass ins Gesicht. Dann drehte er den Hahn ab, verließ den kleinen tristen Waschraum und ging in die spartanische Küche. Dort holte er sich einen Eisbeutel aus dem Gefrierschrank und legte ihn auf seine Genitalien. Er stöhnte leise auf. Der Schmerz war wohltuend. Das zunehmende Gefühl der Taubheit genauso befriedigend wie der Orgasmus zuvor.

Gut. Noch einmal von vorne. Was lag heute an?

Ein Aufschrei aus dem verschlossenen Hinterzimmer lieferte ihm die Antwort.

Weiß

»Was hat Sam gestern angestellt?«, fragte Tanja noch einmal.

Eva hatte damit gerechnet, dass man sie nicht einfach so gehen lassen würde, daher hatte sie sich einen Plan zurechtgelegt. Mit einer derart direkten Frage hatte sie allerdings nicht gerechnet. Eva war für einen Augenblick so überrascht, dass ihre verschlossene Fassade einen Riss bekam. Diesen Moment erfasste Tanja und nahm ihn als Bestätigung ihrer Ahnung auf. Es lag also an Sam.

»Okay. Bevor du jetzt steif und fest behauptest, deine Aufbruchsstimmung habe nichts mit Sam zu tun, sag ich dir lieber gleich, dass ich euch gestern gesehen habe. Ihr wart draußen auf der Terrasse und habt miteinander geredet. Dieses Gespräch nahm eine Wendung, die dich dazu brachte, heute mit gepacktem Koffer in der Lobby zu stehen. Ich bin nicht dein Bruder. Ich bin nicht die beste Freundin von Sam. Ich bin deine beste Freundin. Und ich bin eine Frau. Also?«

Eva haderte. Aber nur noch kurz. »Es ging um die Frage, ob wir irgendwann wieder normal miteinander umgehen könnten, ohne einander zu verletzen.«

Tanja bekam große Augen. »Wow! Das klingt ja richtig ernst! Was ist das zwischen euch beiden? Ich meine, ihr habt euch fünfzehn Jahre lang nicht gesehen, jetzt trefft ihr wieder aufeinander, und seit der ersten Begegnung habe ich das Gefühl, es herrscht so viel Spannung, dass man ein Kraftwerk aufladen könnte.«

Eva pustete die Backen auf und ließ die Luft langsam wieder entweichen. »Die Vergangenheit schlug einfach völlig unvorbereitet mit voller Wucht zu. Das ist alles.«

»Das ist alles?«, wiederholte Tanja Evas Worte. »Das glaubst du doch selbst nicht. Dieser Mann geht dir unter die Haut. Immer noch.«

Eva musterte Tanja kritisch. »Nur weil du und mein Bruder damals wie heute nicht die Finger voneinander lassen könnt, heißt das noch lange nicht, dass es mir und Sam ebenso geht.«

Sofort benebelten heiße Erinnerungen Tanjas Gehirn. Ja, sie konnte die Finger nicht von Chris lassen, da hatte Eva recht. Ein Ziehen machte sich in ihrem Magen breit, als sie daran dachte, wie sie sich für die Massage in der Kabine auszog und auf einmal die Tür aufging. Herein kam nicht wie erwartet die robuste Masseurin. Herein schlüpfte Chris. Tanja hatte erschrocken nach Luft gejapst, als sie ihn erkannte. Sie konnte ihren geöffneten Büstenhalter gerade noch so über ihren üppigen Wölbungen festhalten und das Nötigste verdecken.

Zumindest hatte sie ihr Höschen noch nicht abgelegt.

Das hatte er getan.

Mit einem verschmitzten Lächeln hauchte er ein spitzbübisches »Hi«.

Und ohne die geringste Berührung hatte jeder Quadratzentimeter ihrer Haut zu surren begonnen.

Sie bekam eine Gänsehaut.

»Die Masseurin wird gleich da sein«, krächzte sie mit rauer Stimme.

»Wird sie nicht. Sie hat auf wundersame Weise ihr Öl verloren.«

»Du Ekel hast das geplant?« Ihre Empörung war echt. Genauso wie dieses warme Gefühl des Begehrens.

»Wollen wir mal testen, ob wir immer noch so gut zusammen sind? Sag nein, und ich verschwinde sofort.«

Er las die Antwort in ihren Augen. Er sollte bleiben. Er sollte sich von ihr nehmen, was er wollte. Sein Körper reagierte prompt.

Sie sah, wie seine Augen sich verdunkelten. Entdeckte die Wölbung. Sie streckte ihre Hand danach aus. Ließ dabei den Büstenhalter los. Die Barriere aus Stoff fiel zu Boden. Und mit ihr jede andere. Er trat den letzten Schritt auf sie zu. Riss sie an sich. Flinke Finger liebkosten sie gekonnt an den empfindlichsten Stellen ihres Körpers. Sein Mund tat es ihnen nach. Seine Lippen fuhren über ihren Hals. Ihr Schlüsselbein. Bis hin zu den aufgerichteten Knospen.

Sie öffnete eiligst seine Hose. Schob sie einfach über die Hüften. Nur so weit wie nötig.

Bereitwillig ließ sie sich anheben. Schlang die Beine um ihn. Ließ sich gegen die Rückwand der Kabine pressen.

Sie nahm ihn mit einem befreienden Aufstöhnen in sich auf.

Kurz, heftig und unglaublich intensiv.

»... und wenn Ares vom Olymp herabgestiegen ist, spring ich von der Verzasca Staumauer, aber das Bungeeseil lass ich weg.«

»Was ist los?« Verwirrt blinzelnd kehrte Tanja in die Gegenwart zurück.

»Ah, da bist du ja wieder. Verklärte Augen, zufrieden verzogene Mundwinkel. Lass mich raten. Du hattest einen versauten Tagtraum, und es ging um meinen Bruder. Das ist ekelhaft und ein Grund mehr für mich, abzureisen.«

Tanja hob entschuldigend die Schultern. »Tut mir leid.«

»Heißt so viel wie: Ich habe ins Schwarze getroffen.«

»Da lässt sich nichts hinzufügen. Bist du böse deswegen?«

Eva durchforstete ihre Gefühle. »Nein. Nur weil Sam und ich die Kurve nicht kriegen, heißt das noch lange nicht, dass du und Chris auch die Finger voneinander lassen müsst.«

»Den Spieß kann ich umdrehen. Nur weil ihr im Augenblick eine Krise habt, heißt das noch lange nicht, dass das nichts mehr wird. Schließlich lief es damals doch richtig gut zwischen euch.«

Eva fühlte einen leisen Stich. Genau dort, wo sie ihre verletzten Gefühle abgelegt hatte. Würde das denn nie aufhören? »Allerdings lief es gut, aber dann lief er weg.«

Schwarz

Selig lächelnd schlurfte er mit dem Eisbeutel in seinem Schritt zur Tür. Dort legte er den Beutel auf einen dreibeinigen, schmuddeligen Tisch und zog eine Kette unter seinem Hemd hervor, an der zwei Armeegrabsteine und ein Schlüssel hingen. Er streifte die Kette ab und öffnete die Tür mit dem silbergrauen Schlüssel.

Sie saß auf einem Stuhl. Die Hände hinter ihrem Rücken gefesselt. Die Augen geschlossen.

Rot verklebt und gelblich braun verkrustet.

Sie sah schändlich aus.

Und sie schrie immer noch.

»Guten Morgen, meine Schöne. Hat die Betäubung nachgelassen?«

Sofort war sie mucksmäuschenstill. Sie legte den Kopf schräg und wandte ihr rechtes Ohr in seine Richtung, damit sie ihn wenigstens hören konnte, denn sehen konnte sie ihn nicht. Sie würde nie wieder irgendetwas sehen können.

Nach ihrem Erwachen hatte sie ihre Augen öffnen wollen. Eine ganz normale Reaktion. Aber es ging nicht. Auch nach mehreren Tagen versetzte sie dieser Umstand in Panik.

Die Schreie verließen ihre Kehle unkontrolliert. Sie konnte immer erst aufhören, wenn sie ihren Peiniger hörte.

Dann erschrak sie so sehr, dass sie verstummte.

So auch heute.

»Keine Angst. Bald ist es vorbei.«

Sie zuckte zusammen. Das hatte er ihr noch nie gesagt.

Ihre Lage war unaussprechlich grausam, aber sterben? Nein.

»Du denkst an den Tod, nicht wahr? Das habe ich aber nicht gesagt.«

Sie sackte in sich zusammen.

Er schmunzelte zufrieden. Gemächlich ging er zu einer zweiten Tür. Er öffnete sie.

Sofort strömte ein beißender Geruch nach verbranntem Fleisch aus dem angrenzenden Raum.

Sie reckte die Nase in die Luft. Zwischen ihren Augen bildeten sich zwei Falten.

Er verschwand in der dunklen Kammer und kehrte kurz darauf mit einer Rollbahre zurück.

Darauf lag die Ursache für den grässlichen Geruch. Ein verkohlter Haufen, von dem in jede Himmelsrichtung eine Gliedmaße abging.

Zwei Beine und zwei Arme.

Aber kein Kopf.

»Die hier ist tot. Sie hat quasi den Kopf verloren. Aber du, du wirst noch ein wenig durchhalten müssen. Ich bin nämlich noch nicht fertig mit dir.«

Er rollte die Leiche direkt vor das Gesicht seines lebenden Opfers. Er streifte sein T-Shirt über seine Hand und hob den verkohlten Arm der Toten direkt unter ihre Nase.

»Hier. Riech mal. Gut, oder?«

Sie rümpfte angewidert die Nase und ruckte ihren Kopf in die andere Richtung. Aber er folgte ihr mit der Hand.

Sie schlug den Kopf wild hin und her, um der ekelerregenden Qual auszuweichen. Ohne Erfolg. In ihrer Verzweiflung jaulte sie auf. Begann erneut, hysterisch zu kreischen, und schließlich rannen hellrosa Tränen über ihre Wangen.

Das salzige Wasser brannte wie Feuer in ihren wunden, leeren Augenhöhlen.

Triumphierend ließ er die rabenschwarze Hand mit den blasenähnlichen Wölbungen und den verbliebenen Hautfetzen klatschend auf die Bahre fallen.

»Genug Spaß für heute. Es wird Zeit. Was wollen wir zuerst tun? Soll ich dieses duftende Wesen den Wölfen zum Fraß vorwerfen oder soll ich etwas weiter an meinem verbleibenden Kunstwerk schnitzen?«

Angesichts der entsetzlichen Vorahnung spannte sich jeder Muskel ihres Körpers an.

»Ja, ich bin noch nicht fertig mit dir«, wiederholte er, griff in seine linke Hosentasche und umschloss fest den kleinen messerscharfen Gegenstand mit seinen Fingern.

Quälend langsam ging er auf sie zu. Zog seine Hand wieder aus der Tasche. Öffnete die dünne Verpackung. Wickelte die frische Rasierklinge aus.

Setzte sie direkt am Ansatz ihres Ohres an.

Sie riss ihren Kopf zurück.

Er rutschte ab.

Sie schrie.

Er fluchte.

Die Klinge hinterließ eine lange, tiefe Wunde auf ihrer Wange.

Frisches Blut quoll aus aufgeschlitztem Gewebe. Rann in einem lebendigen Rot über ihr Gesicht. Ihren Ausschnitt. Beschmutzte ihre Bluse mit frischen Flecken. Frisch leuchtend traf der Strom auf den schmutzig weißen Stoff, dunkel versiegte er im Gewebe.

Wie hypnotisiert beobachtete er den Fluss des austretenden Lebens. Der Anblick fesselte ihn.

So sehr, dass er nicht einmal bemerkte, wie auch seine helle Haut sich an einer winzigen Stelle am Zeigefinger dunkel färbte.

Ihr Wimmern erinnerte ihn an seine Aufgabe. Grob packte er ihren Kopf. Drückte ihn nach hinten. Setzte die Klinge erneut an.

Sie wehrte sich. Aber egal, welche Kraft sie aufbrachte, sein

Griff blieb unnachgiebig. Anstatt nachzulassen, drückte er nur noch fester, bis sie vor Schmerz scharf die Luft einsog.

Ihre Bänder überdehnten. Ein Wirbel knackte.

Die scharfe Kante glitt ins Fleisch, als wäre es Butter. Mit chirurgisch ruhiger Hand führte er den Schnitt aus.

Ihr halbes Ohr war bereits abgetrennt, als ihr Widerstand mit einem Mal aufhörte.

Er ließ von ihrem Ohr ab.

Ihr Kopf hing schlaf im Nacken.

Zärtlich strich er ihr über das fettverklebte Haar. »Ja, ruh dich aus. Bis später, meine Schönheit.«

Weiß

Tanja schnaubte. »Das ist nicht fair. Er lief nicht weg. Er ging, um sich im Ausland ausbilden zu lassen, und das mit Erfolg.«

Gleich nachdem ihnen die Hütte um die Ohren geflogen und Melissa ums Leben gekommen war. Hervorragendes Timing, um sich aus dem Staub zu machen. Die anderen mit den Problemen zurückzulassen und selbst ein neues Kapitel aufzuschlagen. Eva biss fest die Zähne zusammen. »Ja, offensichtlich mit Erfolg«, zischte sie und konzentrierte sich auf ihre Atmung. Sie wollte darauf nicht weiter herumreiten, nicht mehr daran denken. »Liebst du meinen Bruder?«

Die Frage kam für Tanja unerwartet. Sie zögerte mit der Antwort. »Liebe. Nun, wir verstehen uns gut. Taten wir eigentlich schon immer. Und wir hatten viel Spaß zusammen, in jeder Hinsicht. Aber ob das Liebe ist? Ich weiß nicht. Liebe würde zu einer Beziehung führen, und Beziehungen sind kompliziert. Ich mag es zwanglos. Sexuell gesehen sind wir kompatibel, und dabei kann man es meiner Ansicht nach belassen.«

»Urgh. Ich bin mir nicht sicher, ob ich wissen will, wie *kompatibel* du und mein Bruder im Bett seid.« Eva sprach das Wort mit einem angeekelten Unterton aus, als handle es sich um Fäkalsprache.

»Bett? Wer braucht denn schon ein Bett, wenn er eine Umkleide haben kann?« Tanja lächelte Eva anzüglich an, bevor sie abwinkte. »Schluss damit. Eigentlich sind wir deinetwegen hier draußen. Wenn wir schon beim Beichten sind, sag mir eins: Liebst du Sam?«

Evas Rückenmark fühlte sich an, als würde es vibrieren. Vom Halswirbel bis zu den Lenden spürte sie das Surren. »Nein. Es ist nur die Vergangenheit, die mich mehr erwischt hat, als ich ahnte. Weiter nichts.«

Tanja sah ihre Freundin tadelnd an. Ihre Worte drückten lediglich aus, was ihr Blick eh schon sagte. »Lügnerin. Ich habe es dir schon gesagt, bevor du das Thema gewechselt hast. Und ich sag es dir noch einmal. Dieser Mann geht dir unter die Haut. Früher genauso wie heute. Das liegt nicht an irgendeiner Vergangenheit. Das liegt schlicht daran, dass er er ist. Aber du weißt nicht, ob er genauso empfindet oder ob er dich abgehakt hat. Davor willst du fliehen. Aber ich mach dir einen Vorschlag. Neue Taktik. Du findest heraus, was ihr füreinander übrig habt. Du hast Urlaub. Im Urlaub flirtet man. Trifft man ein solch süßes Stückchen, wie es unser Sam ist, dann erst recht. Das nennt man Urlaubsflirt, weißt du?«

Entgegen ihrem Willen musste Eva schmunzeln, aber sie schwieg.

»Hör mal, sieh es als neue Bekanntschaft. Der Sam von damals war ein anderer als der heute. Dass ihr euch nicht ganz unvertraut seid, kann man nämlich auch zum Vorteil nutzen. So könnt ihr das Zeug mit dem Kennenlernen und dem Smalltalk überspringen und gleich ins Bett hüpfen.«

»Genau. Das ist ja das Einzige, was zählt.«

»Hallo!« Tanja dehnte das o, bis ihr die Luft ausging. »Urlaub! Genieß es! Oder willst du einen der alten Säcke, mit denen wir hier planschen? Lässt sich auch einrichten. Musst nur schon mal einen Sarg bestellen, denn der steht garantiert nicht mehr selbst aus den Federn auf, wenn du mit ihm fertig bist.«

»Woah, das wird ja immer besser! Gut. Ich werd dann mal. Euch wird hier ja nicht langweilig, nach allem, was ich in den letzten Minuten so gehört habe.«

Tanja ließ betrübt die Schultern hängen, während Eva sich in Bewegung setzte. Aber sie kam nicht weit. Auf halbem Weg zur Tür blieb sie wie angewurzelt stehen.

Einen knappen Meter vor ihr schlurfte ein achtjähriger Junge vorbei, der mürrisch seiner Mutter folgte. Daneben hüpfte nervös ein kläffendes Hündchen auf und ab.

Tanja entdeckte die drei ebenfalls. Sie musterte sie, wühlte in ihren Erinnerungen, bis sie ein passendes Bild fand, und rief dann aus: »Nein! Das ist doch jetzt nicht wahr!«

Eva neigte ihren Kopf leicht zur Seite. »Doch. Ist es.«

»Ist das Milena?«

Eva nickte.

»Und wer ist der Winzling bei ihr?«

»Moses.«

»Nicht der Hund. Der Junge!«

»Eben. Moses.«

Tanja bekam große Augen. »Scheiße. Ihr Geschmack wurde nicht besser.«

»Nein. Er blieb exakt derselbe.«

Tanja verstand Evas Andeutung. »Sam.« Sie schlug sich mit der flachen Hand leicht gegen die Stirn. »Jetzt wird mir einiges klar. Sie ist seinetwegen hier?«

»Der Zwerg auch.«

Tanja hüstelte. »Bitte? Du sprichst wieder nicht vom Hund, richtig?«

»Richtig.«

»Willst du damit andeuten, Moses ist seiner? Also Sams *Sohn?*« Das überstieg Tanjas Vorstellungsvermögen komplett. Wie konnte er nur? Ein Kind? Mit Milena? Der Frau, die ihm in der Schule nachlief, wie dieses Wiener Würstchen auf vier Beinen heute hinter ihr herhechelte? Die Frau, die er damals mehr erduldete als mochte? Die, die er immer wieder abserviert hatte? Die, die er unter anderem für Eva stehen ließ? »Tut mir leid, ich krieg mich nicht mehr ein. Das kann ich einfach nicht glauben! Und du auch nicht wirklich, oder?«

Eva wusste nicht, wie, aber Tanja hatte es doch tatsächlich fertiggebracht, dass der Groll gegen Sam, gegen die Umstände, gegen Milena, Moses mitsamt Hund kaum mehr in ihrer Brust brodelte. Sie bekam sogar ein halbes Lächeln zustande. »Ehrliche Antwort? Nein. Es wäre einfach zu enttäuschend. Aber es war gestern schon ziemlich verwirrend, als sie ihm an den Kopf warf, seine Familie wäre angekommen.«

»Milena zu glauben war noch nie eine gute Idee. Sie neigte schon immer zu maßloser Übertreibung. Und wenn ich sie so ansehe, ist es heute noch schlimmer als damals.«

»Ich weiß doch. Es lag auch nicht direkt an Milenas Auftritt. Irritierender war Sams Reaktion darauf.«

»Lass mich raten. Er wich zurück, anstatt dir die Stange zu halten?«

»Du hast es gesehen?«

»Nein. Darauf kam ich von allein. Überleg doch mal, wie sollte er zu dir stehen, wenn er nicht weiß, *wie* er zu dir steht?«

So seltsam es klang, so stimmig war Tanjas Argument. Nur mal angenommen, er steckte in derselben Gefühlsachterbahn wie sie selbst, vermochte es aber einfach besser zu verbergen, wie hätte er ihrer Meinung nach reagieren sollen? Wie hätte sie an seiner Stelle reagiert? Außerdem hatte sie ihm keine Chance gelassen, sich zu erklären. »Tanja?«

»Ja?«

»Deine Tratschrunden mit deinen Kundinnen haben dich anscheinend zu einer Expertin gemacht.«

»Heißt das, du bleibst?«

Exakt in diesem Moment fühlte Eva, wie das Handy in ihrer Tasche zu surren begann. Sie ahnte, wer sie zu erreichen versuchte. Schlechter hätte der Zeitpunkt kaum sein können. Sie ignorierte das Vibrieren. »Nein. Es ist immer noch irritierend, dass er ausgerechnet etwas mit Milena gehabt haben soll, und irgendwie ist es auch ...«, Eva suchte nach Worten. Tanja sprang hilfsbereit ein.

»Es tut weh. Aber lass es ihn doch wenigstens erklären.«

Eva deutete ein Kopfschütteln an. Ihr Entschluss stand fest.

Ein Page erschien in der Tür zum Hotel. Er sprach mit leicht französischem Akzent. »Madame, Ihr Taxi ist angekommen.«

Wie gerufen. In Evas Ausdruck lag Bedauern, als sie Tanja in die Arme schloss.

Dann wandte sich Eva von Tanja ab und folgte dem Pagen, der ihr die Tür aufhielt.

Ohne einen Blick zurück stieg sie in das wartende Taxi.

Grau

»Und Weber hat wirklich zugestimmt?« Jenny pustete sich eine blaue Locke aus der Stirn, die sich aus ihrem ansonsten schwarzen, turmhoch aufgesteckten, fein säuberlich in Locken gedrehten Haarberg herausgestohlen hatte. Mit einem ungläubig forschenden Blick durchbohrte sie Johann.

An der Stelle, an der sie ihn mit ihren Augen erstach, erwartete er fast, seine Haut würde zu schmerzen beginnen. »Nun, zugestimmt nicht direkt. Aber er hat auch nicht widersprochen.«

»Was hat er genau gesagt?«

Johann zögerte.

Jenny setzte nach. »Was er gesagt hat, will ich wissen. Im Detail. Am liebsten zitiert. Vorher werde ich überhaupt nichts tun. Du wirst wohl kaum von mir erwarten, dass ich mich in Teufels Küche bringe, nur weil du mich unschuldig hinter der Brille hervor anhimmelst!«

Sie anhimmeln? Diesen Eindruck hatte er eigentlich nicht erwecken wollen. Eher, dass er sich aus Angst vor der Verantwortung beinahe ins Hemd machte. Da musste er wohl noch etwas an seinem Ausdruck feilen.

»Tu es. Aber auf deine eigene Verantwortung. Wenn du versagst, dann pack ich dich bei den Eiern.«

Jenny kniff die Augen zusammen. Dann sagte sie: »Ja, das klingt ganz nach ihm. Du hast den Schiss in den Hosen. Warum tust du es dennoch? Willst du dich profilieren? Deine Chance nutzen, schnell nach oben zu kommen?«

Johann straffte die Schultern, wie er es schon Weber gegenüber getan hatte, und antwortete mit fester Stimme: »Nein.«

Jenny beobachtete fasziniert diese winzige Veränderung, die Johann auf einmal aufrechter dastehen ließ.

»Nein«, sagte er noch einmal. »Ich muss es versuchen, weil es das Einzige ist, was uns weiterbringen kann. Wir sind in einer Sackgasse. Ideenlos. Jetzt schon. Wir brauchen eine Spur. Eine Eingebung. Einen Anhaltspunkt. Sonst mordet dieser Irre weiter, füttert uns mit Körperteilen und verängstigt jede ledige Blondine.«

Jenny hörte ihm aufmerksam zu. Belustigt über seine Aufzählung, verzog sie die Mundwinkel. »Und vor allem das Letzte belastet dich, nicht wahr?«

Johann kräuselte verwirrt die Stirn.

Süß. »War nur ein kleiner Scherz. Zurück zur Sache. Ist das der wahre Grund? Wirklich keine karrieretechnischen Hintergedanken?«

Johann schüttelte vehement den Kopf. »Keine. Zumindest nicht für mich. Und wenn, würde ich es dir nicht sagen, denn sonst würdest du mir nicht helfen, stimmt's?«

Gut pariert. Jenny war zufrieden. Wer hätte das gedacht? Aus dem zurückhaltenden Johann könnte doch noch was werden. »Nicht für dich? Für wen denn dann?«

»Für dich. Das ist deine Chance. Du kannst nichts verlieren. Aber bitte, vermassle es nicht. Mir zuliebe.«

Jenny sah Johann einen Augenblick schweigend an. Dann fragte sie schlicht: »Worauf warten wir dann noch?«

»Eine Nachtschicht?«

Jenny nickte und rollte ihren Stuhl zurück. »Es wurde schon genug Zeit verschwendet.«

***

Komplett in Weiß gekleidet, standen Magda und Erol nebeneinander auf dem üppig grünenden, penibel gepflegten Rasen. Dass der Tag sich langsam dem Ende zuneigte, interessierte sie beide nicht im Mindesten.

»Du musst wirklich dein Handicap verbessern!« Ein siegessicheres Leuchten ging von Magda aus, das beinahe schon aufdringlich war.

Erol ignorierte den Kommentar seiner Mitspielerin. Er schob seine Kappe aus dem Gesicht, kniff die Augen zusammen, fixierte sein Ziel in der Ferne und schaute dann wieder auf den kleinen weißen Ball vor seinen Füßen.

Mit leicht gespreizten Beinen stellte er sich in Position. Er hob und senkte die Fersen. Bewegte den Kopf hin und her, um den Nacken zu entspannen. Lockerte seine Arme. Festigte den Griff um den Schläger.

Das Eisen lag gut in der Hand. Er spürte es. Er fühlte den Schlag, bevor er ihn ausführte.

Er holte aus. In einem perfekten Bogen sauste der Schläger erst hinter sein rechtes Ohr, zischte erstaunlich kontrolliert durch die Luft, traf und endete hinter seinem linken. Der Körper ging mit der Bewegung mit. Er hielt in leicht verdrehter Position inne, sodass sein Oberkörper in direkter Linie mit der Flugbahn des Balles stand.

Der Golfball schien nicht mehr landen zu wollen. Immer kleiner und kleiner wurde er, bis Erol ihn nicht mehr sehen konnte. Er richtete den Blick aufs Grün, das vor ihm lag, und spähte dorthin, wo der Ball ungefähr landen sollte.

Er konnte es nicht hören, dafür war der Ball zu weit weg, aber in seiner Vorstellung wusste er um das leise Plopp und die Bewegung im Rasen. Beides verriet Erol, dass er sich mit diesem Schlag wieder ins Match zurückgespielt hatte. »Und was sagst du nun, liebe Magda?«

Stolz wie ein Pfau legte er sich den Golfschläger über die Schulter und stolzierte zum Golfcart. Widerwillig beeindruckt, spähte Magda in die Ferne.

Sie würde es dennoch packen. Sie würde ihn das dritte Mal in Folge besiegen. Und sie würde es auskosten. Wie schon die letzten beiden Male.

Oder sollte sie sich an ihrem freien Tag ausgerechnet von Koch Erol übertölpeln lassen? Herrje, man stelle sich nur vor, wie er sie im Hotel den ganzen Tag aufziehen würde! Das wäre zwar nicht das erste Mal, dass sie sich eine Niederlage eingestehen müsste, aber sonst verlor sie wenigstens gegen Sam, und der war ihr Boss. Aber gegen Erol? Sosehr sie seine Kochkünste schätzte, so sehr verletzte es ihren Stolz, gegen ihn abzustinken. Oder wie drückte er es immer aus?

»Magda? Kommst du und verlierst in Würde oder willst du hier bleiben und schmollen wie ein Esel?«

Entschlossen drehte Magda sich in Richtung Cart. Sie musste sich ihren Satz erst zurechtlegen, bevor sie ihn aussprechen konnte, so ungewohnt fühlten sich die gewählten Worte auf ihrer Zunge an. »Pass auf, was du sagst, Kleiner. Dein Grab ist geschaufelt, und ich roll dich persönlich hinein. Du wirst abstinken, Loser!« Um ihren Worten Nachdruck zu verleihen, legte Magda ihre Hand an die Stirn, Daumen und Zeigefinger zu einem L geformt. Ihre runzlige Haut und der graue Dutt wollten so gar nicht zu dieser Geste passen.

Erol hatte reichlich Mühe, die Drohung ernst zu nehmen. Lachtränen traten ihm in die Augen, die Kiefermuskeln spannten sich an, die Mundwinkel zuckten. Aber er schluckte den

Drang tapfer hinunter. »Na dann komm und zeig mir die Grube!«

Während Magda und Erol Loch 11 ansteuerten, setzte sich auch ein anderes kleines Fahrzeug in Bewegung.

Die Schläger lagen unberührt hinten im Cart.

Eine Mütze, tief in die Stirn gezogen, verdeckte das attraktive Gesicht.

Blütenweiße Handschuhe verhinderten Fingerabdrücke auf dem Lenkrad.

Es war aber schon das zweite Paar Handschuhe.

Das erste hatte er schmutzig gemacht, als er sein kleines Souvenir im Loch 11 deponierte.

Er beobachtete drei andere Carts auf dem Golfkurs. Eines fuhr ihm entgegen. Er macht keine Anstalten, anzuhalten oder auszuweichen. Er war Golfer, wie jeder andere auch.

Er kreuzte die beiden Insassen.

Sie schienen ihn nicht einmal zu bemerken, so vertieft waren sie in ihr Gespräch.

Umso besser. Zufrieden mit sich und seiner Arbeit steuerte er über den Rasen in Richtung Clubhaus. Während er in aller Ruhe das Cart abstellte, hallte ein schriller Schrei über den Platz.

Er hob noch nicht einmal den Kopf.

Als wäre nichts gewesen, schwang er die Golftasche über die Schulter und schlenderte davon.

»Magda! Was ist los?« Entsetzt rannte Erol über das Feld. Er konnte sich nicht erinnern, wann er das letzte Mal so schnell gerannt war. Sein fülliger Körper war für solche Sprints nicht gemacht. Seine Milz stach schon nach den ersten Schritten. Die

Lungen wollten explodieren, die Schweißdrüsen schütteten unkontrolliert Flüssigkeit aus, und sein Gesicht glich einer Tomate. Aber das hielt ihn nicht davon ab, zu der Frau zu eilen, die neben Loch 11 in die Knie gesunken war.

Regungslos lag sie auf der Erde.

Bis er bei ihr war, hatte er mindestens dreißig Mal den Himmel angefleht, Magda nicht zu holen.

Herzinfarkt, Schwächeanfall, Kreislaufkollaps, alles schoss ihm durch den Kopf. Er rechnete mit dem Schlimmsten. Aber nicht damit, was kam.

Erol ließ sich neben ihr auf die Knie fallen. Hektisch tastete er sie ab. Puls war da. Sie atmete. Flach, aber sie atmete. Sie war kreidebleich. Ihre Hände waren zu Fäusten geballt.

Er schrie sie an. Packte ihr Kinn zwischen Daumen und Zeigefinger und schüttelte den Kopf hin und her. Es war ihm zutiefst zuwider, eine Frau zu schlagen, dennoch holte er mit der flachen Hand aus.

Er konnte nicht hinsehen, wenn seine Hand auf ihre Wange treffen würde. Er wollte das klatschende Geräusch nicht hören, die anschließende Rötung nicht sehen. Er kniff die Augen zusammen, bereit, die Hand niedersausen zu lassen.

Da flatterten ihre Lider.

Sie öffnete ihre Augen. Schnappte nach Luft wie eine Ertrinkende.

Sofort ließ Erol die zum Schlag erhobene Hand sinken. »Magda! Geht es dir gut? Was hast du nur angestellt?«

Blinzelnd orientierte sie sich.

»Wo bin ich? Was ist passiert?«

»Das fragst du mich? Du hast geschrien wie am Spieß, dann bist einfach zusammengeklappt! Mensch, jag mir nie wieder einen solchen Schrecken ein!«

»Geschrien und zusammengeklappt? War mein Schlag so gut?«

Erol lachte. Es klang beinahe ein wenig hysterisch. Erleichtert plumpste er auf seinen Hintern, strich sich mit der flachen Hand übers Gesicht. »Ja, das war er tatsächlich. Der Ball ging aus drei Metern Entfernung direkt ins Loch.«

»Im Ernst? Das ist ja ...« Sie hielt inne. Eine Erinnerung regte sich. Erst undeutlich, begann sie rasch, klare Konturen anzunehmen.

Der zarte Hauch von Farbe wich erneut aus ihrem Gesicht.

Erol beobachtete die Veränderung wachsam. *Nicht noch mal umkippen, bitte! Ich will dich nicht schlagen müssen!*, flehte er innerlich.

Magda wurde sich ihrer Hände bewusster denn je. Sie fühlte jeden Finger, als realisierte sie zum ersten Mal in ihrem Leben, dass sie da waren.

Sie wandte den Kopf leicht zur rechten Hand. Einem Spiel gleich erriet sie anhand der Form, der Konsistenz, der Temperatur und der Oberflächenbeschaffenheit, was sich in ihren verkrampften Gliedern verbarg.

Die rechte Hand. Rund. Oberfläche mit Dellen. Ansonsten glatt. Erwärmt durch ihren Griff.

Ihr Erfolgsball. Der beste Schlag, den sie je ausgeführt hatte.

Was noch?

Sie atmete konzentriert.

Erol kauerte neben ihr. Wie ein Bernhardiner saß er da und hielt Wache.

Die andere Hand. Magda drehte den Kopf, schaute auf ihre Linke.

Weich. Ledrig. Unförmig.

Sie schluckte schwer. Dann bog sie endlich die Finger auseinander. Einen nach dem anderen.

Als die Hand offen war, starrte Magda in ihre Fläche. Sie wollte ihren Augen nicht trauen. Es war einfach zu unrealistisch. Absolut unmöglich.

Sie hörte, wie Erol scharf die Luft einsog. »Ist das …« Er würgte.

Magda drehte sich nicht zu ihm um. Sie konnte den Blick einfach nicht abwenden. Zu anziehend war der golden schimmernde Stecker. Die saubere Schnittkante.

Erlebte sie das wirklich?

Erol versuchte es erneut. »Ist das …« Er schloss kurz die Augen, öffnete sie dann wieder und beendete den Satz: »Ein Ohr?«

Magda nickte langsam.

»Von einem Menschen?«

Wieder nickte sie. Aber ihre Gedanken waren woanders.

Ein wundervoller Ohrstecker. Kein Modeschmuck. Echtes Gold.

Und er steckte in einem menschlichen Ohr, das in ihrer Hand lag. Ohne den dazugehörigen Kopf.

»Woher …?« Erols Stimme versagte den Dienst.

»Aus Loch 11«, murmelte sie mehr zu sich selbst. »Ich griff nach dem Ball, sah etwas Merkwürdiges und nahm es ebenfalls raus.«

Und dann war sie weggekippt.

Genauso wie Erol in diesem Augenblick.

Du bist mir ein schöner Koch. Täglich geschlachtete Tiere vor Augen und keine Emotion, aber ein menschliches Ohr und er kippt weg, dachte sie, während sie sich vornüberbeugte und sich in den penibel gepflegten grünen Rasen übergab.

***

Vertieft in ihre neue Aufgabe, bemerkte Jenny nicht, wie die Zeit voranschritt. Sie hatte ihren linken Fuß unter den rechten Oberschenkel geklemmt und saß am Kopfende von Johanns Tisch. Immer mal wieder sah sie auf, um Johann etwas zu fragen oder einfach um zu sehen, ob er noch da war. Er tat es ihr gleich. Er hatte aufgehört mitzuzählen, wie oft er die Dokumente bereits durchgeackert hatte.

Er wusste, er sah den Wald vor lauter Bäumen nicht mehr.

Seine ganze Hoffnung ruhte in diesem Moment auf Jenny.

»Johann?« Jenny legte den Finger auf eine Stelle in den Akten.

Erwartungsvoll sah er sie an. »Ja?«

»Gibt es hier auch Kaffee?«

Sofort sackte er in sich zusammen. Kaffee.

»Sicher, ich hole dir welchen.«

Dankbar nickte Jenny und las weiter. Aber nur eine halbe Seite.

Weiß

Der Tag war vorbei, die Nacht hereingebrochen. Aber Eva saß nicht etwa zu Hause, wohin sie sich noch vor ein paar Stunden mit dem Taxi auf den Weg gemacht hatte; sie lag im Bett in einem in die Jahre gekommenen Hotelzimmer und fand keinen Schlaf. Sie ließ ein Bein über die Bettkante baumeln und starrte Löcher in die Luft, während sie in Gedanken immer und immer wieder die Ereignisse seit der Abfahrt des Taxis durchging.

Eigentlich war doch alles so wunderbar einfach gewesen. Das Taxi war vorgefahren. Sie stieg ein. Sie sagte dem Fahrer, wohin sie wollte, und er fuhr los. Ohne einen Blick zurück ließ sie sich aus der prächtigen Ausfahrt chauffieren.

Gut. *Fast* ohne zurückzublicken. Sie hatte es nicht lassen können, in den Seitenspiegel zu schauen. Was sie gesehen hatte, hatte ihre Laune nicht unbedingt verbessert. Sie hatten das Tor noch nicht ganz passiert, als sich bereits ein schlechtes Gewissen und das Gefühl einstellten, den größten Fehler ihres Lebens zu begehen.

Sie hatte weg gewollt. Wirklich. Aber als der Zeitpunkt zu gehen gekommen war, wollte sie bleiben. Vor allem, als sie die drei, die sie zurückließ, auf der Treppe vor dem pompösen Eingang stehen und ihr nachblicken sah.

Ein bisschen hatte Eva gewünscht, dass sie sich mies fühlen, aber sie selbst hätte von diesem Gefühl eigentlich ausgeschlossen sein sollen. War sie aber nicht.

Vielleicht war ja genau das zu ihrem Verhängnis geworden. Sie wollte irgendwie doch nicht weg, ihr Stolz ließ es aber nicht zu, umzukehren. Sie hatte einen Entschluss gefasst, eine Zusage gemacht. Es galt, sich daran zu halten. Hatte sie zumindest geglaubt. Doch dann hatte jemand anderes die Führung übernommen. Eine höhere Macht. Oder so was in der Art.

Sie schloss die Augen und legte den Kopf zurück. Sofort kamen die Bilder zurück.

Das Taxi. Es fuhr die kurvige Straße in vernünftigem Tempo. Der Chauffeur pfiff die Musik aus dem Radio mit.

Nur noch knappe zwei Kilometer trennten sie vom Dorf am Fuß des Berges.

Ein Lied, das Eva nicht kannte, endete, und Lady Gaga gab ein Stück zum Besten.

Der Taxifahrer pfiff nun nicht mehr nur, sondern trommelte den Takt auf dem Lenkrad mit. Lächelnd sah er in den Rückspiegel zu Eva. »Toller Song, nicht?«, fragte er. Eine Antwort wollte er anscheinend nicht, denn er plapperte munter weiter. »Eigentlich mag ich die ja nicht, die hat immer so seltsame Kostüme an. Aber Musik machen kann sie. Musik ist sowieso das beste Mittel gegen Seelenschmerz. Es beruhigt und macht glücklich. Eine tolle Mischung. Da braucht man keinen Doktor und keine Medizin. Nicht wahr?«

Eva wunderte sich gerade darüber, dass der indisch aussehende Mann ein schöneres Berndeutsch sprach als manche Berner, und das inmitten der Bündner Berge, als auf einmal ein Ruck durch den Wagen fuhr.

Der indische Berner war plötzlich überhaupt nicht mehr beruhigt und glücklich, und sein Berndeutsch nahm kräftigen Schaden, während er lauthals zu fluchen begann. Mit aller Kraft drückte der Fahrer das Bremspedal durch. Die Reifen quietschten. Der Wagen kam ins Schlingern.

Eva packte den Griff oberhalb der Tür. Krampfhaft hielt sie sich fest. Gleichzeitig versuchte sie zu erkennen, was dieses Manöver ausgelöst hatte.

Ein kurzer Blick aus der Frontscheibe genügte. Sie glaubte sich im falschen Film.

Vor ihnen stand eine Kuh. Mitten auf der Straße.

Woher kam die auf einmal? Rechts der Abhang, links der Fels. War sie die Straße entlanggelaufen?

Eine Antwort würde sie wohl nie bekommen.

Der Fahrer missachtete jede Regel, die in einem solchen Fall zu befolgen war.

Er gab nicht Gas. Er bremste.

Er raste nicht direkt auf die Kuh zu. Er wich ihr aus.

Ein fataler Fehler. Obwohl er sich redlich bemühte, den Wagen auf der Fahrbahn zu halten, verlor er schließlich die Kontrolle.

Eva fühlte sich, als säße sie auf einem Kreisel. Die Welt um sie herum verschwamm. Ein Sturm von Gefühlen brach über sie herein: Angst. Schmerz. Schwindel. Übelkeit.

Irgendwann schlug sie sich heftig den Kopf an. Sie wollte die Stelle des Aufpralls befühlen, kam mit der Hand aber nicht heran.

Fragen nach dem Warum schossen ihr in Lichtgeschwindigkeit durch den Kopf. Gefolgt von dem unbändigen Wunsch, es möge aufhören.

Und das tat es dann auch.

Sie wusste nicht mehr, wo oben und wo unten war.

Waren sie noch auf der Straße? Wo war der Fahrer? War er in Ordnung?

»Gute Frau, sind Sie noch da? Geht es Ihnen gut?«

Eva fühlte eine Hand auf ihrer Wange. Sie roch einen leicht säuerlichen Lufthauch.

Sein Atem?

Aber warum sah sie nichts? Diese Frage löste eine Panikattacke aus. Sie zuckte zusammen und begann, um sich zu schlagen.

»Hei, hei! Ganz ruhig. Kommen Sie runter! Tief atmen und dann Augen öffnen, Mädchen.«

Sie begriff nicht. Also wiederholte er etwas ruhiger: »Augen öffnen!«

Augen öffnen? Wann hatte sie sie geschlossen?

Sie tat wie befohlen. Ihr Gehirn schien sich anfangs zu weigern, führte den Auftrag aber schließlich aus.

»Hallo.«

Sie starrte direkt in ein dunkles Augenpaar. Das Gesicht des Fahrers war kaum eine Faustbreit vor ihrem eigenen. Sein Oberkörper klemmte zwischen den beiden Vordersitzen. Eva drückte sich instinktiv in ihr Rückenpolster. Sie brauchte einen Moment, um zu begreifen, dass er sich absichtlich in dieser Position befand, um an sie heranzukommen.

»Alles klar bei Ihnen?«, fragte Eva schließlich.

»Alles noch dran.« Er lächelte schief. »Und bei Ihnen?«

Sie zuckte mit den Achseln, was ein schmerzhaftes Ziehen zwischen den Schulterblättern zur Folge hatte. »Tut alles weh. Wo sind wir?«

»Auf der Weide. Konnte den Wagen nicht mehr unter Kontrolle bringen. So versuchte ich, ihn nicht in den Fels, sondern in die Weide rumpeln zu lassen. Hat geklappt.« Erneut das schiefe Lächeln. Eva fiel absurderweise auf, dass sein Berndeutsch wieder vollkommen intakt war.

»Kommen Sie, steigen wir aus dieser Konservendose aus. Hilfe ist schon unterwegs.«

Eva wollte die Tür wie gewohnt öffnen, hatte aber keine Chance. Auch der Fahrer musste sich mit der Schulter mehrfach gegen seine Tür werfen, bevor sie nachgab.

Eva rutschte über die Sitzbank zur anderen Tür. Ein schwerer Stein lag davor und machte alle weiteren Aktionen unmöglich.

Sie wollte das Fenster hinunterkurbeln, scheiterte aber am elektrischen Fensterheber. Inzwischen versuchte der Taxifahrer, Eva von außen einen Fluchtweg zu verschaffen.

»Lassen Sie's. Ich komme nach vorne.« Gesagt, getan. Sie kletterte auf den Fahrersitz und verließ das Fahrzeug schließlich auf dem gleichen Weg wie zuvor der Chauffeur.

Beide standen neben dem Wagen und starrten den zerbeulten Haufen Blech an.

»Tut mir leid.« Reumütig schielte der indische Berner Eva an.

Eva suchte nach einer Emotion. Doch der Schock saß anscheinend noch zu tief. Also legte sie nur den Kopf schief und sagte: »Schon gut. Für diese dumme Kuh können Sie ja nichts.«

Der Fahrer grinste sie dankbar an. »Nur blöd, dass Sie heute wohl nicht mehr von hier wegkommen werden.«

Der Taxifahrer behielt recht. Anstatt in den Zug zu steigen, hatte Eva einen Marathon aus Papierkram, Polizeirapport und Arztbesuch hinter sich bringen müssen, wobei sie sich strikt geweigert hatte, ihre Freunde und Verwandten über den Unfall zu informieren.

Eva gab es auf. Sie rieb sich ungeduldig über ihr Gesicht und wälzte sich aus den frisch gestärkten Bettlaken.

Eigentlich hatte der Arzt sie ins Krankenhaus einweisen wollen, damit sie dort eine Nacht zur Beobachtung verbrachte. Eva hatte als Kompromiss vorgeschlagen, sich in einem hiesigen Hotel einzumieten, direkt um die Ecke der Arztpraxis. Über der Praxis lag die Wohnung des Doktors, sodass er genauso schnell bei Eva sein konnte wie eine Krankenschwester im Krankenhaus. Klar, ein Restrisiko blieb; schließlich war sie jetzt nicht an Monitore angeschlossen, die bei auffälligen Werten Alarm schlugen, dafür hatte der Nachtportier versprochen, immer mal wieder nach Eva zu sehen. Nach langer Diskussion und guten Untersuchungswerten hatte sich der Arzt schließlich erweichen lassen.

Nun saß sie auf der Bettkante und beglückwünschte sich einmal mehr dazu, sich durchgesetzt zu haben. Im Krankenhaus hätte sie nämlich nicht einfach aufstehen und rausgehen können, wie es ihr beliebt hätte. Hier aber schon.

Sie zog sich einen dicken Pullover über und schlüpfte in ihre Jeans. Dann ging sie zur Tür, griff nach ihrer Jacke, die dort am Haken hing, machte sich an ihren Schuhen zu schaffen und verließ ihr Zimmer. Als sie in der Rezeption ankam, fand sie den Nachtportier schlafend in seinem Stuhl vor. Wenn das ihr Arzt wüsste ...

Sie griff hinter die Theke und nahm sich dort einen Zettel. In knappen Worten erklärte sie, dass sie frische Luft schnappen ging. Nur für den Fall, dass der Portier doch noch nach ihr sehen würde. Sie legte ihm die Notiz in die Mitte der Schreibtischunterlage, dann verließ sie das Hotel.

Kalt schlug ihr der Wind entgegen. Sie zog den Kopf ein und klappte den Kragen ihrer Jacke hoch. Sie spazierte durch die Gassen und lüftete im wahrsten Sinne ihr Gehirn durch. In einigen Stuben der stattlichen Bündner Häuser brannte noch Licht. Aus der Beiz an der Ecke drangen Musik und lautes Gerede.

Eva folgte der Straße ein Stück; als sie um eine Ecke bog, fand sie sich gefangen in einer dicken Schicht Stoff wieder. Entsetzt schrie sie auf, begann, um sich zu schlagen, wollte einen Schritt zurückgehen, aber zwei kräftige Hände hielten sie an den Schultern fest.

Blindlings versuchte sie, sich zu befreien. Da packten die Hände noch fester zu. Resolut schoben sie Eva weg. Die Stofflagen wichen, und Eva atmete erleichtert auf. Sie war so sehr mit sich selbst beschäftigt, dass sie ihrem Gegenüber keine Aufmerksamkeit schenkte. So bemerkte sie nicht, wie sehr der

Zusammenstoß auch die andere Person in Aufregung versetzt hatte. Um Fassung ringend, strich sie die Stofflagen glatt, die ihren Mantel und gleichzeitig Evas vermeintliches Gefängnis darstellten. »Kind, hast mir vielleicht einen Schrecken eingejagt! Eigentlich wollte ich mir den Mantel überziehen und nicht dich darin einwickeln. Ich hole jetzt mein Herz aus der Hose und setze es wieder an seinen Platz; dann sagst du mir, wie es dir geht.« Sie holte noch einmal aus, warf den Mantel ohne einen erneuten Zwischenfall über und schlug die Kapuze hoch, um ihre kalten Ohren vor dem pfeifenden Wind zu schützen.

Der Klang ihrer Stimme ließ Eva auf einen Schlag alle Aufregung vergessen. Sie sah auf. Das Gesicht lag im Schatten der großen Kapuze, aber die Augen funkelten dennoch im schwachen Schein der Laterne. »Magda?« Ungläubig kniff Eva die Augen zusammen. »Jetzt erinnere ich mich!«

Magda verstand nicht. »Woran denn, Kleine?«

»Die Schokoladenplätzchen!« Eine Flut Erinnerungen stieg in Eva hoch. »Du warst das! Du warst früher bei Sams Eltern angestellt und hast uns immer diese unglaublich guten Schokokekse gebacken, von denen wir eigentlich keine essen durften, weil wir anschließend meist zu volle Bäuche hatten, als dass wir zu Hause noch eine anständige Mahlzeit hätten vertilgen können.«

»Ich bereue nichts.« Magda lächelte verschmitzt unter ihrer Kapuze hervor. Eva konnte es nur erwidern. Bis ihr ein anderer Gedanke kam. »Warte mal, warum bist du um diese Zeit hier unten im Dorf und nicht oben im Hotel?«

Magdas Leuchten verschwand. »Das könnte ich dich ebenso fragen.«

Anstatt zu antworten, biss sich Eva auf die Unterlippe.

Die Tür der Bar unten an der Straße öffnete sich, und einladende Geräusche, die Geselligkeit versprachen, prallten auf die Kälte der Nacht.

Beide Frauen drehten sich gleichzeitig nach der Bar um.

»Na, wie wär's?«, fragte Magda.

»Haben wir‘s nötig?«

»Nein. Aber es schadet auch nicht.«

Genauso resolut, wie Magda zuvor Eva von sich geschoben hatte, hakte sie die junge Frau nun unter und ging mit ihr in die Richtung, aus der Eva eben erst gekommen war. Unten angelangt, griff Magda an Eva vorbei und öffnete die alte Holztür. Der schwere Geruch nach Zigarettenrauch verschlug Eva beinahe den Atem. Als hätte Magda Evas Gedanken gelesen, meinte sie: »Ist ungewohnt in Zeiten der Nichtraucherbars, stimmt‘s? Aber man gewöhnt sich schnell wieder dran.« Gleich darauf fand sich Eva im Innern wieder. Sie nahmen an der hinteren Ecke der Theke Platz. Während Eva sich bereits auf den Barhocker schob, rückte Magda den Stuhl daneben weiter weg von einem dritten Hocker. Auf Evas fragenden Blick antwortete sie: »Ein bisschen Abstand schaffen. Muss nicht jeder mitkriegen, was wir zu sagen haben. Dennoch soll der Platz nah an der Tränke sein.« Sie sah die grünen Flaschen hinter der Theke vielsagend an.

»Verstehe.«

Als Magda mit dem Stühlerücken fertig war, setzte sie sich ebenfalls und hob Zeige- und Mittelfinger. Das schien zu reichen. Im nächsten Moment standen je zwei zu einem Drittel mit einer dunkelbraunen Flüssigkeit gefüllte Longdrinkgläser vor ihnen. Eva schnupperte vorsichtig daran und rümpfte die Nase.

»Appenzeller. Wärmt Herz und Seele. Besser als dieser Jägermeisterquatsch, den die jungen Leute sonst in sich hineinschütten.«

Eva mochte beides nicht besonders gern, aber das behielt sie für sich. Tapfer prostete sie Magda zu und nahm einen vorsichtigen Schluck, während ihre Trinkpartnerin neben ihr das Glas geräuschvoll auf die Theke knallen ließ.

Leer, wie Eva feststellen musste. »Na, das ging ja fix.«

»Das war fürs Herz. Trink, Mädchen, denn der ist für deine Geschichte.«

»Was willst du damit sagen?«

»Als wüsstest du das nicht. Du bist nicht im Hotel, weil Milena angekommen ist, stimmt's?«

Woher wusste sie das? »Nein, es ist nicht ...« Eva stockte. Wem machte sie eigentlich etwas vor? »Bin ich denn so durchschaubar? Wenn du das weißt, weiß Sam es auch, und das ist peinlich. Richtig peinlich.« Eva begutachtete ihr Glas und leerte es schließlich ebenfalls in einem Zug.

»Ist es nicht. Der Junge ist genauso durch den Wind wie du.«

»Kam mir nicht so vor. Aber egal. Ich bin weg, und damit können wir beide weitermachen, als wäre nichts gewesen.«

»Das nennst du weg? Weit hast du es ja nicht geschafft. Und wenn du dich morgen früh zur falschen Zeit am falschen Ort aufhältst, läufst du ihm direkt in die Arme. Er hat nämlich die dumme Angewohnheit, zusammen mit Erol im Dorf die Frischwaren einzukaufen.«

Eva stöhnte leicht auf. »War ja klar. Als hätte jemand etwas dagegen, dass ich mich aus dem Staub mache.«

Magda musterte Evas Gesicht. Gleichzeitig dachte sie an ihre eigenen Erlebnisse. Vielleicht war es besser, wenn Eva vorerst nicht in die Welt da draußen zurückkehrte. Vielleicht wollte wirklich eine höhere Macht, dass sie noch eine Weile im

Schutz der Berge blieb. Eine seltsame Eingebung. Sehr weit hergeholt. Und doch hatte ihre Erfahrung sie gelehrt, ihrer Intuition zu vertrauen. Magda legte die Stirn in Falten. »Liebes, was hat dich von deiner Heimkehr abgehalten?«

Eva seufzte. »Eine ziemlich dumme Kuh.«

»Milena? Das verstehe ich jetzt nicht.«

Eva schmunzelte. »Zugegeben, die Bezeichnung ist treffend, aber nein, es geht nicht um Milena, sondern um eine echte Kuh. Sie stand einfach auf der Straße. Der Taxifahrer wollte noch ausweichen, aber wir kamen von der Fahrbahn ab und landeten auf der Weide, wo diese Ziege von Kuh eigentlich hingehört hätte. Dass ich nicht im Krankenhaus gelandet bin, habe ich nur meiner Überzeugungsarbeit und dem hiesigen Arzt zu verdanken.«

»Himmel, Kind! Und nach einer solchen Geschichte sitzt du hier und lässt zu, dass ich dir Hochprozentiges bestelle?«

»Liegt doch in meiner Verantwortung, nicht?« Um ihren Worten Nachdruck zu verleihen, kippte sie auch das zweite Glas. Wie von Magda gelernt, wartete sie auf den Blickkontakt des Barkeepers und hob dann Zeige- und Mittelfinger.

Magda ließ es dabei bewenden und nahm ihre frischen Drinks entgegen.

Nach kurzem Schweigen fragte Eva dann: »Versteh mich nicht falsch, aber warum lässt Sam es zu, dass du noch für ihn arbeitest? Hättest du dir nicht längst deinen Ruhestand verdient?«

Milde lächelnd meinte Magda: »Das kannst du nicht ihm anhängen. Ich war es, die bei ihm anklopfte. Die Decke fiel mir auf den Kopf. Ich wollte wieder etwas tun. Also drängte ich mich ihm auf, als er zurückkam und mir von seinen Hotelplänen berichtete. Tut mir leid.«

Eva rollte mit der rechten Schulter. »Schade.«

»Ach, Kind, warum so kompliziert? Komm mit mir zurück ins Hotel. Beende, was ihr vor so langer Zeit angefangen habt. Frag ihn, warum er gegangen ist, ohne sich zu verabschieden.«

Verdutzt blickte Eva von ihrem Glas auf.

»Du fragst dich, woher ich das weiß?«

Eva nickte.

»Denk daran, wer ich war. Das Personal weiß oft mehr, als für die Hausherren gut ist, es sei denn, es ist ihnen loyal ergeben. Liebes, das klingt wie eine schlechte Horrorstory, aber möglicherweise will dich wirklich etwas davon abhalten, nach Hause zurückzukehren.«

»Du meinst eine Art höhere Macht? Natürlich.« Eva schnaubte belustigt.

»Lach nicht darüber. Du bist hier in einer Region, in der die Menschen noch an Übersinnliches glauben. Ich sage nicht, dass alle Geschichten von Geistern wahr sind, aber manchmal geschehen Dinge, die man sich nicht erklären kann. Besser ist es, sie als Zeichen anzunehmen, auch wenn man es nicht versteht. Du weißt doch, in Indien ist die Kuh heilig, also wer weiß?«

In Indien. Eva erschauderte. Okay, das ist absurd. Aber auch irgendwie gruselig. »Mein Taxifahrer war Inder.«

»Da hast du's. Du bleibst. Und nach allem, was ich sonst noch weiß, möchte ich das auch aus ein wenig Eigennutz.«

»Versteh ich nicht.«

»Hast du denn keine Zeitung gelesen?«

»Nein. Zu meiner Schande muss ich eingestehen, dass ich seit zwei Wochen keine Zeitung mehr in Händen hielt.«

»Die vergangenen zwei Wochen interessieren auch nicht.

Das, worauf ich anspiele, stand erst vorgestern in den Zeitungen. Weißt du etwas über vermisste Frauen?«

Vermisste Frauen. Evas Warnsensoren klingelten lautstark. Wie viel wusste Magda? »Gehört habe ich da was, ja. Warum?«

»Du hast die Bilder der Frauen nicht gesehen?«

Eva schüttelte den Kopf. »Warum, was ist damit?«

Magda atmete tief durch.

»Magda?« Eva legte besorgt eine Hand auf Magdas Arm. Um das Thema von den Vermissten abzulenken, fragte sie: »Magda, was war eigentlich bei dir heute los? Warum bist du noch im Dorf?«

Magda benetzte ihre Lippen mit der Zunge und stand ohne ein weiteres Wort auf. Sie ging in Richtung der Toiletten. Eva sah ihr nach. Noch während sie mit sich haderte, ob sie ihr sicherheitshalber folgen sollte, kam Magda wieder zurück. Unter dem Arm eine Zeitung. Wortlos schlug sie sie auf. Drei Gesichter starrten Eva entgegen. Sie wusste aber nicht, was sie damit anfangen sollte.

Magda tippte mit dem Zeigefinger auf die Bilder. »Siehst du es nicht?«

Eva konzentrierte sich auf die Fotos, aber sie kam nicht darauf. »Was sehen?«

»Selbst ist man meistens blind.« Ohne eine weitere Erklärung klappte Magda die Zeitung zu und schob sich selbst wieder auf ihren Stuhl. In dem Artikel stand sowieso nicht einmal annährend die ganze Wahrheit. Ob die Medien nicht alles wussten oder absichtlich nur die Hälfte berichteten, wusste Magda nicht. Ersteres war in Anbetracht der Tatsachen, die Magda heute erfahren hatte, nur schwer zu glauben; Letzteres war hingegen schwer vorstellbar. Denn das roch danach, dass sich die Medien einen Maulkorb hätten verpassen lassen. Vielleicht um einer Massenpanik vorzubeugen? Wie auch immer die Situation tatsächlich war, Magda war kein Reporter, und sie hatte sich jemand Drittem gegenüber auch nicht zum Schweigen verpflichtet. Sie war nur sich selbst Rechenschaft schuldig. Kurzerhand entschloss sie sich, alles, was man ihr heute anvertraut hatte, aufgrund der Umstände an Eva weiterzugeben. »Ich war heute golfen. Mit Erol«, leitete Magda die Erzählung über ihr Abenteuer ein.

Eva begann ernsthaft, an Magdas Verstand zu zweifeln. »Magda, das ist toll. Aber ich versteh nicht.«

»Warten und zuhören. Ich bin noch hier im Dorf, weil ich ziemlich lange bei der Polizei und beim Arzt war.«

»Bei der Polizei?«, rief Eva aus.

»Shhht! Nicht so laut, Liebes.«

Eva riss sich zusammen. Leiser fügte sie an: »Aber warum?«

»Das will ich dir erzählen. Nach einem sensationellen Schlag wollte ich meinen Ball aus dem Loch holen. Das tat ich auch. Aber ich fand dort drin noch etwas anderes.«

Obwohl Eva keine Ahnung hatte, worum es sich handelte, wollte sich ihr der Magen umdrehen.

»Ich fand ein Ohr. Ein menschliches Ohr. Fein säuberlich von einem Kopf abgetrennt, wie mich Andrin im Vertrauen wissen ließ. Andrin ist Polizist, musst du wissen, und er ist ebenso begeistert von meinen Schokoplätzchen wie du. Ihn zum Reden zu bringen kostete mich nur einen Monatsvorrat.«

Eva war sichtlich verwirrt. Was erzählte diese Frau da?

»Kind, glaub mir, so fantastisch es klingt, es ist wahr. Und das Schlimmste ist, ich bin nicht die Erste mit einem solchen Fund. Aber irgendwie scheinen die seltsamen Vorfälle noch nicht zur Schweizer Bevölkerung durchgedrungen zu sein, denn weder im Hotel noch hier im Dorf spricht man davon.

Lediglich die vermissten Frauen sind seit zwei Tagen ein Thema. Jedenfalls fanden Leute in der Zwischenzeit immer wieder einzelne Körperteile. Ein Mädchen in Zürich fand sogar einen ganzen Kopf! Ein Dachdecker entdeckte in einer Regenrinne ein Augenpaar. Den Rest führe ich lieber nicht aus, du bist jetzt schon ganz grün im Gesicht.«

So fühlte sich Eva auch. Grün.

Schwarz

Er brauchte keinen Wecker. Seine innere Uhr sorgte zuverlässig für pünktliches Erwachen.

Er schlug die Augen auf.

Erst früh am Morgen war er ins Bett gekommen, und nur wenige Stunden Schlaf waren ihm vergönnt gewesen.

Dennoch, sein Gehirn lief sofort auf Hochtouren. So lange hatte er sich auf diesen Tag vorbereitet. Nun war er endlich gekommen. All die toten Frauen. All die leidenden Hinterbliebenen. All die Verstümmelungen. All die Qualen. All das Blut, das an seinen Händen klebte. All das nur für diesen einen Tag.

Nur für sie.

Er schob die Beine über den Rand seiner Pritsche. Setzte die Füße auf die Erde.

Fühlte den kühlen Beton unter den Sohlen.

Es war stockfinster im Raum. Dennoch ließ er das Licht aus.

Sich im Dunkeln zu bewegen schärfte die Sinne. Außerdem gab es nichts, was er sehen musste. Seine Hose lag dem Bett gegenüber auf einem Stuhl, mit dem Reißverschluss nach unten, der Gürtel in die Laschen eingefädelt. Auf der Hose wartete die frische Unterhose. Sein hellblaues Hemd hing über der Lehne. Die Knöpfe waren geöffnet, sodass er nur noch hineinschlüpfen musste. Alles war penibel ausgerichtet. Sorgsam vorbereitet.

Aber ehe er sich anzog, musste er sich waschen.

Er hatte keine Eile. Jede Sekunde wollte er genießen. In sich aufsaugen. Hektik brachte ihm nichts ein. Sie beeinträchtigte lediglich seine Konzentration und seine Aufnahmefähigkeit.

Das konnte er nicht gebrauchen. Nicht heute. Heute waren alle seine Sinne ohne Einschränkung gefordert.

Er atmete tief ein. Achtete auf den schweren Geruch, der in der Luft hing. Der Geruch, den ein schlafender Mann in einem geschlossenen Raum hinterließ. Er lenkte seine Konzentration auf seine Zehen. Etwas kitzelte ihn. Wahrscheinlich eine Maus. Anstatt sich zu ekeln, wartete er ruhig, ob sie ihn noch einmal streifen würde. Aber nichts dergleichen geschah. Dann wandte er sich dem leichten Kribbeln unter seiner Haut zu. Die Spannung, die die freudige Erwartung in ihm weckte. Mit den Fingerspitzen befühlte er seine Lippen. Sie fühlten sich samtig weich an. Er ließ die Hände zum Nacken gleiten. Fuhr sich über den Hals. Verweilte unterhalb des Kiefers. Er fühlte unter der warmen Haut das Blut in kräftigen Schlägen durch die Adern pulsieren. Er strotzte vor Leben. Es schien fast, als würde er jedes Leben, das er nahm, in sich selbst aufsaugen. Von Mord zu Mord wurde er kräftiger. Selbstbewusster. Gefährlicher.

Hemmungen hatte er keine. Noch nie gehabt.

Geschmeidig wie eine Raubkatze bewegte er sich durch den Raum, bis er eine Nische in der Wand erreichte. Er streckte die Hand aus und fand einen verrosteten, alten Wasserhahn, den er aufdrehte. Die Leitungen gurgelten. Das Wasser drückte sich mit aller Macht durch die dünnen Rohre, bis es schließlich erst tropfend, dann rauschend durch die Brause schoss. Eisig prasselte der harte Strahl auf seine Schultern. Er zuckte nicht mit der Wimper. Das kalte Nass perlte auf der breiten Narbe an seiner Hüfte ab. Rann über die entstellte linke Wade.

Er stützte sich mit beiden Händen an den sterilen Wandplatten ab. Senkte den Kopf und ließ das Wasser seiner Wege gehen.

Er öffnete seinen Geist. Tauchte in die Welt jenseits der Realität ein. Gab seinen Gedanken die Erlaubnis, sich frei zu gestalten.

In seiner Vorstellung saß er auf einer Parkbank. Die Sonne wärmte seinen Nacken. Er legte die Hände in den Schoß. Bald lehnte er sich seufzend zurück. Streckte die Beine aus. Versuchte, die wachsende Aufregung zu verbergen. Fuhr sich mit der Hand übers Gesicht. Warf noch einmal einen Blick auf seine Swatch, während er die Arme vor der Brust verschränkte.

Nein. Sie käme nicht zu spät. Nicht heute. Es sei denn, sie steckte im Stau. Vielleicht stieß ihr unterwegs etwas zu. Vielleicht hatte sie eine Panne.

Vielleicht tauchte sie nicht auf.

War sie überhaupt zu Hause? Warum hatte er sich nicht vorher davon überzeugt, ob sie da war? Weil es keine Rolle spielte. Kam sie nicht freiwillig, würde er sie holen. Egal, ob heute oder morgen. So oder so, am Ende würde sie sterben. Durch seine Hand.

In seinen Fingern begann es zu kribbeln. Noch nicht, mahnte er sich.

Denken wie ein besorgter Liebhaber. Daran musste er sich

immer wieder erinnern. Denn obwohl er den Liebhaber mimte, den diese einsamen Herzen suchten, hatte er für die damit einhergehenden Emotionen kein Verständnis. Immer wieder musste er sich das Denkmuster eines Mannes, der sich zu einer Frau hingezogen fühlte, vor Augen führen. Ansonsten war das Risiko, die Geduld zu verlieren, einfach zu groß. Verlor er die Geduld, verlor er die Kontrolle. Verlor er die Kontrolle, fiel er aus seiner Rolle.

Er stellte sich ihr schönes Haar vor. Wie es in blonden Wellen über die Schultern fiel. Wie sie widerspenstige Strähnen immer wieder aus ihrem Gesicht hinter die Ohren schob.

Er fühlte sich in den Moment hinein, in dem er diese Aufgabe aus dem Nichts heraus übernahm. Scheinbar unbeabsichtigt. Wie er den Augenblick in die Länge zog. Hin- und hergerissen zwischen peinlicher Berührtheit über seine intime Geste und dem romantischen Verlangen, in dieser Haltung zu verharren. Er würde sein lange perfektioniertes, entschuldigendes Lächeln aufsetzen, mit einem Hauch Schüchternheit im Blick. Dann würde er die Hand wegnehmen, aber nur zögerlich. Hatte der Moment den Zauber, den er heraufbeschwören wollte, würde er zuerst mit der Fingerkuppe über den Rand ihres Ohres streifen, bis zu ihrem Hals. Genau an der Stelle unterhalb von ihrem Ohrläppchen würde er kurz innehalten und den Kontakt schließlich beenden.

Sie fräße ihm aus der Hand. Ohne auch nur die geringste Ahnung zu haben, wen sie vor sich hatte.

Zufrieden mit seiner Vorstellung wechselte er die Szenerie. Er übersprang gedanklich die Sequenz, in der er sie an den Ort seiner Wahl lockte, und wechselte direkt an die Stelle, an der er ihr die Hände um den Hals legte. Und zudrückte.

Er labte sich an dem Gedanken, wie sie sich zur Wehr setzen

würde. Die weit aufgerissenen Augen würden aus den Höhlen quellen. Die Adern platzten. Er würde sie zwingen, den Mund zu öffnen. Dann nähme er das Wasser.

Er ertappte sich, wie er vergnügt lächelte.

Um in den Genuss dieser Taten zu kommen, musste sie nur noch auftauchen.

Sein Lächeln erstarb.

Was, wenn nicht? Er lenkte seine Gedanken zurück zu dem Moment, in dem er auf der Bank säße, dachte darüber nach, was wäre, wenn sie tatsächlich nicht käme und er sie holen müsste. Mit zusammengebissenen Zähnen würde er sich von seiner Bank erheben.

Seine Umgebung wäre beherrscht vom alltäglichen Leben. Routinemäßig gingen die Menschen ihren Aufgaben nach. Sie würden telefonieren, von A nach B hasten, ihre Hunde Gassi führen, einkaufen gehen, ihre Kinder versorgen.

Sie alle hätten keine Ahnung, wer sich mitten unter ihnen aufhielte.

Er stellte sich vor, wie eine Frau reiferen Alters an ihm vorüberginge. Neben ihr würde ihre jüngere Version schlendern. Beide drehten sich verstohlen nach ihm um.

Er sähe es. Lächelte sie an.

Verlockend würden sie sein. Aber nicht genug.

Er datete Frauen. Doch nur ganz bestimmte. Machte sie glücklich.

Dann brachte er sie um.

Er war ein Erlöser. Ein Befreier der von der Liebe Gequälten.

Und wann würde er endlich befreit?

Bald. Sehr bald. Seine Gedanken kehrten in den dunklen Raum zurück.

Erst als die Fingerkuppen taub und die Lippen blau waren, drehte er den Hahn wieder zu. Er tastete nach dem Handtuch neben der Nasszelle und rieb seine Haut trocken. Dann kehrte er zum Stuhl zurück. Bedächtig kleidete er sich an. Den Kragen seines Hemdes legte er fein säuberlich um und strich ihn glatt.

Er war bereit. Bereit, für den finalen Schlag.

Bereit für Eva.

Grau

Jenny zog ihr Bein unter dem anderen hervor und setzte sich gerade hin. Erst jetzt bemerkte sie, wie steif ihre Gliedmaßen waren. Gähnend streckte sie sich. Wie lange saß sie schon in dieser Haltung da? Sie warf einen Blick nach draußen. Seit wann stand die Sonne wieder am Himmel? Egal. Sie musste weiterarbeiten.

Wo war eigentlich Johann, wenn man ihn brauchte? Jenny benötigte eine Weile, um auch gedanklich aus ihren Akten aufzutauchen.

Kaffee. Johann. Genau.

Sie ließ ihren Blick über den Tisch schweifen. Ein ganz schönes Chaos hatte sie angerichtet.

Zwischen dem Chaos entdeckte sie einen Kaffeebecher. Die Brühe darin war kalt und sah ziemlich dünn aus.

Wie und vor allem wann war der hierhergekommen?

Jenny hob den Becher an und schnüffelte.

Sie rümpfte die Nase und stellte ihn wieder weg.

Der Kaffee war also da. Dann konnte Johann nicht allzu weit weg sein.

Sie schob den Stuhl zurück und stand auf.

Im nächsten Augenblick sackte sie beinahe wieder zusammen.

Sie spürte zwei Hände unter ihren Armen, die sie festhielten.

Ein paar weitere schwarze Locken lösten sich aus ihrer Frisur.

»Scheiße!« war das Einzige, was sie herausbrachte. Sie drehte ihren Kopf halb zu ihrem Retter. Überrascht stellte sie fest, dass die starken Arme zu Johann gehörten.

Interessante Erkenntnis. Was steckte sonst noch alles in diesem zurückhaltenden, schweigsamen Kerlchen?

Sie lächelte ihn dankbar an, während er sie stützte und zurück zum Stuhl begleitete.

Erst als sie sicher saß, begann er zu sprechen. »Sag mal, was genau war das gerade?«

Nachdenklich starrte Jenny Löcher in die Tischplatte, ehe sie antwortete. »Ich habe absolut keine Ahnung. Kleiner Schwächeanfall oder so.« Sie schielte auf die Uhr, die auf Johanns Tisch stand. Es waren zwei Stunden vergangen, seit sie das letzte Mal einen Blick darauf geworfen hatte. Ein Umstand, der sie beunruhigte. Wenn sie wirklich eingeschlafen war, wo war Johann die ganze Zeit gewesen?

»Hast du geschlafen?«

Sie schreckte aus ihren Gedanken. »Was?«

»Ob du geschlafen hast. Versteh mich nicht falsch, das soll kein Vorwurf sein, ist mir selbst beim Studium von Akten schon oft passiert. Außerdem hast du die halbe Nacht daran gesessen.« Händeringend versuchte er, den Tadel in seiner Frage zu mildern.

Die halbe Nacht? Jennys Blick wanderte vom Kaffee zu Johann. Moment. War dann nicht *immer noch* Tag, sondern *schon wieder*? »Du solltest doch wissen, ob ich geschlafen hab, schließlich hast du den Kaffee neben mich gestellt.«

Johanns Ausdruck wurde noch schuldbewusster. »Tut mir leid, nein. Ich habe den Kaffee gemacht, als mein Telefon klingelte«, er zögerte.

»Du hast mir den Kaffee nicht gebracht?«

Johann schüttelte den Kopf. »Ich habe Eveline getroffen und sie gefragt, ob sie ihn dir bringen könnte. Du musst sie doch gesehen haben.«

Langsam lichteten sich auch die letzten Nebel in Jennys Kopf. »Stimmt, Eveline. Ich kam gerade von der Toilette zurück, als sie sich von meinem Schreibtisch entfernte.« Jenny war verstört. Warum hatte sie sich daran nicht auf Anhieb erinnert? Das war ja beinahe, als hätte sie einen Filmriss gehabt, einfach ohne Alkohol. Da fiel Jenny etwas anderes ein.

»Warte!« Jenny griff in die Tasche ihres Blazers, den sie über die Stuhllehne gehängt hatte. Sie holte eine kleine Blechdose heraus, gefüllt mit weißen Tabletten. Jenny zählte nach. Zwei fehlten.

»Was ist das?«, erkundigte sich Johann.

»Das sind meine neuen Medikamente gegen meinen Heuschnupfen, von denen ich dir erzählt habe. Mein Apotheker sagte zwar, dass eine der Nebenwirkungen starke Müdigkeit sein kann, aber damit, dass ich gleich einschlafe, habe ich nicht gerechnet. Dazu kommt, dass ich gestern offenbar gleich zwei eingeworfen hab.«

»Zwei Stück? Eingeworfen? Jenny, du kannst keine Tabletten schlucken, hast du mir selbst gesagt.«

Das hat er sich gemerkt? Schuldbewusst zog Jenny den Kopf ein. »Hast ja recht. Ich lös mir das Zeug immer auf.«

Johann sah sie tadelnd an. »In Zukunft belässt du es bei einer Pille, ja?«

Jenny lächelte ihn dankbar an, womit sich die Kaffeegeschichte erledigt hatte. Ihr war es sowieso schon peinlich genug, eingeschlafen zu sein, und Johann schien sich auch nicht wohl in seiner Haut zu fühlen, weil er so lange nicht zurückgekommen war und sie nicht geweckt hatte. Jenny beschloss, dass beiden gedient war, wenn sie die Sache ruhen ließen.

Auch wenn sie damit eine Frage offenlassen musste: Wann hatte sie die Tabletten in den Kaffee getan? Sie konnte sich schlicht nicht daran erinnern. Aber eines wusste sie sicher: Diese Medikamente würde sie nicht mehr schlucken, und das sagte sie Johann auch. Dann rückte sie mit einem Räuspern den Stuhl zurecht.

»Wie weit bist du denn gekommen, bevor ...« Johann ließ das Ende des Satzes in der Luft hängen, aber es reichte aus, die Erinnerung an ihre Schmach wachzuhalten.

Sie beschloss, das Ungesagte zu ignorieren, und musterte die Akten vor sich. Als ihr Blick auf das Foto und den Zeitungsartikel fiel, die zu ihrer Linken lagen, war sie mit einem Schlag wieder ganz bei der Sache.

»Es gab da etwas, das mich bei den Fotos der Frauen gestört hat, was Weber und du wohl für nicht beachtenswert deklariert habt. Liegt wohl daran, dass ihr Männer seid. Ich fand's aber interessant. Ich hab mich deshalb mal im Internet ein bisschen schlaugemacht. Facebook, Social Media, du weißt schon.«

»Das habe ich auch schon, aber mir sind keine Gemeinsamkeiten der Opfer aufgefallen. Unterschiedliche Hobbys, unterschiedliche Schulen, unterschiedliche Freunde.«

»Stimmt schon.«

»Aber?«

»Wir sind so fokussiert auf Gemeinsamkeiten, dass wir den Unterschieden zu wenig Beachtung schenken.«

Johann konnte Jennys Gedankengang offenkundig nicht nachvollziehen, also half sie ihm auf die Sprünge. »Sieh doch.« Sie drehte ihren Stuhl zum Computer. Mit einer Bewegung der Maus verscheuchte sie das virtuelle Aquarium, das als Bildschirmschoner diente. Sie öffnete den Internet Explorer und gab mit flinken Fingern dem Computer den Befehl, Facebook zu starten. Rasch tippte sie ihre Login-Daten und dann im Suchfeld den Namen eines Opfers ein.

Aurelia Ignaz. Der Fuß.

Die Seite lud. Die meisten Informationen waren verschlüsselt. Aber einige Daten waren zugänglich, auch ohne Aurelia als Facebook-Freundin zu haben. Dazu gehörten ein paar wenige Fotos. »Hier. Sieh dir das an. Was fällt dir auf?«

Johann starrte das Bild an. »Ich weiß nicht. Sieht aus wie eine ganz normale 25-Jährige.«

»Du suchst zu weit. Dabei ist ziemlich offensichtlich, was nicht stimmt. Sekunde, ich geb dir noch eine.« Jenny tippte den Namen eines anderen Opfers ein.

Melanie Klug.

In der Zeit, in der die Seite lud, fragte Johann: »Welche war das noch gleich? Die Vogelscheuche?«

Jenny grunzte eine Bestätigung, während sie eines der drei öffentlichen Fotos anklickte. Sie wählte ein Porträtfoto. »Und, was siehst du?«

Mit zusammengekniffenen Augen musterte Johann das Bild aufmerksam. Ihr Haar. Es ist nicht blond. Es ist braun.«

Jenny nickte eifrig. »Genau! Sie ist eigentlich brünett. Wir gingen aber von Anfang an davon aus, dass unser Mörder sich Blondinen aussucht.«

»Als Melanie gefunden wurde, war sie ja auch blond.« Johann schüttelte bedauernd den Kopf. »Ihre Haare zu färben war wohl nicht ihre beste Idee gewesen.«

»Hat sie überhaupt nicht. Zumindest nicht nach Aussage ihrer Freundin, die sie am Tag ihres Verschwindens noch gesehen hat.«

»Du hast ihre Freundin kontaktiert?«

Jenny nickte.

»Okay. Aber du hast doch auch die Akten gelesen, oder? Über Melanie wurde gesagt, sie hätte ihren persönlichen Look ab und an mal verändert. So auch die Haarfarbe.«

»Steht da, stimmt. Genauso wie bei Maria Elmo. Aber erstens sagte die Freundin auch, dass Melanie den strikten Grundsatz verfolgte, ihr Haar nie blond zu färben, und zweitens rief ich zusätzlich bei ihrem Coiffeur an. Du musst wissen, eine Frau geht immer zum selben Friseur, sobald er ihr Vertrauen erst einmal erschnitten hat.«

Johann kam nicht umhin, einen Blick auf Jennys Haar zu werfen, das faszinierend schnell die Farbe wechselte. »Kam mir auch schon zu Ohren. Weiter.«

»Ich fand die Nummer des Friseurs auf der Telefonnummernliste, die von der Auswertung von Melanies Handy in den Akten liegt. Ich rief bei ihm an. Und jetzt rate mal.«

»Sie hatte keinen Termin.«

»Ganz genau. Das letzte Mal war sie vor zwei Monaten bei ihm. Als ich nachhakte, ob sie das Bedürfnis gehabt hätte, ihr Haar blond zu färben, verneinte der Friseur vehement. Also frage ich dich: Was, wenn *er* uns nur Blondinen finden lassen will?«

Johann nickte langsam. »Du denkst also …«

»… dass der Mörder Melanies Haar gefärbt hat.«

Johann schwieg. Jenny konnte richtiggehend sehen, wie es in seinem Kopf arbeitete.

»Das kann doch nicht wahr sein«, murmelte Johann ungläubig. »Also gut, dann zeig mir noch einmal Aurelia Ignaz«, forderte er entschlossen. »Das war der Fuß, richtig? Was hat unser Täter bei ihr angepasst?«

Jenny lenkte ihre Aufmerksamkeit wieder auf den Bildschirm. Sie tippte den Namen im Suchfeld ein und klickte ein Bild an.

Jetzt, da Johann wusste, worum dieses Ratespiel ging, entdeckte er den Fehler sofort. »Das gibt's doch nicht. Auch ihr Haar ist braun.«

Jenny lächelte. »Ganz recht. Allerdings gab es gemäß meinen Informanten einmal eine kurze Zeit, in der sie ihr Haar blond trug. Das sei aber schon eine ganze Weile her.«

Verstohlen schielte Johann auf die bei den Vermissten aufgeschlagene Zeitung, was Jenny nicht entging.

»Sorgst du dich, dass die Frauen sich im realen Leben ebenfalls von den abgedruckten Bildern unterscheiden? Da kann ich dich beruhigen. Die Fotos kommen von den Angehörigen, die sind unverfälscht. Unsere drei Veröffentlichten waren naturblond.«

Johann nickte verhalten. »Gut. Na dann los, füttern wir Weber mit deinen Erkenntnissen.«

»Noch nicht ganz. Da ist nämlich noch mehr.« Jenny vergrößerte Aurelias Foto.

»Noch mehr«, wiederholte Johann Jennys Worte, während er seinen Kopf noch etwas näher an den Bildschirm heranbrachte. Er war nun so nahe an Jennys Gesicht, dass ihr sein frischer Geruch nach sportlichem Männerduschgel in die Nase stieg. Verlockend.

»Die Augen. Sie sind braun!«

Sofort war Jenny wieder bei der Sache.

Johann strich sich mit Daumen und Zeigefinger die feinen Fältchen auf seiner Stirn glatt. »Warum ist mir das nicht aufgefallen? Warum steht das nicht im Bericht? In ihren persönlichen Angaben?«

»Weil wir den definitiven Autopsiebericht noch nicht haben. Wir haben bisher nur die Angaben, die die Polizei bei Aurelias Auffinden aufgenommen hat, und das war nun einmal nur das Offensichtliche.«

Jenny schob einige Blätter beiseite, bis sie Aurelias Datenblatt fand. Sie tippte mit dem kleinen Fingernagel auf das Wort neben der Eigenschaft »Augenfarbe«.

Johann sah ungläubig auf das Blatt. Laut las er: »Blau.«

»So ist es. Kontaktlinsen. Ich habe nachgefragt.«

»Du hast auch das schon geklärt? Alles in dieser kurzen Zeit? Während wir sogenannten Profis über Tage im Dunkeln tappten?« Johann klang ehrlich beeindruckt.

Mit stolzgeschwellter Brust meinte Jenny: »Ich habe noch mehr geklärt. Und es wird dir nicht gefallen.«

Johann atmete schwer aus. »Sag nichts. Ich kann's mir denken. Aurelia brauchte überhaupt keine Kontaktlinsen, sie besaß nicht einmal eine Lesebrille und sie kaufte auch niemals nur aus Spaß andersfarbige Linsen. Richtig?«

»So sagt zumindest ihr Bruder, der ein Badezimmer mit ihr teilte.«

»Wenn wir ihm glauben, dann bedeutet das, dass der Mörder Aurelia die Linsen eingesetzt hat, damit sie in sein Schema passte.« Johann rieb sich fahrig übers Gesicht. »Kreativ, aber warum verflixt noch mal sucht er sich nicht einfach Mädchen, die seinen Ansprüchen gerecht werden? Warum nimmt er die Mühe auf sich, unpassend in passend zu wandeln?«

»Glaube mir, daran beiße ich mir jetzt noch die Zähne aus. Offenbar mussten es unbedingt diese Mädchen sein. Sie erfüllen irgendein Attribut, das wichtiger ist als die Optik. Es muss eine Gemeinsamkeit geben, die unserem Mörder so wichtig ist, dass er bereit ist, allfällige Unterschiede auszugleichen. Anders kann ich's mir nicht erklären. Das führt mich aber auch gleich wieder zur nächsten Frage: Warum tut er das? Wenn alle Opfer das wichtigste Attribut mitbringen, warum muss er sie dann trotzdem noch optisch einander angleichen? Ich frage mich, ob diese optische Anpassung ein Zwang aus seiner Psychose heraus ist.«

»Bestimmt. Aber er spricht auch zu uns.«

Jenny machte große Augen.

»Weber und ich kamen darauf.« Er erklärte Jenny, was es mit der Vogelscheuchenfrau auf sich haben könnte, und legte ihr die Theorie mit dem gefallenen Engel dar. »Die Guten werden quasi weggeworfen, die Bösen an den Pranger gestellt.«

»Der Mörder bringt die Frauen also nicht nur aufgrund einer Gemeinsamkeit um, sondern er will uns mit dem Angleichen der Opfer etwas mitteilen?« Jenny zog eine ihrer widerspenstigen Locken in den Mund und kaute darauf herum. Nach einer Weile spuckte sie sie wieder aus. Niedergeschlagen schaute sie Johann an.

»Es tut mir leid, ich kann euch den Täter nicht liefern. Ich glaube, wir haben keine andere Wahl. Wir müssen definitiv zu Plan B greifen. Wir brauchen Eva Siedler.«

Weiß

Eva knallte die Zeitung, die sie soeben aus ihrem Briefkasten geholt hatte, auf den Esstisch. Was noch dort gelegen hatte, wurde durch den Luftstoß weggeblasen. Mit fahrigen Bewegungen riss sie sich ihr Tuch vom Hals. Gröber als notwendig setzte sie ihre Handtasche auf die Sitzfläche eines Esstischstuhls ab. Jetzt, da der alkoholische Nebel in ihrem Gehirn sich vollständig verzogen hatte und dem pochenden Kopfschmerz Platz einräumte, schlug das anfängliche Unverständnis darüber, was Magda ihr nahegelegt hatte, in Ärger um. Ärger, den sie nur willkommen hieß, weil sie ansonsten ratlos war. Und Ratlosigkeit war ein verdammt beengendes Gefühl. Ärger konnte man Luft machen. Empörung auch. Jetzt, da sie so darüber nachdachte, war das die zweite Emotion, die in ihr kochte, während ihr immer wieder Magdas Worte aus der vergangenen, sehr hochprozentigen Nacht durch den Kopf gingen.

»Du siehst diesen Mädchen täuschend ähnlich. Fällt dir das nicht auf? Dann noch dieser Brief, den du bekommen hast. Das macht den Jungs Angst. Und mir ehrlich gesagt auch, was eigentlich lächerlich ist. Gesunder Menschenverstand würde sagen, dass wir zu viele schlechte Fernsehserien geguckt haben. Nur dumm, dass gesunder Menschenverstand sich meist nicht besonders gut mit Gefühlen verträgt. Besonders, wenn das Gefühl Sorge heißt. Und das ist genau das, was Sam und dein Bruder empfinden.« Bei einem Blick auf Evas verständnislose Miene hatte Magda dann weiter ausgeführt: »Chris wollte sowieso mit dir wegfahren, damit ihr Zeit und Ruhe habt, euch mit der Vergangenheit zu versöhnen. Dass sich der Zeitpunkt mit dem Verschwinden dieser Frauen überschnitt, war reiner Zufall. Also nicht böse sein«, sprach sie und kippte noch einen weiteren Appenzeller hinunter.

Nicht böse sein. Leichter gesagt als getan. Chris hatte Magda von dem Brief erzählt. Sam wusste anscheinend auch Bescheid. Eva wurde das Gefühl nicht los, dass er ihnen mehr erzählt hatte als ihr, seiner eigenen Schwester. Aber gerade sie hätte doch von Chris erfahren sollen, was eigentlich Sache war.

Eva schüttelte heftig den Kopf. Sofort zuckte sie vor Schmerz zusammen.

Verdammter Appenzeller.

Und was nun? Sie war wieder zu Hause. Obwohl sie Magda hoch und heilig versprochen hatte, heute Morgen nicht in den Zug zu steigen, sondern mit ihr zusammen zurück ins Hotel zu fahren.

Ein aufdringliches Surren durchbrach Evas Gedanken. Sie wusste, was da surrte, und sie wusste auch, wer es war, denn es war nicht der erste Anruf auf ihr Handy.

Das schlechte Gewissen meldete sich. Eva hatte seit ihrer Abreise nichts mehr von sich hören lassen. Niemand wusste, ob sie gut nach Hause gekommen war, und inzwischen hatte sicher auch Magda bei den anderen Alarm geschlagen. Widerwillig zog Eva das Handy aus der Tasche. Sie drückte die Telefonnummer mit der Bündner Vorwahl weg und schrieb Tanja eine SMS, dass sie wohlauf sei.

Die zweite Nummer, deren Anruf sie nicht entgegengenommen hatte, versuchte sie weiterhin zu ignorieren. Sie legte das Handy auf den Tisch neben die Zeitung. Hin- und hergerissen, schwebten Evas Finger noch zögernd über dem Bildschirm. Doch sie nahm es nicht noch einmal in die Hand, sondern drehte sich vom Tisch weg. Dabei fiel ihr Blick auf ein Stück Papier zu ihren Füßen. Der Luftstoß der Zeitung musste es vom Tisch geweht haben, ging ihr durch den Kopf. Sie bückte sich, um es aufzuheben.

Sie betrachtete den Umschlag in ihren Händen.

Der Brief. Das Blind Date.

Eva zog die Karte aus dem Schutzumschlag. Sie besann sich. Wann hatte sie das Kuvert aus dem Briefkasten geholt? Letzten Samstag?

Seither war viel passiert.

Sie überflog den Text der Karte.

Heute zum Mittagessen.

Sie sah auf die Uhr. Fasste den Entschluss, den sie vor Magdas Intervention eigentlich schon einmal gefasst hatte, erneut und griff nach dem Telefon.

***

»Magda! Magda!« Tanja kam wie ein gehetztes Reh ins Zimmer gerannt. »Es ist gut! Es ist alles gut! Sie hat mir soeben eine SMS geschrieben. Sie ist zu Hause, und es geht ihr gut.«

Der ganze Raum schien erleichtert aufzuatmen.

Sam schloss für mehrere Sekunden die Augen. Chris ließ die Stirn auf den kühlen Glastisch vor sich sinken. Magda presste die Faust auf ihr Herz.

»Seht ihr, ich hab es doch gesagt! Ihr leidet unter Verfolgungswahn! Ich finde es übrigens eine Schande, dass ihr mich nicht vorher über diese verschwundenen Frauen aufgeklärt habt!«

Auf dem Tisch lag eine Zeitung. Sie war auf der Seite aufgeschlagen, auf der drei der vermissten Frauen abgebildet waren. Tanja zog die Zeitung zu sich und faltete sie entschlossen zusammen. »Zugegeben, diese Frauen haben eine gewisse

Ähnlichkeit mit Eva. Aber mal ehrlich, sobald die Haarfarbe übereinstimmt, sehen sich glücklich lächelnde Frauen schnell mal ähnlich. Hättest du nicht sowieso mit ihr verreisen wollen, weil du schon viel zu lange keine Zeit mehr mit deiner Schwester verbracht hast, hätte ich dich für verrückt erklärt. Das tue ich eigentlich dennoch, wenn ich mir das richtig überlege.«

Chris hob seinen Kopf von der Tischplatte. Sein Haar war zerzaust wie immer. Es schadete seiner Frisur somit nicht, als er sich mit den Fingern darin festkrallte. Er ließ die Hände sinken und fixierte Tanja. »Damals habe ich doch noch nicht gewusst, wie die Frauen aussehen. Erst Jennys Reaktion darauf, als ich ihr von dem anonymen Brief erzählte, den Eva erhalten hatte, brachte mich aus dem Gleichgewicht.«

»Du hast Eva also tatsächlich hierher eingeladen, einfach, um ihr etwas Gutes zu tun?«, vergewisserte sich Tanja.

»Na ja, ein wenig Egoismus spielte auch mit. Ich wollte irgendwie wiedergutmachen, dass ich sie damals so unglücklich im Stich gelassen hab. Ich wollte das angeschlagene Verhältnis zwischen uns allen wieder kitten. Nur, dass ich diesen Plan anfangs ohne dich geschmiedet hab.«

»Was dumm war«, stellte Tanja schnippisch fest.

»Sagen wir, es war nicht gut durchdacht. Glaub mir, Tanja, als ich dich anrief, habe ich nicht im Geringsten daran gedacht, meine Schwester mit einem Trick in Sicherheit zu bringen. Ich wollte sie überlisten, damit sie sich auf eine Reise hierher einlässt. Hätte ich ihr gesagt, dass Sam diesen Kasten schmeißt, wäre sie niemals mitgekommen. Das war meine Sorge, weiter nichts. Bis zum Tag unserer Abreise. Der Tag, an dem Jenny mich auf dem Handy anrief und mich bat, ihr ein Foto dieses anonymen Briefes zu schicken.«

»Ah, deshalb ist Eva also noch einmal ins Haus zurückgegangen«, warf Tanja ein.

Chris nickte. »Genau. Ich durfte niemandem davon erzählen, aber jemandem musste ich mich einfach anvertrauen. Also holte ich Sam mit ins Boot. Magda erfuhr es durch Zufall. Sie stieß im falschen Augenblick zu uns. Die beiden wussten aber nur, dass die Polizei einen heiklen Fall bearbeitete, in den Eva unter Umständen verwickelt werden könnte, weil sie einen seltsamen Brief erhalten hatte. Mehr wusste Magda nicht. Dann erschienen aber diese Bilder in der Zeitung. Frauen, die eine gewisse Ähnlichkeit mit meiner Schwester aufwiesen. Allesamt vermisst. Die Ähnlichkeit wäre wohl nicht aufgefallen, und bei niemandem hätten diese Fotos etwas anderes außer entferntes Mitgefühl geweckt, wäre da nicht die Sache mit dem Brief und der Polizei gewesen.«

»Und meine Nachfrage«, schaltete sich Sam ein.

Chris nickte. »Sam nahm mich beiseite und wollte wissen, ob dieser Medienaufruf in irgendeinem Zusammenhang mit dem stand, was ich erzählt hatte«, nahm er den Faden auf, »ich musste Sam die Wahrheit sagen. Und jetzt, da Magda ohne meine Schwester, was zu erwarten war, dafür mit dieser üblen Ohrengeschichte zurückgekommen ist ...«

Plötzlich ging Tanja ein Licht auf. »Das war es, was ihr beide vor der Zigarrenlounge diskutiert habt!« Sie wandte sich an Sam. »Deshalb hast du die Zeitung ins Feuer geworfen.«

Sam atmete tief ein. »Ich weiß, meine Reaktion war irrational. Aber nach dem, was ich von Chris wusste, kombiniert mit den Bildern ... In dem Augenblick waren die Frau auf der Terrasse und die Vermissten in der Zeitung dieselben. Eva schien einfach das perfekte nächste Opfer.«

»Unter Tausenden von Frauen«, warf Tanja ein. »Ihr Männer habt echt manchmal eine Macke, wenn ihr auf dem Beschützertrip seid. Wäre mit diesem anonymen Brief, den Eva gekriegt hat, wirklich etwas gewesen, hätte die Polizei längst auf der Matte gestanden, meint ihr nicht?«

»Wahrscheinlich schon«, gab Chris zu.

»Eben.« Und an Sam gewandt, führte sie aus: »Weißt du, was ich glaube, mein lieber Sam? Du hast dich nicht direkt darum gesorgt, Eva könnte die Nächste sein. Es ging ums Prinzip. Drei entführte Frauen. Eine Tatsache, die undenkbar bei uns Realität werden könnte. In unserer sicheren kleinen Schweizer Heimat.«

»Worauf willst du hinaus?«, unterbrach Chris, während Sam schweigend zuhörte.

»Ist doch naheliegend. Sam wurde deutlich vor Augen geführt, dass jederzeit jedem etwas passieren kann. Und das unheimlich schnell. Aber Sam, Eva lebt. Sie ist nicht entführt. Sie ist zu Hause. Du wolltest sie nicht noch einmal verlieren? Hast du aber. Wenn sie auch nicht einem Verbrechen, sondern deiner Dummheit zum Opfer gefallen ist. Was ich natürlich bevorzuge.«

Sam brachte ein schiefes Lächeln zustande. Woher hatte sie bloß diese Bauernschläue?

»Tanja, das war eine verdammt clevere Ansage. Bis vor wenigen Stunden hätte ich dir zu einhundert Prozent recht gegeben. Aber du musst schon zugeben, seit Magda hier mit ihrem Erlebnis im Gepäck aufgetaucht ist, wurde die Bedrohung wesentlich realer. Sie ist im wahrsten Sinne des Wortes zum Greifen nah.«

Tanja wusste, dass hinter Sams saloppen Ausdrucksweise ein ernst zu nehmender Kern steckte. Sie stellte sich deshalb hinter ihn und legte ihm eine Hand auf die Schulter.

»Magda?« Erol tauchte in der Tür auf. Tanja hatte vergessen, sie hinter sich zuzuziehen, als sie in den Raum gestürmt war.

Die vier Anwesenden richteten ihre Aufmerksamkeit auf ihn. »Oh, tut mir leid. Chef, ich wusste nicht, dass Sie hier sind.« Unsicher blieb Erol stehen.

Sam musterte seinen rundlichen Chefkoch. »Erol? Was ist passiert?«

»Es geht um ...« Erols Blick wanderte zu Magda. Ein tiefes Bedauern lag in seinem Ausdruck. »Magda, es tut mir so leid.«

Die Worte hallten einem schlechten Omen gleich in jedermanns Ohren wider.

»Erol«, Magda erhob sich bemüht langsam von ihrem Stuhl, »was ist geschehen? Ist etwas mit meinem Mann?«

Erol schüttelte den Kopf. »Es ist«, er suchte nach den richtigen Worten, »die Polizei, das Ohr. Sie wissen, wem es gehörte.«

Magda erschauderte. »Wem?«

Erol sammelte allen Mut, ehe er antwortete: »Maria Elmo. Deiner Nichte.«

Grau

»Wir haben keine Zeit mehr, sie richtig zu instruieren!« Jenny versuchte krampfhaft, mit Weber Schritt zu halten, der durch die Gänge hastete.

»Das weiß ich selbst«, kam die geknurrte Antwort.

»Dann blasen wir es ab! Das ist doch alles viel zu riskant!«

Weber blieb abrupt stehen und fixierte Jenny. »Haben Sie sie nicht gebeten, sicherheitshalber frühzeitig aus ihrem Urlaub zurückzukehren, unabhängig davon, ob sie sich entscheidet, bei diesem irren Plan mitzumachen?«

Jenny nickte schuldbewusst.

»Sie ist jetzt wieder in Basel, oder? Wenn auch erst seit heute Morgen anstatt seit gestern. Sie hat sich gerade eben mit unserem Plan einverstanden erklärt?«

Jenny nickte erneut.

»Und Sie waren es, die zum Angriff geblasen hat, oder?« Webers Gesicht verfärbte sich in kürzester Zeit in das typische Dunkelrot. Je dunkler es wurde, desto verärgerter war er. Jenny konnte sich nichts vormachen. Ihr Chef war außer sich vor Wut. Dennoch gab sie nicht auf. Noch nicht.

»Ja, schon. Aber im Nachhinein musste ich feststellen, dass diese Kurzschlussaktion vielleicht doch nicht so besonders klug ist. Wir müssen ihn fassen, jedoch nicht um jeden Preis! Sie haben das letzte Wort. Nutzen Sie Ihre Macht, bitte!«

»Das werde ich.« Weber setzte sich wieder in Bewegung. »Jenny, mir gefällt das noch weniger als Ihnen. Aber wir haben diesen Stein ins Rollen gebracht und werden ihn nun nicht mehr stoppen. Koste es, was es wolle, wir ziehen das durch. Ich will diesen Schweinehund haben.«

»Ja, aber wir wissen ja nicht, ob Evas anonyme Botschaft von unserem Zerreißer stammt oder ob das Ganze nur ein dummer Zufall ist!«

»Zufall? Sie und ich, wir wissen beide, dass das keineswegs Zufall ist. Und nun machen Sie, dass Sie zurück auf Ihren Posten kommen!« Noch einmal verlangsamte Weber seinen Schritt. »Jenny, vielleicht hilft Ihnen, was ich Ihnen jetzt sage: Wenn sie heute nicht am Treffpunkt auftaucht, holt er sie sich zu einem anderen Zeitpunkt, davon bin ich überzeugt. Aber dann wissen wir nicht, wann, und wir wissen nicht, wie. Heute haben wir die Kontrolle. Wir haben einen Zeitpunkt. Wir haben einen Ort. Verpassen wir diese Möglichkeit, müssen wir sie rund um die Uhr überwachen. Zieht sie das jetzt durch, gewinnt sie ihre Freiheit. Kneift sie, verbringt sie die nächsten Stunden oder gar Tage in Angst.«

Jenny wusste, wann sie verloren hatte. Weber würde sich nicht davon abbringen lassen, sein Vorhaben umzusetzen. Warum auch? Ihr war bewusst, dass er ebenso wenig Begeisterung dafür aufbringen konnte wie sie selbst. Recht hatte er auch mit dem, was er sagte. Es war nun einmal die perfekte Möglichkeit, dieses kranke Arschloch zu erwischen und ein für alle Mal wegzusperren. Diese Gelegenheit würde sich kein zweites Mal bieten. Wenn man sie jetzt nicht beim Schopf packte, hätten sie alle den falschen Beruf gewählt. Das Einzige, was Jenny nun noch tun konnte, war abzuwarten.

***

Mit sicherer Hand lenkte der unauffällig aussehende Mann den schwarzen Wagen mit den getönten Scheiben in die Einfahrt der Staatsanwaltschaft. Der Mann trug eine runde Brille, ein graues T-Shirt ohne Aufdrucke und eine schlichte Jeans. Sein Haar war kurz geschnitten.

Er öffnete das hohe, graue Tor und steuerte das Fahrzeug in den Hof. Kurz darauf glitt das Tor wie von Geisterhand leise ächzend hinter dem Auto wieder zu. Der Fahrer brachte den Wagen zum Stehen, stieg aus und öffnete die Tür zur Rückbank. Licht ergoss sich in das durch die getönten Scheiben abgedunkelte Wageninnere. Der Blondschopf auf dem Sitz hob das Gesicht der wärmenden Sonne entgegen und fixierte den Mann vor sich. Aus fragenden Augen sah sie ihn an. Er sagte nichts. Nach außen hin geduldig, wartete er. In seinem Innern jedoch war jede Faser seines Körpers zum Zerreißen gespannt. Aber er wusste, wie behutsam er die Frau im Innern seines Fahrzeugs behandeln musste. Auf ihr lagen alle Hoffnungen, diesen Fall zu lösen. Mit ihr stand und fiel alles. Dennoch, die Zeit wurde knapp. Was auch daran lag, dass sie beinahe einen Rückzieher gemacht hätte. Behutsam, aber mit Nachdruck musste er sie nun vorantreiben. Er sah ihr an, dass sie verkatert war, und zweifelte, ob sie in ihrer Verfassung diese überaus wichtige Aufgabe meistern konnte. Dabei war sie eigentlich denkbar einfach. Doch auf ihr lastete eine Verantwortung, und sie hatte Angst. Zwei Dinge, die einen ungeheuren Druck auf sie ausübten, was sich wiederum direkt auf ihr Verhalten auswirkte. Das fiel seinem geübten Auge auf. Deshalb war es wichtig, mit Natürlichkeit und Gelassenheit an den Auftrag heranzugehen, um das Ziel ja nicht zu verscheuchen. Ein Fuß schob sich aus dem Auto. Der zweite folgte. Im nächsten Moment stand sie neben dem Fahrzeug. Sie versuchte, das Gesicht zu wahren, tapfer und mutig zu sein. Aber er spürte ihre Nervosität, ihre Unsicherheit, ihre Aufregung.

Wenn das nur gut ging!

Er geleitete sie in das Gebäudeinnere. Mit ausgestreckter Hand kam Weber auf sie zu. »Frau Siedler? Ich bin Franz Weber und habe die Leitung dieses Einsatzes persönlich übernommen. Uns bleibt leider nicht viel Zeit. Das mag Ihnen alles vorkommen wie in einem schlechten Film. So ist es auch. Wir statten Sie mit einem Sender aus und können damit alles mithören, was gesagt wird. Sie gehen zu der verabredeten Stelle und warten dort, bis er auftaucht. Sorgen Sie sich nicht, wir sind jederzeit in Ihrer Nähe. Spielen Sie das Theater mit dem

Blind Date mit, bis wir eingreifen. Wir werden nicht zulassen, dass Ihnen etwas zustößt. Haben Sie mich verstanden?«

Eigentlich wollte sie den Kopf schütteln. Doch Eva nickte nur. Sie war kreidebleich, ihr war speiübel, und sie hatte Angst, wenn sie den Mund aufmachte, würde sie sich auf Webers Schuhe übergeben.

»Gut. Kriegen Sie das hin?«

Eva nickte erneut. Während sie eiligst mit allem ausgestattet wurde, dachte sie an Chris, Tanja, Magda. Sie saßen irgendwo in den Bergen und glaubten, sie wäre schmollend zu Hause, aber wohlauf. Sie hatte sie alle belogen. Doch diese Finte mit dem verletzten Ehrgefühl hatte sein müssen. Natürlich, sie war verärgert und aufgewühlt, als sie Milena begegnet war, Sams Reaktion sah, ihre eigenen Gefühle nicht einordnen konnte. Aber sie war nie und nimmer so sehr verärgert oder verletzt gewesen, dass sie ihre Koffer gepackt und das Weite gesucht hätte. Doch es kam ihr gelegen. Indem sie das Gefühlschaos noch etwas dramatisierte, hatte sie sich eine gute Basis geschaffen, um sich weitestgehend ohne unangenehme Fragen aus dem Staub machen zu können. Sonst hätte sie womöglich doch noch die Wahrheit gesagt. Von Jennys Anruf erzählt. Von deren Schilderung über die vermissten und zerstückelten Frauen. Von dem anonymen Brief, den man bei einer Frau gefunden hatte und der erschreckende Ähnlichkeit mit demjenigen aufwies, den sie selbst bekommen hatte.

Damit hatte Jenny sie darüber aufgeklärt, was Chris ihr nicht hatte sagen wollen: warum er vor ihrer Abreise ins Bündnerland unbedingt ein Foto von Evas Brief gebraucht hatte. Man konnte die Übereinstimmung zwischen den beiden Schriftstücken einfach nicht ignorieren, hatte Jenny erklärt. Und dann hatte sie gefragt, was ihr wirklich auf dem Herzen lag: Die Polizei wollte Eva als Lockvogel. Eva hatten sich die Nackenhaare aufgestellt. Sofort pumpte ihr Herz wie verrückt in ihrer Brust. Sie wollte »Nein« sagen. So absurd war das alles. Aber dann war Sam zu ihr auf die Terrasse gekommen, und sie musste das Gespräch beenden, ohne Jenny eine Antwort zu geben. Stattdessen verschaffte sie sich Zeit, indem sie Jenny versprach, darüber nachzudenken. Als schließlich noch Milena ihren Auftritt hatte, war Evas Entscheidung allerdings längst gefallen, ohne dass sie richtig darüber nachgedacht hatte. Sie gab Jenny Bescheid, packte ihre Sachen und stieg in das Taxi. Im Grunde genommen war Eva erstaunt darüber, dass man ihr ihren Abgang so leicht gemacht hatte. Bis auf den Unfall natürlich. Und dann war da noch Magda. Eva war nur eine Haaresbreite davon entfernt gewesen, alles hinzuschmeißen, Jenny anzurufen und ihr zu sagen, dass sie doch nicht als Köder zur Verfügung stehe. Trotzdem befand sie sich jetzt hier. Kurz davor, genau das zu werden, was ein Köder in der Regel wurde: Fischfutter.

Zum zweiten Mal an diesem Tag rutschte Eva das Herz in die Hose. Und der Tag war erst wenige Stunden alt.

Das erste Mal hatte sie schwer schlucken müssen, als der schwarze Wagen in die kleine, nicht überwachte Tiefgarage ihres Arbeitsortes fuhr. Sie hatte, wie von Jenny angewiesen, dort gewartet, damit man sie so unbeobachtet wie irgend möglich abholen konnte.

Jetzt drohten ihre Knie nachzugeben, weil sie nach Aussage der Polizistin hinter sich startklar war. »In Ordnung. Bringt sie zurück zu ihrer Firma. Dort soll sie wie besprochen das eigene Auto nehmen und in der Nähe des Treffpunktes parken. Den Rest des Weges bis zum Brunnen soll sie zu Fuß gehen und dann dort warten, bis die Zielperson auftaucht.«

Eva wurde vorwärtsgeschoben, wieder in den schwarzen Wagen verfrachtet und zurück in die Tiefgarage gefahren. Warum eigentlich so kompliziert? Hätte sie nicht dort unten verdrahtet werden können, wenn die Zeit sowieso schon knapp war? Vielleicht war das ja zu unsicher, weil man sie eventuell gestört oder entdeckt hätte. Eva war sich nicht sicher, ob das der Grund war, fragte aber auch nicht nach. Am Ziel angekommen, verließ sie das schwarze Fahrzeug und stieg unter den wachsamen Blicken des Fahrers in ihr eigenes altes Auto. Mit zittrigen Händen umfasste sie das Lenkrad. Einen Moment lang lehnte sie sich mit der Stirn dagegen. Was tat sie da eigentlich? Vielleicht Leben retten. Einem Serienverbrecher das Handwerk legen. Da bekam das Wort Zivilcourage gleich eine ganz neue Bedeutung.

Sie hob den Kopf, atmete tief durch und startete den Motor. Er sprang sofort an. Eva fluchte innerlich darüber.

Sie lenkte ihr kleines Auto aus der Parklücke und fuhr zurück in die Stadt. Sie parkte es im Parkhaus des Einkaufszentrums, stieg aus und fuhr mit dem Fahrstuhl nach oben. Zügigen Schrittes steuerte sie am Kunstmuseum vorbei und auf den Treffpunkt zu. Dort blieb sie stehen und sah sich um. Vor jedem, der an ihr vorbeiging, zuckte sie zurück. Sie hatte das Gefühl, alle starrten sie an und jeder wusste ganz genau, weshalb sie hier war und was sie vorhatte.

Blödsinn, Eva, Blödsinn! Man sieht dir nichts an. Verhalte dich ruhig und natürlich, sprach sie sich selbst in Gedanken Mut zu.

Sie ging ein wenig auf und ab, umkreiste den Brunnen und hielt weiter Ausschau. Doch niemand machte Anstalten, sie anzusprechen. Da hielt eine Tram an der Haltestelle gegenüber. Mehrere Menschen stiegen aus der Straßenbahn aus. Alle gingen zügig ihres Weges. Bis auf einen.

Er blieb stehen und sah sich um. Er wirkte ebenso suchend wie Eva.

War er das? Eine Kirchenglocke schlug. Es war Zeit. Sofort drohte Evas Kreislauf schlappzumachen. Ihr wurde schwindlig und schwarz vor Augen.

Reiß dich zusammen!, mahnte sie sich.

Als sie sich wieder unter Kontrolle hatte, musterte sie den Mann misstrauisch. Dieser ließ seinen Blick über die Außenfassade des Kunstmuseums schweifen. Dann zu Eva. An ihr vorbei und zur Brücke.

Eva bemühte sich um Gelassenheit. Sie ging einige Schritte auf und ab, aber ohne den Mann aus den Augen zu lassen. Er war groß, gut gebaut, hatte einen modernen Haarschnitt. Er setzte sich in Bewegung. Und ging schließlich direkt auf Eva zu. Er steckte die Hände in die Jackentaschen. Eva erkannte eine Wölbung hinter dem Stoff. Was war das? Als er sich neben sie stellte, wich sie unweigerlich einen Schritt zurück. Sie wusste, Weber verfluchte sie für diese Reaktion, wo auch immer er gerade war.

Ganz in Ihrer Nähe, ging es ihr durch den Kopf.

Und er war nicht der Einzige. Ein ganzes Arsenal an Polizisten war einsatzbereit, sollte sie in Gefahr geraten, und natürlich standen sie alle unter Hochspannung, um den Zerreißer zu schnappen.

Der Zerreißer. Ein makabrer Übername. Er war wohl auch nicht für ihre Ohren bestimmt gewesen, aber sie hatte ihn in den Gängen der Staatsanwaltschaft aufgeschnappt.

Der Mann trat einen weiteren Schritt auf sie zu. Überbrückte die Distanz, die sie zwischen ihnen geschaffen hatte. »Entschuldigen Sie bitte«, fragte er, während er die Hände aus den Taschen zog.

Eva hielt den Atem an. Sosehr sie auch wollte, sie war nicht in der Lage, sich auf ihre Rolle zu besinnen. Sie starrte gebannt auf seine zur Faust geballte rechte Hand. »Können Sie mir sagen, wie ich zum Tinguely Brunnen komme?«

Bitte was? Eva wusste nicht, wie sie reagieren sollte.

Er öffnete die Faust.

Diesmal wich Eva nicht zurück. *Sah so ein Gewaltverbrecher aus? Ein Blind Date fragte doch nicht erst nach dem Weg. Ein Blind Date nicht, aber ein Mörder, der ein Blind Date nur als Tarnung einsetzte vielleicht?*

Als der Mann seine Finger geöffnet hatte, sah Eva, was darin lag. Ein zusammengefaltetes Stück Papier.

Eine Nachricht? Anweisungen, wie sie sich zu verhalten hatte und was er ihr antun würde, wenn sie seinen Angaben nicht Folge leistete?

Sorgsam öffnete der Mann den Zettel und reichte ihn ihr.

Eva nahm ihn wortlos entgegen. Im ersten Moment erkannte sie nicht, was sie da vor sich hatte. Erst auf den zweiten Blick sah sie es.

Sie hätte beinahe laut aufgelacht.

Auf dem Zettel war von Hand eine Straßenkarte gezeichnet. Ein großes Kreuz markierte den Ort, an dem der Tinguely Brunnen lag.

Sie litt eindeutig unter Verfolgungswahn und sah sich zu viele Krimis an. Sie kratzte sich an der Stirn, als wollte sie die Beschämung über ihr Misstrauen wegwischen. Dann erklärte sie dem Mann den Weg. »Es ist also nicht mehr weit«, beendete Eva ihre Beschreibung. Sie war erleichtert, als er sich bedankte und ihr den Rücken zukehrte.

Doch dann drehte er sich noch einmal um und stellte eine Frage, die ihren Herzschlag erneut aussetzen ließ.

»Wollen Sie mich nicht dorthin begleiten?«

Evas Hände kribbelten, aber nach außen hin bewahrte sie Haltung. Einer spontanen Eingebung folgend, versuchte sie es mit der Wahrheit: »Es tut mir leid, aber ich warte hier auf jemanden.«

Schwarz

»Augen auf, Schönheit.«

Ihr wehklagender Schrei glich dem eines Tieres beim Schlachter.

Ein leises Kichern entglitt seiner Kehle, das langsam anschwoll und zu einem donnernden Lachen wurde. Ein herrlicher Scherz auf ihre Kosten, der nicht einmal Absicht gewesen war. Er hatte für einen kurzen Augenblick schlicht vergessen, dass da überhaupt keine Augen mehr waren, die sie hätte öffnen können.

Als er sich allmählich wieder beruhigt hatte und der Lachanfall abgeklungen war, dachte er kurz darüber nach, sich bei ihr für die Unaufmerksamkeit zu entschuldigen. Einfach nur, um sie noch ein wenig mehr zu demütigen und zu verspotten. Aber er ließ es bleiben. Stattdessen wandte er sich seinem eigentlichen Plan zu. Er durchquerte den Raum und näherte sich einem Tisch, der einem äußerst makabren Frisiertisch glich. Mehrere Tuben mit Haarfärbemittel standen darauf. Daneben lagen Haarklammern, eine Haarbürste, ein Becken, eine Sprühflasche, eine Box mit Plastikhandschuhen. Auf der anderen Seite fand man nicht etwa Wimpernzange und Lippenstift. Dort lagen eine Packung blauer Kontaktlinsen, ein Skalpell und mehrere Tuben Klebstoff.

Er nahm das Skalpell vom Tisch und kehrte zu ihr zurück. Die Finger fest um das scharfe Werkzeug geschlossen, setzte er die Klinge an ihre Brust. Direkt unterhalb des Schlüsselbeins.

Er tat den ersten Schnitt. Die Lebensgeister fuhren schlagartig in ihren Körper. Sie warf den Kopf zurück. Aus ihrer Kehle drang ein gepresster Schrei.

»Wenn du jetzt schon so heftig reagierst, was tust du erst, wenn ich dir die Haut abziehe?«

Das nächste Geräusch ordnete er einem hysterischen Anfall zu.

Sie wehrte sich heftig gegen ihre Fesseln. Zwar kam sie nicht dagegen an, aber die Bewegungen waren doch zu stark, als dass er sauber hätte weiterschneiden können.

»Dafür, dass ich dich als einfältig und leicht manipulierbar eingestuft habe, bist du ganz schön störrisch. Halt still, bevor ich dir noch unabsichtlich die Kehle durchschneide.«

Sie hielt nicht still. Er wollte sie aber auch noch nicht tot sehen. Also musste er sie betäuben. Schade. Er hätte es lieber gehabt, wenn sie durch den Schmerz seiner Schnitte in Ohnmacht gefallen wäre. Wie sonst auch. Aber er hatte keine Zeit, ihr Aufbäumen zu einem Spiel zu machen. Er hielt die Klinge weiter in der linken Hand, während er die rechte zu der Stelle führte, an der ihr linkes Ohr hätte sein sollen. Die Wunde war noch frisch und blutete immer wieder. Besonders, wenn sie sich anstrengte. So wie jetzt.

Er behielt sie genau im Auge, als er seinen Daumen zielsicher auf die triefende Verletzung setzte. Und zudrückte.

Hätte sie noch Augen gehabt, hätten sie sich nach oben verdreht, so unerträglich musste sich diese Berührung anfühlen. Davon war er überzeugt.

Ihr Körper erschlaffte. Der Kopf kippte wieder nach vorne. Speichel rann aus ihrem Mundwinkel und tropfte auf den frischen Schnitt unter ihrem Schlüsselbein.

Er tippte mit Zeige- und Ringfinger an ihre Stirn. Ihr Kopf rollte in den Nacken.

Er tastete nach dem Puls. Schwach pochte ihr Leben unter seinen Fingern.

Nun konnte er ungehindert sein Kunstwerk fortsetzen. Sorgfältig schnitt er die Umrisse zweier Buchstaben in ihr Fleisch.

A und I.

Dann ließ er das Skalpell unter ihre Haut gleiten. Er löste behutsam das I vom darunterliegenden Gewebe. Zufrieden mit seinem Scherenschnitt aus Hautfetzen ging er zum Höhepunkt seiner kleinen Bastelei über. Er nahm sich den Buchstaben und trat damit an die Rollbahre heran. Die verkohlte Leiche, die darauf lag, verströmte immer noch einen unangenehm beißenden Geruch. Er prüfte das Dekolleté. Mit dem Zeigefinger drückte er auf das, was von der Haut übrig war, als teste er den Gargrad eines Steaks.

Die Stelle war nicht verkohlt. Die Haut fühlte sich ledrig an. Eine Verbrennung dritten Grades.

Perfekt.

Er positionierte den Buchstaben oberhalb der Mulde ihrer Brüste. Dann ging er zurück zum Frisiertisch. In der Mitte stand ein kariertes Kästchen. Er öffnete es behutsam. Ähnlich wie in einem Schrein lagen darin eine Fadenspule, eine kleine Schere und eine silbern glänzende Nadel. Er nahm alle drei

Dinge heraus. Ein Stück des Fadens schnitt er ab und legte die Spule wieder zurück ins Kästchen. Er fädelte ein Fadenende in das Nadelöhr ein und kehrte zu dem verbrannten Körper zurück.

Dann begann er zu nähen.

Stich für Stich führte er die Nadel in die lederne Haut.

Das tapfere Schneiderlein hätte es nicht besser gekonnt. Er schmunzelte über diesen Vergleich.

Dreißig Stiche, und das Kunstwerk war vollendet. Er vernähte den Faden am Ende, damit die Naht nicht mehr aufgehen konnte, und verknüpfte ihn zur Krönung fachgerecht.

Er trat einen Schritt zurück und begutachtete sein Werk. Sehr schön. Mit zufrieden in die Hüfte gestemmten Händen vertiefte er sich in die Betrachtung des kopflosen, verbrannten, stellenweise verkohlten Körpers vor ihm.

Wunderschön.

Er hatte Mühe, sich von dem Anblick loszureißen. Aber er musste sich dazu zwingen, denn die Zeit drängte allmählich. Er kehrte zu seinem ersten Opfer zurück. Schlaff hing sie in ihrem Stuhl. Als er sie an den Haaren packte, stöhnte sie leise auf. Es bildeten sich Falten zwischen ihren Brauen. Fasziniert beobachtete er, wie sie ihren inneren Kampf ausfocht. Ums Erwachen kämpfte. Und den Kampf verlor. Zumindest fürs Erste. Sie würde nicht sterben. Nicht jetzt.

Zufrieden kehrte er zur Bahre zurück, schob sie wieder in den Nebenraum. Dort knipste er das Licht an. Der Schein des Lichtes wurde von einem weißen Lieferwagen reflektiert. Er öffnete die rückwärtigen Türen des Fahrzeugs, holte eine große Plastikabdeckung heraus und wickelte die Leiche in die Blache. Dann hievte er sie auf die Ladefläche. Schließlich nahm er eine große Tasche aus einem Schrank hinten in der Garage.

Er legte die Tasche neben die Leiche und schloss die Türen des Lieferwagens. Dann schob er das Garagentor auf und setzte sich anschließend ans Steuer. Um sicherzugehen, dass er Herr über seine sämtlichen Sinne war, legte er die Handballen auf das Lenkrad, streckte seine Finger und schloss dann jeden einzelnen bewusst um das Steuer.

Er war so weit.

Mit einem Blick in den Rückspiegel meinte er noch: »Meine Schöne, ich bringe dich nun an den Ort deiner letzten Ruhe.«

Dann fuhr er los.

Grau

Jenny kam nicht drauf. Egal, wie sehr sie sich bemühte, sie fand die gewisse Gemeinsamkeit nicht. Sie fühlte, dass sie nur noch einen Mückenfurz von der Lösung entfernt war. Doch sie blieb unsichtbar. Die Falle, die man ihm hatte stellen wollen, hatte auch nicht zugeschnappt. Eva hatte vergebens gewartet. Es war zwar jemand aufgetaucht. Aber nicht *er*. Hatte dieser Mistkerl Wind davon bekommen? Hatte er unsere Jungs etwa entdeckt? Oder, was noch viel beängstigender war, hatte er gewusst, was die Polizei vorgehabt hatte?

Die ganze Situation war zum Verzweifeln. Jenny nahm den Kugelschreiber, auf dem sie herumkaute, aus dem Mund und legte ihn beiseite. Sie betrachtete den zerkauten Teil.

Sieht ja übel aus. Sie warf den Kugelschreiber kurzerhand weg. Diese Handlung hatte weder Priorität, noch führte sie zu etwas. Aber sie hatte einfach sein müssen, um sich mit einer ganz normalen Tat von der Ratlosigkeit abzulenken.

Natürlich klappte das nicht. Jenny starrte den Kugelschreiber im fast leeren Papierkorb an. »Wer bist du? Was willst du uns sagen? Warum diese Buchstaben? Was werden sie bedeuten, wenn du fertig bist? Warum diese Frauen? Warum müssen sie sich ähneln? Warum die Ähnlichkeit erschaffen, wenn es doch auch Frauen gibt, die sich schon ähnlich wären? Deshalb noch einmal: Warum diese Frauen?« Jenny drehte sich vom weggeworfenen Kugelschreiber ab und stützte die Ellbogen auf den Tisch. Die Fragen drehten sich in ihrem Kopf, bis er schmerzte. Sie rieb sich mit beiden Händen über ihr Gesicht, ihre müden Augen. Sie brauchte Ablenkung. Ihr Gehirn musste gelüftet werden. Außerdem musste sie beichten. Was war da besser als die warme Stimme eines sexy Mannes? Vor allem, wenn es sich praktischerweise um den Mann handelte, dem sie ihre Beichte ablegen musste? Kurz entschlossen griff sie zum Telefonhörer. Die Nummer kannte sie auswendig. Sie wählte und beschwor den Empfänger des Anrufes abzuheben. Er erhörte sie.

»Hallo? Jenny?«

Als sie seine Stimme hörte, fühlte sich Jenny sofort besser, nur geriet der Entschluss, ihm zu sagen, dass sie seine Schwester am Vortag zur Zielscheibe gemacht hatte, mächtig ins Wanken. »Chris! Schön, dich zu hören.« Ihre Schuldgefühle schloss sie in einer dunklen Ecke ihres Unterbewusstseins weg. Sie hoffte, Schloss und Riegel würden lange genug halten.

»Ebenso. Wie geht es dir?«

Jenny grinste den Hörer an. Sie kannte nur wenige, die diese Frage nicht nur aus Höflichkeit stellten. »Na ja, nicht so besonders. Die Stimmung hier ist eisig.« *Und ich habe ein schlechtes Gewissen. Ein unglaublich schlechtes Gewissen. Ich habe dich hintergangen und deine Schwester in den Abgrund geschickt.* Doch keiner dieser Gedanken verließ Jennys Mund.

»Der Fall?«

»Allerdings. Er hält uns ganz schön in Atem. Wir sind so nahe dran und tappen doch im Dunkeln. Es ist entsetzlich.«

»Wir?«

Aufmerksam wie immer, dachte Jenny. »Ja, wir. Sie haben mich mit ins Boot geholt, meiner Unbefangenheit und meiner unkonventionellen Denkweise wegen, die noch nicht von den Strukturen der Polizeiköpfe vergiftet wurde. So oder so ähnlich hat Johann es ausgedrückt.«

Sie hörte an seiner Stimme, wie Chris lächelte. »Unkonventionell, das trifft es ziemlich gut. Aber der erhoffte Erfolg blieb bisher aus, wie du sagst? Woher kommt denn dein Gefühl, dass du nahe an der Lösung bist?«

»Das darf ich dir doch nicht sagen. Die Informationen sind streng geheim!«

»Jenny.« Chris schlug einen milden Tonfall an. »Spuck's schon aus. Ich weiß, du willst es loswerden. Ich werd auch brav sein und das Geheimnis für mich behalten.«

Jenny zögerte. Ja, sie wollte ihren Mist mit ihm teilen, damit es ihr leichter ums Herz wurde. Aber sie wusste, dass sie damit ihre Schweigepflicht verletzte – und, was noch schlimmer war, Johanns und Webers Vertrauen missbrauchte. Schon wieder.

Aber wenn sie es nie erfuhren ...? »Die Frauen gleichen sich nicht von Natur aus. Er tut das, glaube ich zumindest. Er passt sie optisch einander an. Er färbt ihr Haar, er verpasst ihnen Kontaktlinsen. Die Frauen müssen sich ähnlich sehen. Ich will wissen, warum. Warum diese Frauen. Der Grund führt mich zu ihm. Ich weiß es einfach.«

Chris schwieg. Diese Information musste er erst verdauen.

Er glich sie einander an? Bis sie sich ähnlich sahen? Das war unheimlich. Chris schauderte. Wie hatte Magdas Nichte ausgesehen? Wusste Jenny eigentlich davon? Rief sie deswegen ausgerechnet ihn an? Nein, das konnte nicht sein. Sie wusste ja nicht, wo er war, und auch nicht, dass er Magda kannte.

»Chris? Alles in Ordnung?«

Er konzentrierte sich. »Sicher. Es ist nur so, dein Fall hat uns sogar hier oben eingeholt.«

Jenny wurde hellhörig. »Wie meinst du das? Wo bist du überhaupt?«

»In den Bündner Bergen. Klingelt da etwas?«

Jenny dachte nach. »Nein, dazu fällt mir nichts ein. Tessin, ja. Zürich, ja. Aber Bündnerland? Nein. Was war denn?«

Chris erzählte ihr von Magdas Fund auf dem Golfplatz. Nach wenigen Sätzen konnte er hören, wie Jenny auf der Computertastatur zu tippen begann. »Die schlimmste Nachricht folgte aber erst. Wie Magda erfahren musste, handelte es sich bei dem Ohr um dasjenige ihrer Nichte«, schloss Chris seinen Bericht.

Ein nervöses Kribbeln ergriff Besitz von Jenny. Warum wusste sie davon nichts, aber die Bündner kannten sogar schon die Identität der Frau?

Sie kam nicht dazu, Chris mit ihren Fragen zu löchern.

»Wir haben einen Verdächtigen!« Mit vor Aufregung geröteten Wangen eilte Johann auf Jennys Tisch zu. Das Gefühl, bei ihrem Verstoß gegen die Regeln ertappt worden zu sein, ließ Jennys Herz in ihrer Brust stolpern. Sie flüsterte Chris noch zu, dass sie Schluss machen müsste, legte auf und schob ihr Telefon hastig beiseite. Im nächsten Moment saß sie aufrecht da. Mit geröteten Wangen und viel zu unschuldigem Gesichtsausdruck, aber Johann schien davon nichts zu bemerken.

»Wir haben einen, Jenny, endlich! Das ist der Durchbruch!« Verdutzt über so viel Lebhaftigkeit des ansonsten scheuen Johann vergaß Jenny ihr schlechtes Gewissen.

Einen Verdächtigen. Es war fast, als wäre ihr Gehirn mit dieser außerordentlich guten Nachricht überfordert. Begriffsstutzig blinzelte sie Johann an.

»Himmel, auf welcher Leitung stehst du denn?«

»Das …« Jenny wusste nicht, was sie denken sollte. »Das ist fantastisch!« Sie ließ sich Johanns Worte noch einmal durch den Kopf gehen und von seinem ungewohnten Ausbruch anstecken. »Okay, wow! Wer? Woher? Erzähl mir alles!«

»Vor wenigen Minuten ging ein Anruf von den Kollegen aus dem Bündnerland ein. Vorgestern fischte eine Frau auf dem Golfplatz nicht nur ihren Ball aus Loch 11, sondern auch ein menschliches Ohr. Die Identität der Person, zu der das Ohr gehört, konnte bereits ermittelt werden.«

Nichts, was Jenny nicht schon wusste. Aber sie würde sich hüten, Johann auch nur einen Mucks davon zu verraten. Außerdem war sie verwirrt. »Warte, warte! Wann haben sie ihn sich geschnappt?«

Johanns Augen leuchteten auf. »Gestern.«

»Und wo?«

»Am Bahnhof.«

»Augenblick.« Jenny versuchte, die einzelnen Teile zusammenzufügen. »Und was wollte er dort?«

»Das habe ich noch nicht in Erfahrung bringen können. Aber ich wette, ich weiß, welches Ziel er sich ausgesucht hatte.«

Konnte es sein? War das möglich? »War vielleicht diese Inhaftierung der Grund, weshalb Evas Date nicht aufgetaucht ist? Weil sie den Richtigen eingebuchtet haben?«

»Die Indizien deuten jedenfalls alle darauf hin.«

»Weiß Eva schon davon?«

»Ich glaube nicht. Du kannst sie sicherheitshalber ja noch anrufen.«

Das musste Jenny erst verarbeiten. »Wow. Erzähl mir alles. Wie war das mit dem Ohr? Sie wissen, zu wem es gehört?«, fragte sie langsam. »Da haben die Jungs aber unheimlich schnell gearbeitet!«

»Das ist allerdings wahr und unser Glück. So konnten sie nämlich blitzschnell weitere Ermittlungen anstellen, die dank einer Nachtschicht der Kollegen einiges ans Licht brachten. Sitzt du gut?«

Jenny rutschte auf ihrem Stuhl hin und her und nickte.

»Okay. Vielleicht solltest du dich auch noch festhalten.«

Wenn Johann Jennys Neugierde steigern wollte, bis die Spannung unerträglich wurde, klappte es. »Jetzt sag schon!«

»Gut, gut. Weißt du, warum sie so schnell waren?«

Jenny antwortete mit einem ungeduldig lang gezogenen Nein.

»Weil die passende Identität bereits in unseren Fallakten existiert.«

»Was?« Jetzt war Jenny ehrlich erstaunt. Dass es Magdas Nichte war, wusste sie von Chris. Aber dass diese Nichte eine der länger Vermissten sein soll, war neu. »Welche? Welche ist es?«

»Rate. Sie ist blond, ihre Augen sind, nein, waren blau.«

Die Augen. Sofort spulte Jennys Gehirn die passenden Fakten durch. Augäpfel. Gefunden von einem Dachdeckerlehrling in einer Regenrinne am Donnerstag vor einer Woche im Kanton Solothurn. An den genauen Ort konnte sie sich spontan nicht erinnern, das tat in diesem Augenblick aber auch nichts zur Sache. Die Augen gehörten zu einer Frau mit naturblondem Haar namens Maria Elmo. »Maria Elmo«, wiederholte Jenny ihren Gedanken laut. »Das Ohr gehört Maria. Mein Gott.«

»Was ist? Du bist ja auf einmal ganz blass.«

»Stell dir vor, wenn sie noch lebt. Er hat sie schon über eine Woche und quält sie seit ebenso langer Zeit. Das ist so unaussprechlich grausam!«

»Das ist es. Umso besser, dass er endlich gefasst wurde!«

Der Verdächtige, richtig. »Wenn der Gefasste wirklich unser Mann ist. Bisher hast du nur von einem Verdächtigen gesprochen. Aber ich bin ganz Ohr.« Jenny biss sich auf die Unterlippe. »Scheiße, schlechte Wortwahl.«

Trotz der ganzen Tragik mussten sich beide ein Grinsen verkneifen.

»Eher treffend«, meinte Johann, bevor er fortfuhr. »Die Bündner Kollegen haben sofort damit begonnen, die Angestellten und Mitglieder des Golfclubs zu befragen.«

Sie unterließen es vorsichtshalber, die Befragten über die genauen Hintergründe aufzuklären. Du kannst dir ja vorstellen, was los wäre, wenn die breite Öffentlichkeit davon erführe, womit wir uns in Wirklichkeit beschäftigen müssen. Aber ich schweife ab. Ein aufmerksamer Golfer lieferte den nötigen Hinweis. Er erwähnte, dass jemand in der Uniform eines Angestellten eines dieser Golferautos – keine Ahnung, wie die richtig heißen – genommen habe. Der Golfer wollte diesen Angestellten etwas fragen, doch als er ihm zurief, fuhr der Angestellte erschrocken zusammen und ließ dabei einen Plastikbeutel fallen. Er hätte den Beutel dann eiligst wieder aufgehoben und sei, ohne weiter auf den Golfer einzugehen, hastig in den Wagen gestiegen und weggefahren. Da der Golfer das Verhalten seltsam fand, sah er dem davonfahrenden Wagen eine Weile nach. Und nun rate, welche Richtung der Wagen eingeschlagen hatte?«

Jenny antwortete ohne Umschweife: »Loch 11.«

»Ganz genau.«

»Und dieser Angestellte war wirklich ein Angestellter oder nur jemand, der sich als solcher getarnt hatte?«

»Er war ein Angestellter. Aber kommst du auch darauf, wann er eingestellt wurde?«

»Wenn du mich so fragst, tippe ich auf Freitag vor zwei Wochen.«

»Er arbeitet seit Anfang des Monats auf dem Golfplatz. Also seit drei Wochen.«

Jenny kam ins Grübeln. »Aber wann hatte er dann die Zeit, diese Frauen zu entführen, ihre Haare zu färben, sie zu zerstückeln und die Leichenteile in der ganzen Schweiz zu verteilen?«

»Berechtigte Frage. Aber denk mal nach. Bisher fanden wir nichts in der Westschweiz. Die meisten Handlungen hat er wohl in der Zeit des Tages vollzogen, in der normale Menschen schlafen. Er kann sie ohne Weiteres in der Nacht foltern und in den frühen Morgenstunden seine Päckchen ausliefern. Außerdem hat er sich seit Arbeitsbeginn schon mehrfach krankgemeldet. Das verschafft auch Zeit.«

»Stimmen denn die Krankmeldungen zeitlich mit den Funden der Körper und Körperteile überein? Kann der Typ von seinem Wohnort aus die Orte, an denen er die Leichenteile deponiert hat, in entsprechender Zeit erreichen, ohne erwischt zu werden?«

»Ein detaillierter Zeitplan wurde zwar noch nicht erstellt, aber gemäß der ersten Grobübersicht kann ich deine Fragen klar mit Ja beantworten. Außerdem operiert er ja vielleicht gar nicht von seinem Wohnort aus. Das wäre sicherlich zu riskant.«

»Schon. Womöglich hat er auch keinen festen Schlachtplatz. Schließlich erweist er sich als ziemlich bewegungsfreudig. Warte!« Jenny hob den Zeigefinger an die Lippen und ordnete ihre Gedanken.

»Was ist?«

»Er wird seine Leichenteile und Leichen kaum mit öffentlichen Verkehrsmitteln transportieren. Hat unser Verdächtiger ein Auto? Einen Lieferwagen oder etwas Ähnliches? Dort müssten doch Spuren zu finden sein, egal, wie gründlich der Mörder sein Transportmittel nach der Tat reinigt, es müssen Spuren da sein!«

»Jenny, jetzt beruhige dich. Daran haben wir doch auch schon gedacht. Wir sind zwar Polizisten, aber keine Deppen.«

Jenny lächelte beschämt. »Natürlich habt ihr das. Wahrscheinlich sogar als Erstes. Und, was kam dabei heraus? Hat der Typ ein Fahrzeug?«

»Eines ist auf ihn zugelassen.«

»Im Ernst? Und, hat man es schon beschlagnahmt?«

»Nein.«

Verwirrung zeichnete sich in Jennys Gesicht ab. »Aber warum nicht?«

»Weil es seltsamerweise nicht mehr auffindbar ist.«

Jennys Sorgenfalten glätteten sich wieder. »Das gibt es doch nicht! Jetzt sag mir nur noch, das Auto wurde gestern das letzte Mal gesehen.«

»Genau das sag ich dir.«

»Unglaublich.« Jenny versuchte, die Informationen zu verdauen und einzuordnen. »Okay. Was für ein Fahrzeug besitzt oder besaß denn der Gute?«

»Einen weißen Mercedes Sprinter.«

»Also einen Lieferwagen. Aber warum hat er ihn verschwinden lassen? Er konnte doch nicht wissen, dass er exakt gestern auffliegen würde.«

»Möglicherweise wollte er auf Nummer sicher gehen, nachdem er von dem Golfer angesprochen wurde.«

»Gut möglich. Wurde der Kerl schon verhört?«

»Sie sind dabei. Bisher weiß ich nur, dass der Verhaftete alles bestreitet. Wäre ja auch komisch, wenn dem nicht so wäre. Außerdem erzählt er, dass ihm jemand einen Haufen Geld dafür bezahlt hätte, dass er das Päckchen, von dessen Inhalt er seiner Aussage nach nichts wusste, zu Loch 11 brachte, das Säckchen dort öffnete und den Inhalt des Päckchens in das Loch entleerte. Sollte er den Inhalt sehen, müsse er sich nicht ekeln. Es wäre nur ein Scherzartikel, um den Golfern einen Streich zu spielen. Das sei das Resultat einer Wette unter einigen der Golfclubmitglieder. Natürlich habe der Päckchenbote Zweifel geäußert und Bedenken bezüglich seines Jobs; man versicherte ihm aber, er würde nicht damit in Verbindung gebracht oder zur Rechenschaft gezogen werden, da die Situation vorher aufgeklärt würde. So die Worte des Auftraggebers gemäß Aussage des Verdächtigen. Ist doch eine völlig absurde Geschichte, findest du nicht?«

»Ja, ziemlich unglaubwürdig und an den Haaren herbeigezogen. Allerdings machen reiche Menschen manchmal Dinge, die für Normalos nur sehr schwer nachvollziehbar sind. Wusste denn einer der Golfer über eine vergleichbare Wette Bescheid?«

»Der eine oder andere will etwas davon gehört haben, aber

niemand weiß, wer darin verwickelt ist. Fast so, als wäre das Ganze nur ein gut platziertes Gerücht für einen kranken Plan.«

»Oder es wurde dem, der diese Wette abgeschlossen hatte, zu heiß angesichts der Tatsache, dass das Ohr echt ist und die Polizei herumschnüffelt, und anstatt die Wahrheit zu sagen, schweigt er lieber. Dafür gibt es eine Menge Gründe. Zum Beispiel hat ein reicher Geschäftsmann sein Gesicht zu wahren und kann sich unter Umständen nicht leisten, mit einer solchen Affäre in Verbindung gebracht zu werden.«

»Schon möglich. Aber diese abenteuerliche Geschichte zusammen mit der Tatsache, dass das Auto des Verdächtigen vom Erdboden verschluckt ist und dass das Geld, das er für diese Aktion erhalten haben soll, auch nicht dort ist, wo es die Polizei seiner Aussage nach finden sollte, das alles spricht doch eigentlich für sich.«

»Das tut es tatsächlich. Aber passt das? Ich meine, er hat uns auf beeindruckende Weise an der Nase herumgeführt. Bisher dachte ich, er sei richtig clever. Aber was da auf dem Golfplatz vorgefallen ist und was du mir vom Verhör erzählst, passt irgendwie nicht ins Bild von einem gewieften Mörder, der seine Taten genau durchdenkt.«

»Na ja, wer weiß, vielleicht wurde er nervös und ungeduldig, was zu solchen Fehlern führte. Vielleicht gehört es aber auch einfach zu seinem Plan. Mal sehen, was die Jungs im Bündnerland noch herausfinden. Ich glaube jedenfalls, er ist es und er wird gestehen.«

»Wenn er es ist, sollten wir in den nächsten Tagen auf jeden Fall keine Körperteile mehr finden und auch keine Leiche. Es sei denn, er hat sie schon irgendwo deponiert. Wenn er das aber nicht getan hat«, Jenny schluckte schwer. Sie brachte die nächsten Worte kaum über ihre Lippen. »Wenn sie noch lebt … Johann, wir müssen weitermachen, mehr denn je. Wenn Maria noch lebt, müssen wir sie finden!«

Weiß

»Magda? Du brauchst nicht die Starke zu mimen. Es ist in Ordnung, wenn du deinen Gefühlen freien Lauf lässt.« Tanja stellte sich neben Magda und legte mitfühlend eine Hand auf ihre Schulter. Aber Magda zeigte keine Anzeichen von Schwäche.

Sie schaute in die Runde, die sich auf Sams Geheiß um sie herum versammelt hatte. Seit Erol am Vortag die Nachricht überbracht hatte, dass Magda das Ohr ihrer eigenen Nichte entdeckt hatte, war er nervös. Ihn schien die Geschichte mehr mitzunehmen als Magda selbst. Auch Chris und Sam waren unsicher, wie sie Magdas Reaktion deuten sollten.

»Ihr Lieben, seht mich nicht an, als hätte sich die Erde vor mir geöffnet. Es geht mir gut. Auch wenn das schwer zu glauben sein muss und angesichts der makabren Umstände ziemlich herzlos klingen mag.«

»Magda, bei allem Respekt, aber so emotionslos, um nicht zu sagen kühl bist du doch sonst nicht. Selbst als mein Hamster vor über zwanzig Jahren starb, hast du mehr Mitgefühl gezeigt.« Sam ließ die Stuhllehne los, die ihm bisher Halt geboten hatte, steckte die Hände in die Taschen seiner Anzughose und trat langsam auf die ehemalige Haushälterin seiner Eltern zu.

Magda sah entschuldigend zu ihm auf. »Ich schulde euch wohl eine Erklärung.«

»Gibt es eine, sind wir gespannt, sie zu hören«, schaltete Chris sich ein.

»Wenn Erol aufhört, hin und her zu zappeln, als stünde er auf glühenden Kohlen, erzähl ich euch alles.« Magdas Tadel brachte Erol sofort zum Stillstand.

»Na, dann. Ich hoffe, ihr habt Zeit mitgebracht, denn ich muss ziemlich weit in die Vergangenheit zurückgehen. Eigentlich ist es aber ganz einfach. Meine Nichte Maria ist das Kind meiner Schwester, mit der ich ungefähr so lange keinen Kontakt mehr habe, wie Sams Hamster tot ist. Also seit über zwanzig Jahren. Ich habe das Kind vielleicht einmal gesehen, da war es noch winzig. Bis der Zeitungsartikel kam. Ihr erinnert euch? Eines der abgebildeten Mädchen kam mir unheimlich bekannt vor, aber ich konnte nicht sagen, warum. Inzwischen ist es natürlich klar. Allerdings kam mir schon vorher der Gedanke, dass das Bild in der Zeitung ein Ebenbild meiner Schwester in dem Alter war. Geglaubt habe ich aber nicht daran, und bei meiner Schwester nachzufragen kam mir komisch vor. Was hätte ich sagen sollen? Hallo! Wie waren die letzten zwanzig Jahre denn so? Weißt du, wo deine Tochter ist, oder wird sie zufällig vermisst?« Magda schüttelte den Kopf.

»Nein, unvorstellbar, vor allem, weil ich mir ja alles andere als sicher war. Ich hielt die Ähnlichkeit für Zufall und tat das Ganze als Hirngespinst ab. Als ich dann aber das Ohr in Händen hielt, war jeder Glaube an einen Zufall wie weggeblasen. Ausschlaggebend war der Ohrring. Es war ein Ohrring, der meiner Mutter gehörte und meiner Schwester immer besonders gut gefallen hatte. Meine Mutter vererbte meiner Schwester die Ohrringe, und sie gab sie offenbar ihrer Tochter weiter. Eine schöne Geste.«

Alle hörten Magda gebannt zu, aber Sam wollte es genauer

wissen. »Woher hast du gewusst, dass es sich gestern genau um diese Ohrringe handelte?«

»Mattgoldene, kugelförmige Stecker mit einem filigranen Blumenmuster. Mein Großvater hatte sie extra für meine Mutter anfertigen lassen. Als Hochzeitsgeschenk. Meine Familie war nie reich, aber für seine einzige Tochter war meinem Großvater nichts zu schade. Jedenfalls hielt ich das Ohr in Händen und sah das Schmuckstück. Da wusste ich, dass meiner Familie eine schlimme Katastrophe widerfahren war. Im Nachhinein betrachtet, hätte es auch das Ohr meiner Schwester sein können, aber nach dem Bild in der Zeitung habe ich daran nicht einmal gedacht.« Magda sah in jedes einzelne der um sie versammelten Gesichter. »Haltet mich nicht für herzlos, aber ich habe zu meiner Schwester keine Beziehung mehr und zu meiner Nichte nie eine Bindung aufgebaut. Sie war, ist, eine Fremde. Wenn jemand von euch dieses Schicksal erlitten hätte, wäre ich am Boden zerstört, aber so ...«

»Verstehe.« Das war nicht einfach so dahingesagt. Sam verstand tatsächlich. Er hatte nicht einmal gewusst, dass Magda eine Schwester hatte, geschweige denn eine Nichte. Dabei kannte er diese Frau schon sein ganzes Leben lang. Hätte sie eine emotionale Bindung zu ihrer Familie gehabt, egal ob positiver oder negativer Art, hätte er irgendwann davon erfahren.

»Aber was ist passiert? Ich meine, gerade weil wir dich als einen Menschen mit einem großen Herzen und viel Mitgefühl kennen, wundert es mich, dass dir deine eigene Familie so entfernt ist.« Tanja rückte ein Stück von Magda ab, damit sie ihr besser in die Augen sehen konnte.

»Du bist gut, Kindchen. Du weißt, die richtigen Fragen zu stellen. Die Liebe hat Schuld.« Bei diesen Worten wanderte Magdas Blick wie zufällig zu Sam. »Meine Familie wuchs auf dem Land auf. Da gab es einen Mann. Peter. Meine Schwester und ich fanden ihn beide anziehend, aber er suchte sich mich aus. Es lief alles gut, und wir wollten heiraten. Doch Geldsorgen plagten meine und auch seine Familie. Peter und mein Vater brachten trotz der Hilfe meiner Mutter nicht genug nach Hause, um alle Mäuler zu stopfen. Man muss bedenken, Peter hatte noch zwei Brüder und drei Schwestern. Nach der Verlobung gehörten sie ebenfalls zur Familie, weshalb wir auch für sie verantwortlich zeichneten. Ich beschloss, auch einen Teil zur Aufbesserung der Haushaltskasse beizutragen. Es dauerte lange, bis ich Peter so weit hatte, dass er mich in die Stadt gehen ließ, um dort zu arbeiten. Er wollte mit, hätte deshalb aber seine Familie zurücklassen müssen. Sein Pflichtbewusstsein gegenüber seinen nächsten Verwandten ließ das allerdings nicht zu. Ich glaube heute, er hatte einfach Angst. Er zweifelte immer, ob er sich in der Stadt zurechtfinden und eine Anstellung bekommen würde. Er könne doch nichts anderes als einen Pflug schieben, und was hätte er in der Stadt pflügen wollen? Tja. So kam es, dass ich allein ging. Ich fand eine hervorragende Anstellung als Haushälterin in einem gepflegten Haushalt mit einer liebevollen, geduldigen Familie. Das machte mich glücklich, denn ich konnte mit meinem Lohn einen erheblichen Beitrag zum Wohlergehen meiner und Peters Familie leisten, mir dennoch etwas gönnen, und trotzdem blieb noch genug Geld übrig, um in meiner Freizeit nach Hause zu fahren. Es schien alles perfekt. Bis Peter beschloss, neben den Feldern auch noch einen anderen Acker zu besamen.«

»Magda!«, rief Tanja entsetzt aus. »Was ist denn das für eine Ausdrucksweise! Solche Worte aus deinem Mund, ich bin entsetzt!«

»Entschuldige, aber so sagt man das in eurem Alter doch?«

Mit Unschuldsmiene hob Magda ihre rechte Schulter. »Jedenfalls nahm Peter schon bald nach meiner Abreise das mit der Treue nicht mehr ganz so ernst. Aber er hurte nicht einfach herum, er erwählte meine Schwester zu seiner Gespielin, und sie machte mit. Sexuelle Kontakte vor der Ehe waren in meiner Familie eigentlich tabu. Von strenggläubigen Katholiken mit konservativer Erziehungsstruktur war das nicht anders zu erwarten, dennoch wurde mein Schwesterherz wie durch Zauberhand schwanger. Lustigerweise zögerte keiner auch nur eine Sekunde, Peter als Vater zu beschuldigen, was für mich wiederum bedeutete, dass alle von der Affäre gewusst haben. Schlimmer noch, sie billigten sie, während ich mir in der Stadt lange Zeit ahnungslos den Buckel krumm schuftete, um genügend Geld nach Hause zu bringen. Daran hatte ich eine ganze Weile zu knabbern. Was dann kam, könnt ihr euch sicher ausmalen.«

»Peter heiratete deine Schwester, sie bekam sein Kind, du hast den Kontakt zu deiner Familie abgebrochen und mit Sams Familie und deinem jetzigen Mann einen neuen Lebensinhalt gefunden.« Tanja reihte die Möglichkeiten über den Ausgang der Geschichte aneinander, als handle es sich um das Ende eines Romans und nicht um Magdas Leben.

Ein leichtes Lächeln umspielte Magdas Lippen. Sie hatte Tanjas etwas naive Leichtigkeit schon immer gemocht. Diese Eigenschaft konnte andere durchaus dazu bringen, den Ärger über ein Missgeschick zu vergessen. Magda wusste, dass sie selbst zu den Menschen gehörte, die dafür sehr empfänglich waren. »Nein, liebe Tanja, ganz so romantisch endete die Sache für meine Schwester dann doch nicht. Peter weigerte sich, meine Schwester zu heiraten und damit die Vaterschaft anzuerkennen. Er wollte das Kind genauso wenig wie meine

Schwester und sprach dies auch offen aus. Meine Schwester gab mir die Schuld für Peters Reaktion, dabei war Peter einfach ein guter Blender und ein schlechter Mensch. Ich wollte das erklären, aber auf diesem Ohr war meine Schwester leider taub. Nach einigen fruchtlosen Bemühungen, den Haussegen wieder geradezubiegen, gab ich auf und wollte Gras über die Sache wachsen lassen, was meinen Eltern wiederum sauer aufstieß. Als meine Schwester dann das Baby verlor, war das Chaos perfekt. Ich wollte für sie da sein, aber sie war zu wütend. Sie schickte mich weg mit der Begründung, die von mir ausgehende psychische Belastung sei schlussendlich der Grund für den Abgang, deshalb könne sie mir nicht mehr in die Augen sehen. Zwar litt ich unter dieser ungerechtfertigten Beschuldigung, aber da ich wusste, dass meine liebe Schwester sich so gut wie nie von ihren Überzeugungen abbringen ließ, bemühte ich mich nicht weiter. Mithilfe von Sams Eltern pflegte ich meine verletzte Seele. Die beiden waren besser als jede Therapie. Meine Familie blieb, wo der Pfeffer wuchs, mein Leben normalisierte sich nach und nach, und als die Wunden schließlich vernarbten, traten zwei Männer in mein Leben, die mein weiteres Dasein maßgeblich prägten.« Magda lächelte Sam zärtlich an. »Mein Ehemann und du. Das ist nun über dreißig Jahre her. Irgendwann schnappte ich aus der Tratschrunde in der Bäckerei die Information auf, dass meine Schwester ein gesundes Mädchen auf die Welt gebracht hatte. Meine Nichte. Man gratulierte mir freudig, als wüsste niemand von dem Bruch mit meiner Familie. Das irritierte mich nicht einmal. Ich war viel zu sehr damit beschäftigt, in meinem Inneren nach einer emotionalen Reaktion auf diese Nachricht zu forschen. Aber ich fand nichts. Es war mir schlicht gleichgültig. Und so blieb es. Ich nahm das Mädchen nie zum Anlass, wieder Kontakt mit meiner Familie zu knüpfen. Einmal begegnete ich meiner Schwester zufällig auf der Straße und sah das Kind. Ein süßer Knirps, aber völlig fremd. Die Begegnung verlief unterkühlt und gekünstelt. Das nächste Mal sahen wir uns auf der Beerdigung meines Vaters. Die Kleine fragte, wer ich sei, und die Antwort meiner Schwester lautete: niemand. Das Mädchen wusste nicht einmal, dass es eine Tante hatte. Man hatte ihr nie von mir erzählt. Ich ließ es dabei bewenden.« Magda befeuchtete sich mit der Zunge die vom Sprechen trocken gewordenen Lippen. »Tja, das ist die ganze traurige Geschichte darüber, weshalb mich der Fund eines menschlichen Ohres schockiert, aber die Information, wem das Ohr gehört, nicht tiefer berührt hat.«

Tanja kaute nachdenklich auf ihrer Unterlippe herum, während Chris sich zu Wort meldete. »Eine Frage beschäftigt mich. Wie konntest du zulassen, dass deine Nichte für den Ärger in deiner Familie büßen musste, obwohl sie nichts dafür konnte?«

Chris stellte die Frage direkt und schonungslos. Magda nahm es ihm nicht übel, denn genau dieser Gedanke war der einzige, der auch sie immer wieder beschäftigt hatte. Sie hatte lange Jahre über die Gründe nachgedacht, weshalb sie keine Sekunde zögerte, ehe sie antwortete: »Blödsinniger Stolz. Egoismus. Faulheit. Starrsinnigkeit. Es war schlicht einfacher, sich dem Kampf nicht zu stellen, den es gegeben hätte, wenn ich auf mein Recht auf den Kontakt mit dem Kind bestanden hätte.«

Sam war wie vor den Kopf gestoßen. »Du hast mir nie davon erzählt. Ich wusste nichts von alledem.«

»Nein. Das geschah auch alles vor deiner Zeit, und das war keine Geschichte für solch junge Ohren. Als du alt genug warst, bist du weggegangen; dadurch hattest du keine Chance mehr, mich nach meiner Vergangenheit zu fragen.« Magda stand von ihrem Stuhl auf und trat auf Sam zu. »Du hattest anderes im Kopf, mein Lieber. Deine eigene Gegenwart, deine Zukunft, dein Leben. Und das war genau richtig so.« Sie legte ihre Hand auf seine Wange, wie sie es früher immer getan hatte, als er noch ein kleiner Junge war. Damit zauberte sie Sams typisches schiefes Lächeln auf sein Gesicht. »Du denkst an Eva. Richtig?«

»Du etwa nicht?« Magda lächelte verschmitzt.

Chris horchte auf, als der Name seiner Schwester fiel. »Eva. Wie es meiner kleinen Schwester wohl gerade geht?«

Weiß

Sie war in Ordnung. Irgendwie. Außer, dass sie sich irrationalerweise wünschte, diese seltsame Einladung zum Blind Date läge in der Zukunft, nicht in der Vergangenheit. Vor allem aber wünschte sie sich, der Schreiber der Zeilen wäre ein ernsthafter Interessent und nicht ein von der Polizei gesuchter Irrer gewesen. Den Brief hatte Eva noch vor ihrem Einsatz als Lockvogel den Beamten übergeben müssen, zusammen mit dem Umschlag. Sie strich mit den Fingern über die Kanten der Zeitung, die mit dem Brief im Briefkasten gelegen hatte.

Sie schaute durchs Fenster, aber sie nahm den Apfelbaum, der mit seinen Ästen beim Sturm über die Scheibe kratzte, nicht wahr. Sie versuchte sich in Selbstanalyse. Warum fühlte sie sich nun so leer? Gut, der Adrenalinspiegel war in den Keller gefallen, nachdem die Polizei sie gestern wieder zu Hause abgesetzt hatte. Dennoch hatte sie in der Nacht kein Auge zugemacht. Durch jedes noch so kleine Geräusch war sie aufgeschreckt worden. Trotz der beschwichtigenden Worte der Polizei fürchtete sie jedes Mal, er käme sie doch noch holen. Eva dachte an den armen Kerl, der sie vor dem Zschokke-Brunnen angesprochen und nach dem Weg zum Tinguely-Brunnen gefragt hatte. Nachdem sie sein Angebot, ihn zu begleiten, abgelehnt hatte, hatte er mit der Schulter gezuckt, irgendetwas gemurmelt, das wie jammerschade klang, und war allein von dannen gezogen. Eva hatte nicht sehen können, dass er hinter der nächsten Ecke von der Polizei empfangen worden war. Das hatte man ihr erst später erzählt. Allerdings stellte sich schnell heraus, dass er wirklich nur ein Tourist gewesen war.

Eva hatte weiter beim Brunnen ausgeharrt, aber niemand war mehr aufgetaucht. Nach zwei Stunden des Wartens klingelte ihr Handy, und Weber schickte sie in ihr Büro zurück. Erleichtert über die Erlösung befolgte sie die Anweisung. Am Arbeitsplatz wurde sie wieder in der Tiefgarage in Empfang genommen und erneut zur Staatsanwaltschaft gefahren, wo man sie mit den Worten nach Hause entließ, sie hätte ihre Sache gut gemacht und müsse sich nicht sorgen; alles wäre in Ordnung, man hätte die Situation unter Kontrolle. Sie sei in Sicherheit, sagte dieser Weber. Derselbe Mann setzte sie aber keinen Atemzug später darüber in Kenntnis, dass seine Leute ein Auge auf sie haben würden. Außerdem legte er ihr nahe, wieder in die Ferien zu verreisen. Nebenbei bot er ihr noch die Dienste des Polizeipsychologen an, die sie aber dankend ablehnte. Mehr war nicht aus den Uniformierten herauszubekommen gewesen. Nicht besonders förderlich für das Sicherheitsgefühl.

Alles gut. Alles unter Kontrolle. Die Worte hallten in Evas Ohren wider, als hätte sie sie eben erst gehört.

Eva schnaubte. Nichts war gut. Und unter Kontrolle schon gar nicht. Sie war durcheinander. Sie hatte ein Erlebnis aus einer anderen Welt gehabt. Ein Polizeieinsatz und sie mittendrin. Ein Brief von einem Mann, der sie entführen und wahrscheinlich umbringen wollte. Eva schluckte schwer. Das alles passte so gar nicht in das Leben der normalen Eva Siedler, denn darin gab es andere Schwierigkeiten, die kurz in den Hintergrund gerückt waren, sich aber jetzt zurückmeldeten. Sie fühlte sich rastlos und unzufrieden. Warum? Sie hatte mit ihrer Abreise aus dem Bündnerland ihrer Vergangenheit den Rücken gekehrt und die Tür hinter sich geschlossen. Ein sauberer Schnitt. Nun konnte sie weitermachen.

Sauber? Quatsch. Sie hätte mit Sam sprechen und sich dann würdevoll verabschieden sollen. Jetzt war sie einfach nur davongelaufen. Vor Sam, vor der Vergangenheit, vor Milena.

Milena. Sie hatte ihr einfach das Feld überlassen. Überstürzt und unüberlegt. Kopflos.

Na, das war doch mal eine Analyse.

Scheiße. Verdammte, verfluchte Scheiße! Was war denn bloß los mit ihr?

Eva krallte sich das Zeitungspapier und zerknüllte es. Wütend schleuderte sie es in eine Zimmerecke.

In Ordnung. Korrigieren. Tipp-Ex raus und Text überpinseln. Der Fehler war dann zwar noch da, aber er lag unter einer neu beschreibbaren Schicht. Entschlossen ballte sie die Fäuste und marschierte schnurstracks in ihr Schlafzimmer, wo der nach wie vor gepackte Koffer seit gestern auf dem Boden neben dem Bett lag.

Sie kam an dem schmalen Fenster neben ihrer Haustür vorbei. Im Augenwinkel sah sie, wie ein weißer Lieferwagen im Schritttempo auf ihr Haus zufuhr – und direkt vor dem Eingang zu ihrem Vorgarten zum Stehen kam. Aber Eva beachtete ihn nicht.

Schwarz

Im Schritttempo folgte er dem Straßenverlauf. Natürlich, damit konnte er sich verdächtig machen. Neugierige Nachbarn reimten sich meist die seltsamsten Dinge zusammen. Aber was sollten sie schon erzählen, wenn jemand sie fragte?

Ein weißer Lieferwagen fuhr langsam die Straße entlang. Am helllichten Tag. Er hielt vor Eva Siedlers Haus.

Was geschah dann?

Ein Mann in einem blauen Overall stieg aus und ging zu ihrem Briefkasten.

Also der Postbote?

Nein, es war ein weißer Lieferwagen. Die von der Post sind gelb.

Aha. DPD, also. Die sind nämlich weiß. Hat er etwas eingeworfen oder abgegeben? Hat er geklingelt?

DPD? Ja, so etwas könnte tatsächlich auf dem Auto gestanden haben. Ja, hat er.

Mhm. Was hat er? Hat er geklingelt?

Ja. Er hat geklingelt.

Und, hat jemand geöffnet?

Ja.

Und dann?

Dann hat er ihr einen Karton überreicht.

Ein Päckchen?

Nein, ja, ich weiß nicht. Es sah schöner aus als diese braunen Pakete, die man von Versandhäusern und so bekommt. Eine weiße Schachtel war es.

Wie groß etwa?

Etwas größer als eine Pralinenschachtel vielleicht.

Ah ja. Was war dann?

Sie unterschrieb einen Zettel.

Den Empfangsschein?

Wahrscheinlich. Dann ging er wieder, und sie schloss die Tür hinter sich.

Danke. Eins noch. Sie wissen nicht zufällig, was für ein Lieferwagen das war? Modell, Marke?

Seh'ich aus wie ein Automechaniker?

Ja, in etwa so würde das Gespräch verlaufen.

Er legte in süßer Vorfreude die Hand auf den Türgriff. Bevor er öffnete, warf er aber noch einen Blick in den Rückspiegel. »Liebes, ich werd jetzt aussteigen und mich darum kümmern, dass du heute noch etwas Gesellschaft erhältst, bevor wir dann unseren ersten Gleitschirmflug unternehmen. Warte hier, ich bin gleich zurück.« Er schenkte dem Leib seiner miefenden, verkohlten Gesprächspartnerin durch den Rückspiegel noch ein charmantes Lächeln, dann öffnete er die Fahrertür.

»Na, dann«, murmelte er noch, während er sich die Baseballmütze tiefer ins Gesicht zog. Er nahm ein Klemmbrett vom Armaturenbrett, griff nach der pralinenschachtelgroßen, weißen Box, die auf dem Beifahrersitz lag, und stieg aus. Mit dem Ellbogen stieß er die Tür zu.

Er ging um den Wagen herum und öffnete das leise knarzende Gartentor. Leichtfüßig erklomm er die drei Treppenstufen bis zur Eingangstür des schmalen Reihenhauses. Er tat, als würde er die Klingel suchen.

Alles nur Show. Er wusste ganz genau, was sich wo befand. Er kannte den verwitterten Gartenzwerg, der links hinter ihm unter dem schlecht geschnittenen Buchsbaum stand und behämmert vor sich hin grinste. Er wusste, dass das Fahrradhäuschen auf der rechten Seite nur eine Alibiübung war. Noch nie hatte ein Fahrrad darin gestanden, seit die derzeitige Bewohnerin hier hauste. Er kannte auch den Sack voll mit Kies, der seit mehreren Monaten unberührt hinter dem Briefkasten ruhte. Selbst wo sie die frischen Pflanzen im Frühling hinstellte, nachdem sie sie gekauft hatte, wusste er ganz genau.

Er drückte auf den kleinen schwarzen Knopf. Ein lautes Scheppern ertönte.

Er wartete.

Wie lange brauchte man von dem Augenblick an, da man die Türglocke hörte, bis man sich in Bewegung setzte und schließlich bei der Tür ankam? In einem Haus wie diesem eine halbe bis maximal eine Minute, je nachdem, was man gerade tat. Jemanden vom Fernseher wegzulocken dauerte nicht so lange, wie jemanden aus der Küche zu holen, der gerade Gemüse schnitt und die Hände noch waschen musste, oder jemanden, der auf der Toilette saß.

Alleine schon dieser Gedankengang fraß genügend Zeit. Sie hätte schon längst an der Tür sein müssen.

Warum kam sie nicht?

Er klingelte noch einmal. Das Scheppern der Glocke war nervtötend. Er trat einen Schritt zur Seite und spähte durch das Fenster neben der Tür. Mit beiden Händen schützte er seine Augen vor dem Tageslicht, um im Innern des Hauses mehr erkennen zu können.

Nichts rührte sich.

Ignorierte sie ihn?

Nein, das würde sie nicht wagen. Er wollte ihr ein Paket bringen. Einen Paketboten ignorierte man nicht. Nein.

Die Wut kitzelte in seinem Magen. Mit aller Macht versuchte er, dieses aufkeimende Gefühl zu bändigen und zurückzudrängen, ehe es hochkochte und ihn überflutete. Das wäre ein denkbar schlechter Zeitpunkt, die Kontrolle zu verlieren.

Neue Taktik. Er ging zum Briefkasten. Er schob die Klappe des Briefschlitzes zurück und sah hinein.

Leer.

Die Post war weg. Sie hatte den Briefkasten heute geleert. Sie war also da. Natürlich war sie das. Schließlich war sie gestern noch beim Brunnen gewesen. Unter dem wachsamen Auge der Polizei. Seinetwegen. Alle waren sie seinetwegen da gewesen. Um ihn zu kriegen. Ihn übers Ohr zu hauen. Aber das hatte nicht geklappt. Er war schlauer gewesen. Wie immer. Und sie? Wenn sie glaubte, es wäre nun vorbei, täuschte sie sich. Für ihre List musste sie bluten.

Darum war er jetzt hier. Niemand hatte das Recht, ihn ungestraft für dumm zu verkaufen.

Schon gar nicht sein Hauptgewinn. Sie war der Jackpot. Sie war diejenige welche. Nach ihr war alles vorbei. Sie genoss gewisse Privilegien. Er ließ ihr mehr durchgehen als den anderen. Auch um die Spannung für sich selbst etwas höher zu halten. Genau genommen sollte sie es ihm nicht zu einfach machen. Aber sie war zu weit gegangen. Nicht zum verabredeten Treffen aufzutauchen war eine Sache. Die Polizei mitzubringen eine ganz andere.

Sie wollte spielen? Gut. Sie konnte ihr Spielchen haben. Er würde siegen, und der Triumph wäre dann umso größer.

Er verließ Evas Vorgarten und betrat denjenigen von nebenan. Er schielte unter dem Schild seiner Mütze hervor auf die obere Fensterreihe des Nachbarhauses und erhaschte den Blick auf ein Gesicht, das soeben hinter einer Gardine verschwand, die sich wieder vor das Fenster schob.

Er wurde also beobachtet.

Perfekt.

Er klingelte. Im Gegenzug zum Scheppern von vorhin war diese Glockenmelodie beinahe unerträglich lieblich. Die Tür öffnete sich fast sofort.

»Guten Tag. Ich hätte ein Päckchen für die Dame nebenan abzuliefern, aber sie scheint nicht zu Hause zu sein.« Als ob diese gedrungene Frau mit der stiefmütterlichen Kochschürze und dem aufgedunsenen Gesicht das nicht bereits wüsste. »Daher dachte ich, ich versuche mein Glück hier. Würden Sie mir den Gefallen tun und das Päckchen für Ihre Nachbarin entgegennehmen?«

Die Frau in der Tür beäugte ihn skeptisch. Sie schien abzuwägen, ob man ihm trauen konnte oder nicht.

Er verbreiterte sein Lächeln noch ein wenig. »Schon gut, war nur so ein Gedanke. Ich verstehe aber, wenn Sie die Verantwortung nicht übernehmen möchten. Ich hinterlasse ihr einfach einen Zettel und komme noch einmal vorbei, wenn ich meine Runde beendet habe.« Er sah auf die Uhr und tat, als würde er nachrechnen. »So gegen fünf heute Abend. Ich danke Ihnen und wünsche einen schönen Tag!« Er drehte sich um. Langsam, aber nicht zu langsam, um nicht auffällig zu wirken, setzte er den Fuß auf die erste Stufe.

»Können Sie es nicht einfach in den Milchkasten legen?«

Er blieb stehen. Ehe er sich umdrehte, beglückwünschte er sich selbst für sein Talent, Menschen einzuschätzen und zu manipulieren. Jahrelanges Training, das sich auszahlte.

»Leider nicht. Ich brauche eine Unterschrift auf dem Empfangsschein.«

»Mhm.« Sie starrte eine Weile auf das weiße Päckchen. »Wissen Sie, sie hat vorhin mit einem Koffer das Haus durch die Hintertür verlassen. Sie hat dort ihr kleines, rostiges Auto abgestellt, müssen Sie wissen. Lustigerweise ist sie erst gestern Morgen mit ebendem Koffer, den sie heute erneut dabeihatte, wieder nach Hause zurückgekehrt. Aber wer weiß schon, was diese jungen Dinger so anstellen. Sie ist das perfekte Beispiel für jugendliche Unbeständigkeit. Ich nehme das Päckchen, damit Sie nicht noch einmal vergeblich herfahren. Ich bin nämlich nicht sicher, ob sie heute wiederkommt.«

Er kochte. Sie hatte ihn überlistet. Zehn Minuten hatte er sie aus den Augen gelassen. Zehn Minuten keine Kontrolle und sie nutzte die Zeit, um abzuhauen, ohne zu ahnen, was ihr geblüht hätte, wäre sie geblieben. Dieses Miststück hatte mehr Glück, als gut für sie war.

»Ach so. Dann ist sie wohl oft auf Reisen?«

Zu direkt. Die Nachbarin war sofort wieder auf der Hut.

»Nur für den Fall, dass ich wieder einmal etwas abliefern muss«, ergänzte er hastig. Er legte der Frau den gefälschten Empfangsschein vor und reichte ihr einen Kugelschreiber. Sie unterzeichnete und gab ihm den Zettel zurück.

»Danke. Dann werde ich das nächste Mal einfach früher da sein oder gleich bei Ihnen klingeln, natürlich nur, wenn Sie es erlauben.« Als er lächelte, gab er den Blick auf zwei Reihen makelloser Zähne frei.

Ihr Widerstand schmolz ganz. Er sah es ihren Gesichtszügen an, die weicher wurden. »Aber natürlich dürfen Sie das. Es ist auch zu freundlich, dass Sie sich so um die pünktliche und kundenfreundliche Ablieferung Ihrer Ware bemühen.«

»Das ist doch selbstverständlich. Ich finde es hingegen sehr nett von Ihnen, mir und damit auch Ihrer Nachbarin zu helfen. Sie ist bestimmt ans Meer gefahren, wo das Wetter sonnig ist und der warme Sand unter den Füßen kitzelt. Oh, ich beneide Ihre Nachbarin.«

Sag es. Sag es! Schrie er sie innerlich an. Wo ist sie hin?! Er ahnte es bereits, wollte es aber aus dem Mund dieser vertrockneten Tomate bestätigt haben.

Er war am Ende seiner Geduld. Das kaum kontrollierbare Gefühl, an jemandem seine Wut auf die Frau auslassen zu müssen, die ihn so dreist zweimal versetzt hatte, kochte in ihm hoch. Er wollte weg.

Aber er blieb. Seine äußere Fassade ließ nicht einmal annähernd auf das tobende Biest in seinem Innern schließen.

Diese Frau, die da vor ihm stand, hatte ja nicht die geringste Ahnung, in welcher Gefahr sie sich befand. Wie nahe sie daran war, kaum ertragbaren Schmerz zu erfahren. Seine gesamte, geballte Wut abzubekommen. Noch nichts hatte einen solchen Anfall von ihm überlebt. Nichts und niemand. Aber sein Gehirn tat weiterhin zuverlässig seinen Dienst. Es sorgte dafür, dass er sich ganz auf seinen Plan konzentrierte und nicht diesen heftigen Impulsen folgte.

»Oh, Neid ist kaum angesagt. Ich habe sie gesehen, als sie abreisten. Sie waren zu dritt, ihr Bruder und ihre nervige Freundin waren dabei. Diese Freundin hatte so viel Gepäck, das glauben Sie nicht! Das nimmt kein Flugzeug mit. Jedenfalls erklärte sie ihr Gepäck damit, dass sie offenbar auch für kältere Temperaturen gepackt hatte. Das klang für mich irgendwie nicht nach Strand, sondern mehr nach Bergregion. Aber vielleicht kam die Siedler ja nach Hause, um neu zu packen und ein anderes Ziel anzusteuern. Wer weiß das schon.«

Bergregion.

Nein, sie hatte nicht neu gepackt. Sein Magen zog sich zusammen. Er lag mit seiner Vermutung also goldrichtig.

Er wusste, wohin sie unterwegs war – und genau genommen war das gar nicht mal so übel.

Grau

Jenny biss erneut in ihr Truthahnsandwich, das mit einer Menge frisch geschnittener Tomatenscheiben und Mayonnaise belegt war. Ihr verspätetes Mittagessen hatte sie Weber und dem ganzen Chaos zu verdanken, wofür sie eigentlich die Hauptverantwortung trug. Leider hatte die Aktion keine Früchte getragen. Der Lockvogeleinsatz war ein einziger Reinfall gewesen. Wahrscheinlich hatte Weber ihr deshalb für diesen Freitag eine Aufgabe zugeteilt, von der er wusste, dass sie sie hasste. Akten archivieren. Ob er seine Frau manchmal auch bestrafte, indem er ihr ungeliebte Aufgaben verpasste? Oder war es umgekehrt, und er kompensierte seinen Frust, indem er seine Macht an den Mitarbeitern demonstrierte? Wie es wohl um seine Ehe stand? Weber war in letzter Zeit ungewöhnlich oft früher gegangen oder später aufgetaucht. Wenn man ihn fragte, sagte er immer nur, er wäre verhindert gewesen. Mehr als das hatte nie jemand erfahren. Das würde auch so bleiben. Wenn Weber nicht wollte, dass man etwas über ihn wusste, was nicht in den Personalakten stand, dann erfuhr das auch niemand. Nie. Zwar trieb das die Spekulationen über seine Person und sein Familienleben nur umso mehr in die Höhe, aber das war ihm schnurzegal.

Jenny kaute gedankenverloren auf dem großen Bissen herum. Sie betrachtete die Brothälften mit den rosafarbenen und roten Scheiben dazwischen eingehend. Eine Stunde hatte das Archivieren gedauert. Eine Stunde! So viel Zeit, die sie für den anderen Fall viel besser hätte einsetzen können. Aber wenn Weber rief, musste sie Folge leisten. Ansonsten konnte sie ihre berufliche Zukunft das Klo hinunterspülen. Dabei wollte sie nichts so sehr wie diese Beförderung.

Klar, es hätte alles viel einfacher sein können. Wie alle anderen hatte auch sie die normale Karriereleiter, begonnen mit der Polizeischule, erklimmen wollen. Doch die Schule nahm sie nicht auf.

Körperlich nicht fit genug. Eine erschlagende Erkenntnis. Sicher, sie wusste, dass sie korpulent und nicht besonders sportlich war. Aber so direkt gesagt, dass sie mit diesem körperlichen Handicap für die Polizeischule eine Witzfigur darstellte, hatte ihr noch niemand.

Diese Einsicht tat weh. Aber nicht lange. Sie schaffte es dennoch in die Kriminalpolizei und damit in die Staatsanwaltschaft. Dass die Kripo der Staatsanwaltschaft angehörte, war ein Grund, weshalb sie in Basel blieb. Denn dieses System war einzigartig in der Schweiz und bot jemandem, der die Polizeischule eben nicht absolvieren konnte, trotzdem Einstiegsmöglichkeiten. Und das ohne juristische Ausbildung, ohne Militärbackground. Immerhin. Nur, der Job war nicht ganz das, was sie sich vorgestellt hatte. Sie wollte nicht als Telefontussi und Tippse enden. Sie wollte Fälle bearbeiten. Richtige, echte Fälle. Als Profilerin eingesetzt werden. Das war ihr Wunsch. So mithelfen, wie sie es beim Zerreißer durfte.

Aber diese Mitarbeit hatte sie Johanns Überzeugungsarbeit zu verdanken, nicht ihren eigenen Fähigkeiten.

Natürlich, dieser Fall konnte auch ein Sprungbrett darstellen. Aber nicht, nachdem sie sich bei der Lockvogelgeschichte so aufgeführt hatte. Ihr blieb noch eine einzige Chance: Sie musste den Fall knacken. Sonst würde Weber sie nach Schließung der Akten wieder an den Schreibtisch setzen, von dem Johann sie geholt hatte. Oder noch Schlimmeres.

Was für eine beschissene Situation. Jetzt stand sie auf dem Sprungbrett, auf das sie schon so lange wollte, konnte aber nicht springen, weil unter ihr kein Fangnetz, sondern purer Beton wartete. Frustriert wickelte sie die Reste ihres Sandwichs wieder in die Alufolie.

Wie hatte sie nur so tollkühn sein können, sich mit den erfahrenen Ermittlern auf eine Stufe stellen zu wollen?

Sie schob ihren Stuhl zurück und wollte sich gerade auf den Weg zur Toilette machen, als plötzlich ihr Tischtelefon schrillte. Gereizt sah sie auf das leuchtende Display. Eine interne Nummer. Sie nahm den Anruf im Stehen entgegen.

»Was ist?«, knurrte sie in den Hörer.

»Oha, da ist aber jemand angesäuert.«

»Stefan. Was willst du? Ich bin gerade beim Essen«, log sie und schob das Sandwich unauffällig beiseite, als könnte er es durch das Telefon hindurch sehen.

»Schon gut, ich werde dich nicht lange aufhalten. Ich wollte dich nur fragen, wo dein Kumpan steckt. Wie hieß er noch gleich? Johann?«

»Ja, Johann«, antwortete sie knapp.

»Gut, dann der. Ist er bei dir?«

»Nein. Er wurde vorhin zu Weber zitiert, sagte er. Warum?«

»Weber, aha, das erklärt einiges.«

»Was meinst du?«

»Weber hat auf meinen Anruf auch nicht reagiert. Ich versuch's schon eine ganze Weile.«

»Warum suchst du die beiden denn und weshalb landest du bei mir?«

»Ich habe mich über die Zentrale verbinden lassen, weil ich die Direktnummern nicht zur Hand hatte. Dort hat man aber nur die nächste freie Leitung auf der Liste erwischt. Das war deine, und da bin ich.«

»Toll.« Sie sagte es mit wenig Begeisterung. Sie war also *nur* die Nächste auf der Liste. Ja, eine prächtige Karriere.

»Du hast mir doch vor ein paar Tagen etwas zur Überprüfung anvertraut, du erinnerst dich? Außerdem bist du ja auch am Zerreißerfall beteiligt, nicht wahr?«

Auf einen Schlag war das Selbstmitleid vergessen. Sie richtete sich innerlich wie auch äußerlich auf und spitzte die Ohren. »Ja, hab ich und bin ich. Worum geht's?«

»Ich glaube, ich habe da etwas, das dich interessieren könnte. Kommst du runter? Und bringst du Johann mit, wenn er dir über den Weg laufen sollte?«

»Natürlich. Sofort!« Das zweite Wort hörte Stefan nur noch zur Hälfte. Denn noch während Jenny es sagte, legte sie auf und rannte los. Das Telefon warf sie achtlos auf ihren Schreibtisch.

»Was hast du für mich?« Diesen Satz hatte Jenny schon immer Mal sagen wollen. Nur ihre zitternden Hände verrieten, dass sie sich nicht ganz so cool fühlte, wie die Worte klangen.

Stefan grinste sie breit an, als sie sein Heiligtum stürmte.

»Das ging ja schnell. Kaum das Telefon aus der Hand gelegt, stehst du schon vor mir. Hübsch siehst du aus.«

Sie hatte einen hochroten Kopf, keuchte wie eine Dampfwalze, weil sie sich so beeilt hatte, die Haare waren zerzaust, die blaue Strähne, die sie nur hineingeklippt hatte, war längst rausgerutscht, durch die dünne Haut unter ihren Augen schimmerten die Blutbahnen immer deutlicher hindurch und warfen dunkle Schatten. Nein, sie sah alles andere als gut aus. Und das war ihr sehr wohl bewusst. »Stefan, keine Scherze jetzt. Ich weiß, was für ein entsetzliches Bild ich abgebe. Hattest du schon einmal einen Fall, der dich nicht mehr zur Ruhe kommen ließ?«

Stefan lächelte milde weiter. »Mit Weber als Chef hat man das in meiner Position eigentlich immer.«

Der Dampfkessel, der Jennys Lunge war, kühlte sich langsam ab. »Stimmt. Also, welche Entdeckung willst du mir zeigen?«

Stefan riss sich von ihrem Anblick los, stieß sich vom Tisch ab, an den er sich angelehnt hatte, und wandte sich der Arbeitsplatte des nächstliegenden Pultes zu.

»Im Büro einer eurer Leichen hat man einen Schredder beschlagnahmt. Weber teilte uns die dankbare Aufgabe zu, den Inhalt auszuwerten.«

Erst jetzt bemerkte Jenny den riesigen transparenten Plastiksack voller in sich verhedderter und verhakter Papierstreifen neben dem Tisch. Auf der Platte lagen einige aus einzelnen Streifen bestehende, unfertige Schriftstücke verteilt. Auf Jenny wirkte diese Aufgabe unlösbar. »Ach du meine Güte! Seid ihr in der Forensik für solche Puzzles überhaupt zuständig?«

»Wenn Weber pfeift, sind wir alle für alles zuständig, das weißt du doch.«

»Stimmt. Von welchem Opfer stammt der Schredder?«

»Von einer Melanie Klug.«

Die Vogelscheuche, dachte Jenny. »Verstehe. Und ihr habt mit diesem Chaos etwas anfangen können?«

»Im Großen und Ganzen schon. Es ist ja nicht so, als würden halbe Dokumente in diesen Schreddern landen. Meist lässt man mehrere vollständige Schriftstücke gemeinsam durchlaufen. Das bildet so was wie einen Streifenklumpen, der irgendwie jeweils noch halbwegs zusammenklebt. Es ist also nicht ganz so schlimm, wie es aussieht. Jedenfalls fanden wir einige Fetzen, die zusammengesetzt überhaupt nicht zu den anderen Dokumenten passen wollten. Sie schredderte meist Rechnungen, Bilanzen, fehlerhafte Lohnausweise oder was man in einer Buchhaltungsabteilung eben sonst noch zerstören will. Dazwischen kam das zum Vorschein.« Er präsentierte das Schriftstück wie ein Magier einen geglückten Zaubertrick.

Gespannt sah Jenny auf die Papierstreifen. »Da fehlt ein Stück.«

Stefan schmunzelte. »Ja, das ist richtig. Die schatzungsweise letzten zwei Streifen des Papiers kamen noch nicht zum Vorschein, ist aber auch nicht nötig, da es sich dabei um den größtenteils unbeschrifteten Rand handelt. Da fehlen nur wenige Buchstaben. Die Nachricht ist trotzdem lesbar.«

Eine Nachricht. Vom Zerreißer? Jennys Mund wurde trocken. Langsam, beinahe ehrfürchtig trat sie näher an den Tisch heran. Neben den Schnipseln lag ein Scan. Es war ein Ebenbild der zerschnittenen Nachricht, nur eben zusammenhängend. Stefan hatte ihn angefertigt, nachdem er das Puzzle zusammengesetzt hatte. Jenny streckte die Hand nach dem Scan aus. Dabei merkte sie, wie sehr sie zitterte. Sie schloss die Finger zu einer Faust, öffnete sie dann wieder, aber es brachte alles nichts. Jenny entschied, das Papier dort zu belassen, wo es war. Stattdessen griff sie nach der Tischkante und benutzte sie als Rettungsanker. Sie brachte ihren Kopf über die Originalnachricht und begann zu lesen.

»Liebe Unbekannte,
dieser Brief muss Sie sehr erstaunen und wahrscheinlich löst er einige zwiespältige Gefühle aus. Doch habe ich leider keine andere Möglichkeit gesehen, mit Ihnen in Kontakt zu treten. Sicher, es gibt Tausende Arten, jemanden auf sich aufmerksam zu machen, aber für die konventionellen Methoden fehlte mir schlicht der Mut. Sei es, wie es will, wir sind uns schon begegnet, unsere Blicke ebenfalls. Ob Sie mich wahrgenommen haben, weiß ich nicht. Aber ich Sie. Und seither kann ich Sie nicht mehr aus meinen Gedanken vertreiben. Das ist sehr direkt formuliert, dessen bin ich mir bewusst, aber trage ich diese oder ähnliche Worte nicht endlich in irgendeiner Form an Sie heran, werde ich es nie tun. Und ich bin mir sicher, das würde ich bereuen. Ebenfalls würde ich es bereuen, wenn ich Sie nicht bitten würde, sich mit mir zum Mittagessen zu treffen. Sicher, es ist viel verlangt, sich auf eine Einladung mit einem Fremden und für Sie wahrscheinlich Gesichtslosen einzulassen. Dennoch, gehen Sie mit mir essen. Ich werde am nächsten Freitag, um 12.30 Uhr, beim Dinosaurier in der Grün 80 auf Sie warten. Herzliche Grüße LG«

Wäre in diesen Minuten in dem Raum eine Stecknadel zu Boden gefallen, man hätte es gehört. Jenny konnte den Blick kaum von dem Schreiben losreißen.

Vor ihr lag der Beweis, dass Melanie Klug tatsächlich vom Zerreißer als Ziel auserkoren worden war.

Aber warum war der Brief geschreddert worden? War das

ein Hinweis darauf, dass Melanie die Verabredung nicht hatte wahrnehmen wollen? Dass sie tatsächlich nicht hinging?

Sehr gut möglich. Das wiederum würde bedeuten, Johann und Weber hatten recht gehabt mit ihrer Annahme, Melanie Klugs Mörder hatte sie zur Vogelscheuche gemacht, um sie aus- und damit bloßzustellen, um sie für ihren Ungehorsam zu bestrafen.

Verletzter Stolz, angeknackstes Ego; das erste Mal erkannte sie menschliche Züge hinter den Taten dieses Monsters. Das machte ihn aber nicht weniger abartig. Monster blieb dennoch Monster.

»Ich nehme an, auf dem Bogen da gibt es keine Fingerabdrücke?«

Stefan schüttelte den Kopf. »Außer Spuren von dem Opfer selbst gibt es nichts, nein. Wir haben nur das Offensichtliche.«

Das war das Letzte, was sie hören wollte, aber ändern konnte sie es nicht. »Kann ich die Kopie mitnehmen?« Sie zeigte auf den Scan und stellte fest, dass ihre Hände deutlich ruhiger waren. Die Aufregung war verflogen, das Adrenalin abgeebbt.

Stefan hielt Jenny einen Umschlag hin, gab ihn ihr aber nicht gleich in die Hand. »Das ist dein Exemplar. Tobt euch aus und holt euch dieses Schwein, ja?«

Jenny nickte und wollte nach dem Kuvert greifen. Doch Stefan zog es zurück. Betreten schaute er auf Jennys ausgestreckte Hand. »Stefan, ist noch etwas?«

Er riss sich zusammen und meinte: »In dem Umschlag ist noch ein anderes Schriftstück drin.«

»Was für ein Schriftstück?«, hakte Jenny vorsichtig nach und ließ die Hand sinken.

»Du hast mir doch noch eine Probe einer Flüssigkeit zukommen lassen und mich gebeten, sie zu analysieren. Das habe ich getan. Inoffiziell, wie du sagtest.«

Richtig, der seltsam riechende Kaffee, den sie in der Nacht auf dem Tisch hatte, in der sie über den Akten eingeschlafen und dabei von Johann erwischt worden war. »Das hätte ich schon beinahe vergessen. Was ist damit?«

»Ich habe die Analyse durchgeführt. Die Flüssigkeit setzte sich hauptsächlich aus Wasser und Kaffeepulver zusammen.«

»Natürlich. Es war ja auch Kaffee.« Noch während sie antwortete, realisierte sie, welches Wort Stefan noch verwendet hatte: hauptsächlich.

»Stefan, was war da noch drin?« Forschend betrachtete Jenny ihr Gegenüber.

»Ich konnte Spuren eines Hypnotikums nachweisen.«

»Ein Hypnotikum? Du redest von einem Schlafmittel?«, fragte Jenny irritiert.

Stefan nickte. »So ist es. Jenny, bitte sei vorsichtig mit diesem Zeug, ja?«

Jenny stutzte, als sie realisierte, was Stefan andeutete. »Stefan, ich nehme keine Schlaftabletten. Und im Büro schon gar nicht. Ich nehme Medikamente gegen meine Pollenallergie, sonst nichts.«

»Was hat das dann zu bedeuten?«, fragte Stefan besorgt.

Jennys Blick rückte in die Ferne. »Meine Mutter, sie nimmt Schlafmittel. Ich schätze, ich habe die Döschen verwechselt«, meinte sie vorsichtig.

Ja, das musste die Erklärung sein, dachte Jenny

Stefan schien nicht überzeugt, sagte aber nichts mehr dazu. Wortlos übergab er ihr den Umschlag. Jenny griff danach und lächelte Stefan entwaffnend an. »Danke, dass du mich in den Fall mit einbeziehst.«

In Stefans Magen kam Bewegung. Ein weniger pragmatischer Mensch hätte dieses Gefühl wohl als Schmetterlinge bezeichnet. »Das ist doch selbstverständlich.«

»Nein, ist es nicht. Andere hätten auf Weber oder Johann gewartet. Danke.« Damit kehrte sie ihm den Rücken. Sie war schon fast durch die Tür, als er nach drei Jahren des Zögerns endlich über sich selbst hinauswuchs. »Jenny?«

Sie drehte sich zu ihm um und sah ihm mit offener Neugier ins Gesicht. »Ja?«

»Es ist zwar kaum der richtige Zeitpunkt, aber wenn das alles hier vorbei ist, würdest du dann ...«, er räusperte sich, »würdest du es dann mal in Betracht ziehen, mit mir die Mittagspause zu verbringen?«

Mittagspause. Jenny kannte Stefan. Sie wusste, dass ihn diese Frage gerade unglaublich viel Mut gekostet hatte. »Mittagspause klingt toll. Ist aber ein bisschen kurz, denkst du nicht? Wie wäre es mit einem Abendessen? An einem Wochenende?« Sie sagte das nicht nur, um ihm einen Gefallen zu tun, wie sie soeben an diesem verräterischen Ziehen in ihrem Bauch feststellte. Sie wollte herausfinden, was für ein Mann hinter dieser Brille steckte.

»Gut. Abendessen. Nach dem Fall hier. Fantastisch. Ich werde mit einer Tochter ausgehen. Das muss ich meiner Mutter erzählen.« Hatte er das laut gesagt? Er hatte. Sofort stieg Stefan die Hitze unkontrolliert in die Wangen.

Irgendetwas in Jenny regte sich. Ein Gedanke, der sich nicht formulieren wollte, aber von dem sie wusste, dass sie ihn unbedingt festhalten musste. »Stefan, wie meinst du das mit der Tochter und der Mutter?«

Stefan schluckte. Alles aus. Sie würde nicht mehr mit ihm

Essen gehen. Er räusperte sich abermals. »Es tut mir leid, das war ...«

»...süß«, beendete sie seinen Satz, um ihn dann ungeduldig aufzufordern: »Erklär's mir.«

Süß? Okay, es war noch nicht alles verloren. »Na ja, ich habe ein Talent dafür, Mütter zu beeindrucken, während ich bei den Töchtern in der Regel nicht so gut ankomme. Sogar meine eigene Mutter musste das merken, nachdem selbst sie vergeblich versucht hatte, mich mit einer Reihe von Töchtern ihrer Bekannten und Freundinnen zu verkuppeln. Ich hatte an diesen Spendengalas manchmal das Gefühl, Mutter würde mich anstatt Geld spenden.« Er hob verlegen die Schultern.

Wäre Jenny gedanklich nicht zum Fall zurückgekehrt, sondern noch immer auf Flirtkurs gewesen, hätte sie aus Stefans Aussage einiges über sein Privatleben herauslesen können, was sie noch nicht gewusst hatte. Aber Jenny war ganz woanders.

Mütter und Töchter.

Was, wenn die Verbindung überhaupt nicht bei den vermissten Frauen zu suchen war, sondern bei deren Eltern?

Computer. Sofort.

Während Jenny erneut die Tür aufriss und davonhetzte, rief sie noch über ihre Schultern hinweg: »Stefan, wir gehen essen, versprochen. Vielleicht wirst du sogar zur Belohnung für deine vorherigen Worte von mir eingeladen. Um herauszufinden, wer bezahlen wird, brauche ich jetzt aber meinen Computer!«

Dann schlug die Tür hinter ihr zu.

Weiß

»Das ist irgendwie traurig.« Die Knie bis unter das Kinn gezogen, kauerte Tanja auf einem der großen Korbstühle. Der Tag war wolkenverhangen, kühl und so trübe wie die Stimmung. Aber gut eingepackt in eine Wolldecke, mit einem heißen Punsch in den Händen, ließ sich selbst dieses Wetter ertragen. Auch wenn eigentlich Sommer war und andere in der Sonne brieten. Chris benötigte weit weniger Material, um sich warm zu halten. Es saß in einem leichten Pullover im Stuhl neben Tanja und genoss ein kühles Glas Weißbier. Sommer- und Wintergefühl hätten nicht näher beieinanderliegen können.

»Da muss ich dir zustimmen. Es ist wirklich traurig. Vor allem ist es doch irgendwie seltsam, dass Sam davon keinen Schimmer hatte. Sein Leben ist so eng mit demjenigen von Magda verknüpft, dennoch hat er nicht mal annähernd etwas von ihrer Familiengeschichte erfahren.«

»Er hat ja offen zugegeben, dass er nie danach gefragt hat. Sie war Magda. Punkt. Dass sie eine eigene Geschichte hat, darüber hat sich der große Sam keine Gedanken gemacht und der kleine erst recht nicht. Sie war eben einfach da. Ein Mitglied *seiner* Familie. Und nicht irgendeiner anderen. Magdas Vergangenheit und Zukunft war Sams Familie.«

»Wahrscheinlich liegt es daran, dass ich schon von Berufs wegen mehr Fragen stelle und Dinge wissen will, an die jemand anderes nicht einmal denkt.«

Tanja tastete sich vorsichtig mit ihren Lippen an das heiße Getränk heran. Sie zog den Punsch schlürfend in ihren Mund, ehe sie antwortete: »Jetzt tu nicht so, als wärst du der Journalistenkönig. Sie lassen dich ja nicht einmal schreiben. Du bist der für die Fotos. Das kannst du übrigens auch richtig gut. Wollt ich nur mal loswerden.«

Chris schlug sich mit der flachen Hand auf die Brust. »Au! Das tat weh.«

»Die Wahrheit tut manchmal weh.«

»Ja, ja. Aber sie werden mich noch schreiben lassen, du wirst schon sehen!«

»Natürlich. Und ich werde die Erste sein, die deine Artikel mit Begeisterung liest.«

»Im Ernst?« Chris funkelte Tanja über den Rand seines Bierglases hinweg an.

Tanja schmunzelte. »Im Ernst.«

»Das ist gut. Nur weiß ich nicht, ob du die Artikel verstehen wirst, komplex, wie sie sein werden.«

»Du bist so ein arroganter Hund!« Tanja zerknüllte kurzerhand ihre Serviette und warf damit nach Chris.

»Au! Eine Serviette! Au!« Chris' Lachen war zwar ansteckend, aber nicht so ansteckend, dass Tanja die Herausforderung, die in seinen Worten lag, einfach ignorieren würde. Sie nahm den Löffel, mit dem sie den Punsch umgerührt hatte, und warf ihn. Chris reagierte prompt. Er fischte den Löffel aus der Luft, bevor er ihn an der Schulter treffen konnte.

»Fangen war schon immer eine deiner Stärken. Ich habe dich während dem Sportunterricht manches Mal deswegen bewundert.«

»Wir hatten nie zusammen Sport.«

»Nein. Aber wir hatten nach euch. Da war es zu verlockend, manchmal die Mathestunde zu schwänzen, um euch durch die Scheiben der Turnhalle beim Basketball zuzusehen.«

»Das habt ihr getan? Warte. Ihr? Wer war da noch?«

»Denk mal scharf nach, du Genie.«

»Meine Schwester?«

»Stimmt genau.«

»Die hat ja kaum mich bewundert. Warum war die da? Du hattest wohl einen schlechten Einfluss auf sie.«

Tanja verdrehte die Augen. »Chris. Mein lieber Chris. Dafür, dass du dich für so clever hältst, hast du reichlich wenig Durchblick. Du weißt genau, wen deine Schwester beobachtet hat. Du willst es einfach nicht wahrhaben, stimmt's?«

Chris trank noch einen Schluck, der eindeutig größer war als diejenigen zuvor.

Tanja beobachtete ihn genau. »Was ist daran so schlimm? Wir waren jung. Wir haben uns viele Jahre nicht mehr gesehen. Dennoch scheint die Zuneigung zwischen deiner Schwester und deinem besten Freund für dich immer noch ein schwieriges Thema zu sein. Warum?«

Chris räusperte sich. Eine Weile sagte er gar nichts. Schließlich brach er sein Schweigen und versuchte, es zu erklären. »Wie du sagst, wir waren jung. Teenager. Jungs und ihr Ehrenkodex. Sam und ich waren, nein, sind beste Freunde. Dicke Kumpels. Es war einfach ein Gesetz unter Freunden. Die Exfreundin des besten Freundes und dessen Schwester. Diese Mädchen sind einfach tabu. Das war Ehrensache, denn das bedeutete nur Komplikationen und Ärger. Die Vorstellung war doch, dass man seinem besten Freund beim Knutschen mit der eigenen Schwester zugucken müsste. Dass die Schwester ständig bei Unternehmungen mit dabei wäre, dass sie überall mitreden und sich einmischen würde. Ich meine, so eine Schwester nervte ja auch sonst schon zur Genüge. Sie steht einem einfach zu nahe.«

»Mit den letzten Worten hast du es wohl exakt getroffen. Sie steht einem zu nahe. Ob Schwester oder Ex, beide haben

Seiten von dir erlebt, die man nicht mit dem besten Freund teilen möchte. Aber genau das tut man irgendwie, wenn man diese Mädchen mit ebendiesem besten Freund teilt.« Beim letzten Wort zeichnete Tanja mit Zeige- und Mittelfingern Anführungsstriche in die Luft. »Trifft es das?«

Chris deutete ein Nicken an. »Schätze schon. Du bist wirklich zur Hobbypsychologin mutiert, deshalb gebe ich deiner Analytikerseele noch ein wenig mehr Stoff. Wir vier haben uns normalerweise immer im Frieden getrennt. Bis zu dem Zeitpunkt, als Sam und ich einfach gegangen sind und euch zurückgelassen haben. Ohne Erklärung, ohne Aussprache. Da hängen noch so viele Altlasten in der Luft. Es war naiv von mir zu glauben, wir könnten uns einfach so wieder treffen und alles wäre gut. Schließlich heißt es doch, die Zeit heilt alle Wunden.«

Tanja seufzte. »Scheint, als wäre Zeit manchmal nicht die richtige Medizin.« Sie strich sich eine Haarsträhne aus dem Gesicht. »Ich habe mich geirrt.«

»Womit?«

»Du hast dich verändert. Du bist nachdenklicher, kritischer geworden.«

»Oder einfach erwachsen?«

»Nein, das nicht.« Tanja lachte. Doch dann verstummte sie mit einem Schlag.

Chris bemerkte, wie ihr Blick an ihm vorbeiging. Sie fixierte irgendetwas hinter ihm. Er drehte sich um und sah, was Tanjas Aufmerksamkeit auf sich zog. »Das ist jetzt nicht wahr.« Chris holte Luft, um laut zu rufen, doch Tanja wusste das zu verhindern, indem sie ihm schlicht die Hand auf den Arm legte.

»Nicht. Sieh nur, wer rauskommt.«

Tanja spürte Chris‘ Widerwillen deutlich. Dennoch blieb er

still. Beide beobachteten die Szene, die sich am großen Eingangstor des Hotels abspielte. Ihre Sicht war gut. So gut, dass sie sich wie zwei Spione vorkamen. Verdeckt von einer Hecke, konnte man sie nicht gleich entdecken, dennoch boten die Büsche mit den schmalen Lücken zwischen den einzelnen Pflanzen genügend Raum, um den Haupteingang des Hotels zu beobachten – wenn man das denn wollte.

Sie wollten.

Der Eingang war leider außer Hörweite, aber alleine die Gesten reichten aus, um die beiden Zuschauer zu fesseln.

»Sie ist seinetwegen zurück. Ich habe sie damals im Stich gelassen, als sie mich am meisten brauchte.« Chris flüsterte, auch wenn er wusste, dass es unnötig war.

Obwohl er es nicht genau definierte, ahnte Tanja, wovon er sprach. Sein Groschen war endlich gefallen. Es wurde ja auch allerhöchste Zeit. »Du hast sie nicht im Stich gelassen. Du musstest tun, was für dich das Beste war. Ich war ja da.« In einem Anflug zärtlicher Zuneigung verlagerte sie die Hand, die immer noch auf seinem Arm ruhte, und strich über Chris' Wange. Während sie sich in die Augen sahen, regte sich ein vertrautes und doch neues Gefühl in Tanjas Magengrube. Wann hatte er seine Hand über ihre gelegt?

Nicht gut. Tanja entzog Chris ihre Hand und unterbrach damit den gefährlich gefühlslastigen Augenblick.

»Tanja? Wenn wir schon beim Analysieren sind, wie wäre es bei Gelegenheit einmal mit einer Selbstanalyse?« Es war eine nüchterne Aussage – die voll ins Schwarze traf. Aber darauf wollte Tanja im Augenblick keinesfalls eingehen. »Jetzt halt die Klappe und lass mich gucken«, zischte sie stattdessen.

»Eva! Was tust du denn hier?«

»Hallo Magda. Frag mich etwas anderes. Ich bin irgendwie nicht in der Lage, dir das zu beantworten.« Sie lächelte verlegen, während sie von Magda herzlich umarmt wurde.

»Komm Mädchen, komm.«

Ehe Magda sie ins Hotel scheuchen konnte, löste sich Eva aus der Umarmung, beugte sich durch das Autofenster und drückte dem Taxifahrer noch eine Zehnernote in die Finger. »Nehmen Sie sich in Acht vor Kühen auf der Fahrbahn, ja?« Sie zwinkerte ihm zu und sorgte dafür, dass der Mann hinter dem Steuer zwei makellos weiße Zahnreihen entblößte. »Werd ich, meine Liebe, werd ich.« Sein Berndeutsch war noch das alte, ganz im Gegensatz zu seinem Taxi.

Das war neu. Wie Eva auf dem Weg vom Bahnhof zum Hotel erfuhr, hatte der Unfall mit der Kuh am Wagen einen Totalschaden verursacht. Dass sie ausgerechnet wieder sein Taxi gewählt hatte, war reiner Zufall gewesen – und ein Omen, wie Eva beschloss. Sie wusste nur noch nicht, ob ein gutes oder ein schlechtes.

»Na dann. Magda, ich habe gute Lust auf eine Tasse deiner warmen Schokolade. Nur, wenn du Zeit hast, natürlich.« Von einer unerwarteten Heiterkeit erfasst, rief sie die Worte über ihre Schulter hinweg. Sie kehrte dem Hotel noch immer den Rücken zu, sah dem davonbrausenden Taxi nach und tastete blind nach ihrem Gepäck. Sie bekam den Bügel des Koffers zu fassen und drehte sich um.

Aber hinter ihr stand nicht mehr Magda.

Sie zuckte merklich zusammen.

»Erschrecke ich dich nun schon so sehr, dass dein Lächeln auf halbem Weg einfriert?« Sams Äußerung hätte humorvoll klingen sollen. Das tat sie aber weit weniger als beabsichtigt.

Eva fasste sich schnell wieder. »Ich habe dich nicht erwartet. Das ist alles.«

»Das ist mein Hotel. Mich da nicht zu erwarten ist irgendwie naiv.«

In Eva begann es schon wieder zu brodeln. Warum war sie eigentlich zurückgekommen? Kaum zwei Sätze mit Sam gewechselt und sie war schon wieder gereizt. Hatte sie sich wirklich eingebildet, sie könne den Geistern ihrer Vergangenheit entgegentreten?

Ja, hatte sie. Und ja, würde sie.

Sie schluckte ihren Ärger hinunter. »Sam, wie wäre es, wenn ich Magdas warme Schokoladenmilch gegen ein Bier mit dir umtausche?«

Schwarz

Entwischt. Zum zweiten Mal. Obwohl, was heißt entwischt? Ihm entwischte niemand. Niemand! Schon gar nicht sie. Zuerst war sie mit den Bullen zum verabredeten Treffpunkt aufgetaucht. Dann wollte er sie holen, und sie war nicht da. Nicht da! Sie hatte ja keine Ahnung, was sie damit anrichtete. Was sie sich selbst damit antat. Je länger sie sich seinem Einfluss entzog, desto größere Qualen würde er sie erdulden lassen.

Sie hätte es so leicht haben können. Tür öffnen, ihm ein Trinkgeld oder ein Glas Wasser holen und er wäre im Haus gewesen. Er hätte ihr ein paar K.-o.-Tropfen eingeflößt, um sie gefügig zu machen. Sie wäre mit ihm zum Auto spaziert oder mehr gestolpert, schließlich waren K.-o.-Tropfen nicht ohne, und unter seinem vergnüglichen Gelächter eingestiegen. Aber was war geschehen?

Sie hatte ihn verhöhnt. Verspottet. Schon wieder! Damals wie heute wurde er gepeinigt.

Ihretwegen.

Aber damit war nun endlich Schluss. Ihre Flucht durch die Hintertür würde sie zutiefst bereuen. Langsam rollte er durch das Parkhaus des Bahnhofs. Sie war nicht mit ihrer Rostlaube in die Berge gefahren. Da war er sich sicher. Sie nahm praktisch nie ihr Auto, wenn sie auch mit dem Zug gut ans Ziel kam. Stattdessen fuhr sie mit dem Wagen in die Stadt. Des Gepäcks wegen, wie er ebenfalls wusste. Dort parkte sie es im Bahnhofsparking. Wie immer. Gewohnheiten waren hilfreich. Für ihn. Für sie waren sie tödlich.

Er durchkämmte bereits die dritte Etage des fünfstöckigen Parkhauses. Als langsam Zweifel an ihm zu nagen begannen und sich mit dem Gefühl vermischten, schon wieder übers Ohr gehauen worden zu sein, blitzte hinter einem der Betonpfeiler das Rücklicht eines alten VW Polos hervor. Er rollte auf den Parkplatz zu und hielt hinter dem Polo an. Er wagte es nicht, auszusteigen und sich das Auto genauer anzusehen. Er verhielt sich sowieso schon verdächtig genug, indem er durch das Parkhaus fuhr, ohne zu parken. Aber er erfuhr auch von seinem Platz aus alles, was er wissen musste. Die Nummernschilder des Polos stimmten.

Der Koffer war weg, der Kofferraum leer. Diese Informationen reichten aus. Er legte den Gang ein und fuhr an.

Er warf einen kurzen Blick in den Rückspiegel, sah auf sein Paket, das noch immer stumm auf der Ladefläche lag. »Tut mir leid, meine Schönheit, dass du dich so lange hast gedulden müssen. Du kannst aber sicher sein, es hat sich gelohnt. Jetzt bist du an der Reihe. Deine letzte Ruhestätte wartet bereits. Dazu sei so viel verraten: Sie passt zum Zustand deines Körpers.«

Grau

Auf dem T-Shirt prangte in Rot »Lightning McQueen«. Das Trickfilmauto strahlte mit dem Jungen, der darin steckte, um die Wette. Jeremias stolperte die Treppe hinunter und zur Haustür hinaus. Er war schon bei seinem Fahrrad, als er die Stimme seiner Mutter hörte. »Jeremias, mach die Tür hinter dir zu, wenn du das Haus verlässt!« Als der Junge sich umdrehte, stand sie aber schon hinter ihm. Ein Handtuch lag über ihrer Schulter, und sie trug die geblümte Schürze ihrer eigenen Mutter. Sie sah aus, wie sie eigentlich immer aussah. Sie umarmte ihn fest, drückte ihm einen Kuss auf den Scheitel und wünschte ihm viel Spaß. Außerdem solle er seinen Vater grüßen und vorsichtig sein. Er nickte zustimmend, obwohl er ahnte, dass er bis zum Ziel die Hälfte ihrer Worte bereits wieder vergessen haben würde. Dann schwang er sich auf sein Fahrrad und machte sich voller Vorfreude an die erste Etappe zum höchstgelegenen Punkt seiner Gemeinde. Denn dort durfte er heute zusammen mit seinem Vater die Holzscheite zu einem riesigen Berg stapeln, der dann am Abend angezündet werden sollte. »Scheiterhaufen« hatten ihn die Kumpels seines Vaters genannt. Sie hatten laut darüber gelacht, als wäre es ein Witz gewesen. Jeremias hatte mitgelacht, auch wenn er nicht verstanden hatte, weshalb die Männer sich so amüsierten. Das war aber auch egal. Es ging darum, dabei zu sein. Vier

Jahre lang hatte er auf diesen Tag warten müssen. Vier Jahre! So lange hatte er seinen Eltern damit in den Ohren gelegen, endlich zusammen mit Papa und den Feuerwehrmännern das Höhenfeuer für die 1.-August-Feierlichkeiten zu stapeln. »Er freut sich, als feierten wir Weihnachten und Ostern zusammen«, hatte Mami zu Omi gesagt. Seit wann die beiden Feste auf denselben Tag fielen, und das erst noch auf den ersten August, konnte sich Jeremias aber nicht erklären. Das würde er seine Mami später fragen. Jetzt war erst einmal Männerarbeit angesagt. So sagte zumindest Pedro in diesem Moment, der begleitet von dem zustimmenden Gegröle seiner Kumpels noch anfügte: »Da denkt man nicht an Mütter und andere Frauen!«

Kurt saß am Steuer des Löschfahrzeugs. Seinen Sohn Jeremias hatte er neben sich platziert, und hinter ihm waren die anderen fünf Männer eingestiegen. Gleich nach Jeremias' Ankunft hatten sie sich auf den Weg gemacht. Kurt lenkte das Fahrzeug durch den schmalen Streifen Wald auf den dahinterliegenden, weitläufigen, grünen Hügel. Alle waren bester Laune. Mit wilden Frauengeschichten gaben Kurts Kollegen an, rissen derbe Männerwitze und freuten sich auf ihre Aufgabe. Das Löschfahrzeug selbst brauchten sie eigentlich noch nicht, schließlich wollten sie kein Feuer entzünden, sondern erst den Kegel aufschichten. Aber genau dafür war die Leiter des Fahrzeugs ein praktisches Utensil.

»... dann gab die mir einen Klaps auf den Hintern, ich glaubte, die Glocken läuten zu hören, wenn ihr wisst, was ich meine!« Die letzten Worte von Pedros Geschichte gingen in schallendem Gelächter unter. Zum Glück, dachte Kurt. Auch wenn sein Sohn den Witz kaum verstanden hatte, war er doch nichts für die Ohren eines Siebenjährigen. Kurt lenkte das Fahrzeug weiterhin sicher durch die Bäume, während er zärtlich lächelnd auf seinen Jungen neben sich schielte. »Wir sind fast da«, flüsterte er ihm zu und bekam dafür einen Blick voll freudiger Erwartung geschenkt. Kurt wandte den Kopf, damit ihn die Männer gut hören konnten. »Pedro, wie wär's, wenn du deine Energie nun darauf verwendest, dich für den Ausstieg vorzubereiten. Wir sind nämlich gleich da.«

»Gut, gut. Du willst doch nur verhindern, dass dein Sohn noch mehr Schmutziges zu hören bekommt.« Das kam von Marc, der mit seiner riesigen Hand dem kleinen Jeremias das Haar zerzauste.

»Ach Marc, jetzt nimm nicht das arme Kind als Vorwand, wenn du das Lachen nicht mehr erträgst. Mit deiner Raucherlunge schnaubst du wie eine alte Dampflok!«

Marc keuchte auf, was dem Pfiff eines kochenden Teekessels gleichkam und wiederum Pedros Aussage bestätigte. Sofort stimmten die Männer in das, was Marcs Gelächter war, mit ein.

Kurt grinste vor sich hin. Vor ihm standen die letzten Waldbäume, die sich gleich lichten würden. Dann kam noch die kleine Anhöhe, um die der Weg herumführte und hinter der ihr Ziel lag: die weite Wiese, die heute Abend zu einer einzigen riesigen Festwirtschaft wurde. Der Turnverein hatte sein Zelt schon aufgestellt, er konnte die Spitze sehen. Obwohl ... Moment. Das war doch überhaupt nicht möglich. Man sah die Zeltspitze nicht von dieser Seite aus, dafür war das Zelt zu niedrig. Was war das?

Schwarzer Rauch stieg säulenförmig in den Morgenhimmel auf.

Ehe Jeremias' Vater zuordnen konnte, was er sah, spürte er

Pedros Hand auf seiner Schulter. Im Fahrzeug war es auf einmal still.

»Was ist das?«, fragte Pedro, plötzlich ernst geworden. »Ist das Rauch? Für ein Grillfeuer ist es eine reichlich breite Rauchsäule. Weiß jemand etwas von einer Feuerwehrübung?«

Das Knattern des Funkgeräts kam jeder Antwort zuvor. Kurt konnte sich nicht einmal regelkonform melden, als am anderen Ende eine Schimpftirade losbrach. »Was zum Teufel macht ihr Jungs da oben? Was ist bei euch los? Es raucht, als hättet ihr das Feuer bereits angezündet! Gnade euch, wenn dem so ist!«

Die Männer im Fahrzeug tauschten verständnislose Blicke, während Kurt den Funkspruch unbeantwortet ließ. Stattdessen lenkte er das Fahrzeug um die Anhöhe.

»Halt an.« Auch ohne Pedros Befehl wäre Jeremias' Vater keinen Zentimeter weitergefahren. Ungläubig sah er aus der Windschutzscheibe. Pedro lehnte sich nach vorne und tat es ihm gleich.

Kurt konnte nicht fassen, was er da vor sich sah.

Der Scheiterhaufen war bereits aufgebaut. Und er brannte. Lichterloh.

Das hatte es in all den Jahren noch nie gegeben.

Hatten sich irgendwelche Jugendlichen einen schlechten Scherz erlaubt? Wer hätte das sein können? Kurt fiel niemand ein. Er kannte alle im Dorf und in der Umgebung. Keiner würde sich zu einer solchen Tat erdreisten. Keiner.

Kurt ließ den Blick von unten nach oben über den Holzhaufen schweifen. Unten waren die Scheite ordentlich in Kegelform aufgebaut worden. Wie es sein musste. Weiter oben lagen sie kreuz und quer. Allem Anschein nach hatte jemand, soweit es seine Größe zuließ, regelmäßig gestapelt und mangels Kran den Rest des Holzes planlos auf den Stapel hinaufgeworfen. Es machte den Eindruck, als würde im nächsten Moment alles abrutschen und in sich zusammenbrechen.

»Was zum Teufel soll das?«, flüsterte Kurt.

»Ich weiß es nicht«, antwortete Pedro, dessen Augen an der Spitze des Haufens festhingen. Obwohl es nur gestapeltes Holz war, meldete sich Pedros Seitenstechen. Ein Schmerz, der zuverlässig wie ein Uhrwerk immer auftrat, wenn Gefahr drohte. Dieses Warnsystem hatte noch nie versagt, und Pedro wusste, dass es das auch heute nicht tat, egal, wie harmlos alles aussah. »Ich habe ein verdammt ungutes Gefühl. Ich steig aus. Marc, du kommst mit. Kurt, du bleibst bei dem Jungen und achtest darauf, dass er im Auto bleibt.« Pedro öffnete die Tür und sprang aus dem Fahrzeug. Marc folgte ihm.

»Willst du den Stapel löschen?«

»Denke schon. Je schneller wir dieses Chaos beseitigen, desto eher können wir einen neuen Kegel aufbauen.«

»Eigentlich ein guter Plan. Vernichten wir damit aber nicht wertvolle Spuren, die uns vielleicht zum Übeltäter führen könnten?«, gab Marc zu bedenken.

»Tja, ob Löschwasser oder Feuer, beides ist ziemlich zerstörerisch.«

»Verstehe. Du willst das Fest nicht platzen lassen«, interpretierte Marc. »Ein Glück, dass wir das Löschfahrzeug mitgenommen haben.« Er schüttelte den Kopf darüber, wie der Zufall manchmal so spielte, klopfte Pedro einmal kräftig auf die Schulter und rannte los. Auf halbem Weg drehte sich Marc noch einmal um und rief Pedro zu, der noch immer an derselben Stelle verharrte: »Ich hol die Jungs und den Schlauch. Überleg du dir in dieser Zeit, was wir dem Boss erzählen. Denk daran, er ist bestimmt nicht der Einzige aus dem Dorf unten, der den Rauch gesehen hat.«

Pedro nickte. Aber seine Gedanken waren woanders. Sein Seitenstechen war noch nicht abgeklungen. Normalerweise verzog es sich, sobald er eine Entscheidung gefällt hatte. Diesmal nicht. Das Feuer strahlte eine enorme Hitze ab. Wind kam auf und blies Pedro Rauch und Asche ins Gesicht, aber er entfernte sich nicht von den Flammen. Langsam setzte er sich in Bewegung und begann, den Feuerkegel zu umkreisen. Er kam auf der anderen Seite an. Sein Blick wanderte von ganz unten nach ganz oben. Konzentriert suchte er Zentimeter für Zentimeter des lodernden Holzhaufens ab. Wer hatte Spaß daran, diesen Scheiterhaufen vorzeitig abzufackeln?

Scheiterhaufen. Zwei Dinge geschahen gleichzeitig, als er dieses eine Wort dachte. Erstens: Sein Seitenstechen ließ nach.

Zweitens: Sein Blick fiel auf etwas, das ganz oben im Feuer lag. Holz konnte es nicht sein. Dafür war es zu groß und zu unförmig. Pedro musste nicht weiter rätseln. Er wusste genau, was er da vor sich hatte. Glauben wollte er es aber nicht.

»Was machst du denn noch hier? Willst du eingeschäumt werden?«

Pedro zuckte zusammen, als er Marcs Stimme neben sich hörte, kam aber nicht dazu, zu antworten.

»Sag mal, du bist sicher, dass das keine Übung ist?«

Pedro musste sich nicht umsehen, um zu wissen, dass Marc soeben dasselbe entdeckt hatte wie er. Diesmal antwortete Pedro. »Ich bin sicher.«

»Warum liegt da oben dann eine unserer Rettungspuppen?«

»Marc, das ist keine Rettungspuppe.«

***

»Schon wieder eine.« Mit betrübter Miene und gesenktem Kopf lehnte sich Johann neben Jenny an die kleine Küchenzeile.

Jenny sah nicht von der Kaffeemaschine auf. Sie schaute der braunen Flüssigkeit weiter zu, wie sie in einem dünnen Rinnsal aus der zischenden Maschine dampfend in die darunterstehende Tasse floss. Sie ließ Johanns Bemerkung unkommentiert, bis sie sie für sich selbst verarbeitet hatte. »Wer?«

»Weiß man noch nicht. Aber ihr fehlt der Kopf.«

Jenny nickte. Viel Spielraum für Vermutungen blieb da nicht. »Verstehe. Wo?«

»Auf einem brennenden Scheiterhaufen im Urnerland.«

Jenny atmete schwer aus. »Ein Scheiterhaufen?«

»Nationalfeiertag. Schon vergessen?«

»Oh Gott, ist das heute?«

»Allerdings.«

»Wie war sie sonst zugerichtet, außer dass ihr der Kopf fehlt?«

»Scheußlich. Ihr ganzer Korper war verkohlt. Nach ersten Untersuchungen waren die Voraussetzungen nicht gegeben, um sie so zuzurichten, wie sie zugerichtet war. Sie muss vorher schon einmal angezündet worden sein.« Jenny hörte auf, an dem Verschluss der Milch zu drehen, die sie aus dem Kühlschrank geholt hatte. »Ich glaube, mir wird schlecht.«

Johann holte ein Glas aus dem Schrank und füllte es mit Leitungswasser. Dann drückte er es Jenny in die Hand. »Hier, trink das. Die schlimmsten Informationen hast du geschafft. Der Rest sind trockene Fakten.«

»Trockene Fakten. Das ist gut.«

Johann erzählte Jenny alles, was er wusste. Er begann damit, dass dieses Höhenfeuer jedes Jahr von der Gemeinde veranstaltet wurde, und endete damit, dass die Feuerwehrleute es erst für eine Übung hielten. »Die weiteren Untersuchungen laufen noch«, schloss er seinen Bericht.

Jenny nickte langsam. »Aber Johann, im Endeffekt heißt das doch, dass jemand den Haufen heute früh, kurz vor dem Eintreffen der Männer, angezündet hat.«

»Ja, das klingt logisch. Und weiter?«

»Wer ist dann unser Verdächtiger, der im Bündnerland seit gestern einsitzt?«

Weiß

»Oh, hallo Frau Siedler. Herzlich willkommen zurück!« Emilio legte den Telefonhörer beiseite und begrüßte Eva mit einem breiten Lächeln. Er hielt die Augen wie gewohnt geschlossen, seine Lider flatterten leicht.

Eva sah ihn verdutzt an. Nicht zum ersten Mal fragte sie sich, ob der Rezeptionist wirklich blind war. Sie hatte noch keinen Ton gesagt, seit sie die Eingangshalle betreten hatte. Woher wusste Emilio, dass sie es war? Er hatte frei gehabt, als sie am Freitag zurückgekommen war. Wahrscheinlich hatte Magda ihn über ihre Rückkehr am Vortag informiert.

»Überrascht?«

Und woher wusste er das nun wieder? »Ein wenig. Hat Magda mich verraten?«

Emilio grinste noch breiter. Die Mundwinkel berührten beinahe seine Ohren. »Nein. Ihre Schritte und Ihr Parfum.«

Eva hob eine Augenbraue und sah Emilio skeptisch an. »Ich trage kein Parfum.«

»Eben.«

»Aha. Dann trample ich wie ein Elefant?«

»Eher wie ein Nashorn.«

»Mist. Und ich dachte, das verwächst sich irgendwann.« Ihr Lächeln übertrug sich auf ihre Stimme.

Emilio lauschte und nickte zufrieden. »Jeder Mensch hat seinen ganz eigenen Gang. Das Schuhwerk auf dem glatt polierten Boden ergibt zudem ein unverwechselbares Geräusch.«

»Und wenn jemand schleicht? In Socken?«

»Es ist schwer, sich an mir vorbeizuschleichen ohne das geringste Geräusch. Ich wage sogar zu behaupten, nur eine Katze oder eine Maus schafft das.«

»Sie haben bessere Ohren als ein Hund?«

»Ist man seit der Geburt mit Blindheit geschlagen, entwickelt man seine eigenen Talente.«

»Emilio ist sozusagen der hoteleigene Wachhund. So pietätlos es klingt, was du fragst, habe ich mich anfangs auch gefragt. Also habe ich es ausprobiert. Ganz gleich, wie ich es anstellte, ich kam nicht an ihm vorbei. Er erwischte mich immer«, schaltete sich Sam ein, der neben Eva stand.

»Ist das dein Ernst? Wusste Emilio von deinen Versuchen?« Eva war empört.

»Anfangs nicht, aber irgendwann kam mir die Sache spanisch vor, also sprach ich Sam darauf an. Er gestand sofort und bereute. Ich ließ ihn ein wenig zappeln, sich tausend Mal entschuldigen, ehe ich ihm offenbarte, dass ich das alles eigentlich ziemlich witzig fand«, antwortete Emilio gleich selbst. Dann wandte er sich an seinen Chef. »Sam, wenn ich mir Frau Siedler so anhöre, stellt sich mir eine Frage. Darf ich so offen sein?«

»Du darfst«, meinte Sam.

»Frau Siedler, ich möchte mich schon jetzt für meine Offenheit in Ihrer Gegenwart entschuldigen. Sam, sie ist hübsch, nicht wahr?«

Eva war gleichermaßen gerührt wie auch peinlich berührt. Würde Sam darauf antworten?

»Das ist sie, ja.«

Eva wurde auf einmal ganz warm. Sie spürte, wie Sams Blick auf ihr ruhte, wagte es aber nicht, aufzusehen.

Emilio schmunzelte in sich hinein. »Wusste ich's doch.«

Sam bedeutete Eva weiterzugehen.

Sie kamen zu der Glastür, die in die Zigarrenlounge führte. Sam hielt Eva die Tür auf. »Drinnen oder draußen? Wir haben Wolldecken auf der Terrasse.«

»Dann draußen.« Während sich Eva langsam klar darüber wurde, was sie im Begriff war zu tun, fühlte sie, wie sich ihr Magen nervös zusammenzog. Eine Aussprache mit Sam. Das war schon so lange überfällig. Gleich bei ihrer Ankunft hatte das nicht geklappt, seine Pflichten waren dazwischengekommen. Aber er hatte ihr versprochen, sich am Samstag die Zeit zu nehmen. Komme, was wolle. Er hatte sein Wort gehalten.

Wie oft hatte sie sich überlegt, was sie ihm alles an den Kopf werfen wollte. Sie hatte die Worte in grauer Vergangenheit sogar sauber aufgeschrieben. Mehrfach. Abgeschickt hatte sie sie nie. Ihm gesagt auch nicht. Ein bisschen hatte sie gehofft, dass sie sich mit dem Aufschreiben selbst therapieren würde. Bis zu einem gewissen Grad hatte das geklappt. Nach dem Sturm zu urteilen, der in ihrem Innern loszubrechen drohte, hatte sie damit allerdings noch lange nicht alles aufgearbeitet.

Sam stellte sich gleich selbst hinter den Zapfhahn. Eva ging mit gesenktem Kopf an ihm vorbei, schnurstracks auf die Tür zur Terrasse zu. Sie zog sie auf und trat ins Freie. Dort atmete sie tief ein und wieder aus, ehe sie sich in einer der Lounges niederließ. Der Wind war kühl, und Eva kuschelte sich in eine der Decken, die hübsch drapiert über den riesigen Kissen lag. Sam gesellte sich kurz darauf zu ihr. In der Hand hielt er zwei Bier.

»Hier«, er reichte ihr das Getränk und setzte sich in die andere Ecke, sodass er Eva ansehen konnte. Da es nur ein Zweiersofa war, berührten sie sich beinahe an den Knien. Diese Nähe, überhaupt die ganze Situation fühlte sich seltsam und unangenehm an. Die Folge war betretenes Schweigen, was wenig hilfreich war.

Beide hypnotisierten die steinernen Platten unter ihren Füßen. Schließlich räusperte sich Sam, verlagerte seinen Blick zu Eva, erhob das Glas und brach das Schweigen. »Na dann, prost. Danke, dass du zurückgekommen bist.«

Eva tat es ihm gleich und prostete ihm zu, während sie darüber brütete, wie sie das Gespräch am besten in die gewünschten Bahnen lenken konnte. »Nun, ich dachte, wir hätten einiges zu bereden. Aber irgendwie ist mein Gehirn wie leer gefegt, obwohl es doch randvoll ist.« Sie sah ihm direkt in die Augen. Das erste Mal seit ihrer Rückkehr. Und da klopfte es wieder. Dumpf, aber es war da. Dieses Gefühl, das man verspürte, wenn man jemand ganz Besonderem gegenübersaß, der trotz aller Nähe irgendwie unerreichbar war. Eine reizvolle Mischung. »Klingt verrückt, nicht wahr?« Eva beendete den Blickkontakt, um sich die Schuhe auszuziehen. Dann zog sie die Beine auf das Sofa.

»Irgendwie schon, aber ich weiß, was du meinst. Wie wär es, wenn wir am Anfang beginnen, bei unserer Trennung?«

Eva musste ihre Gedanken ordnen. Sie fühlte, wie bei seiner Wortwahl die vertraute Verbitterung an ihrer Entschlossenheit, vernünftig zu bleiben, zu kratzen begann. Dennoch würde sie sich davon nicht verleiten lassen. »Trennung. Wenn es das denn gewesen wäre. Aber gut. Wie viel Zeit hast du?«

»So viel wir brauchen.«

Eva musterte ihn. Es war ihm ernst. Er wollte reinen Tisch machen. Genau wie sie selbst. »Gut. Aber ich möchte zuerst dennoch etwas vorgreifen.«

»Schieß los.«

»Milena. Was hat es mit ihr auf sich? Was tut sie hier? Wer ist dieser Junge, und was hast du mir ihr am Hut? Ausgerechnet mit ihr? Warum tut sie so, als wärt ihr eine glückliche Familie? Seid ihr das etwa?«

Sams Mundwinkel verzogen sich zu einem schiefen Lächeln. »Das sind eine Menge Fragen dafür, dass du keine Worte findest.«

»Tja, scheint, als wäre der Damm fürs Erste gebrochen.«

»Sieht so aus. Also gut. Milena.« Sam befeuchtete seine plötzlich trockene Kehle mit einem Schluck Bier. Die Zeit nutzte er, um seine Gedanken zu ordnen. »Jahre nachdem ich weg war, stieg sie während einer Geschäftsreise in dem Hotel ab, in dem ich arbeitete. Sie spricht heute noch davon, was für ein riesiger Zufall unsere Begegnung war. Wie mir Clarice von der Rezeption berichtete, hatte sie allerdings bereits bei der Buchung nach mir gefragt. Wie viel also wirklich Zufall war, bleibt offen. Wie dem auch sei, ob Nervensäge oder nicht, nach so langer Zeit weg von zu Hause war ich froh, ein Gesicht zu sehen, das ein wenig Heimat bedeutete. Selbst wenn es Milenas Gesicht war. Oder eher dessen Überreste. Sie hat ja so ziemlich alles korrigieren lassen. Jedenfalls verbrachten wir einen schönen Abend. Sie war umgänglich, nett, unkompliziert. Ich habe wirklich geglaubt, sie habe sich positiv verändert. Wir redeten lange, wir verstanden uns gut und wir lachten viel. Dazu floss noch ein wenig Alkohol, und eines führte zum andern. Was anfing mit einer Nacht, wurde plötzlich zu einer Woche, einem Monat. Ehe ich es mich versah, war ein halbes Jahr vorbei. Ich habe mir nie Gedanken darüber gemacht, welche Gefühle ich für sie hege. Ob es Liebe war oder einfach eine zwanglose Sache. Ob und was für eine Beziehung wir führen. Es war einfach, wie es war. Zugegeben, nach etwa vier Monaten begann ihre Fassade zu bröckeln. Sie fiel mehr und mehr ins alte Muster zurück. Sie forderte, nörgelte, behandelte ihr Umfeld herablassend. Sie wurde zu dem, was sie eben schon immer war. Zu einer Hexe. Ich hatte mit der Arbeit einiges um die Ohren, sie war auch immer wieder unterwegs, da fiel es mir eine ganze Weile überhaupt nicht richtig auf. Bis sie dann eines schönen Abends offenbarte, dass sie ihren Job aufgeben, Mutter werden und mich heiraten würde. Dafür solle ich aber den Posten als Hotelmanager annehmen, den einer ihrer Freunde in seinem Luxusresort zu vergeben hatte. Sie wollte anständig Geld in der Haushaltskasse. Das war die Begründung für ihre Forderung. Ich wachte endlich auf und fühlte mich, als hätte man mich gegen eine Wand geworfen. Ich beendete die Geschichte, wurde sie aber nie mehr los.« Sam hob das Glas erneut an die Lippen.

»Und Moses?«

»Moses ist nur eine ihrer Modeerscheinungen. Er ist nicht mein Sohn.«

Eine ganze Lawine fiel von Evas Herzen. Sie wusste, dass sie ihre Gesichtszüge nicht mehr unter Kontrolle hatte. Er konnte in ihrer Mimik lesen wie in einem offenen Buch. Aber das war ihr für den Moment egal. »Nicht dein Sohn«, wiederholte Eva erleichtert.

Er senkte seine Stimme und suchte ihre Augen. »Nein. Nicht mein Sohn. Er ist nicht einmal ihr Sohn.«

Eva lachte nervös auf. »Wie bitte? Wessen Kind ist das dann?«

»Eine ihrer Freundinnen gibt ihn ihr manchmal ab, wenn Milena Lust hat, Mama zu spielen.«

»Das ist jetzt ein Witz, oder? Das ist ja furchtbar! Dieser arme Bengel!«

»Ziemlich missratenes Kerlchen. Aber wen wundert's?

»Niemanden. Das wäre also geklärt.«

»Eva?« Wieder dieser warme Unterton in der Stimme. Ihr wurde heiß und kalt zugleich.

»Ja?«

»Hast du wirklich geglaubt, dass ich mit dieser Frau eine Familie gegründet habe? Bist du deswegen abgereist?«

Nein. Ich reiste ab, weil ich törichterweise einen Serienkiller stellen wollte. Das klang so weit weg und so absurd, dass sie es selbst kaum mehr glauben konnte. »Nein. Ja. Sagen wir, ihr Auftauchen war die Spitze des Eisbergs. Dann hast du auch noch so seltsam reagiert, als sie auf der Terrasse zu uns stieß. Zuerst wirkte es, als hättest du meine Anwesenheit vollkommen vergessen, und dann, als du merktest, dass du mein Handgelenk umfasst hattest, zogst du deine Hand zurück, als hättest du dich verbrannt. Diese Reaktion hätte mich sowieso getroffen, egal, welche Frau dafür ausschlaggebend gewesen wäre. Aber umso schlechter fühlte es sich an, dass ausgerechnet dieses nervige Miststück Milena dich dazu brachte, den Kontakt zu mir zu leugnen. Das kam einer schallenden Ohrfeige gleich. Womöglich lag das daran, weil wir zwei uns früher so nahe waren und sie sich trotz unzähliger Versuche niemals hatte zwischen uns drängen können. Aber dann musste ich feststellen, dass ich dich wegen ziemlich widriger Umstände nun doch noch an sie verlor.« Noch während die Worte ihren Mund verließen, wünschte Eva, sie hätte sie nicht gesagt. Dieser Seelenstrip war irgendwie peinlich. Außerdem waren das mit Sicherheit zu viele weibliche Gefühle für einen Mann. Wahrscheinlich fühlte er sich jetzt in die Ecke getrieben, eingeengt und war dringend auf der Suche nach einem eleganten Fluchtweg.

Aber Sam blieb, wo er war. Er suchte nach Worten, jedoch nicht, um sich zu drücken. »Herrgott, Eva. Ich weiß nicht, wo ich anfangen soll. Mir war das nicht klar. Ich habe offenbar Signale gesendet, die so nicht gedacht waren. Das war nie meine Absicht.«

Keine Absicht. War das nicht irgendwie schlimmer, als wenn er seine Reaktion kalkuliert hätte? Auf diese Weise war sein Handeln echt und ehrlich gewesen.

Echt.

Dass er sich von ihr zurückgezogen hatte, war eine echte Emotion gewesen. Autsch. »War das damals auch so? War das auch nicht so gemeint, als du vor so vielen Jahren gegangen bist, ohne dich zu verabschieden, und das, nachdem Melissa die Hütte in die Luft gejagt hatte?«

Sam sog scharf die Luft ein. Wie konnte er ihr sagen, warum er sich damals wie ein Arschloch verhalten hatte? Er sah es vor sich, als wäre es gestern gewesen. Das stolze Chalet wurde durch die Detonation in Sekundenschnelle in seine Einzelteile zerrissen. Und sie waren mittendrin gewesen. Alle verloren sie eine Freundin, aber was noch schlimmer war: Genau diese Freundin war bereit gewesen, alle Anwesenden mit in den Tod zu reißen. Für die traumatisierten Überlebenden war nach dieser Nahtoderfahrung nichts mehr wie zuvor. Anstatt einander gegenseitig bei der Bewältigung ihrer Probleme zu unterstützen, rannten alle in entgegengesetzte Richtungen davon. Für einen kurzen Augenblick empfand Sam dieses erdrückende Gefühl wieder, das ihn angetrieben hatte. Er hatte gar nicht schnell genug ins Ausland abhauen können.

Es war an der Zeit, endlich nachzuholen, was er damals so schändlich vernachlässigt hatte: Eva in die Augen zu sehen und die Wahrheit zu sagen. Das hatte sie mehr als verdient. »Ich hatte Schiss. Ich konnte mit der Situation nicht umgehen. Ich war vollkommen überfordert. Also rannte ich davon. So weit ich konnte. So einfach ist das. Ich habe alles zurückgelassen und wollte damit auch das Geschehene hinter mich bringen. Die Flucht nach vorne schien mir die einzig mögliche Lösung.«

Eva rieb sich mit beiden Händen übers Gesicht. »Wow. Und, hat es funktioniert?«

»Na ja, nachdem ich mir lange genug einredete, dass es allen gut ginge und es so das Beste wäre, ging's bergauf.«

»Hm.« Eva vertiefte sich wieder in die Betrachtung der steinernen Platten unter ihren Füßen. Doch eigentlich nahm sie sie gar nicht wahr. Vor ihrem inneren Auge spielte sich ein Film ab, den sie über viele Jahre hinweg mehr oder weniger erfolgreich tief in die finsterste Ecke ihres Gehirns verbannt hatte.

Ein gemütliches Chalet im Wald. Ein Wochenende mit Freunden. Ein alter Horrorfilm lief. Für den Film hatte sie aber keine Augen gehabt. Eine Rauchpause. Obwohl sie eigentlich überhaupt nicht rauchte. Aber Sam tat es, und sie ging mit ihm raus, weil sie bei ihm sein wollte. Das war die beste Entscheidung gewesen, die sie jemals getroffen hatte. Wer auch immer ihr Leben damals in Händen hielt und sie leitete, sie hatte dem

Schicksal ewige Dankbarkeit versprochen. Ein Versprechen, das sie bis zum heutigen Tag vergessen hatte.

Sam hatte seine Zigarette ausgedrückt und den Rauch des letzten Zuges durch die Nase entweichen lassen. Sie hatte das unheimlich cool gefunden. Der Dampfabzug pumpte den Duft von frischem Popcorn aus der Küche hinaus in die kalte Winterluft. Eine herrliche Mischung. Sie kehrten ins Haus zurück. Sam öffnete ihr die Tür. Irgendetwas Witziges hatte er gesagt, denn sie lachte. Sie grinste ihn an, als sie sich an ihm vorbeidrücken und ins Haus zurückkehren wollte. Aber sie kam nicht weit. Sie spürte seinen Arm an ihrem Bauch. Verwirrt schaute sie nach unten, dann wieder in sein Gesicht. Sams Ausdruck hatte sich in Sekundenbruchteilen verändert. Die Heiterkeit war wie weggeblasen. Stattdessen war er in Alarmbereitschaft.

Eva begriff überhaupt nichts. Sie beobachtete noch, wie Sam zur Treppe blickte, wo Serge sich am Treppengeländer abstützte.

Sam sah Serge direkt in die Augen.

Dann hörte sie noch, wie Melissas Name gerufen wurde. Wer gerufen hatte, wusste Eva nicht mehr. Sie erinnerte sich nur noch, wie es unerträglich heiß wurde. Wie sie den Halt unter den Füßen verlor. Wie sie durch die Luft geschleudert wurde und hart auf dem Boden aufkam. Irgendetwas Schweres unendlich schmerzvoll auf sie krachte.

Ihre nächste Erinnerung waren die Köpfe ihrer Familie in einem weißen, sterilen Raum.

Dazwischen zwei unbekannte Gesichter. Sie gehörten zu Männern in Uniformen, die Eva nach einer ungeheuer kräftezehrenden Befragung endlich darüber aufklärten, was gemäß den Fakten und Aussagen der anderen wahrscheinlich geschehen war.

Oder mehr nach Aussage von Sam, denn die anderen waren nicht mehr ansprechbar gewesen. Aus den Krankenakten fand man dann auch heraus, dass Melissa unter starken Depressionen gelitten und zwei Selbstmordversuche hinter sich hatte. Um dem Geläster der damaligen Mitschüler zu entfliehen, waren Melissas Eltern mit ihr umgezogen. Ihre Vergangenheit hatte man vertraulich behandeln wollen. Niemand sollte von ihrer Krankheit erfahren. Das Ergebnis dieser Heimlichtuerei waren eine brennende Hütte, drei Verletzte und eine Leiche.

Sie beerdigten Melissa wenige Tage nach dem Unglück.

Und einen Tag später ging auch Sam. Ohne ein Wort des Abschieds.

Gedankenverloren rieb sich Eva über ihren linken Knöchel. Dort, wo die vernarbte Brandwunde saß.

»Hast du Serge jemals besucht?«

Eva sah auf. Einen Wimpernschlag lang wusste sie nicht, wo sie sich befand. »Ich ...«, setzte sie an und brach ab.

»Nein«, meinte sie schließlich traurig. »Nein. Ich habe ihn niemals wiedergesehen.«

Schwarz

Immer wieder warf er einen Blick in den Rückspiegel und vergewisserte sich, dass ihm niemand folgte. Zielsicher lenkte er seinen weißen Lieferwagen über die Autobahn. Die Aufschrift DPD war inzwischen derjenigen eines Sanitärgeschäfts gewichen. Sie bestand nur aus einfachen, schlecht haftenden Klebefolien. Doch um die Nachbarn bei Eva Siedlers Haus zu täuschen und alle andern an der Nase herumzuführen, reichte diese Qualität allemal aus. Sogar für die Polizei, die nach einem weißen Lieferwagen ohne Aufdruck suchte, sollte die Folie genügen. Er lenkte das Auto sicher über die Autobahn. Nicht zu schnell, aber auch nicht zu langsam. Schließlich galt es nach wie vor, keine Aufmerksamkeit auf sich zu ziehen, allerdings nur noch wenige Tage. Wenn alles nach Plan lief – und das würde es, etwas anderes kam überhaupt nicht mehr infrage –, dann war am Montagmorgen alles vorbei.

Sie wäre tot. Endlich tot.

Und er hätte gewonnen.

Aber zuerst musste er noch etwas anderes erledigen. Oder vielmehr, er musste sich jemandes entledigen. Er würde es genießen, sein vorletztes Opfer an seinem Bestimmungsort festzuzurren. Noch viel mehr, als er die Entsorgung der anderen genossen hatte. Sie war der letzte Buchstabe. Nach ihr kam das große Finale.

Seine Vorfreude wuchs, mit ihr aber auch seine sorgsam gezüchteten, negativen Emotionen. Jetzt, da das Ende bevorstand, drohte der Groll über all die Ungerechtigkeit, die ihm in seinem Leben widerfahren war, die Oberhand zu gewinnen. Er war nahe am Kontrollverlust. Aber er würde durchhalten. Sich nicht so kurz vor dem Ziel zu Fehlern verleiten lassen.

Sein Plan war perfekt. Er führte sämtliche Schweizer Behörden an der Nase herum. Niemand wusste, wo sie ihn finden konnten, wie sie ihn aufhalten sollten, geschweige denn, wer er war. Das würde so bleiben. Bis das bittere Ende unausweichlich war. Dafür würde er sorgen.

Mit erheblich besserer Laune als noch vor ein paar Minuten steuerte er die nächste Ausfahrt an. Er fuhr ab und nahm die

Überlandstraße. Erst einige Kilometer weiter bog er auf eine Nebenstraße ein. Dann auf einen Schotterweg, den vor allem Bauern benutzten, und schließlich auf einen ehemaligen Forstweg. Nach wenigen Metern hielt er den Wagen an und stieg aus. Er ging zu einem Baum. Er bückte sich und löste einen feinen Draht, der über den Weg gespannt war. Mit bloßem Auge war er kaum sichtbar. Schon so manches Tier hatte deswegen hier sein Leben gelassen. Aber was sein musste, musste sein. Es war sein Grund und Boden, und dort hatte niemand etwas verloren. Es sei denn, er gab seine Einwilligung. Er hatte das Recht, sein Land vor Neugierigen und Unbefugten zu schützen. Um nicht zu sagen, abzuriegeln.

Erst das spärliche Licht, das durch das Blätterdach fiel, machte deutlich, dass es nicht nur ein Draht war, den er löste. Ein ganzes Netz, das über eine Höhe von etwa zwei Metern gespannt war, geriet in Bewegung. Es sah aus wie das Werk einer exotischen Spinne. Immer wieder verfingen sich die wenigen Lichtstrahlen, die es bis zum Waldboden schafften, wie Insekten in den Maschen. Bei näherem Hinsehen erkannte man, das das Geflecht leicht flirrte. Das Netz stand unter Strom. Es flossen nur wenige Volt mehr durch die Stränge als bei einem Kuhdraht, aber zum Abschrecken reichte das allemal.

Allerdings nicht für ihn. Er fühlte den Strom zu seinem Bedauern überhaupt nicht mehr. Mit bloßen Händen schob er sein Verteidigungsnetz zurück, stieg wieder in den Wagen und fuhr auf sein Grundstück. Dort sprang er erneut aus seinem Wagen und sicherte das Areal wieder.

Bei jeder Handlung ließ er den Motor des Lieferwagens laufen. Nicht aus Faulheit oder aus Rücksichtslosigkeit der Umwelt gegenüber, sondern weil sie ihn hören sollte. Sie sollte hören, dass er zu ihr zurückkehrte. Und das würde sie, auch mit nur einem Ohr. Selbst von hier aus, wo das Haus noch außer Sichtweite war. Dank der Stille des Waldes wirkte jedes Geräusch ohrenbetäubend. Vorausgesetzt, sie war bei Bewusstsein.

Er ließ den Motor beim Anfahren aufheulen und steuerte die Hütte an. Erst einige Kurven weiter tauchte der einfache Holzbau zwischen den Bäumen auf. Er parkte in der Garage und hüpfte erfüllt von einer plötzlichen Vorfreude auf das Wiedersehen aus dem Wagen. Er riss die Tür zum Nebenraum auf und rief laut: »Ich bin wieder da!«

Als Nächstes hätte er gerne gewusst, was es zu essen gab, wie in einer kitschigen Schnulze.

Natürlich gab es nichts zu essen. Der Ofen war kalt, die Töpfe waren staubig. Wie alles andere in dem Raum auch. Auf dem Frisiertisch herrschte das reinste Chaos. Kein knisterndes Feuer erfüllte den Raum mit heimeliger Wärme.

Aber das war ihm egal. Es gab ein Geräusch, das ihm mehr Empfindungen entlockte als ein warmes Kaminfeuer.

Er hörte ein kratziges Keuchen aus einer Ecke des Zimmers. Er ging auf den hölzernen Stuhl zu, der dort auf dem Erdboden lag. Sie hatte sich einige Mühe gegeben, auszureißen. Offenbar so lange, bis der Stuhl umgekippt war. »Hast du etwa versucht, dich zu befreien?«

Der rasselnde Atem beschleunigte sich.

»Warte, ich werde dir helfen«, meinte er gönnerhaft. Er griff nach ihrem Arm und riss mit ihr den Stuhl hoch. Sie jaulte vor Schmerz.

Er wickelte eine Locke ihres blonden Haars um seinen Finger und schnupperte daran. Ein herrlicher Geruch. Er ließ die Strähne entgleiten und ging zum Frisiertisch. Dort zog er eine

Schublade auf und betrachtete seine Werkzeuge. Er wusste genau, was er ihr antun wollte, bevor er sie gehen ließ. Nur das Werkzeug wollte er heute spontan wählen. Weil er gerade gute Laune hatte. Er suchte sich das Teppichmesser aus.

Breiter Griff, lag gut in der Hand. Scharfe Klinge. Perfekt.

Sie spürte sich nicht mehr. Wenn niemand sie berührte, fühlte sich jede Faser ihres Körpers taub an. Stumpf und taub. Auch ihr Gehirn. Sie konnte nicht mehr denken. Egal, wie sehr sie es versuchte. In klaren Augenblicken wusste sie, dass sie viele Momente hatte, in denen sie halluzinierte. Auch wenn es zu irgendeiner Zeit einen Fluchtweg gegeben hätte, sie wäre nicht in der Lage zu fliehen. Ihre Sinne waren nicht beieinander. Die unmenschlichen Schmerzen, die Einsamkeit, die Ungewissheit und der Unglauben darüber, dass ausgerechnet ihr so etwas zustieß, beschäftigten sie. Im Wachzustand. Im Delirium. Im Schlaf. Ihr Gehirn hatte jede Hoffnung aufgegeben.

Dass er sie jemals gehen ließ. Dass sie gerettet würde.

Ihr Herz hingegen flammte bei jedem noch so kleinen Geräusch erwartungsvoll wieder auf. Es war nicht auszuhalten. Sie konnte dieses Mistding nicht zum Schweigen bringen.

Hoffentlich würde er es tun.

Was für ein Gedanke! Nein! Sofort sträubte sich alles in ihr. Sie wollte nicht sterben!

Aber was für ein Leben war das? Verstümmelt. Halb taub. Blind. Seelisch zerstört. Sie würde niemals wieder ein normales Leben führen können.

Dieser Mistkerl.

Dieser verdammte, verfluchte Schweinehund!

Womit hatte sie dieses Schicksal verdient? Was hatte sie dieser Welt angetan, um hier zu enden?

Sie war dumm gewesen. Und das war die Strafe. So einfach war das. Sie hatte einem wildfremden Mann bereitwillig ihr ganzes Herz geschenkt, obwohl sie schon seit frühester Kindheit davor gewarnt worden war, Fremden zu trauen.

Sie musste pinkeln. Oh Gott! Dabei hatte er ihr seit einer Ewigkeit nichts mehr zu trinken gegeben! Wie war so etwas möglich?

Sie ließ sich gehen. Sie spürte, wie es warm um ihre Schenkel wurde. Die stinkende Flüssigkeit breitete sich aus und rann ihr linkes Bein hinunter. Sie wollte sich übergeben. Würgend kämpfte sie gegen den Reiz an. Bitte nicht, bettelte sie sich selbst an, bitte nicht! Da war doch das Klebeband über ihrem Mund ...

Ein Ruck, und das Band war weg. Fast, als hätte er ihre Gedanken gehört. Wie eine Ertrinkende holte sie keuchend und japsend Luft. Der Brechreiz klang ab.

Dem Himmel sei Dank.

Dem Himmel danken? Wofür?

Sie spürte eine Berührung. Wie der Flügelschlag eines Schmetterlings strich etwas sanft über ihre Wange.

Das war kein Schmetterling. Das war er. Alles in ihr sträubte sich. Sie wollte sich wehren, kämpfen. Spucken und beißen. Aber sie hatte keine Kraft mehr. Sie wünschte sich nicht einmal mehr seinen Tod.

In diesem Augenblick wurde es ihr klar. Er hatte sie gebrochen. Zuerst ihren Willen. Und nun würde er sich ihr Genick vornehmen.

Sie hatte den Gedanken kaum zu Ende gebracht, als er ihren Kopf nach hinten riss.

Er stand vor ihr und betrachtete sie. Ihre nasse, schmutzige

Kleidung. Ihre triefenden, entzündeten Wunden. Er berührte ihre Stirn mit dem Handrücken, in der er das Messer hielt.

Sie hatte hohes Fieber. Der Tod würde sie sowieso holen. Er müsste nichts mehr dazu beitragen.

Aber er wollte. Und er würde. Ihre Zeit war gekommen. Jetzt.

Er griff ihr Kinn, legte Daumen und Zeigefinger fest an die Stelle vor dem Ohr, an dem Ober und Unterkiefer aufeinandertrafen, und drückte zu. Sie hatte keine andere Wahl, sie musste den Mund öffnen.

»So meine Süße, du warst mir eine treue Gefährtin. Dich hatte ich mit Abstand am längsten an meiner Seite. Aber jetzt ist auch für dich die Zeit, zu gehen. Damit du es weißt, so, wie ich dich töten werde, habe ich bislang noch niemanden ermordet. Ich weiß nicht, wie lange ich brauchen werde. Ich weiß auch nicht, wie viel du spürst. Schreien wirst du aber nicht wirklich können. Glaube ich wenigstens. Du fragst dich bestimmt, warum, nicht wahr?« Ein diabolisches Grinsen verwandelte sein Gesicht in eine hässliche Fratze. »Ich sag es dir. Weil ich dir die Kehle durchschneiden werde. Von innen.«

Sie hörte noch das ratternde Geräusch, während er die Klinge aus der Scheide schob. Wie das scharfe Messer in das weiche Gewebe ihres Gaumens schnitt, spürte sie nicht mehr.

Grau

Sein Leben war im Arsch. So richtig. Seine Ehe war hinüber, sein Kind wollte nichts mehr mit ihm zu tun haben. Er hatte Schulden bis unters Dach. Sein Auto musste er bald seiner zukünftigen Exfrau überlassen, als Ersatz für die Unterhaltszahlungen des kommenden Jahres. Wenigstens darauf hatten sie sich einigen können. Dabei war er erst 30. Gut, er hatte seine Frau wohl etwas zu früh kennengelernt. Sein Sohn kam auf die Welt, als er selbst den ersten Marschbefehl bekam. Er wehrte sich nicht dagegen. Er absolvierte die Rekrutenschule, ohne irgendwelche Aufschiebungen zu beantragen. Damals hatte er für sein Verhalten keinen Grund nennen können. Heute schon. Die Frage lautete doch: Was war beängstigender? Ein Neugeborenes oder die RS? Ganz klar Ersteres. Also hatte er sich in die Uniform gestürzt. Seine Lehre hatte er trotzdem beendet, wie die meisten seiner Freunde auch. Nur hatten die eben kein weinendes Kind und keine ewig entnervte Frau zu Hause. Er hatte ihr helfen, ihr bei ihrer Aufgabe unter die Arme greifen wollen. Aber er packte es nicht. Er war doch selbst noch ein Kind und wusste kaum, wie er seinen Sohn richtig in die Arme nehmen musste. Sich aus dem Staub machen, darüber hatte er oft nachgedacht. Getan hatte er es nie. Im Gegenteil. Als die Beziehung so richtig auf der Kippe stand, hatte er ihr einen Heiratsantrag gemacht. Und sie hatte Ja gesagt.

Warum? Keine Ahnung.

Sie gingen wohl beide davon aus, dass sie damit ihre kleine Familie vor dem endgültigen Zerfall retten konnten.

Weit gefehlt. Es machte die Trennung nur noch komplizierter.

Tja, so konnte man sich irren.

Über sich selbst den Kopf schüttelnd, spazierte er weiter seinen üblichen Weg entlang. Die Hände hinter dem Rücken verschränkt, aber mit gestrafften Schultern. Die Haltung eines älteren Mannes, dem die Last des Lebens auf den Schultern lag. Es beugte ihn, aber es brach ihn nicht. Warum auch? Er war noch jung, hatte Freunde, Hobbys. Wie zum Beispiel den Schützenverein.

Heute war kein Training. Leider. Aber bald waren die Ferien vorbei, und es ging wieder los. Auch wenn niemand dort war, schlenderte er zum Schießstand. Er ging regelmäßig dorthin und sah nach dem Rechten. Alle wussten das. Sie erklärten ihn aber nicht für verrückt, sondern machten sich seine Gewohnheit zunutze und gaben ihm einen Schlüssel zu der Anlage. Vielleicht würden sie ihm den Schlüssel wieder abnehmen, wenn sie wüssten, dass er sich manchmal auf der leeren Anlage auch einfach in Position brachte, seine Finger zu einer Pistole formte, zielte und tat, als würde er auf die Scheiben schießen.

Doch das wusste niemand.

Er trat von der Rückseite an den Schießplatz heran. Das flache Holzhaus lag ruhig da. Die Läden waren geschlossen. Alles schien in bester Ordnung. Wie üblich.

Aber irgendetwas stimmte nicht. Er stand hier. Wie gewohnt. Alles sah aus, wie es musste. Doch es fühlte sich falsch an. Mit steigender Nervosität drückte er die Türklinke zum Haus hinunter.

Abgeschlossen. So weit, so gut.

Er zog den Schlüssel aus seiner Softshelljacke, steckte ihn ins Schloss und drehte ihn. Der Riegel gab nach, die Tür sprang auf. Die Räume lagen dunkel vor ihm. Hie und da schimmerte ein Lichtstreifen durch die hölzernen Flügel der Fensterläden. Wie ein Bühnenscheinwerfer setzte dieser Strahl die tanzenden Staubkörner in Szene.

Obwohl er sich dämlich vorkam, rief er laut: »Hallo? Ist hier jemand?«

Keine Antwort. Warum auch? Würde er sich stellen, wenn

er sich unbefugten Zutritt zu einem Gebäude verschafft hätte? Wohl kaum.

Er knipste das Licht an. Der Saal lag ruhig vor ihm. Er ging zu den Toiletten, suchte die gesamten Räumlichkeiten ab.

Alles in bester Ordnung. Nein. Etwas war faul. Er spürte es deutlich.

Er verließ die Hütte, umrundete sie. Sah sich aufmerksam suchend um. Er kam vor dem Schießstand an. Die Klappen der einzelnen Nischen waren geschlossen. Er stellte sich vor sie, das Gebäude schützend im Rücken.

Sein Blick fiel auf die Zielscheiben in 300 Metern Entfernung.

Zielscheiben. Kreisrund. Schwarz-weiß. Zahlen und Linien.

Alle, bis auf die zweite.

»Sie war was?« Jennys Hand zitterte. Ihr rutschte beinahe der Telefonhörer aus der Hand. »Ja. Ja, verstehe. Gut. Danke.« Sie hängte den Hörer ein. Dann tat sie nichts mehr. Sie blieb einfach sitzen und starrte ins Leere. Ihr Kopf war wie leer gefegt. Ihr Gehirn fühlte sich an, als hätte es soeben den Urknall erlebt. Jenny atmete langsam aus, legte die Handflächen auf ihr Gesicht und wartete. Die versprengten Einzelteile kehrten wieder zurück und ordneten sich neu.

Sie sah noch nicht alle Konsequenzen, die dieser Anruf zur Folge hatte, das wusste sie. Sie musste genau darüber nachdenken, damit sie sich für die Folgen wappnen konnte.

Das Telefon klingelte erneut. »Verdammt!«, fluchte sie in ihre Hände. Dann löste sie sie von ihrem Gesicht und riss mit der Rechten den Hörer an ihr Ohr.

Würde sie jemals wieder ein klingelndes Telefon unbedarft

abheben können? Oder wäre in Zukunft jedes Läuten mit einem schlechten Gefühl verbunden?

Sie würde es herausfinden. Falls dieser Albtraum jemals endete. »Hallo?«

»Jenny?«

Jenny klatschte vor Überraschung ihre Linke flach auf die Tischplatte. »Johann! Na endlich! Wo steckst du? Wir haben dich gesucht! Es ging aber immer nur deine Mailbox ran.«

»Das hab ich mir gedacht, als ich die zehn Nachrichten von dir abhörte.«

»Es waren nur fünf.«

»Ich habe sie trotzdem gelöscht.«

Sie hörte, wie Johann grinste. Ihr wurde etwas leichter ums Herz. »Ich verzeihe dir. Aber ich weiß nicht, ob du mir verzeihst, wenn ich deine gute Laune zerstöre.«

»Was ist denn los?«

»Kannst du's dir nicht denken?«

Am andern Ende der Leitung wurde es still.

»Johann?«

»Ich bin noch da. Ich hoffe nur, du willst mir nicht sagen, was ich mir gerade ausmale.«

»Wahrscheinlich schon.« Jenny setzte den Ellbogen auf die Tischplatte und stützte die Stirn auf ihrem Handballen ab.

»Himmelherrgott! Er hat Eva?«

»Was?« Jennys Ellbogen rutschte ab. Sie schrak hoch und setzte sich aufrecht hin. Eigentlich hatte sie gedacht, es könnte keine schlimmere Nachricht mehr geben als die, die sie vorhin erhalten hatte. Aber sie musste sich soeben eines Besseren belehren lassen. »Nein!«, rief sie in den Hörer, und etwas ruhiger setzte sie nach: »Nein. Aber was ich erfahren hab, ist kaum besser. Hab ich dir nicht gesagt, wir müssen weitermachen, um Maria Elmo vielleicht noch lebend zu finden?«

»Hast du.«

»Tja, diese Hoffnung starb mit ihr«, meinte sie sarkastisch.

Irgendetwas knirschte in der Leitung, ehe einer der spontanen Ausbrüche kam, die für den einst sehr zurückhaltenden Johann inzwischen beinahe schon typisch waren. »Scheiße, verdammt! Erzähl's mir. Wo? Wann? Wie?«

»Also zuerst ging bei der Zentrale ein Anruf ein. Eine Reisende in einem Zug meldete einen Gegenstand auf einem Schießplatz, der verdächtig nach einem menschlichen Körper aussah. Da die Frau im Zug saß, die Bahngeleise oberhalb des Schießplatzes entlangführen, ein Großteil ihrer Aussicht von Bäumen verdeckt war und der Zug außerdem auf diesem Streckenstück eine gewisse Geschwindigkeit erreichte, rätselten die Kollegen, wie ernst sie die Sache nehmen sollten. Während sie noch nachdachten, ging eine zweite Meldung ein. Und jetzt halt dich fest. Das ist so abartig. Ein Mann machte seinen sonntagmorgendlichen Spaziergang zum Schießplatz seines Schützenvereins. Wie gewohnt sah er nach dem Rechten – und fand eine Leiche.« Jenny seufzte. »Johann, dieses verfluchte Schwein hat sie an eine Zielscheibe gekettet! Eine Zielscheibe! Er hat sie grauenhaft zugerichtet. Ihre Kehle war aufgeschlitzt. Von innen! Er hat sie richtiggehend ausgeschlachtet. Grün und blau geschlagen, überall klebte Blut. Oh Gott, es ist so schrecklich!«

»Jenny, nicht die Nerven verlieren. Seid ihr sicher, dass es sich um Maria handelt?«

Atmen, Jenny, atmen, mahnte sie sich selbst. »Sie muss schon noch offiziell identifiziert werden, aber die Hinweise sind eindeutig. Leere Augenhöhlen. Ein fehlendes Ohr. Am andern Ohr steckte derselbe Ohrring wie der, der auf dem Golfplatz gefunden worden war. Außerdem war das Opfer blond. Gestützt auf diese Ausgangslage, müssen wir erst recht davon ausgehen, dass der Inhaftierte im Bündnerland der falsche Mann ist. Die einzig gute Nachricht von heute war, dass bei der Zentrale keine brauchbaren Hinweise auf weitere anonyme Briefe oder Vermisste eingegangen sind. Zwar haben die Telefone Sturm geklingelt, nachdem die Medien die Vermisstenmeldungen um die Information über die anonymen Briefe erweitert hatten, aber bisher passt kein Tipp ins Raster.« Jenny dachte an die lange Sitzung, die das Ermittlerteam abgehalten hatte. Man wollte besprechen, mit welchen Informationen man die Medien als Nächstes füttern sollte, damit sie wieder etwas zu schreiben hatten und die immer penetranter werdenden Nachfragen nachließen. Jenny hatte eifrig mitdiskutiert und mithilfe von Weber die Männer schließlich dazu gebracht, die grausigen Funde nach wie vor aus den Medien herauszulassen und die Bevölkerung nur darüber aufzuklären, dass die vermissten Frauen vor ihrem Verschwinden offenbar jeweils einen anonymen Brief von einem gewissen LG mit einer Einladung zu einem Treffen erhalten hatten. Diese News ließ man abdrucken, obwohl der Verdächtige bereits inhaftiert war. Schließlich war es nicht ausgeschlossen, dass noch mehr Frauen einen solchen Brief erhalten hatten und verschwunden waren, ohne dass man bisher von ihnen erfahren hatte. Vielleicht ergaben sich nützliche Hinweise. Etwas, das den Verdächtigen belastete oder einem weiteren Opfer, von dem die Polizei noch nichts ahnte, das Leben retten konnte.

»Meinst du, da kommt noch etwas Brauchbares rein?«

Jenny dachte über diese Frage nach. Ihr Gefühl sagte deutlich Nein. Aber warum? Wie konnte sie sich sicher sein, dass er nicht bereits die Nächste am Haken hatte? Im wahrsten Sinne des Wortes ... Jenny erschauderte und schob den makabren Gedanken beiseite. »Ich bin mir fast sicher, dass nichts kommt. Ich weiß nur noch nicht, warum ich so sicher bin.«

»Weil du einen guten Riecher hast.«

»Danke. Wenn der Riecher nun auch noch die Antworten liefern würde, die wir so dringend benötigen, dann wär er sogar richtig nützlich. Wie dem auch sei, wann bist du hier?«

Keine Antwort.

»Johann?«

Keine Antwort.

Jenny wurde nervös. In der Leitung rauschte es. Dann ein Knacken. Wo war dieser Kerl?

Dann hörte sie etwas, das wie seine Stimme klang. Abgehackt, aber es war da. »Johann!«, rief Jenny in die Muschel.

»Hörst du mich?«, kam die Frage vom anderen Ende der Leitung.

»Ja! Ja, jetzt hör ich dich wieder. Sag mal, in welchem Funkloch treibst du dich denn rum?«

»Das werd ich dir sagen. Vorweg möchte ich aber noch etwas klären. Jenny, sei mir nicht böse, dass ich dich nicht früher informiert habe. Weber weiß von meinen Plänen auch nicht alles, und das bleibt hoffentlich so.« Johann wartete.

Jenny spürte, dass sie ihm versichern sollte, den Mund zu halten, auch wenn sie damit Kopf und Kragen riskierte. Sie wusste, dass Johann bewusst war, was er von ihr verlangte. Sie haderte mit sich selbst und sagte schließlich: »Gut. Ich halt die Klappe. Also, wo bist du?« »Ich bin im Bündnerland.«

Im Bündnerland? Aber warum? »Was um alles in der Welt tust du dort?« Jenny umfasste den Telefonhörer fester und wappnete sich für die Antwort.

»Untersuchungen.«

Untersuchungen? »Johann! Was ist bei dir los?«

»Jenny, sie haben ihn freigelassen.«

Freigelassen. Jenny schnappte nach Luft. »Den Verdächtigen vom Golfplatz?« Aber eigentlich kannte sie die Antwort bereits.

»Ja.«

»Wann?«

»Am Freitagabend.«

Jenny presste fest die Lippen aufeinander, um nicht die Beherrschung zu verlieren. Freitagabend. Warum war bisher niemand darüber informiert worden? Es gab vielerlei Gründe dafür, aber davon wollte Jenny im Grunde genommen nichts wissen.

Es war Sonntagmorgen, und seit dieser Mensch wieder auf freiem Fuß war, hatte man zwei weitere Leichen gefunden. Das konnte einfach kein Zufall sein.

Einen Vorteil hatte die Sache aber. Jetzt wusste man wenigstens, nach wem man suchte, und jagte nicht einem gesichtslosen Phantom hinterher. Außerdem hatte dennoch niemand einen weiteren anonymen Brief und auch keine Vermisste gemeldet.

Weshalb? Weil er nach der Begegnung mit der Polizei untergetaucht war. Das war eine Möglichkeit. Aber das passte nicht auf sein Profil. Er fühlte sich den Behörden weit überlegen, also würde er nicht einfach die Flucht ergreifen. Vielleicht hatte er aufgehört zu jagen, zumindest für den Moment? Bis es wieder ruhiger um seine Taten wurde? Oder hatte er sein Werk beendet? Sie hatte sein Beuteschema noch immer nicht zu einhundert Prozent durchschaut, also lag das genauso im Bereich des Möglichen wie das Gegenteil. Und vom Gegenteil musste sie ausgehen, solange dieses Mistschwein auf freiem Fuß war. Sein Werk beendet … Auf einmal schrillten sämtliche Alarmglocken in Jennys Kopf.

Nein, er hatte sein Werk noch nicht beendet. Eine Überlebende gab es: Eva.

»Johann, wir müssen Weber informieren! Wir müssen Eva schützen!«

»Daran habe ich gedacht und ihm gesagt, wo ich bin. Aber ich habe ihm nicht gesagt, was ich vorhabe. Jenny, mach dir keine Sorgen, Eva wird nichts passieren.«

»Wovon sprichst du?«, fragte Jenny verwirrt.

»Jenny, wenn wir jetzt sämtliche Behörden aufscheuchen, wird er untertauchen und im schlimmsten Fall Eva mit ins Verderben stürzen. Ich will ihn kriegen, bevor er Eva kriegt. Aber mit einer Herde Elefanten fängt man keine Maus.«

Das war also der Grund für die Heimlichtuerei. Ein Alleingang wäre nie bewilligt worden. Doch war Johann dazu überhaupt fähig? Der zurückhaltende, scheue Anfänger mit den hübschen Augen? Johanns Unterfangen wirkte auf Jenny aussichtslos, erstaunlich unüberlegt und unnötig riskant.

Warum war Johann überhaupt unterwegs ins Bündnerland? Weil Weber Eva weggeschickt hatte. Zurück in die Ferien. Verflucht! Er hatte sie direkt in die Höhle des Löwen gejagt! Was hatte sich Weber dabei gedacht? Nichts. Ganz einfach. Überhaupt nichts. Oder doch? War dieser Schachzug Absicht gewesen? Was verheimlichte man ihr alles? Jenny schauderte. Dieser Fall brachte sie noch um den gesunden Menschenverstand. Und sie war nicht die Einzige, die den Bezug zur Realität zu verlieren schien. Johann mutierte offenbar zu einem Rambo. Dabei musste die Sache doch nach wie vor rational angegangen werden. Nicht hitzig.

In dieser Geschichte durfte nicht mehr als ein Monster vorkommen, selbst wenn eines davon auf der richtigen Seite stehen sollte. Vernünftige Maßnahmen wie eine nationale, vielleicht sogar eine internationale Fahndung mussten eingeleitet werden. Ein Einsatzteam musste zusammengestellt und das Vorgehen besprochen werden. Jennys Überlegungen führten alle zu einer logischen Schlussfolgerung: Sie musste Johann aufhalten. Irgendwie. Aber ihre Vernunft verlor das Duell gegen ihre Gefühle. Entschlossen setzte sie zum Sprechen an. »Johann?«

»Ja?«

»Bitte sei vorsichtig.«

Weiß

Es war ein freundlicher, warmer Sonntagnachmittag. Jeder Hotelgast schien nach dem 1.-August-Feuerwerk der vergangenen Nacht aus seinem Loch zu kriechen, um einen Sonnenstrahl zu erhaschen. Ganz egal, wie lange die Nacht gedauert haben mag.

Man hatte das Feuerwerk auf einer Wiese oberhalb des Hotels gezündet, damit man es auch im Tal gut sehen konnte. Natürlich war das Hotel der Veranstalter gewesen, aber das Ganze lief dem Anlass gemäß öffentlich ab, sodass auch Leute aus den umliegenden Dörfern gekommen waren. Für die meisten Anwesenden war das schön gewesen. Für Eva die reinste Tortur. Jede zufällige Berührung, jedes laute Lachen, jeder Ausruf, jedes Klirren, jeder Knall eines Feuerwerkskörpers schreckte sie auf und sorgte dafür, dass sie nervös um sich schaute. Sie fühlte sich verfolgt wie ein gehetztes Karnickel.

Paranoid. Das war das treffende Wort. Aber war ihr diese Reaktion zu verdenken?

»Okay. Bringen wir es auf den Punkt.« Tanja schlug die Beine unter und schob die Sonnenbrille auf den Kopf.

Eva erwachte aus ihren Gedanken und sah verdutzt auf. »Wie bitte?«

»Genau das meine ich. Du bist so gedankenverloren. Aber sieh es doch mal so: Du hast diesen anonymen Brief bekommen, und Chris hat ihn gemeldet. Seither hast du nichts mehr von der Polizei gehört, also betrifft dich dieser Artikel nicht. Wenn irgendeine Gefahr bestehen würde, wüsstest du es. Dann noch die Aussprache mit Sam. Du hast gestern kein Wort darüber verloren, aber seither schwirrst du in anderen Sphären. Den Höhepunkt deines seltsamen Verhaltens hast du gestern erreicht, als du dich kurz nach Mitternacht auf dein Zimmer verzogen hast. Du hättest etwas Falsches gegessen, war deine Begründung gewesen. Du erinnerst dich?«

»Natürlich. So war es ja auch«, meinte Eva abwehrend.

»Du erinnerst dich auch, wem du gerade gegenübersitzt?«

Ja. Ihrer Freundin, der sie verheimlicht hatte, dass die Polizei sehr wohl mit ihr in Kontakt gestanden hatte. Der sie nicht sagte, dass sie eines der größten Risiken ihres Lebens eingegangen war. Der sie nicht anvertraute, dass sie von dem Fall weit mehr wusste, als in der Zeitung stand. Der sie verschwieg, dass sie Angst hatte, dieser Irre würde ihr auflauern, obwohl Jenny sie gleich nach der Verhaftung des voraussichtlich Gesuchten über die guten Neuigkeiten informiert hatte.

Ach, was sollte diese Heimlichtuerei eigentlich?

Eva beschloss, Tanja die Wahrheit zu sagen. Die ganze

Wahrheit. Sie musste es sich einfach von der Seele reden. Auch unter dem Risiko, dass Tanja ausrasten würde. »Tanja? Ich schätze, ich muss dir etwas beichten, und dabei geht es nicht nur um Sam.«

»Hallo die Damen! Na, geht es dir besser, Schwesterchen?« Chris schlenderte auf die Terrasse. Er war aber nicht so leichtfüßig unterwegs wie gewohnt. Er beugte sich zu seiner Schwester hinunter, gab ihr einen Kuss auf die Stirn. Der Gesichtsausdruck der beiden Frauen verriet ihm aber schnell, dass er soeben in ein wichtiges Gespräch hineingeplatzt war. »Hoppla. Ich stör doch nicht etwa?«

»Doch, tust du«, antwortete ihm Tanja freiheraus.

»Nein, es ist schon okay. Wirklich.« Eva zauberte ein Lächeln hervor, hinter dem sie tapfer hinunterschluckte, was ihr auf der Zunge brannte.

»Wartet. Es geht hier um die Sam-Sache oder?« Chris wartete die Antwort überhaupt nicht erst ab. Er deutete mit dem Finger an, sie sollten kurz warten, ging an einen der umliegenden Tische und zog sich von dort einen freien Stuhl heran. Er setzte sich den Frauen gegenüber und fixierte seine Schwester. »Okay. Da möchte ich auch noch etwas loswerden. Eva, es tut mir leid. Es tut mir leid, dass ich in meinem blinden Männerdenken nicht realisiert habe, was zwischen Sam und dir los war. Dass ich in meinem Egoismus nicht sehen wollte, wie wichtig es gewesen wäre, dich zu unterstützen, anstatt auch einfach wegzugehen und damit wegzusehen. Ich habe in meiner Aufgabe als großer Bruder versagt. Kannst du mir das verzeihen?«

Keine Reaktion. Eva blieb regungslos sitzen. Chris konnte nicht einmal zuordnen, ob sie ihn überhaupt ansah, weil die verspiegelte Sonnenbrille ihre Augen verdeckte. Er musterte seine Schwester skeptisch.

Dann, auf einmal, ein Glucksen.

Chris konnte das Geräusch nicht zuordnen. Hilfesuchend schaute er zu Tanja, die allerdings nur ratlos den Kopf schüttelte.

Noch ein Glucksen. Dann ein Schniefen. Schließlich wischte sich Eva mit dem Handrücken die Nase ab.

Weinte sie etwa? Chris war nicht mehr wohl in seiner Haut. Mit jeder Reaktion seiner Schwester hätte er umgehen können. Gewalt, Hysterie, Wutanfall. Aber nicht mit Tränen. Behutsam legte er eine Hand auf ihr Knie. »Eva, ich weiß nicht, was ich sagen soll …«

»Dann halt die Klappe!« Sie stieß die Worte hervor, holte gleich darauf heftig Luft und … lachte. Lauthals. Tränen kullerten ihr unkontrolliert über die rot angelaufenen Wangen. Sie krümmte sich und hielt sich den Bauch. Ihr Lachen war so ansteckend, dass Tanja und Chris mit einstimmten, ohne überhaupt zu wissen, warum Eva lachte.

Eva wusste es selbst nicht einzuordnen. War es ein Nervenzusammenbruch? Falls ja, wollte sie mehr davon. Die ganzen Gefühle brachen aus ihr heraus, bis nur noch eine wohltuende Leichtigkeit und feuchte Backen übrig blieben. Die Tränen begannen bereits zu trocknen, und das Salz spannte leicht auf ihrer Haut. »Bitte entschuldigt, ich weiß nicht, woher das kam. Chris, so unbeholfen hast du den großen Bruder noch selten gemimt. Du hast deine Sache gut gemacht. Fühl dich bitte nicht verantwortlich dafür, dass du dein eigenes Leben in die Hand genommen hast, anstatt mein Händchen zu halten. Du warst für mich da. Immer, wenn ich danach verlangt habe. Du hast mich gefordert, aber auch beschützt, behütet und verteidigt, wann immer es nötig war. Sam und ich waren eben Sam und ich. Wie wir handelten und entschieden, war unsere Sache. Keiner von uns hat je erwartet, dass du die Position dazwischen einnimmst. Keiner von uns beiden hat dir einen Vorwurf gemacht, selbst wenn unser Denkvermögen von unseren Teenagerhormonen noch so betäubt gewesen war. Also bitte, sei so gut und wisch dir diese Schuldgefühle aus dem Gesicht. Sie stehen dir nicht.« Um ihre Aussage zu unterstreichen, nahm Eva ihre Sonnenbrille ab, setzte sich auf die Kante ihres Sessels, sah ihren Bruder fest an und umfasste sein Gesicht mit beiden Händen. Dann lächelte sie, ehrlich und aufrichtig, streichelte liebevoll über die unrasierte, stoppelige Haut und ließ dann die Hände wieder sinken. »Ihr beide solltet zusehen, dass ihr euer Beziehungsding in Ordnung bringt, anstatt euch um meines zu kümmern. So, und wenn ihr mich jetzt entschuldigt, ich muss aufs Klo.« In dem Moment, als Eva sich erheben wollte, spürte sie, wie ihr Mobiltelefon in der Gesäßtasche ihrer Jeans vibrierte. Sie zog es heraus und warf einen kurzen Blick auf das Display.

Sie kannte die Nummer nicht.

Trotz der warmen Sonnenstrahlen fröstelte Eva.

Sie zögerte, ließ das Telefon dann aber wieder in ihrer Tasche verschwinden, ohne den Anruf zu beantworten.

»Ist was?« Tanja beobachtete Eva genau.

»Nein. Alles in Ordnung. Es hat sich nur mein Akku gemeldet.« Eva räusperte sich, stand auf und ging. Dabei rempelte sie beinahe den Mann in der eleganten Kelleruniform an, der sich unbemerkt genähert hatte. Eva wich erschrocken zurück. Der Mann blieb unbeeindruckt. »Frau Siedler?«

»Ja?«

»Telefon für Sie.«

Eva stockte der Atem. Ihr Herz begann, wild zu klopfen. Was hatte das zu bedeuten? Sie ließ sich nichts anmerken, um die beiden andern nicht zu beunruhigen. Obwohl sie wusste, dass sie genauso auf der Hut waren.

»Wer ist es denn?«, fragte Tanja den Uniformierten über die Rückenlehne ihres Sessels hinweg.

»Das kann ich Ihnen nicht sagen. Tut mir leid«, und an Eva gewandt fügte der Mann an: »Sie können den Anruf an der Rezeption entgegennehmen.«

Eva räusperte sich. »Ich komme. Vielen Dank.«

Ohne einen Blick zurück verließ Eva die Veranda. Sie durchquerte die Halle der Rezeption in großen Schritten. Als sie bei Emilio ankam, wartete dieser bereits mit dem Hörer in der Hand. Eva nahm ihn entgegen. Sie bemerkte erst jetzt, wie ihre Hände zitterten. Bemüht, ihre Stimme unter Kontrolle zu behalten, meldete sie sich schließlich. »Ja, hallo?«

»Eva Siedler?« Der Anrufer klang gehetzt.

»Ja?«, antwortete Eva vorsichtig.

»Frau Siedler, Eva, ich mache es kurz. Mein Name ist Johann, ich arbeite für die Basler Polizei und bin ein Kollege von Jenny. Es gibt da etwas, das sie unbedingt erfahren müssen.«

Grau

»Einen Augenblick bitte.« Jenny drückte den Anruf in die Warteschleife, schlich um ihren Tisch herum und vergewisserte sich, dass niemand sie beobachtete. Dann huschte sie zurück an ihren Platz und holte den Anrufer aus der Schleife. »Eva? Sind Sie noch dran?«

»Ja.«

»Gut. Es war richtig von Ihnen, mich anzurufen, um sich zu überzeugen, dass Johann der ist, der er vorgibt zu sein, und ob seine Informationen zutreffen. Das Entsetzliche daran ist, dass es stimmt. Man hat den Verdächtigen laufen lassen.«

»Dann kennen Sie diesen Johann?«

»Ja. Er ist bei der Polizei, und wir arbeiten in diesem Fall eng zusammen. Wir sind natürlich nicht die Einzigen. Das Ermittlerteam ist riesig, nur hat es sich eben ergeben, dass wir Ihre Ansprechpartner sind.«

»Warum habe ich dann noch nie von ihm gehört oder etwas von ihm gesehen?«

»Sie hatten mit Weber zu tun. Johann wurde anderweitig eingesetzt. Da kann es gut sein, dass Sie sich nie über den Weg gelaufen sind.«

»Der Verdächtige ist draußen. Jetzt meldet sich dieser Johann und will mich treffen. Warum? Gibt es etwas über diesen Verdächtigen, das er mir verheimlicht hat?«

»Er hat nicht gesagt, warum Sie ihn treffen sollen?«

»Nein.«

Scheiße. Wie viel durfte Jenny Eva preisgeben, um Johanns Einsatz nicht zu gefährden? Wenn Eva erfuhr, dass hinter Johann keine Kavallerie stand, würde sie sich ihm dennoch anvertrauen oder die Polizei alarmieren?

Die Polizei alarmieren. Das wäre das einzig Vernünftige. Und das, was auch Jenny hätte tun sollen. Handkehrum, wie viel Wissen war gesund für Eva? Je weniger, desto besser.

Jenny beschloss, Eva vorerst nur das Nötigste zu erzählen und den Rest irgendwie im Hintergrund zu regeln, damit möglichst alle heil aus der Sache herauskamen. Die Frage war nur, wie sollte sie das anstellen?

»Jenny, sind Sie noch dran? Hallo?«

»Ja, ja, ich bin da. Ich denke, er wollte am Telefon nicht zu viel verraten, das möchte ich auch nicht. Folgen Sie seinen Anweisungen und treffen Sie sich mit ihm, dann wird er Sie aufklären.«

»Jenny!« Webers Stimme donnerte durch die Gänge.

Mist. »Okay, hören Sie, ich muss jetzt auflegen. Aber bitte, bleiben Sie ruhig. Alles wird gut, versprochen! Ich kümmere mich darum.« Jennys Hörer kam in dem Moment auf der Gabel zu liegen, als Weber sich vor ihrem Schreibtisch aufbaute.

»Jenny, was soll das? Warum wurde ich nicht früher von Johann oder von Ihnen über die neue Entwicklung im Zerreißerfall informiert? Der Bastard ist frei und präsentiert uns seither ungeniert weitere Leichen! Verflucht noch mal! Wo ist Johann?«

Jenny schluckte. Sie wagte es kaum, Weber in die rot geränderten Augen zu schauen. Er sah schlecht aus. Als hätte er kein Auge zugetan. Hatte er wahrscheinlich auch nicht. Genauso wenig wie alle anderen, die an diesen Morden arbeiteten. Hätte Jenny nicht eine Menge Make-up im Gesicht, wäre ihre Haut bestimmt auch schon so kalkweiß wie die ihres Vorgesetzten. »Johann ist wie mit Ihnen besprochen unterwegs ins Bündnerland.« Sie betete, Weber würde dazu keine weiteren Fragen stellen.

Er fragte tatsächlich nicht weiter. Stattdessen fixierte er sie. Sein Blick bohrte sich in ihren Körper wie tausend Dolche.

»Die Akten über diesen Golfplatzangestellten sind inzwischen bei uns eingegangen«, versuchte Jenny das Gespräch von Johann abzulenken.

»Hab ich mitbekommen«, knurrte Weber. »Das Team arbeitet intensiv und Hand in Hand mit den anderen Kantonen daran, das Leben dieses Mannes auseinanderzunehmen. Sie durchforsten jedes Detail. Schließlich kann es kaum sein, dass er einen ganzen Lieferwagen einfach verschwinden lässt, seine Opfer quält, ermordet, zerstückelt, über längere Zeit festhält und dabei keinerlei Spuren hinterlässt! Irgendetwas muss da sein! Ein Unterschlupf, ein Fuchsbau. Irgendwas!«

Die Blutbahnen an Webers Schläfen begannen zu pochen. So sehr, dass Jenny innerlich das Gelernte aus dem Erste-Hilfe-Kurs repetierte.

Da krachte seine Faust auf ihre Tischplatte. Er beugte sich weit zu ihr hinunter. »Und Sie, Jenny, Sie suchen weiter nach dieser gewissen Gemeinsamkeit bei den Opfern. Leider kann ich Ihnen dabei niemanden zur Seite stellen, die werden alle woanders gebraucht. Vorrangig bei der Großfahndung.«

»Großfahndung?«, fragte Jenny entsetzt.

»Natürlich! Was haben Sie denn geglaubt? Alles steht kopf!«

»Und Eva Siedler?«

Webers Telefon klingelte, und er stampfte davon, ohne Jennys Frage zu beantworten. Nicht aber, ohne noch einmal auf Jenny zu deuten. »Sie wissen, was Sie zu tun haben. Und schicken Sie Johann zu mir, sobald er zurück ist!«

Aber Eva einfach uninformiert sich selbst zu überlassen war doch fahrlässig, wollte Jenny ihm noch hinterherrufen. Eva war das einzige Opfer, das noch lebte. Soweit man wusste. Ihres Erachtens würde dieser Killer lieber mit Eva untergehen, als sie laufen zu lassen. Vor allem, da er sich, wie sie Johann schon gesagt hatte, der Polizei weit überlegen fühlte. Aber das war ihre Einschätzung als Laie. Sozusagen. Denn Profilerin war sie ja offiziell noch immer nicht. Jenny dachte an Johann und ließ Weber ziehen. Wäre Johann nicht in Evas Nähe, würde sie alle Hebel in Bewegung setzen. Aber sie wusste etwas, das Weber nicht wusste. Eva wurde bewacht, und das war gut so.

Jenny drehte sich zu ihrem Bildschirm und ihrem Aktendurcheinander um. Sie versuchte, alles Blockierende und Unnötige aus ihrem Kopf zu verbannen. Ihren müden Verstand nur auf die eine wichtige Sache zu fokussieren.

Die Verbindung zwischen den Opfern. Nach der Begegnung mit Stefan aus der Forensik war Jenny ihrer Eingebung gefolgt. Sie hatte aufgehört, eine Verbindung zwischen den Opfern zu suchen. Stattdessen hatte sie sich darauf konzentriert, eine Verbindung unter den Verwandten der Opfer zu finden. Sie hatte die Suche bei den nächsten Verwandten, den Eltern, begonnen. Welcher Sinn dahintersteckte, bei einer Gemeinsamkeit der Eltern die Töchter um die Ecke zu bringen, war Jenny bis jetzt nicht klar, aber sie hoffte, diese Antwort zu erhalten, sobald sie die Verbindung fand.

Offensichtliche Gemeinsamkeiten wie Hobbys, soziale Engagements, Nachbarschaft, Freundschaft, Feindschaft hatten nichts ergeben. Die einen Eltern der Opfer gingen in ihrer Jugend noch nicht einmal mit den anderen auf dieselben Schulen.

Diese Abklärungen auf die weiteren Verwandten auszudehnen war wiederum eine unglaublich zeitraubende Arbeit. Noch weiter ins Detail zu gehen war die sprichwörtliche Suche nach der Nadel im Heuhaufen.

Die Suche war ein einziger Leerlauf. Dennoch nagte das aufreibende Gefühl an Jenny, irgendetwas übersehen zu haben.

Sie lenkte ihre Gedanken um.

Maria Elmo. Warum hatte er sie an eine Zielscheibe gekettet? Normalerweise ließ er seine Opfer liegen. Die Theorie mit dem Engel, der vom Himmel fällt. Auf Maria passte sie nicht. Musste Maria ebenfalls bestraft werden, genau wie Melanie? Melanie hatte er als Vogelscheuche ausgestellt, an den Pranger gestellt, wie Johann es formuliert hatte. Vorausgesetzt, diese These stimmte, wandte er sie dann auch auf Maria an? Aber warum? Hatte sie die Verabredung etwa auch versäumt? Oder musste sie als Ersatz für Eva herhalten?

Maria musste dafür büßen, dass er an Eva nicht herankam.

Maria war als Engel eingeplant gewesen, nicht als Teufel.

Alles nur Theorie. Vielleicht teilweise auch etwas weit hergeholt, aber durchaus stimmig und damit möglich.

Aber sie brauchte Fakten! Es war zum Verzweifeln. Jenny schob sich die Finger in ihr Haar, das heute nur halbherzig hochgesteckt war. Für aufwendigere Frisuren hatte sie im Moment weder Zeit noch Geduld.

Weiter.

Er sprach mit ihnen. Durch die Art, wie er die Leichen in Szene setzte.

Eva. Womöglich das letzte Opfer. Die einzig Überlebende. Die Letzte auf seiner Liste. Sekunde mal.

Eva Siedler. Wie weit hatte man eigentlich sie schon durchleuchtet?

Weiß/Schwarz

Eva saß auf dem Bett in ihrem Hotelzimmer. Ihr Mobiltelefon hielt sie zwischen den Fingerspitzen und übergab abwechselnd die untere Ecke in die rechte Hand, die obere in die linke und umgekehrt. Währenddessen beschwor sie die Uhr, schneller zu laufen, und ihr Gehirn, endlich eine Lösung zu präsentieren. Doch das Gehirn versagte seinen Dienst, die Gefühle fuhren Achterbahn, und ihr Magen rebellierte. Das wiederum war gut, denn sie hatte sich nach den Telefongesprächen auf der Gästetoilette übergeben, was Tanja per Zufall mitbekommen hatte. So konnte sich Eva ohne große Erklärungen von den andern entfernen und sich in ihrem Zimmer verschanzen. Bisher respektierten alle Evas Wunsch, allein sein zu wollen.

Das Surren von Evas Handy riss sie aus ihren Gedanken. Beinahe hätte sie es fallen gelassen bei dem Versuch, es richtig in die Hand zu nehmen.

Sie schaute auf das Display. Vier Uhr nachmittags. Wann hatte die Zeit beschlossen zu rasen, nachdem sie anfangs nicht hatte vorbeigehen wollen?

Dann betrachtete sie die Nummer des Anrufers. Rufnummer unbekannt. Das Herz rutschte ihr in die Hose. Was, wenn jemand anderes in der Leitung war als der Erwartete? Sie dachte kurz darüber nach, den Anruf einfach zu ignorieren.

Verzweifelt fluchend, nahm sie ihn dann doch entgegen. Sie setzte den Ellbogen ihres freien Arms auf dem Knie auf und stützte ihre Stirn mit der Handfläche ab. Sie musste sich nicht melden. Der Anrufer sagte schlicht »jetzt« und legte wieder auf.

Das war es also gewesen. Das vereinbarte Zeichen. Eva atmete tief durch und erhob sich langsam von ihrem großen weichen Bett, das so einladend wirkte. Könnte sie sich hier nicht einfach verkriechen und die Welt da draußen vergessen? Das wäre wunderbar, aber auch nur so lange, bis die Welt sie in diesem Zimmer fand und die Probleme sie mit ihrer ganzen Härte aus den Laken schmissen.

Oh Gott, warum sie?

Es half alles Selbstmitleid nichts. Sie musste da raus. Sie musste sich stellen, um dem ganzen Horror ein Ende zu setzen.

Eva schlüpfte in ihre Turnschuhe, die neben der Tür standen, nahm den Trenchcoat, der über der Stuhllehne hing, und öffnete die Tür vorsichtig einen Spaltbreit.

Sie spähte hinaus, um sich zu vergewissern, dass der Korridor leer war. Sie hatte keine Lust, sich irgendjemandem erklären zu müssen, also war es besser, jede Begegnung mit anderen Menschen zu meiden. Sicherheitshalber tastete sie die Taschen des Trenchcoats ab. Zimmerschlüssel, kleine Brieftasche und Mobiltelefon trug sie bei sich.

Eva verließ ihr Zimmer und zog die Tür hinter sich zu. Sie schlich den Korridor entlang und kam sich dabei unglaublich dämlich vor. Wann hatte sich ihr Leben in eine Folge von Columbo verwandelt?

An der Gabelung der Gänge angekommen, spähte sie um die Ecke.

Niemand in Sicht, niemand zu hören.

Sie ging weiter. Währenddessen dachte sie darüber nach, wie sie auf ihrem Weg nach draußen die Lobby umgehen konnte. Sie durfte es nicht riskieren, Emilio über den Weg zu laufen. Egal, wie sehr sie sich bemühte, sie würde nicht unbemerkt an ihm vorbeikommen. Gab es da nicht eine unterirdische Lieferantenzufahrt, deren Ausgang etwa fünfhundert Meter hinter dem Hotel endete, vor den Blicken der Gäste geschützt?

Damit die Gäste sich von den anrollenden Fahrzeugen nicht gestört fühlen, wurde die Ausfahrt weiter nach hinten versetzt. Bäume dienen zusätzlich als Sichtschutz, hatte Sam einmal erwähnt.

Nur, wie kam sie dahin? Sie stellte sich in die Mitte der sich kreuzenden Flure und besah sich die Möglichkeiten eines jeden Weges. Hinter ihr lagen nur Zimmertüren. Der Notausgang war alarmgesichert. Zu ihrer Rechten führte eine Treppe in das Treppenhaus, das sich letztendlich mit demjenigen der Lobby verband. Zu ihrer Rechten befanden sich die Fahrstühle. Seit sie hier war, hatte sie den Fahrstuhl nur ein einziges Mal genutzt – um zur Wellnessanlage zu gelangen.

Um die Privatsphäre der Gäste zu schützen, gelangt man mittels Lift ohne den Umweg durch die Lobby direkt in die Wellnesslandschaft, hallte Sams Stimme erneut in ihrem Kopf wider. Das Wellnesscenter hatte auch einen Bereich, der unterirdisch angelegt war. Ob sie das weiterbrachte?

Eva ging zu den Aufzügen und drückte den Knopf neben der blank polierten Tür. Der Aufzug setzte sich leise surrend in Bewegung.

Was, wenn jemand drin war?

Aber da war es schon zu spät. Die Ankunft der Kabine wurde mit einem leisen Pling angekündigt. Hier bleiben oder wegrennen?

Eva zögerte eine Sekunde zu lang. Die Tür glitt auf. Mit klopfendem Herzen schaute sie ins Innere der Kabine.

Leer.

Erleichtert schlüpfte sie hinein, drückte die Taste mit dem –1 und klickte dann ungeduldig auf den Knopf, der für das manuelle Schließen der Tür zuständig war. Als die Tür endlich zuging und der Lift sich in Bewegung setzte, ließ Eva sich erleichtert gegen die Wand sinken.

Sie konnte nur kurz aufatmen, da hielt der Fahrstuhl schon wieder. Sie streckte den Kopf hinaus. Warme, feuchte Luft schlug ihr ins Gesicht. Der Geruch nach Chlor und ätherischen Ölen hieß sie willkommen. Vor ihr prangte ein Pfeil mit der Aufschrift Dampfbad. Und nun?

Aus der Nasszone drangen Stimmen, Wasserplätschern und sanfte Musik. Aber hier im Eingangsbereich war niemand. Sie ignorierte den Pfeil und setzte sich in die entgegengesetzte Richtung in Bewegung. Tatsächlich wurden nach einer Biegung die mit unterschiedlich blauen Mosaiksteinchen verzierten Wände durch triste, graue Betonmauern abgelöst.

Je weiter sie dem Korridor folgte, desto betriebsamer wurden die Geräusche, und auf einmal fand sie sich inmitten von Gemüsekisten wieder. Zwei Männer standen vor einem Lastwagen mit offener Ladefläche und brüllten sich gegenseitig Befehle zu. Eva nutzte die Gunst der Stunde, drückte sich an dem Lastwagen vorbei und fand sich in einer Art Garageneinfahrt wieder. Offenbar hatte sie die Lieferantenzufahrt gefunden. Sie eilte auf das Tor zu, schlüpfte durch eine dort eingelassene Tür und sah sich auf einmal mit dem hellen Tageslicht konfrontiert.

Das wäre geschafft. Nun musste sie noch den Vitaparcours finden, den dieser Johann erwähnt hatte. Sie entfernte sich hastig vom Tor. In einiger Distanz sah sie sich um. Sie wusste in etwa, wo der Parcours entlangführte, und mithilfe ihres Handys fand sie einen Weg, der sie von ihrer Position direkt zu Station 10 brachte.

Eva verschwand im Wald. Sie gab sich betont ruhig. Schlenderte wie eine normale Spaziergängerin den Pfad entlang. Innerlich war sie aufgewühlt und auf der Hut.

Hinter jedem Baum, jedem Busch, ja sogar jedem Blatt und bei jedem Geräusch erwartete sie, dass jemand hervorgeprescht kam. Aber da war niemand. Weit und breit war niemand zu sehen.

Die Vögel zwitscherten und erhoben sich mit kräftigen Flügelschlägen aus den Baumwipfeln. Die Luft im Wald war kühl und roch nach feuchtem Moos. Hie und da brach die Sonne durch das Blätterdach. Ein leichter Wind brachte das Laub zum Tanzen. Es lag nichts Bedrohliches in der Luft. Langsam entspannte sich Eva. Vielleicht kam er ja gar nicht. Dann war die Sache auch erledigt und hoffentlich ausgestanden.

Sich an diesem Hoffnungsschimmer festhaltend, schloss sie kurz die Augen und atmete tief die laue Brise ein.

Sie öffnete die Augen wieder, und da stand er. Direkt vor ihr.

Der Schreck saß, so tief, dass der Schrei in ihrer Kehle stecken blieb. Sie konnte sich nicht von der Stelle rühren. Ihre Gliedmaßen gehorchten ihr nicht mehr.

»Hallo Eva.«

Seine Stimme war aalglatt. Sein Blick eiskalt.

Sie sah in sein Gesicht, in seine Augen, und auf einmal regten sich Erinnerungen.

Eine Hütte. Eine Explosion. Ein Feuerball.

»Du?«, stieß Eva mit Mühe hervor.

»Lange her, nicht wahr?« Sein Gesicht verzog sich zu einer Fratze.

»Was tust du hier?« Sie hatte die Frage kaum gestellt, da kannte sie auch schon die Antwort: Sie stand Angesicht in Angesicht mit ihrem Mörder.

»Nein«, flüsterte sie nur. Dann brach der Überlebensinstinkt in ihr durch. Sie stieß ihn weg, er taumelte. Eva nutzte die Gunst des Moments, drehte sich ab und rannte blindlings los. Aber er war schneller. Er fing sich wieder, griff nach ihrem Arm und erwischte ihre Jacke. Sie strauchelte, wollte sich losreißen. Sie tastete nach dem Riegel ihres Reißverschlusses, bekam ihn zu fassen. Hektisch zerrte sie daran, aber der Reißverschluss blockierte. Panisch riss sie weiter, wand sich, schlug um sich, versuchte, ihren Verfolger abzuschütteln. Mit Erfolg. Er griff immer wieder nach ihr, doch er erwischte sie nicht richtig.

Nach einer gefühlten Ewigkeit hörte Eva Stoff reißen. Sie fühlte, wie der Widerstand nachgab. Eva schlüpfte aus der Jacke. Sie wähnte sich bereits in Freiheit, als sie im letzten Moment spürte, wie sich eine Hand um ihr Handgelenk schloss …

Grob riss er sie zu sich, drehte ihr das Handgelenk auf den Rücken und schlang den anderen Arm um ihren Hals. Den Mund ganz nah an ihrem Ohr flüsterte er: »Wo willst du denn so schnell hin? Wir sollten unser Wiedersehen feiern, findest du nicht?«

Sie setzte sich zur Wehr. Wand sich unter seinem Arm. Versetzte ihm einen Schlag mit dem freien Ellbogen. Trat ihm auf den Fuß, kickte rückwärts gegen sein Schienbein. Versuchte, seinem eisernen Griff zu entkommen. Aber mit jeder Bewegung zog er stärker an ihrem Arm, drückte ihr die Kehle weiter zu.

Angestrengt ächzend, versuchte sie es schließlich mit Drohen: »Lass mich los! Du hast keine Chance! Die Polizei wird gleich hier sein!«

»Schätzchen«, hauchte er ihr ins Ohr, »ich bin die Polizei.«

Grau

Jenny starrte den Telefonhörer an. Das Gespräch mit der Dame des Sekretariats der ehemaligen Schule von Eva Siedler war erfreulich einfach gewesen. Sie hatte sämtliche Auskünfte ohne große bürokratische Schwierigkeiten erhalten.

Kein Wunder. Denn nach dem, was Jenny von der Schule und aus den bereits vorliegenden Akten wusste, war Eva Siedlers Leben ganz normal verlaufen. Sie blieb in der Schule noch nicht einmal sitzen. Keine Auffälligkeiten im Sozialleben, nach der regulären Schulzeit absolvierte sie eine kaufmännische Ausbildung, übernahm einen Bürojob. Sie zahlte ihre Steuern und auch ihre Strafzettel, von denen sie einige wegen überhöhter Geschwindigkeit und Falschparkens erhalten hatte. Sie gehörte keinem Verein an, war in keinem Fitnessstudio gemeldet und frönte nicht direkt einem Hobby. Keine Betreibungen, keine Einträge im Strafregister. Kerngesund. So weit, so gut. Und doch gerät sie ins Visier eines kranken Serienkillers. Warum? Jenny dachte darüber nach, was für ihre Nachforschungen noch fehlte. Sie besah sich die Stichworte, die sie auf ein Blatt Papier gekritzelt hatte. Dort standen als Überbegriffe die Worte Freizeit, Sozialleben, Beruf, Ausbildung. Darunter waren dann die detaillierten Infos aufgeführt. Alles passte in eine Rubrik, bis auf das Wort kerngesund. Das stand am unteren Rand der Seite. Und genau das war es, was Jenny auf einmal förmlich ansprang.

Kerngesund. Wie kam sie darauf? Woher hatte sie diese Information genommen? Jenny konnte sich nicht erinnern, ein Krankenblatt, ein Arztschreiben oder sonst etwas in der Art in den Akten gesehen zu haben. Sie ging noch einmal die Papiere durch und stieß dabei auf die Notiz eines Kollegen: »Anruf beim Hausarzt von E. S. Keine Auffälligkeiten in den Krankenakten. Ein kurzer Krankenhausaufenthalt während der Schulzeit wegen einer Verbrennung und Prellungen, ansonsten gelegentliche Konsultationen beim Hausarzt wegen normaler Infektionskrankheiten wie z. B. Grippe.«

Das war's. Jenny las die Notiz noch einmal. Krankenhaus wegen einer Verbrennung und Prellungen. Moment, die Dame des Schulsekretariats hatte doch eine Bemerkung über einen Unfall gemacht, der es sogar in die Zeitung geschafft hatte. Jenny dachte kurz darüber nach, ob sie dieser Geschichte auf den Grund gehen sollte. War es relevant für den Fall?

Jenny wusste es nicht. Aber etwas anderes, dem sie nachgehen konnte, hatte sie nicht. Sie nahm den Zettel, auf dem die Telefonnummer der Arztpraxis und die Privatnummer des Arztes standen. Da Sonntag war, versuchte sie es, wie schon bei der Angestellten der Schule, gleich bei dem Mediziner zu Hause. Eine Frauenstimme meldete sich am anderen Ende. Jenny erklärte, dass sie von der Polizei sei, und noch ehe sie zweimal Luft geholt hatte, war der Doktor höchstpersönlich am Apparat. Aufgrund des Gesprächs mit Jennys Kollegen war der Arzt bereits über die Aktivitäten der Polizei im Bilde. Er sicherte Jenny ohne Umschweife die umgehende Zustellung der Krankenakten von Eva Siedler zu. Er habe nämlich alle seine Patientenakten digitalisiert, um sie immer abrufbereit zu haben. Während Jenny den Arzt insgeheim zu seiner Umsicht beglückwünschte, dankte sie ihm und legte auf. Jetzt blieb nur noch zu hoffen, dass die Krankengeschichte von Frau Eva Siedler etwas Interessantes ausspuckte. Jenny musste sich aber eingestehen, dass sie selbst nicht so richtig daran glaubte.

Um die Zeit zu überbrücken, machte sich Jenny daran, mehr

über diesen Unfall herauszufinden. Sie startete das Internet und gab aufs Geratewohl den Namen Eva Siedler ein.

Keine Treffer.

Jenny versuchte es weiter mit Eva S.

Während die Suchmaschine die Ergebnisse auflistete, begann das Faxgerät am anderen Ende des Raumes zu surren.

Jenny, in Gedanken bereits am Faxgerät, überflog schnell noch Seite eins der Trefferliste auf ihrem Bildschirm, allerdings ohne etwas Interessantes zu entdecken. Erst als sie sich zu Seite zwei durchklickte, weckte ein Link ganz oben ihr Interesse. Der Pfad führte zu einem Zeitungsarchiv. Jenny klickte den Link an, wartete aber nicht, bis die Seite vollständig geladen war. Sie stand vorher auf und ging zum Faxgerät, das Seite für Seite die Krankenakte von Eva Siedler ausspuckte.

Nach fünf Seiten war Schluss. Jenny zog die Papiere aus dem Ausgabefach und begann zu lesen. Vor allem der Vorfall mit der Verbrennung zog ihre Aufmerksamkeit sofort auf sich.

»Krankenhaus. Diverse Prellungen und Schürfwunden. Nachbehandlung beim Hausarzt«, murmelte Jenny vor sich hin. »Behandelnder Arzt im Krankenhaus. Dr. A. Gruber.«

A. Gruber.

In einem Winkel von Jennys Gehirn begann es wie wild zu arbeiten. A. Gruber. Sie kannte diesen Namen. Aber woher?

Alexis. A stand für Alexis. Dr. Alexis Gruber!

Wann und wo war ihr dieser Name schon begegnet? Jenny stürzte an ihren Schreibtisch. Sie legte den Arztbericht beiseite und begann, die Fallakten zu durchwühlen. Dabei stieß sie zufällig gegen ihre Computermaus. Der Bildschirm wurde reaktiviert, die schwarze Fläche hell erleuchtet. In der Mitte prangte ein Artikel aus einer lokalen Zeitung. Jenny hielt in der Bewegung inne und las den überaus dramatischen Titel:

»Feuerinferno in den Walliser Bergen«. Mit nachdenklich in Falten gelegter Stirn widmete sie sich dem Text darunter: »… die vier Jugendlichen verbrachten gemeinsam ein Wochenende im Chalet des Onkels von Serge F. Als Meli R. in der Pfanne auf dem Gasherd Popcorn zubereitete, dabei offenbar zufällig auch den Backofen einstellte und anschließend ein Streichholz entzündete, kam es durch die Flamme und das aus dem Backofen austretende Gas zu einer Explosion. Meli R. kam dabei ums Leben. Serge F. konnte zwar lebend aus den Trümmern geborgen werden, musste aber mit schweren Verletzungen ins Krankenhaus gebracht werden. Die beiden anderen Jugendlichen, Eva S. und Sami K., hatten Glück im Unglück. Zum Zeitpunkt der Explosion befanden sie sich nach ihrer Aussage an der Eingangstür des Gebäudes. Sie wurden von der Druckwelle weggeschleudert. Bis auf Prellungen, leichtere Brandwunden und Abschürfungen geschah ihnen aber nichts. Das Chalet brannte bis auf die Grundmauern nieder.«

Das war zu viel. In Jennys Kopf herrschte dumpfe Leere. Da war sie wieder, die Situation Urknall. Es fühlte sich an wie die Ruhe vor dem Sturm. Und ihr Gefühl trog selten.

Sie zwang sich, ruhig zu atmen. Sie war sich sicher, dass dieser Artikel von *der* Eva handelte. Es musste einfach so sein.

Jenny dachte angestrengt nach. Chris hatte doch vor langer Zeit einmal eine witzige Geschichte aus seiner Jugend zum Besten gegeben, von einem Skiwochenende in der Hütte eines Kameraden. Wie war das doch gleich gewesen? Ein Freund traf beim Einstecken seines Ausweises die Innentasche der Jacke nicht richtig. Der Ausweis fiel auf der Skipiste raus, irgendjemand fand ihn, konnte ihn aber nicht mehr am Skilift abgeben, weil schon geschlossen war. Also ließ er den Ausweisbesitzer auf gut Glück in der Après-Ski-Bar ausrufen.

Tatsächlich waren die Jungs allesamt in der Bar vertreten, und der Freund erhielt seinen Ausweis zurück. Nur: Wie war dessen Name noch gleich gewesen? Jenny kramte in ihrer Erinnerung, und zu ihrem eigenen Erstaunen fiel ihr ein Name ein: Samuel Kohler. Sami K.

Wenn das Zufall war, dann wollte sie ab sofort nicht mehr Jenny heißen.

Sie zog Evas Arztbericht heran.

Wann hatte das Chalet gebrannt? Wann war Eva wegen der Brandwunden ins Spital eingeliefert worden?

Jenny verglich die Daten. Sie stimmten überein. Als Nächstes lokalisierte sie das Krankenhaus, in das man Eva eingeliefert hatte. Stand es im Wallis, war die Sache perfekt.

Ein Blick auf die Akte, und Jenny entschlüpfte ein triumphierendes »Ha!«.

Sie ahnte, dass dieser Zeitungsartikel ihr etwas lieferte, was ihr bisher gefehlt hatte. Sie wusste aber weder, was es war, noch, wohin dieses Teilchen ins Puzzle passte.

»Okay, du Schweinehund, die Schlinge zieht sich enger und enger.« Entschlossen, das Puzzle endlich fertigzustellen, setzte sie sich aufrecht hin und betrachtete die lose herumliegenden Teilchen.

Was hatte sie vorhin gesucht?

Dr. Alexis Gruber. Genau. Sie durchforstete die Fallakten. Seite für Seite, Name für Name. Sie war kurz davor, die Hoffnung aufzugeben. Doch dann stand er endlich vor ihr. Schwarz auf weiß.

Dr. Alexis Klug (Mädchenname: Gruber). Mutter von Melanie Klug.

Die Mutter eines Opfers war die behandelnde Ärztin von

Eva gewesen, und Eva steht wiederum auf dem Menüplan des Mörders.

Jenny konnte ihre Aufregung nur schwer unterdrücken. War das der Schlüssel?

Schwarz

Eva fühlte, wie sich der Griff um ihren Hals lockerte. Sofort versuchte sie erneut, sich aus seiner teuflischen Umarmung zu winden. Sie konnte sich eine halbe Armeslänge von ihm entfernen. Genug, um wieder Hoffnung zu schöpfen. Aber zu wenig, um ihm zu entkommen. Nach wie vor hielt er ihren Arm eisern fest. Sie schrie auf vor Schmerz, als er ihn noch weiter auf den Rücken drehte.

»Hör auf, dich zu wehren. Es hat sowieso keinen Sinn. Dein Leben gehört jetzt mir.« Er schlug ihr mit einem gezielten Tritt die Beine weg. Sie verlor den Boden unter den Füßen und stürzte mit dem Gesicht voran auf den schmutzigen Waldboden. Er beugte sich zwar ihrer Fallbewegung, doch ihr Arm wurde weiter bedrohlich verrenkt.

Sie erwartete, dass das Schultergelenk jeden Augenblick nachgab. Er drückte ihr das Knie in ihr Kreuz. Mit der freien Hand holte er ein Paar Handschellen aus seiner Gesäßtasche und legte sie ihr um den verdrehten Arm. Dann holte er den zweiten Arm auf den Rücken und ließ die Handschellen klicken. Ein Geräusch, das Eva ängstlich zusammenzucken ließ. Sie spürte das kalte Metall auf ihrer Haut, den Schmerz, der ihr stoßweise durch die geschändete Schulter schoss, sein Gewicht auf sich. Dann fühlte sie noch etwas anderes. Schmal und undefinierbar, direkt unterhalb der Handschellen. Ein Geräusch ähnlich einem Ratschen ließ sich vernehmen, gleich darauf saß dieses Etwas genauso fest um Evas Handgelenke wie die Handschellen. Endlich ließ er von ihren Händen ab. Instinktiv versuchte sie, sie zu bewegen. Sofort schnitten die scharfen Kanten in ihre weiche Haut. Eva erinnerte sich an das Geräusch, und plötzlich wusste sie, was er als Zweites um die Gelenke gebunden hatte: Kabelbinder.

Sie fühlte, wie er das Knie von ihrem Rücken nahm. Wie er aufstand. Was hatte er nun vor?

Sie wagte nicht, hinzusehen. Sie hielt die Augen geschlossen und betete, es möge endlich vorbei sein.

Dann fühlte sie, wie ein Schatten sich kühl über sie legte. Sie nahm seine Präsenz wahr wie noch selten etwas. Er stand direkt über ihrem Kopf. Sie spürte seine Hand, noch ehe sie ihr Haar erreichte.

Er krallte seine Finger fest und zerrte grob ihren Kopf zurück. Entsetzt riss sie die Augen weit auf. Er legte ihr etwas um den Hals. Es fühlte sich rau an. Er zurrte es in ihrem Nacken fest.

Ein Halsband?

Sie hatte den Gedanken kaum beendet, da stieß er ihren Kopf zurück in den Dreck.

»Kannst du die Klappe halten oder willst du auch noch einen Knebel?«

Eva jaulte auf wie ein verletzter Hund.

Nicht aufgeben. Stark bleiben. Klar denken. Du findest eine Lösung. Irgendwie. Irgendwann.

Sie gewann gerade genug Stärke zurück, um den Kopf zu schütteln. Da fühlte sie auch schon, wie Zug auf das Band um ihren Hals ausgeübt wurde, wie ihre Kehle sich zuschnürte. »Steh auf«, befahl er unwirsch.

Wie soll ich mit gefesselten Armen?, dachte sie verzweifelt, zog die Beine an und rollte sich auf die Knie. Unbeholfen setzte sie einen Fuß auf die Erde. Irgendwie brachte sie es fertig, sich aufrecht hinzustellen. Sie wagte es, sich zu ihm umzudrehen, und sah, in welcher Lage sie sich befand.

Er hatte sie angeleint. Wie einen verdammten Köter! Wenn er sie demütigen wollte, hatte er es geschafft.

Nein, hatte er nicht. Sie reckte ihr Kinn und musterte so abschätzig, wie sie es eben fertigbrachte, die Leine. Angefangen bei ihrem Ende, ließ sie den Blick in seine Richtung wandern. Auf halbem Weg stockte sie. Ihre Maskerade geriet ins Straucheln.

An einem der Ringe, die in die Leine eingearbeitet waren, hing ein glitzerndes, rundes Amulett. Eva kannte dieses goldene Schmuckstück sehr genau. »Was hat das zu bedeuten?«

Seine Mundwinkel zuckten.

Ein Lächeln?

Eva hätte sich am liebsten auf der Stelle übergeben.

»Nett, dass du fragst. Warte. Ich zeig es dir.«

Er zog an der Leine. Eva stolperte in die angewiesene Richtung. Er band die Leine an einem Baum fest, aber nicht einfach mit einem Knoten. Nein. Mit einem massiven Schloss. Dann entfernte er sich. Er verschwand im Geäst und tauchte wenig später mit dem Ende eines Seils, das er aufgewickelt wie ein Lasso in der Hand hielt, wieder auf. Das Seil führte straff nach oben in Richtung eines Baumwipfels, die Muskeln unter seinem Shirt waren angespannt.

Eva schloss daraus, dass am anderen Ende des Seils etwas Schweres hing, aber sie wagte nicht, den Kopf zu heben und nachzusehen. Erst recht nicht, da eine entsetzliche Vermutung sie quälte. Stattdessen sah sie ihn an. »Das hast du nicht getan. Bitte, sag, dass du das nicht getan hast!«, flehte sie leise.

In seinem Lächeln schwangen gleichermaßen Triumph und Herablassung mit. Er antwortete ihr nicht. Brauchte er auch nicht.

»Nein, bitte nicht!«, bettelte Eva. Aber sie wusste, dass sie sich umsonst bemühte.

Langsam gab er das Seil Stück für Stück aus der Hand. Dabei behielt er Eva fest im Blick.

Der Gegenstand wurde aus seinem Versteck im Blätterdach immer weiter nach unten gelassen. Erst als er schon fast auf Augenhöhe mit Eva war, sah sie hin.

»Milena! Nein!« Sie schluchzte laut und drehte das Gesicht weg. Doch der kurze Augenblick hatte gereicht. Der Anblick hatte sich unauslöschlich in ihr Gehirn eingebrannt. Wie die Frau in ihrem blassrosa Negligé regungslos am Galgen baumelte. Leicht hin und her schaukelte. Ihr Gegenüber aus offenen Augen ausdrucklos anstarrte. Der Kopf schlaff zur Seite hing.

Aber damit nicht genug. Er hatte sie gequält. In ihre Arme hatte er ein Kreuzmuster eingeritzt. Die Wunden hatten geblutet, also hatte sie noch gelebt. Was jedoch mit Abstand am schlimmsten war: Er hatte ihr die Nase abgeschnitten.

»Sieh hin!«, befahl er. »Sieh sie dir an!«

Eva rührte sich nicht. Sie behielt ihren Kopf stur abgewandt, als sich kräftige Finger um ihr Kinn schlossen und sie zwangen, ihr Gesicht zu drehen.

Dagegen kam sie nicht an. Aber hinsehen musste sie dennoch nicht. Sie behielt die Augen geschlossen. Er ließ ihren Kopf los. Die Erleichterung stellte sich kaum ein, da klatschte die flache Hand mit voller Wucht in ihr Gesicht. Seine Ohrfeige hatte eine solche Wucht, dass die Haut über ihrem Wangenknochen aufplatzte.

Dann packte er erneut ihr Kinn. »Mach die Augen auf«, befahl er.

Der pochende Schmerz in der Wange machte ihr klar, was geschehen würde, wenn sie nicht gehorchte; also öffnete Eva widerwillig die Augen. Sie sah Milena an, und Tränen rannen über ihr Gesicht. »Warum?«, stieß sie mühsam hervor.

»Warum? Ist das dein Ernst? Begreifst du immer noch nicht?«

»Nein!«, antwortete Eva verzweifelt. Und sie meinte es so.

Wutentbrannt schloss er die Hand um ihre Kehle und drückte zu. Das Halsband vermochte den Druck nicht zu vermindern. Eva ächzte und japste nach Luft. Sie sah seinen Augen an, wie er die Kontrolle verlor.

Eva machte sich bereit zu sterben.

Doch auf einmal gab der Druck nach. Er ließ so plötzlich von ihr ab, dass sie strauchelte.

Er band das Seil, an dem er Milena noch immer festhielt, um einen Ast, öffnete dann das Schloss der Leine. Er stieß Eva vorwärts. »Das hier ist nicht deine Kulisse. Für dich habe ich etwas ganz Besonderes geschaffen. Also los. Beweg dich!«

Weiß

»Was meinst du, soll ich nach Eva sehen? Vielleicht mag sie ja zum Abendessen runterkommen?« Tanjas Haut glänzte feucht. Ihr Handtuch klebte an ihr, Strähnen ihres Haars lösten sich aus dem Haarband und kräuselten sich in ihrem Nacken.

Chris hing schlapp in seiner Ecke und leckte sich mit halb geschlossenen Augen den Schweiß von der Lippe. »Fragen kann man ja. Aber ich weiß nicht, ob sie mit dieser Magengeschichte das Wort Essen schon wieder erträgt. Außerdem bin ich nicht überzeugt, dass ich mich jemals wieder aus diesem Dampfbad schälen kann.«

»Musst du aber. Länger als zwanzig Minuten dürfen wir hier nicht bleiben, sonst kollabierst du mir noch. Du siehst jetzt schon etwas angeschlagen aus. Na, komm.« Tanja stand auf.

Chris bewegte nur träge den Arm. »Geh du schon mal vor. Ich komm dann nach.«

»Das hättest du wohl gerne. Du kommst jetzt mit. Los!« Tanja schnappte sich den Wasserschlauch, der neben dem Eingang des Dampfbades hing, und drehte den Hahn auf. Eiskaltes Wasser strömte aus der Leitung.

Chris öffnete die Augen. »Das wirst du nicht wagen.«

»Wetten?« Tanja blinzelte ihn herausfordernd an.

Chris musterte sein Gegenüber, wog ab, ob Tanja ihn tatsächlich mit dem eiskalten Wasser abspritzen würde, und kam zum einzig richtigen Schluss: Ja, sie würde.

Er grinste sie schief an, stand schließlich auf und schlurfte an Tanja vorbei aus dem Dampfbad.

Etwas enttäuscht drehte Tanja den Hahn wieder zu und folgte ihm. Sie hüllten sich in ihre Bademäntel, schlüpften in die Latschen und stellten sich vor den Aufzug.

Gleich nachdem Chris den Knopf bedient hatte, glitt die Tür auch schon auf. »Der Fahrstuhl ist noch hier? Hm, heute wollte wohl niemand Lift fahren.«

Tanja stieg vor Chris in die Kabine. »Das ist nicht der, mit dem wir runtergekommen sind. Irgendjemand ist also Fahrstuhl gefahren.«

»Bist du sicher? Dann wäre ja jemand runtergekommen, aber es ist niemand hier unten außer uns beiden. Was für ein Mysterium!« Chris grinste Tanja an.

»Tja, dieses Rätsel werden wir wohl nie knacken. Widmen wir uns also etwas Lösbarem. Was essen wir nachher?«

Ohne auch nur annähernd zu ahnen, dass Evas folgenschwere Entscheidung der Grund war, warum die Liftkabine in die unteren Stockwerke gebracht wurde, fuhren Tanja und Chris nach oben. Sie diskutierten angeregt darüber, ob sie zum Abendessen ein Angus-Steak oder lieber doch das Filet Mignon wählen sollten, als die Aufzugtür sich bereits wieder öffnete. Tanja, die mit dem Rücken zum Ausgang stand, meinte gerade begeistert: »Kartoffelstock als Beilage, das wäre was!« Als sie Chris' verdutztes Gesicht sah, drehte sie sich um. »Oh! Chris? Warum sind wir in der Lobby? Hast du etwa das falsche Tableau bedient?«

Ein älteres Ehepaar stand ihnen gegenüber. Entrüstet musterten sie die beiden im Bademantel.

Chris packte sein entwaffnendes Lächeln aus und meinte: »Bitte, steigen Sie doch ein. Es ist genügend Platz! Die Wellnessanlage ist übrigens wundervoll und sehr zu empfehlen. Wenn Sie hier im Lift die Schalttafel bedienen, die mit Wellness angeschrieben ist, dann kommen sie sogar ohne den Umweg über die Rezeption in den Wohlfühlbereich.«

Das Ehepaar rührte sich keinen Millimeter vom Fleck.

»Gut, dann fahren Sie eben nicht mit«, sagte Chris schulterzuckend und wollte bereits wieder den Knopf drücken, als Tanja ihn aufhielt.

»Warte.« Sie schaute über die Schulter des älteren Herrn hinweg in die große Halle.

Chris folgte ihrem Blick. Er entdeckte, was sie sah. Sam stand an der Rezeption. Eigentlich nichts Ungewöhnliches. Doch dann reichte Emilio Sam einen weißen Briefumschlag und eine kleine Schatulle.

Tanja beobachtete, wie Sam den Umschlag in der Hand drehte. Er suchte wohl eine Aufschrift, aber da schien nichts zu sein.

Sam öffnete den Umschlag und zog eine einzelne weiße Karte mit wellenförmigem Rand heraus.

Tanja fühlte ein leises Kribbeln in der Magengrube. Seit nicht allzu langer Zeit machten sie weiße unbeschriftete Umschläge unheimlich nervös. Sie murmelte eine Entschuldigung und drückte sich an dem älteren Herrn vorbei. Ungeachtet dessen, dass sie nur einen Bademantel trug und ein Handtuch um ihren Kopf geschlungen hatte, stellte sie sich neben Sam.

Sein Gesicht war kalkweiß.

»Sam?«, flüsterte Tanja.

Er blickte nur kurz auf und ihr direkt in die Augen. Er warf die Karte auf den Tresen und rannte zu den Treppen. Er nahm zwei Stufen auf einmal und bog in den Gang ein, in dem Evas Zimmer lag.

Tanja hetzte hinter ihm her. Chris, der Tanja aus dem Fahrstuhl gefolgt war, blieb in der Lobby stehen und schaute seinen Freunden nach. Dann nahm er die Karte von der Theke. Er las die Worte und wollte heulend zusammenbrechen. Er würgte seine Verzweiflung hinunter und zog mit zitternden Händen die Schatulle zu sich, die unangetastet auf dem polierten Holz stand. Ein strenger Geruch ging von ihr aus. Mit gerümpfter Nase öffnete Chris sie.

Sofort setzte der Würgereflex ein. Er klappte die Schatulle schnell wieder zu und warf sie zurück auf die Theke.

»Herr Siedler?« Chris hatte nicht bemerkt, wie sich Emilio ihm gegenüber aufgebaut hatte. »Kann ich Ihnen etwas bringen? Ist Ihnen die Sauna nicht gut bekommen?«

Chris hatte keinen Kopf, sich zu überlegen, woher Emilio wusste, dass er vor ihm stand und dass er direkt aus der Sauna kam. »Emilio«, sagte er so gefasst wie irgend möglich, »wann wurde diese Karte abgegeben?«

»Vor etwa anderthalb Stunden. Zusammen mit dem streng riechenden Päckchen.«

Chris kam sich dämlich vor, einem Blinden die nächste Frage zu stellen, die ihm auf der Zunge brannte, aber er musste es dennoch versuchen. »Wissen Sie, wer diese Dinge abgegeben hat?«

»Nein. Ich kannte die Stimme und die Gangart nicht. Was ist denn los? Und warum riecht diese Schachtel so seltsam nach Blut?«

Chris beantwortete Emilios Fragen nicht, sondern stellte weiter seine eigenen. »Sie kannten die Stimme nicht? Dann hat die Person etwas gesagt? War es ein Mann oder eine Frau?«

»Ein Mann. Er sagte, ich solle Sam die Karte nach seinen Verpflichtungen während dem Vieruhrtee übergeben.«

Chris legte die Hand über seinen Mund. Er konnte es nicht fassen. Dieser Mistkerl kannte sogar Sams Tagesablauf!

»Herr Siedler? Ist alles in Ordnung?«

Wieder ignorierte Chris Emilios Frage. Stattdessen dachte er angestrengt nach. Dieses Arschloch war hier. Er gab die

Karte persönlich ab, weil er wusste, dass der Rezeptionist blind ist. Davon war Chris überzeugt. Dieser Schweinehund kam im wahrsten Sinn, ohne gesehen zu werden, ins Hotel rein und wieder raus.

Chris überlegte weiter. Emilio hatte ihn gehört. Vielleicht ließ sich früher oder später etwas damit anfangen. Aber später war vielleicht zu spät! Wenn er ihn gehört hat, dann ... »Emilio? Woher wussten Sie, dass ich aus der Sauna komme?«, fragte Chris seiner Eingebung folgend.

»Am Geruch. Nasses Haar, feuchte Haut. Chlornote gemischt mit dem Duft nach den Kräutern aus unserer Alpensauna. Außerdem spüre ich die Wärme, die ihre Haut noch immer abgibt.«

»Es gibt zwei Alpensaunas. In welcher waren wir?«

Emilio schnupperte. »Alp provencale. Ein Hauch von Lavendel hängt im Kräutermix.«

Chris nickte anerkennend. Emilios Fähigkeiten brachten ihm ein wenig Hoffnung zurück. »Emilio?«

»Ja?«

»Der Mann, der diesen Brief abgab, hatte er auch einen besonderen Geruch an sich haften?«

Emilio dachte nach. Es hatte den Anschein, als würde er gedanklich eine Zeitreise machen. Er hob die Nase in die Luft und meinte schließlich: »Ja.«

Chris' Finger begannen zu kribbeln. »Wonach roch er?«

»Nach Waffenfett.«

Grau

»Nein. Unmöglich.« Ungläubig starrte Jenny auf ihren Bildschirm.

Das konnte doch nicht wahr sein! Sie musste sich einfach irren.

Aber sie täuschte sich nicht, und das wusste sie. Sie ging in Gedanken alle Vorkommnisse aus den vergangenen Wochen durch, die mit ihrem neu gewonnenen Wissen auf einmal eine ganz andere Bedeutung bekamen. Vorkommnisse, wie zum Beispiel Betäubungsmittel in ihrem Kaffee …

Jenny sah auf die Uhr.

Fünf Uhr nachmittags. Verfluchte Scheiße! Sie drückte das Tastenkürzel Ctrl P.

Während sie hörte, wie der Drucker zu rattern begann, sprang sie aus ihrem Sessel, schaufelte die Unterlagen zusammen, krallte sich das frisch ausgedruckte Bild aus dem Drucker und wollte losrennen. Auf halbem Weg kehrte sie an ihren Tisch zurück und holte ihr Telefon. Vielleicht war es noch nicht zu spät.

Sie hastete den Korridor hinunter und wählte gleichzeitig Evas Nummer. Es kam keine Verbindung zustande.

Als Nächstes versuchte es Jenny mit Chris‘ Nummer. Die Mailbox sprang an.

»Hallo lieber Anrufer, ich bin nicht erreichbar, rufe aber gerne zurück.«

»Chris? Wo ist Eva? Wenn du das hörst, sieh nach deiner Schwester, wenn sie nicht bei dir ist! Und wenn du sie nicht findest, ruf mich sofort an, bitte!«

Sie beendete das Gespräch und wählte die nächste Nummer.

Geh ran, beschwor sie das Telefon, *geh ran!* Aber niemand nahm den Anruf entgegen. Jenny drückte den Anruf weg und beschleunigte ihren Schritt, bis sie rannte. Ungeachtet dessen, was Weber zu besprechen hatte, riss Jenny die Tür zum Sitzungszimmer auf, in dem er saß. Alle Köpfe drehten sich gleichzeitig nach ihr um. Sie sah in verdutzte, fragende, irritierte Gesichter. Und in ein wutverzerrtes, aber darauf durfte sie jetzt keine Rücksicht nehmen. Sie umrundete den Tisch, knallte die Akte vor Weber hin und schlug sie auf. »Das ist er. Das ist unser Mann.«

Verständnislos schaute Weber auf die beiden Bilder vor sich. Die Auflösung des ersten Fotos war körnig, aber das Gesicht dennoch gut erkennbar.

»Aber das ist ...«, stammelte er.

»Genau. Und genau das ist der Grund, weshalb er zu seiner Verabredung mit Eva nicht auftauchte.«

»Weil er es wusste.«

»Ja. Er wusste, dass wir ihn in einen Hinterhalt locken wollten. Und er wusste noch einiges mehr. Um nicht zu sagen alles.« Jenny legte entschlossen ihre flache Hand auf das Foto, um Webers ungeteilte Aufmerksamkeit zu erhalten. »Eva ist im Bündnerland, und Johann wollte sie treffen. Das war vor einer Stunde. Ich habe gerade eben versucht, ihn anzurufen. Sein Handy ist aus. Eva erreiche ich auch nicht. Bei Chris springt die Mailbox an. Im Hotel habe ich es noch nicht versucht. Ich denke, ich weiß, von wo aus er operiert und wohin er Eva bringen könnte. Wenn wir jetzt handeln, ist es vielleicht noch nicht zu spät.«

Weber wog seine Möglichkeiten ab und fasste einen Entschluss. Er schoss aus seinem Stuhl hoch und fixierte Jenny. »Wenn mich Ihre Erklärung nicht überzeugt, dann Gnade Ihnen Gott!«

Jenny nickte kurz und verließ das Zimmer. Dicht gefolgt von Weber. Ehe er die Tür schloss, drehte er sich noch einmal zu den Männern am Tisch um. Er erteilte dreien der Anwesenden einige Aufträge, dann zog er die Tür zu. Jenny konnte über Webers Schulter hinweg noch sehen, wie die Männer einander verständnislos anblickten, sich dann aber dank Webers autoritärem Auftreten diskussionslos in Bewegung setzten.

Weber zog sein Telefon aus der Tasche, wählte eine Nummer und fragte Jenny, während er auf die Entgegennahme seines Anrufes wartete: »Sie wissen nicht zufällig, wo sich Johann mit Eva treffen wollte?«

Jenny schüttelte den Kopf.

»Und wo soll das Versteck sein?«

Jenny konnte dumpf hören, wie sich eine Stimme am anderen Ende der Leitung meldete. Dennoch antwortete sie auf Webers Frage.

»Es ist eine Jagdhütte in einem abgelegenen Waldstück im Safiental«

»In den Bündner Bergen? Scheiße, im Safiental ist alles abgeschieden!«

Das war allerdings wahr. »Ich habe eine Idee, bei wem wir die Koordinaten bekommen können. Ich schätze, jemand sollte mal bei ihr zu Hause vorbeifahren und klingeln.«

»Bei wem?«

Jenny gab ihm die wenigen Personendaten, die sie hatte. Weber drehte sich weg und wandte sich dem allmählich ungeduldig werdenden Gesprächspartner am Telefon zu. Er erteilte ihm schnelle, klare Befehle. Anschließend an dieses Telefonat führte er ein Gespräch nach dem andern. Da klingelte auf einmal auch Jennys Telefon. Sie schaute auf das Display und musste aus Angst vor dem, was sie nun erfahren würde, schwer schlucken. »Hallo? Chris?«

»Ja, ich bin's. Eva ist weg! Man hat Sam einen Brief an der Rezeption hinterlegt, in dem steht, dass Sam sich in den Vitaparcours, Station 10, begeben soll, wenn er Eva lebend wiederhaben wolle. Um dem ganzen Nachdruck zu verleihen, hat er noch ein Souvenir dagelassen.«

Jenny wollte sich der Magen umdrehen. »Was für ein Souvenir?«

»Ich glaube, es handelt sich um eine«, Chris brachte die Worte nur widerwillig über die Lippen, »um eine Nase.«

»Eine Nase«, wiederholte Jenny im Flüsterton.

»Aber das ist noch nicht alles. Ich sprach mit Emilio, der den Brief entgegennahm. Der Mann ist blind, eine Beschreibung des Boten konnte er also nicht liefern. Aber er sagte, der Überbringer des Briefes roch nach Waffenfett. Jenny, was hat das alles zu bedeuten?«

Jenny lehnte sich an die Wand und hämmerte einmal kräftig mit der Faust dagegen. Weber wurde auf sie aufmerksam und ging zu ihr. Er formte lautlos die Worte: »Was ist los?«

»Chris ist am Telefon. Eva ist weg. Sam bekam einen Brief, er soll in den Vitaparcours, Station 10, wenn er Eva lebend wiedersehen will«, gab Jenny Weber zur Antwort, während Chris am anderen Ende der Leitung fragte, mit wem sie spreche. Sie ignorierte Chris und fügte an Weber gewandt an: »Außerdem roch der Briefbote nach Waffenfett.«

»Waffenfett.« Ein Indiz, das klar Jennys Theorie stützte. »Verflucht!« Weber riss Jenny das Telefon aus der Hand. »Chris? Tun Sie nichts. Bleiben Sie alle im Hotel und warten Sie. Die Polizei ist schon auf dem Weg.« Weber beendete das

Gespräch und drückte der sprachlosen Jenny ihr Handy in die Hand.

Webers Telefon meldete sich, er nahm den Anruf sofort entgegen. Während er schnell und eindringlich auf den Anrufer einredete, begann er, den Korridor hinaufzueilen. Jenny gab er mit einem Handzeichen zu verstehen, dass sie ihm folgen solle. Zu ihrer Verwunderung verließen sie das Gebäude. Ehe sie sich's versah, saßen sie in Webers dunkelblauem BMW. Er beendete das zuletzt geführte Gespräch, startete den Motor und fuhr zum Tor. Während sich das Tor wie von Geisterhand öffnete, sah er Jenny ernst in die Augen. »Wenn wir das vermasseln, können wir beide unser Testament schreiben, das ist Ihnen klar, oder?«

Jenny nickte. Alles in ihr brüllte: »Rückzug!«

Nicht hinzuhören war eine kräftezehrende Aufgabe, aber sie meisterte sie. Irgendwie. »Was tun wir jetzt?«, fragte sie unsicher.

»Die Bündner Kollegen sind unterwegs ins Hotel, und wir fahren zu der Adresse, die Sie mir gegeben haben in der Hoffnung, an die Koordinaten dieser Jagdhütte heranzukommen. Auf dem Weg dorthin haben Sie Zeit, mich davon zu überzeugen, dass ich in ebendiesem Augenblick auf das Gewinnerpferd gesetzt habe und das Richtige tue.« Der BMW brauste durchs Tor. Jenny fasste sich ein Herz und begann zu erklären.

»Eva Siedler hatte in ihrer Schulzeit einen Unfall. Sie war mit drei Freunden in einem Chalet, das in die Luft geflogen ist. Ein Mädchen starb, ein Junge wurde schwer verletzt, Eva und ihr Freund Samuel kamen weitestgehend mit dem Schrecken davon. Alle wurden in das gleiche Krankenhaus eingeliefert, wo sie allesamt von Notfallärztin Dr. Alexis Gruber behandelt wurden.«

»Ja, und?«, fragte Weber ungeduldig.

»Dr. Alexis Gruber heißt heute nicht mehr Gruber, sondern Klug und ist die Mutter von unserem Opfer Melanie Klug.«

Jenny konnte deutlich sehen, wie Webers Denkmaschinerie ansprang. »Interessant. Weiter.«

»Ehe ich mich damit befasste, welche Ärzte im Leben von Eva Siedler sonst noch eine Rolle spielten, sah ich mir noch einmal die Berufe der Eltern der anderen Opfer an.«

»Noch einmal?«, unterbrach Weber.

»Dank einem Input von Stefan ...«

»Stefan?«

»Aus der Forensik.«

Weber nickte.

»Dank einem Input von Stefan habe ich auch die Eltern der Opfer ein wenig unter die Lupe genommen und nach Gemeinsamkeiten zwischen ihnen gesucht. Da ich auf den ersten Blick nichts gefunden hatte, hielt ich das anfangs für eine Sackgasse wie alles andere auch.«

»Aber jetzt nicht mehr.«

»Nein. Melanies Mutter ist Ärztin. Janine Rudolfs Vater ist plastischer Chirurg. Aurelia Ignaz' Eltern sind beide bei der Feuerwehr. Karens Vater ist Psychologe. Maria Elmos Stiefvater ist Versicherungsberater. Eigentlich nichtssagend. Und doch: Wann braucht man die Feuerwehr, einen Psychologen, die Versicherung, eine Ärztin und einen Chirurgen?«

»Zum Beispiel, wenn einem ein Chalet um die Ohren fliegt?«

»Exakt. Zugegeben, diese Ausgangslage für meine Nachforschungen war etwa so solide wie eine Seifenblase, aber da ich nichts anderes hatte, ging ich diesem Rinnsal einer Spur nach. Ich wollte mir zuerst die Menschen ansehen, die in den Chalet-Unfall verwickelt waren, und anschließend deren Umfeld. Samuel ging kurz nach dem Unfall ins Ausland. Sein beruflicher Werdegang gibt einigen Aufschluss, er ist sehr detailliert auf einer Internetplattform für berufliches Networking zusammengetragen. Da gibt es keine verdächtigen Lücken. Wie aus den von uns im Zusammenhang mit dem Fall erstellten Akten bereits hervorgeht, hat unser Lockvogel Eva ein ganz normales Leben aufgenommen. Übrig bleiben Serge und Melissa. Melissa selbst ist tot. Sie kann also nicht unsere Mörderin sein. Ein derartiger Verlust belastet aber das soziale Umfeld und macht ihre Angehörigen zu einem potenziellen Risiko. Bevor ich darüber nachdachte, wollte ich noch Genaueres über Serge wissen. Er war zwar nicht der Einzige, der lebend aus der Sache herauskam, aber der Einzige, den es schwer erwischt hatte. Und der Einzige, der die Dienste jeder Berufsgattung in Anspruch nehmen musste. Ich ließ Serge zuerst durch unsere Datenbanken laufen. Natürlich ist sein Name wandelbar und ich konnte nicht sicher sein, ob die Zeitung den richtigen Vornamen abgedruckt hatte. Samuel kürzten sie durch Sami ab, bei Melissa nahmen sie auch die Abkürzung Meli, aber bei Eva wiederum nahmen sie den korrekten Namen. Der Computer spuckte viele ähnliche Namen aus. Zehn Treffer lauteten explizit auf Serge. Aber nur ein Einziger änderte seinen Namen im Lauf seiner Jugend.« Jenny machte eine kurze Pause, um ihre Aussage wirken zu lassen. »Serges Eltern kamen ums Leben. Der Junge lebte seither bei seinem Onkel mütterlicherseits, der ihn nach der Explosion adoptierte. Wahrscheinlich um ihm zu zeigen, dass er auf sie als seine Familie zählen konnte. Er bekam den Nachnamen seines Onkels und einen neuen Vornamen. Dazu erhielt er noch eine Schwester, die eigentlich seine Cousine ist. Das Foto auf der neuen Identitätskarte gab mir dann den Rest.«

»Woher wissen wir von der Jagdhütte?«

»Der Onkel wurde krank und überschrieb das Grundstück, auf dem das Chalet gestanden hatte, zusammen mit einer Jagdhütte im Kanton Graubünden seiner Tochter.«

»Dann war der Auslöser von Anfang an dieser Vorfall im Chalet?«

»Ja. Wir sind bei den Ermittlungen von Beginn an vom falschen Standpunkt ausgegangen. Es ging nicht darum, was die Opfer gemeinsam hatten, sondern darum, was deren Eltern gemeinsam haben.«

»Wir haben die Eltern abgecheckt.«

»Richtig. Aber vom falschen Blickwinkel aus. Um an diesen Punkt zu kommen, musste ich den Fokus komplett neu ausrichten und nach Dingen fragen, die auf den ersten Blick absolut bedeutungslos erschienen. Bei meinem neuen Anlauf, die Gemeinsamkeit zwischen den Eltern zu finden, scheiterte ich ja ebenso. Das war auch kein Wunder! Das, was sie verbindet, liegt so weit zurück und war in ihrem Leben nur ein kurzes Kapitel, dass sie selbst niemals darauf gekommen wären. Wahrscheinlich wissen sie voneinander nicht einmal, dass sie alle einen gemeinsamen Bekannten haben.«

»Sie denken also, er hatte tatsächlich explizit mit den Eltern der Opfer zu tun. Die Feuerwehrleute retteten ihn aus dem Feuer, die Notfallärztin rettete sein Leben, der Psychiater versuchte, seine Seele nach dem Trauma zu retten, der Chirurg rettete sein Aussehen.«

»Ich würde meinen Monatslohn darauf verwetten, dass das genauso war.«

»Ist ja nett. Da hilft man jemandem, und als Dank verliert man auf grausamste Weise seine Töchter an ebendiesen jemand. Nur, warum? Warum schnappt er sich diese Frauen, gleicht sie optisch einander an, um sie dann auf abartige Weise entsetzlich zugerichtet zu präsentieren?«

»Schwer zu sagen, was in diesem Menschen vorgeht. Alle Beteiligten versuchten, ihn zu retten, aber keiner schaffte es wirklich. Sie konnten ihn zusammenflicken, aber das Trauma auszulöschen, schafften sie nicht. Ihm wurde sein bisheriges Leben genommen, und das kann ihm niemand mehr zurückgeben. Indem er ihnen die Töchter nimmt, stürzt er sie in eine ähnliche Verzweiflung, in der er selbst sich befindet. Die meisten Eltern bezeichnen die Kinder als ihren Lebensinhalt. Nimmt er ihnen die Töchter, nimmt er ihnen ihr bekanntes Leben und führt sie in einen enorm dunklen Abschnitt eines Seins, aus dem sie, wenn überhaupt, nur schwer wieder herausfinden. Er vermag es ihnen nicht zu gönnen, dass sie weiterhin ein Leben mit Inhalt führen, während er durch einen Schicksalsschlag auf der Strecke bleibt. Ich meine, jeder gab ihn ab. Die Feuerwehr übergab ihn der Ärztin, die Ärztin dem Chirurgen, der Chirurg dem Psychiater. Er war für diese Menschen nur eine Nummer auf einer Liste, während für ihn sein gesamtes Sein zerstört ist. Zwischendurch tauchte noch der Versicherungsberater auf, aber auch der blieb nicht. Alle betreuten ihn kurz und kehrten dann in ihr eigenes Leben zurück, als wäre nichts gewesen. Das kann einen mächtigen Kurzschluss in einer eh schon angeschlagenen Psyche hervorrufen.«

»Das ergibt irgendwie sogar einen Sinn. Aber nach Kurzschluss sieht diese fein säuberliche Planung nicht aus. Und die Frage, weshalb ausgerechnet jetzt, so viele Jahre nach dem

Vorfall und den Behandlungen, ist damit auch nicht beantwortet. Außerdem ist es doch ein netter Zufall, dass die Beteiligten alle Töchter hatten, die sehnsüchtig genug nach einem Mann suchten, um diesem Killer in die Hände zu fallen.«

»Ein Chalet fliegt in die Luft. Ein Schwerverletzter wird geborgen. Es sind verdammt viele Leute an einem solchen Fall beteiligt. Die Chance ist ziemlich groß, ein paar passende Figuren für die Umsetzung eines grausamen Planes zu finden. Ich bin überzeugt, er besah sich sogar die Familienverhältnisse der Journalisten und seines Physiotherapeuten, den er auf jeden Fall auch gehabt hatte.«

»Sie haben auf alles eine Antwort, nicht wahr?«

»Jetzt, da ich die richtige Nadel im Heuhaufen gefunden habe, wovon ich fest überzeugt bin, ergeben sich die Antworten fast von selbst.« Jenny hob entschuldigend die Schulter.

»Gut, dann beantworten Sie mir meine beiden anderen Fragen auch noch. Obwohl, warum er die Frauen einander anpasste, ist klar.«

»Woher wissen Sie das eigentlich? Ich kann mich nicht erinnern, Ihnen davon berichtet zu haben, was, im Nachhinein betrachtet, sehr fahrlässig war.«

»Johann. Er hat mich immer auf dem Laufenden gehalten.«

Jenny sah, wie sich Webers Finger fester um das Lenkrad schlossen. Er räusperte sich und fuhr dann fort: »Blond und blauäugig mussten sie werden. Jetzt ist auch klar, wieso. Sie mussten alle aussehen wie Eva Siedler. Es drehte sich alles von Anfang an nur um sie.«

»Ja.« Jenny sah auf die Akten in ihrer Hand. Sie blätterte die Bilder der toten Frauenkörper durch und schreckte auf einmal hoch. »Nein!«

Weber parkte das Auto am Straßenrand und stellte den Motor aus. »Nein was?«

»Verdammt, das habe ich ja vollkommen vergessen!« Aufgeregt richtete sie ihren Blick auf ihren Vorgesetzten. »Sie sagten doch, er spricht zu uns, erinnern sie sich? Das stimmte sogar ziemlich genau, denn passend zu Ihrer Aussage lieferte er uns mit jeder Leiche einen Buchstaben.«

»Ja, stimmt«, bestätigte Weber.

Jenny hielt die Fotos der beiden letzten Leichen hoch. »Selbst auf dem verbrannten Körper ist der Buchstabe da. Sehen Sie das? Er hebt sich ab vom Rest der Leiche, als wäre er weniger verkohlt. Aber auch wenn es nicht mehr erkennbar gewesen wäre, hier haben wir das Gegenstück. Sehen Sie? Er hat den Buchstaben aus der Brust von Maria geschnitten und an Janine weitergegeben. Wahrscheinlich hat er ihn Janine aufgenäht. Aber damit nicht genug. In Marias Ausschnitt gibt es noch einen Buchstaben. Die Umrisse sind ihr tief in die Haut geschnitten worden. Erkennen Sie sie?«

Weber schaute sich die Fotos zutiefst angewidert an. Er konnte nicht fassen, mit welchem Ungeheuer er es hier zu tun hatte. »Ja. Ein A und ein I. Ein M und ein S hatten wir bereits.«

»Ganz genau.«

»Zählt das I doppelt, da er es bei beiden Frauen anwendet, was meinen Sie?«

»Ich glaube nicht, nein. Und das aus einem einfachen Grund: Denken Sie mal scharf nach, was diese Buchstaben in der richtigen Reihenfolge für ein Wort ergeben.«

Weber sortierte die Buchstaben in Gedanken.

SMIA. SIMA. SAIM. SAMI.

Jenny beobachtete, wie die zusammengekniffenen, auf die Bilder fixierten Augen auf einmal größer wurden.

»Sami«, murmelte Weber. »Aber das ist doch der Name, den die Zeitung für das eine Opfer der Chalet-Explosion verwendete.« Weber suchte über die Bilder hinweg den Blickkontakt zu Jenny.

»Ganz genau. Samuel, alias Sam, ist inzwischen der Manager des Hotels im Bündnerland, in dem Eva und ihr Bruder abgestiegen sind. Sitzen Sie gut? Sam kehrte offiziell erst vor vier Wochen in die Schweiz zurück.«

»Es ging doch nie um Eva«, stellte Weber nüchtern fest.

»Nein. Es ging von Anfang an um Sam.«

Weiß

»Ich muss dorthin.« Sam stemmte sich aus dem Sessel hoch, in dem er eben erst Platz genommen hatte. Seine Anspannung füllte den gesamten Raum. Auch wenn sie ahnten, dass es sinnlos war, hatten sie im ganzen Hotel nach Eva gesucht. Selbst in den Wellnessbereich gingen sie zurück, obwohl Tanja und Chris kurz zuvor dort gewesen waren und niemand anderen gesehen hatten. Sie fragten bei den Angestellten, klapperten die Restaurants ab, sahen sich auf dem Gelände um. Aber von Eva keine Spur. Jeder von ihnen versuchte es mehrmals auf ihrem Handy, ohne Erfolg.

»Du wirst nirgendwo hingehen. Jenny sagte, die Polizei würde gleich hier sein. Die müssen sich der Sache annehmen, alles andere würde mehr schaden als nützen, und das weißt du. Mir ist klar, wie du dich fühlst. Sie ist meine Schwester. Glaube mir, auch ich würde am liebsten selbst losziehen, aber das wäre unvernünftig«, redete Chris beruhigend auf Sam ein. Doch irgendwie glaubte er seinen eigenen Worten nicht.

Sam ließ sich erneut in den Sessel fallen. Er legte ein Bein über das andere, zupfte an seiner Unterlippe herum und starrte ins Leere. Er wollte nachdenken, sich Chris' Worte zu Herzen nehmen, aber seine Gedanken kreisten nur um diesen Brief und die Aufforderung, zum Vitaparcours zu gehen. Und um Eva. Wie ging es ihr? Wo war sie? Was machte er mit ihr? Sie musste Todesängste ausstehen!

Er sprang wieder aus dem Sessel hoch. Wie konnte er sie nur so im Stich lassen? Schon wieder! Jede Sekunde zählte, und er saß hier herum und wartete darauf, endlich die Sirenen der Polizeiautos zu hören. Die Zeit verstrich quälend langsam, die Minuten fühlten sich an wie Stunden, und er konnte nichts tun. Wirklich nicht?

Chris hatte recht mit der Rede, die er geschwungen hatte. Diese Information drang irgendwie zu Sam durch. Aber sie konnte sich nicht festsetzen.

Er war nicht der geborene Held. Er war auch nicht der mutigste Mann im Universum. Er konnte kalkulieren und kannte Risiken. Im Bereich der Wirtschaft. Jedoch nicht im Segment rohe Gewalt. Aber er trug das Herz auf dem rechten Fleck. Wie eine Mutter ihr Kind auf Tod und Verderben beschützen würde, so war er bereit, seine Freunde und seine Familie zu beschützen. War es nicht so, dass zarte Mütter schier unmenschliche Kräfte entwickeln konnten, wenn es hart auf hart kam? Dass die Instinkte die Oberhand gewannen und so Fähigkeiten abgerufen werden konnten, von denen man nicht wusste, dass man sie überhaupt hatte? Hoffentlich war das nicht nur bei Müttern so ...

»Ich brauche einen Drink«, sagte Sam unvermittelt.

Chris musterte ihn. Er war sein Freund. Auch wenn sie sich viele Jahre nicht gesehen und sich beide verändert hatten, die Verbundenheit und alten Eigenschaften eines jeden waren noch da und brachen immer wieder durch. Chris kannte Sam. Er konnte ihn zwar nicht mehr lesen wie ein offenes Buch, aber manche Dinge änderten sich nie. Wie zum Beispiel die leichte Anspannung in den Kiefermuskeln, wenn Sam etwas ansagte, aber etwas anderes umsetzen wollte. »Ich komme mit.«

Sam sah Chris direkt in die Augen. Chris zuckte nicht mit der Wimper. Wäre die Situation nicht so verdammt angespannt gewesen, hätte er vielleicht sogar ein Lächeln zustande gebracht. Denn Sam war klar, dass Chris ihn mühelos durchschaut hatte. Na gut. »Okay. Was willst du, Tanja?«

Tanja konnte das Knistern in der Luft, das weit über die Sorge um Eva hinausging, deutlich spüren, aber das Zuordnen fiel ihr schwer. »Für mich nichts, danke.«

»Gut«, meinte Chris.

»Gut«, sagte auch Sam. Die beiden Männer setzten sich in Bewegung, stur die Glastür zur Zigarrenlounge im Blick.

Tanja blieb allein zurück.

Sam stieß die Tür auf und ließ Chris vor ihm eintreten. Dann ging er hinter die Bar und wählte sich scheinbar blind eine der Flaschen aus.

Lagavulin. Evas Lieblingswhisky. Welch ein Zufall, ging es Chris durch den Kopf. Er beobachtete jede von Sams Handbewegungen. So fahrig, wie er mit der Flasche umging, so maßlos, wie er das Glas befüllte. Er hätte sich auch Brennspiritus einfüllen können, denn es war offensichtlich, dass Sam eigentlich keinerlei Interesse an einem Drink hatte.

»Ich komme mit.«

Sam hob den Kopf. Er war sichtlich erstaunt.

»Ich komme mit«, wiederholte Chris. »Bevor du mir diese Flasche um die Ohren haust oder mich irgendwo einsperrst, schließe ich mich dir lieber an. Außerdem kann ich genauso wenig hier herumsitzen wie du. Was glaubst du, wie hohl sich meine eigenen vernünftigen Worte in meinen Ohren angehört haben? Darüber denkst du doch schon die ganze Zeit nach, oder?«

»Worüber?«

»Stell dich nicht doof. Du denkst darüber nach, wie du mich loswerden kannst, um auf direktem Weg in den Vitaparcours und womöglich in Evas und dein Verderben zu rennen.« Chris nahm die Flasche, öffnete sie und trank einen Schluck. »Toller Whisky, findest du nicht?« Er streckte Sam die Flasche hin und präsentierte ihm das Etikett.

Begriffsstutzig schaute Sam auf die Aufschrift, als sähe er sie zum ersten Mal. Er nahm sie Chris aus der Hand, den Blick immer noch auf den Namen des Whiskys geheftet. Dann sah er endlich auf. »Ich will sie wiederhaben.«

Chris' Mundwinkel zuckte. »Dann holen wir sie uns.«

Weiß

»Chris? Sam?« Tanja konnte bereits durch die Glastür sehen, dass niemand in der Zigarrenlounge war. Dennoch rief sie nach den beiden Männern. Sie trat in den Raum ein und konnte sich eins und eins zusammenzählen. Die Flasche mit Evas Lieblingswhisky auf der Theke, ein übervolles Glas. Die beiden Männer waren nicht anwesend. Die Tür zur Terrasse war nur angelehnt und nicht ganz ins Schloss gezogen.

Tanja ging auf die Veranda und schaute zum Wald. »Ihr verfluchten Hitzköpfe!«, rief sie den Bäumen entgegen. Damit drehte sie sich um und stapfte in die Lobby zurück, wo sie von vier uniformierten Männern empfangen wurde. Der fünfte nahm soeben die kleine Schatulle von Emilio entgegen.

»Na endlich! Die Jungs sind in den Wald gegangen! Ihr müsst sie aufhalten!«, wies sie die Polizisten an.

Der größte und bulligste der Polizisten löste sich aus der Gruppe und trat mit ernster Miene auf Tanja zu. »Vitaparcours. Station 10?«

Tanja nickte. Er hatte die Karte also schon gelesen. »Bitte, beeilt euch!«

Sofort rannten drei der Männer los, während einer bei Tanja blieb, die soeben ein würgendes Geräusch von der Rezeption her vernahm.

Da hat jemand den Inhalt der Schachtel entdeckt, dachte sie voller Sarkasmus – das Einzige, was sie noch einigermaßen aufrecht stehen ließ.

»Was ist das?«, wandte sich Chris im Flüsterton an Sam. Die beiden Männer hatten sich bereits weit vorgearbeitet. Jetzt hielten sie sich im Unterholz verborgen und spähten durch die Bäume. In der Ferne entdeckten sie etwas, das nahe ihrem Ziel im Wind hin und her schwang. Sie konnten aber noch nicht ausmachen, worum es sich dabei handelte.

»Ich weiß es nicht«, gab Sam zur Antwort. »Geh du da lang, und ich geh hier lang. So können wir den Platz umrunden, das Ziel einkesseln und feststellen, ob ein unangenehmer Empfang auf uns wartet.« Geduckt schlich Sam weiter. Chris entfernte sich von ihm, um die Umgebung von der anderen Seite zu sichern. Dieses Heranpirschen weckte Erinnerungen an alte

Pfadfinderzeiten. Unter den gegebenen Umständen war das vielleicht lächerlich, aber es half. Sie funktionierten wie ein eingespieltes Team während einer Übung. So fühlten sie sich auch. Nur fehlte die Uniform. Insgeheim warteten sie beide darauf, dass irgendwoher ein schlecht getarnter Leiter aus dem Gebüsch hüpfte und die Übung abbrach. Aber niemand kam hinter einem Baum hervor. Niemand erlöste sie aus dieser realitätsfernen Situation.

Die beiden Männer näherten sich ihrem Ziel. Sam hielt über das Geäst hinweg immer den Blickkontakt zu Chris aufrecht. Doch langsam dämmerte ihm, dass dieses Anpirschen überhaupt nicht nötig war. Da war niemand mehr, an den man sich hätte heranschleichen können, den man hätte überwältigen und dingfest machen können. Oder was er sich sonst spontan ausgedacht hätte. Einen richtigen Plan hatte er sich nämlich nicht zurechtgelegt. Trotz allem blieb Sam vorsichtig. Er sah sich um. Lauschte auf jedes Geräusch. Und stellte sich immer dieselbe Frage: Wo war Eva?

Er duckte sich hinter einen Baum und atmete tief durch. Er war nun in einer Position mit guter Übersicht über die Trainingsstation und nahe genug, um alles genau erkennen zu können. Seine Sicht auf das, was hinter ihm am Baum hing, wurde nun nicht mehr durch das dichte Gestrüpp behindert. Er musste sich nur noch umdrehen und um den Baumstamm herumspähen. Er sammelte allen Mut und verließ seine Deckung.

Der Anblick, der sich ihm bot, schnürte ihm die Kehle zu.

Einige Meter vor ihm baumelte ein lebloser Körper in einem rosa Nachthemd an einem Baum. Blondes, langes Haar fiel ihr über den Rücken.

Eva?

Sam vergaß jegliche Vorsicht. Blindlings stürmte er los, als er auf einmal wie aus dem Nichts zu Boden gerissen wurde. Sam schlug um sich und versuchte aufzustehen, aber er wurde durch das Gewicht eines Körpers daran gehindert. Zusätzlich drückte ihn ein Arm mühsam, aber dennoch eisern zu Boden.

»Beruhige dich. Sie ist es nicht. Sam, sie ist es nicht! Es ist niemand mehr hier.«

Die Worte klangen wie aus einem Traum. Langsam fand Sam wieder zu sich, gewann die Kontrolle über sich selbst zurück. Schließlich hörte er auf, sich zu wehren.

»Gut so, alter Junge.« Chris lockerte seinen Griff und ließ schließlich von Sam ab. Er setzte sich mit angewinkelten Beinen neben ihn, legte die Arme auf die Knie und stützte den Kopf mit den Händen ab. »Sie ist es nicht«, wiederholte er noch einmal. Diesmal mehr zu sich selbst.

Sam richtete sich auf. »Sie ist es nicht«, repetierte er. »Aber wo ist sie? Und wer ist das da?« Sam deutete mit dem Kopf in Richtung der Erhängten.

Chris wagte kaum aufzusehen. Er hatte in der Pathologie schon Leichen gesehen. Darauf hatte er sich im Vorfeld vorbereiten können, dennoch war es ein verdammt verstörendes Erlebnis gewesen. Sich überraschend mit dem Werk eines grausamen Serienkillers konfrontiert zu sehen ist noch einmal ein ganz anderes Kaliber. »Das da ist der Grund, weshalb ich dich von den Füßen geholt habe. Für diesen Anblick musst du dich im Griff haben. Das haut dich sonst aus den Schuhen, und ich brauch dich jetzt mehr denn je.«

Sam schwieg und starrte auf den Rücken des leblosen Körpers. Er wappnete sich für das, was ihn erwartete. »Das ist keine Attrappe, oder?«

»Nein.«

»Okay«, antwortete Sam mit einer entschlossenen Ruhe in der Stimme. »Hast mich ziemlich gut erwischt. Scheint, als hättest du nichts von deinem Footballtraining verlernt.«

Chris hob leicht den Kopf und schaute Sam von der Seite an. Ein leichtes Grinsen umspielte seine Lippen. »Hab mich in den USA auch noch ein bisschen weitergebildet.«

»Schummler.« Sam schlug Chris freundschaftlich auf die Schulter und stand auf. Er klopfte den Dreck von seiner Hose und atmete tief ein.

Chris tat es ihm gleich. »Okay. Haben wir uns genug abgelenkt, um Distanz zu dem Schrecken da vorne aufzubauen? Wie sieht's bei dir aus?«

»Sollte ausreichen. Du bist sicher, dass niemand mehr hier ist?«

»Auf jeden Fall. Wir hätten die Anwesenheit eines anderen schon längst zu spüren bekommen.«

Sam nickte. Dann sah er auf, fixierte die Leiche und setzte sich in Bewegung. Da war sie. Eine Leiche. Ein toter Mensch. Kaltblütig ermordet. Welches Ungeheuer brachte so etwas fertig? Mit den eigenen Händen? Sam schauderte. Er trat an die Erhängte heran. Ein leichter Wind kam auf. Sie wiegte sich in dem Luftstrom, begann sich leicht zu drehen. Sam wollte nicht warten, bis sie ihm ihr Gesicht zeigte. Entschlossen machte er den entscheidenden Schritt.

Milena.

Seine Gefühle blieben stumm. Sein Kopf blieb kühl. Das war gut. Einen Gefühlsausbruch hätte er jetzt nicht gebrauchen können.

Sam hörte, wie Chris näher trat und sich an seine Seite stellte. »Sam?«

»Ja?«

»Was ist das in ihrer Hand?«

Sam löste sich aus der Betrachtung des bläulich weißen Gesichts und ließ seinen Blick über Milenas leblosen Körper zu ihrer Hand schweifen. Zwischen Zeigefinger und Daumen steckte ein weißer Briefumschlag.

Sam zögerte nicht lange. Er trat auf Milena zu und zog den Umschlag aus ihren kalten Fingern. Die Tote geriet noch mehr ins Schwingen, ein Knacken ließ sich aus der Baumkrone über den Männern vernehmen. Beide traten einige Schritte zurück. Sam betrachtete den Umschlag. »Der Brief ist von ihm. Dasselbe Papier. Dieselbe Größe.«

Als würde er Chris um Erlaubnis fragen, schaute Sam zu ihm auf. Dann drehte er den Umschlag um und ließ den kleinen Finger unter die Lasche gleiten. Mit einer Hand, die selbst für Sam überraschend ruhig war, öffnete er das Kuvert und zog die weiße Karte heraus. Er erkannte die Buchstaben sofort. Es war dieselbe Schrift wie auf der an der Rezeption abgegebenen Karte. Sam las die Nachricht erst leise für sich.

Nimm das Motorrad unten an der Straße. In ewiger Liebe Milena

»Dieser verfluchte Mistkerl!« Er zerknäulte das Papier und schleuderte es zu Boden.

Chris schaute Sam erwartungsvoll an. »Was? Was ist?«

»Nimm das Motorrad unten an der Straße. In ewiger Liebe Milena«, zitierte Sam die Worte der Nachricht. Dieser kranke Schweinehund! Erst ermordet er Milena, dann missbraucht er auch noch ihren Namen. Er spielt mit uns! Er schnappt sich Eva und macht sie zur Siegertrophäe am Ende einer beschissenen Schnitzeljagd!«

»Holen wir sie runter.«

»Nein«, antwortete Sam etwas beherrschter. »Das soll die Polizei tun.«

»Dann willst du auf die Bullen warten?«

»Wer hat etwas von warten gesagt?« In Sams Augen flackerte eine Wut und eine Angriffslust, die Chris an alte Zeiten erinnerte. Sam war nicht leicht aus der Fassung zu bringen. Auf plumpe Provokationen ließ er sich überhaupt nicht erst ein, aber er war auch kein Feigling. Mit den richtigen Spielkarten konnte man ihn durchaus herausfordern und zu einer Reaktion reizen. Der Appell an seinen Beschützerinstinkt und seinen Gerechtigkeitssinn waren die richtigen Karten gewesen. Sam war fuchsteufelswild und mehr denn je bereit, sich zur Wehr zu setzen. Koste es, was es wolle.

»Woher willst du wissen, wo du hin musst?«

»Er stellt mir ein Motorrad zur Verfügung, also wird er mir wohl auch das Ziel meiner Fahrt verraten.« Er richtete seinen Blick auf die Tote am Seil. Seine gesamte ohnmächtige Wut floss in seine nächsten Worte. Leise, wie das bedrohliche Knurren eines Wolfs vor dem Angriff, zischte er: »Dieses kranke Mistschwein kauf ich mir.«

Grau

»Vielen Dank, dass Sie sich bereit erklären, mit uns zu sprechen.« Weber betrat als Erster das schmale Häuschen mit dem gepflegten Garten und den Rosenranken neben der Eingangstür. Direkt hinter ihm folgte Jenny.

Die Frau, die den beiden die Tür aufhielt, sah alles andere als erfreut aus. Der Widerwille stand ihr ins Gesicht geschrieben. Sie war misstrauisch und mürrisch. Ein Besuch der Polizei gehörte eindeutig nicht zu ihren Plänen für diesen Abend.

Die Frau schloss die Tür hinter den ungebetenen Gästen, machte sich aber nicht die Mühe, sie ins Wohnzimmer oder in die Küche zu bitten oder ihnen etwas anzubieten.

Jenny musterte ihr Gegenüber eingehend. Haare hochgesteckt, Pantoffeln mit rosa Plüschbesatz, ein Satinbademantel, den sie mit einer Hand krampfhaft auf Höhe der Schlüsselbeine zusammenhielt.

Ein Bad. Sie wollte ein Bad nehmen, tippte Jenny. »Wir möchten Sie nicht lange aufhalten. Wir selbst stehen ebenfalls unter enormem Zeitdruck. Deshalb werde ich direkt zur Sache kommen. Sagen Sie uns von Anfang an, was wir wissen wollen, dann sind wir in ein paar Minuten wieder weg.«

Weber hob fragend eine Augenbraue und sah Jenny erstaunt an. Sie ignorierte ihn. Stattdessen schlug sie die Akte auf, die sie, seit sie ihr Büro verlassen hatte, nicht mehr aus den Händen gab, und zog das Foto heraus, das den mutmaßlichen Täter zeigte. »Ist das Ihr Cousin?«

Die Frau wich instinktiv einen Schritt zurück.

Sie kannte ihn also. Weber setzte nach. »Und, ist es Ihr Cousin?«

Die Frau schlang den freien Arm um ihre Taille.

Schutzhaltung? Jenny behielt sie im Auge.

»Ja. Ja, es ist mein Cousin«, antwortete sie schließlich mit rauer, belegter Stimme. Sie räusperte sich und schluckte schwer.

Hatte sie Angst vor ihm? Jenny legte nachdenklich die Stirn in Falten. Was hatte diese Frau mit ihrem Cousin durchgemacht?

»Wo ist er jetzt?«, fragte Weber.

»Das weiß ich nicht.«

Zu schnell geantwortet. Weber war auf der Hut. »Sind Sie sicher? Sie besitzen doch eine Jagdhütte, stimmt's?«

Der Frau war sichtlich unwohl in ihrer Haut.

»Sie haben Angst vor ihm, nicht wahr?«, fragte Weber um einiges einfühlsamer, als er die anderen Fragen gestellt hatte.

Die Frau bekam wässrige Augen. Volltreffer.

»Sie brauchen keine Angst zu haben. Sagen Sie uns, was wir wissen wollen. Sagen Sie uns, wo die Hütte ist, und Sie müssen sich nie wieder vor ihm fürchten.«

Die Frau zögerte, dann hastete sie an Weber vorbei ins Wohnzimmer. Sie knipste das Licht an und holte ein dickes Fotoalbum hervor. Eilig blätterte sie es durch. Immer wieder konnte Jenny das Gesicht des Gesuchten entdecken. Jedes Mal fühlte sie einen leisen Stich.

»Hier«, die Frau hatte aufgehört zu blättern und zeigte auf ein Foto, unter dem von Hand Zahlen notiert waren. »Das sind die Koordinaten. Mein Vater hat mir die Hütte vermacht, sie lautet auch nach wie vor auf meinen Namen, aber ich war nie mehr dort. Ich überließ sie Serge zur Nutzung. Er genoss es, in der rauen Wildnis zu hausen und nur zu essen, was er selbst erlegt hatte. Ich konnte damit nie etwas anfangen. Das Grundstück ist von einem Gewebe umgeben, das unter Strom steht, um die wilden Tiere abzuhalten. Das war mir alles zu sonderbar.«

Weber notierte eifrig die Koordinaten, zückte das Telefon und wählte, noch während er sich mit einem knappen Dank von der Frau verabschiedete.

Jenny blieb bei der Frau zurück, die aus heiterem Himmel fragte: »Sagen Sie, hat er etwas mit diesen verschwundenen Frauen zu tun?«

»Das darf ich Ihnen leider nicht sagen.«

Die Frau nickte und senkte den Blick.

»Hören Sie, was auch immer Ihr Cousin getan hat, er wird dafür bestraft werden.«

»Nun, für alles wird man ihn nicht bestrafen können.«

»Was wollen Sie damit sagen?«, hakte Jenny nach.

»Nichts.«

»Hören Sie, wenn da irgendetwas ist, das wir noch wissen müssen, dann sagen Sie es uns, damit wir Ihnen helfen können!«

»Nein. Es ist nichts, bei dem mir die Polizei helfen könnte. Tun Sie mir einfach den Gefallen und seien Sie vorsichtig. Er war vor diesem Unfall schon nicht normal. Nachdem seine Eltern gestorben waren und er zu uns gekommen war, erzählte er mir fürchterliche Dinge, die er mit Tieren angestellt hatte. Er sprach unermesslich grausam über seine Eltern und wie sehr er es genossen hatte, seine Mutter verrecken zu sehen. Auf der anderen Seite konnte er sich aber auch wie ein normaler Teenager verhalten. Bis zu dem Tag, an dem seine Freundin Melissa die Hütte meines Vaters in die Luft gejagt hatte. Sie zündete ein Streichholz an, während sie Gas in die Küche strömen ließ, wissen Sie? Serge wäre beinahe gestorben. Mein Vater beschloss, ihn zu adoptieren. Serge bekam einen neuen Vornamen als Zeichen für einen Neuanfang und unseren Familiennamen als Symbol der Zugehörigkeit. Mein Vater wollte ihm zeigen, dass er eine Familie hatte, die für ihn da war, die ihm Rückhalt bot. Aber Serge entglitt uns von Tag zu Tag mehr, egal, wie sehr sich mein Vater um ihn bemühte.«

»Nennen Sie ihn deshalb noch bei seinem alten Namen? Weil er nie das Familienmitglied wurde, das er mithilfe der Namensänderung hätte werden sollen?«

Die Frau nickte. »In gewisser Weise ja. Ich habe mich nie an den neuen Namen gewöhnen können. Jedenfalls starb mein Vater, und Serge kam nicht zu seiner Beerdigung. Aber dann stand er eines Tages plötzlich wieder vor meiner Tür. Er war ein neuer Mensch. Neue Haarfarbe, neuer Schnitt, neue Kleidung. Er sah gut aus, trainiert. Er achtete auf sich und seinen Körper und hatte eine ungeheuerliche Verwandlung durchgemacht. Er war charmant, zuvorkommend, schien sein Leben im Griff zu haben. Das freute mich für ihn, und ich fasste neues Vertrauen. Er sagte etwas von einer Ausbildung, in welchem Bereich erwähnte er nicht. Ich wollte ihn aber auch nicht drängen. Das alles änderte aber nichts daran, dass ich ihn nur sehr selten zu Gesicht bekam. Bis auf einen Abend vor ein paar Wochen. Ich weiß noch, wie ein Sommergewitter über die Stadt fegte und es wie aus Kübeln schüttete. Ich bin nur an die Tür gegangen, weil ich glaubte, die Katze zu hören. Mich traf beinahe der Schlag, als ich öffnete und er vor mir stand. Er war nass bis auf die Knochen, aber er schien es nicht einmal zu merken. Er starrte mich einfach nur an. Ob es nun am düsteren Wetter lag oder nicht, in seinem Blick lag etwas abgrundtief Schlechtes. Sein Ausdruck war genau wie früher. Seine Augen waren dunkler als sonst. Ich wusste, er führte etwas im Schilde, und ich bekam es mit der Angst zu tun. Ich wagte es aber nicht, ihm die Tür vor der Nase zuzuschlagen, obwohl es mich in den Fingern juckte. Dann sagte er nur ›*Der Tag ist gekommen. Heute ist der Anfang vom Ende*‹. Mehr nicht. Er ging, und ich sah ihn nicht wieder. Ich habe mich zutiefst erschrocken. Ich begann mich zu fragen, ob mein Cousin in den vergangenen Jahren wirklich eine Veränderung durchgemacht oder ob er sich zu einem Meister der Täuschung entwickelt und mich benutzt hatte, um seine Wirkung zu testen. Sosehr ich es mir auch anders gewünscht hätte, ich kam zum Schluss, dass nur Letzteres zutreffen konnte. Man sagt ja, Menschen können dazulernen, aber ändern können sie sich im Grunde nicht. Das Wesen bleibt stets dasselbe.«

Die Augen der Frau trübten sich, und sie betrachtete traurig ihre rosafarbenen Pantoffeln.

Jenny fühlte sich, als wäre sie gegen einen Baum gerannt. Das alles passte. Es passte beängstigend gut.

»Können Sie mir zufällig sagen, wann genau Ihr Cousin angekündigt hatte, dass der Tag nun gekommen sei?«

Sie schüttelte den Kopf. »Tut mir leid.«

»Schon gut.« Jenny legte ihr mitfühlend die Hand auf die Schulter. »Hat er sich oft in die Hütte zurückgezogen?«

»Er war da, wann immer er konnte. Zumindest war das früher so. Er erwähnte einmal, dass das Beste an der Hütte ihre Abgeschiedenheit wäre und dass kaum jemand von ihrer Existenz wisse, geschweige denn, wo genau sie sich befand. Ein idealer Ort, wenn man einfach verschwinden wollte. Das waren seine Worte.«

»Gut, danke. Eins noch. Gibt es eine Zufahrtsstraße?«

»Nicht direkt. Es führte ein Weg zur Hütte, der auch mit einem Auto befahren werden konnte. Dafür gemacht war er aber nicht. Das waren allerdings die damaligen Zustände. Wie es heute aussieht, weiß ich nicht.«

»Jenny?« Weber schien eben erst den letzten Anruf weggedrückt zu haben, als er in das spärlich beleuchtete Wohnzimmer stapfte. »Wir müssen los. Sofort.«

Jenny nickte. Dann wandte sie sich wieder der Frau zu. »Sie haben uns sehr geholfen. Ich werde Sie auf dem Laufenden halten, versprochen.« Jenny drückte der Frau die Hand und schloss sich dann Weber an, der schon fast zur Tür hinaus war.

Ehe sie selbst das Haus verließ, drehte sie sich noch einmal um. »Ach, entschuldigen Sie, eine Frage habe ich noch. Sie kennen nicht zufällig einen Doktor mit Nachnamen Maier? Oder einen Versicherungsvertreter mit dem Namen Elmo?«

Die Frau dachte nach. Dann schüttelte sie langsam den Kopf. Jennys Hoffnungen zerbarsten. Aber dann sagte die Frau nachdenklich: »Elmo sagt mir nichts. Aber Maier. Der Psychologe, der Serge nach Melissas Selbstmord therapiert hat, hieß Maier, soweit ich weiß. Warum?«

Jenny gab ihr keine Antwort, stattdessen nickte sie der Frau zum Abschied zu und zog die Haustür hinter sich ins Schloss.

Jenny hetzte hinter ihrem Vorgesetzten durch den Garten zum BMW. Beide stiegen hastig ein und schlugen die Türen zu. Weber startete den Wagen, ließ den Motor aufheulen und brauste mit quietschenden Reifen davon. Währenddessen zückte Jenny ihr Handy und drangsalierte das Display.

Als sie fand, was sie gesucht hatte, entwischte ihr ein kleiner Jauchzer.

»Was ist los?«, verlangte Weber zu wissen, ohne den Blick von der Straße zu nehmen.

»Die Cousine hatte einiges Interessantes zu berichten. Unter anderem sagte sie, ihr Cousin habe sich während eines Unwetters vor ihre Tür gestellt, und als sie öffnete, hätte er ihr nur gesagt, der Tag sei gekommen, heute sei der Anfang vom Ende. Ich wollte wissen, wann das letzte Unwetter über die Stadt zog.«

»Lassen Sie mich raten. Am Tag, an dem unseren Vermutungen nach die erste Frau verschwand.«

»Goldrichtig.«

»Verdammt. Es passt alles.« Weber drückte das Gas noch

etwas weiter nach unten und jagte den BMW mit deutlich überhöhter Geschwindigkeit durch die Straßen.

»Ja, das tut es. Nur etwas macht mir noch zu schaffen.«

»Was?«

»Warum haben Sie Eva Siedler einfach ziehen lassen? Sie war jede Sekunde in Gefahr.«

»Ich habe sie nicht einfach ziehen lassen. Sie stand zu jeder Zeit unter Beobachtung.«

»Im Ernst? Das wusste ich nicht! Wer war denn mit dieser Aufgabe betraut?«

Weber antwortete nicht. Er warf Jenny nur einen Blick zu. Einen Blick, der alles sagte.

»Nein!«, entschlüpfte es ihr. Sie spürte, wie sie immer weiter in den Sitz gedrückt wurde. Die Umwelt zog rasend schnell an ihr vorbei. Dann sah sie, welchen Weg Weber einschlug. Er fuhr geradewegs auf die Autobahn.

Die Tachonadel des BMW kletterte zitternd weiter.

Jenny krallte sich an ihrer Akte fest. »Was haben Sie vor? Wo fahren wir hin?«

»Wir gehen auf die Jagd.«

Weiß/Schwarz

Außer Atem durchbrachen Chris und Sam das letzte Gestrüpp und standen mit einem Mal auf der asphaltierten Straße, die eigens für die Hotelanlieferung angelegt worden war. Chris stützte sich nach Luft ringend auf seinen Knien ab. Sam stemmte die Hände in die Hüften und blickte die Straße hinunter. Er meinte, hinter einer Biegung zwischen den Bäumen etwas zu sehen, das nicht in die Landschaft passte. Sofort setzte er sich wieder in Bewegung. Fluchend schloss Chris sich ihm an. »Woher hast du eigentlich diese Kondition?«

»Sport«, antwortete Sam schlicht. Er hatte sich zur Ablenkung von all den Erinnerungen, die ihn verfolgten, in einigen Sportarten geübt. Von Yoga bis Kampfsport. Lange ausgehalten hatte er es nie. Die Unruhe trieb ihn weiter, die Erinnerungen schwiegen nicht. Manchmal wurden sie sogar nur noch lauter. Jetzt aber waren sie ruhig. Sie lauerten hinter einer Maske der Konzentration.

Sam folgte dem Straßenverlauf. Nach der Kurve blieb er abrupt stehen. Er traute seinen Augen kaum. Hinter einem Holzstapel stand sie. Eine Enduro. Perfekt fürs Gelände, eine Katastrophe auf normaler Straße. Was wollte dieser miese Hund ihm damit sagen?

Er sollte auf der Straße wohl nicht allzu schnell vorwärtskommen, brauchte das Können der Maschine aber anschließend? Schickte er ihn offroad? Wo wollte er ihn haben?

Sam schob die Äste und Zweige beiseite und stellte sich neben das Motorrad.

Die wichtigsten beiden Dinge sah er auf Anhieb: den in der Zündung steckenden Schlüssel und den Briefumschlag, der eingeklemmt unter dem Sattel hervorlugte. Dieses weiße Papier war Sam zuwider, und doch war er erleichtert, es zu sehen, denn es bedeutete, dass er Eva vielleicht einen Schritt näher kam.

Er öffnete den Umschlag und zog den gebleichten Bogen heraus.

Bis auf ein paar Zahlen war das Papier leer.

Sam drehte es hin und her. Vorwärts und rückwärts.

»Das sind Koordinaten. Längen- und Breitengrade.« Chris nahm Sam die Karte aus der Hand. »Zwar fehlen die üblichen Zeichen, aber ich bin mir absolut sicher.«

Chris zog sein Handy aus der Hosentasche und öffnete eine App, mit der er Schweizer Landeskarten präzise abrufen konnte. Er begann, die Zahlen in verschiedenen Kombinationen einzugeben. Noch einmal und noch einmal. Sam inspizierte in der Zeit das Motorrad. Es schien in Ordnung zu sein. Er betätigte die Zündung und hielt den Blick auf die Benzinanzeige gerichtet. Der Tank war voll. Sam zog den Schlüssel ab und öffnete den Tankdeckel. Er bewegte die schwere Maschine hin und her. Zufrieden stellte er fest, dass das Benzin mit leisem Plätschern gegen das Metall des Tanks schwappte.

»Ich hab's.« Aufgeregt streckte Chris Sam das Telefon hin. »Hier. Das ist in den Wäldern des Safientals, nicht besonders weit von hier. Dort müssen sie sein.«

Sofort saß Sam auf. Er kickte die Maschine an und drehte am Gashahn. Ein unheimliches Knattern erfüllte die Luft. »Spring auf!«

Chris betrachtete die Maschine skeptisch. Er hatte Mühe, sich vorzustellen, wie sein Freund im maßgeschneiderten Anzug ein Monstrum wie dieses Motorrad bedienen konnte. »Kannst du mit dem Ding umgehen?«

»Können? Sagen wir, ich hab es schon mal gemacht.«

Chris hob eine Augenbraue.

»Ein ziemlich verrückter Firmenausflug, und jetzt komm!«

Schwarz

»Es dauert nicht mehr lange, liebste Eva. Bis es so weit ist, können wir uns noch ein bisschen unterhalten. Schließlich ist unsere letzte Begegnung ganz schön lange her. Was du mit deinem Leben angefangen hast, weiß ich. Willst du wissen, was ich so getan habe?« Er umkreiste den Stuhl, an den er Eva gefesselt hatte, stellte sich vor sie und blickte sie herausfordernd an. »Und?«

Sie starrte zurück. Ihr Auge war fast zugeschwollen, ihre Wange pochte, auf ihrem Rücken bildete sich ein Bluterguss, und die Haut an ihrem Hals brannte wie Feuer. Ihre Handgelenke waren aufgescheuert; der Kabelbinder hatte sich in ihr Fleisch eingefressen wie Draht in Holz. Doch das Einzige, was sie wirklich fühlte, war sengende Wut.

Nein, sie wollte nicht wissen, was dieses Schwein in den letzten Jahren getan hatte.

»Nicht?«, gab er ihre Gedanken wieder, als hätte er sie gehört. »Ich sag es dir trotzdem. Ich habe mich vorbereitet. Auf diesen Tag.«

»Fünfzehn Jahre lang?«, spottete Eva trotzig. Die Knöchel seiner Hand landeten mit Wucht in ihrem Gesicht. Ihr Kopf flog wie ein Gummiball nach hinten. Sie schlug sich den Hinterkopf heftig an der Stuhllehne an.

»Nein! Ich habe viele Jahre damit zugebracht, meinen Körper zu heilen. Physiotherapien. Aufbautraining. Operationen. Dummes Geschwätz von Psychiatern und Gutachtern musste ich mir anhören, aber sie konnten mir nicht helfen. Sie begriffen nicht, worum es ging. Sie taten so, aber niemand verstand. Sie hörten hin, aber nicht zu. Sie sahen nur die fetten Nullen auf ihren Gehaltsschecks, wenn die Uhr mit diesem entsetzlichen Pling das Ende der Sitzung anzeigte. Sobald die Stunde um war, kehrte jeder in seine eigene heile Welt zurück und ließ mich in der Dunkelheit stehen. Durch Reden soll man das Erlebte verarbeiten und den Heilprozess in Gang bringen können«, äffte er. »Blödsinn. Während ich nach dieser ominösen Heilung lechzte, musste ich zusehen, wie ihr einfach euer Leben weiterlebtet. Ich beobachtete euch. Keiner, aber auch keiner verschwendete einen Gedanken daran, wie es mir erging. Ich weiß nicht, was ich erwartet hatte. Schließlich zeigte sich schon am Tag, als es geschah, dass ihr euch nur für euch selbst interessiertet. Mir flog die Hütte um die Ohren. Ich war kurz vorm Verrecken. Aber keiner holte mich raus. Keiner! Stattdessen half Sam dir, nicht mir!« Er redete sich in Rage, bis er explodierte. Er hob die Hand, holte zum Schlag aus. Ließ den Arm niedersausen.

Eva schloss fest die Augen und wartete auf den Aufprall. Auf den stechenden Schmerz. Oder auf die Dunkelheit. Aber es folgte nichts. Sie öffnete vorsichtig ein Auge und erschrak beinahe zu Tode. Sein Gesicht war keine zehn Millimeter vor ihrem. Er sah ihr in die Augen und las die nackte Angst, die darin stand. Mit einem zufriedenen Grinsen richtete er sich wieder auf. Mit ruhiger Stimme fuhr er fort: »Also beschloss ich, mir selbst zu helfen. Ich überlegte, was mir Befriedigung verschaffen würde, und fand die Lösung.«

»Kaltblütiges Morden?« Evas Stimme war belegt. Ihre Kehle trocken.

»Bestrafung. Diese selbstgerechten Heuchler mit ihren leeren Worten. Am eigenen Leib sollten sie erfahren, was es bedeutete, einen geliebten Menschen auf grausame Weise zu verlieren.«

Eva musste sich anstrengen, um klar denken zu können. Sie

konnte seinem Gedankengang nicht folgen. Warum einen geliebten Menschen auf grausame Weise verlieren? Sam und sie hatten überlebt und er selbst auch. Daran konnte es also nicht liegen. Die Einzige, die gestorben war, war Melissa gewesen. Oh mein Gott, war es das?

»Ich hatte ja keine Ahnung!«

»Nein, die hattest du nicht, stimmt's?« Er drehte sich von ihr ab und trat nachdenklich zu einem der schmutzigen Fenster. Seit er ihr im Wald aufgelauert hatte, war das die erste richtig menschliche Reaktion.

Echtes Mitgefühl konnte sie für dieses Monster nicht empfinden, aber für die Gefühle des Teenagers von damals konnte sie ein wenig Verständnis aufbringen. »Wenn ich gewusst hätte, dass Melissa dir so viel bedeutet ...«

»Melissa?«, brüllte er und fuhr herum. Mit zwei langen Schritten war er bei Eva. Er baute sich bedrohlich vor ihr auf. »Du kapierst es einfach nicht, was? Melissa ist und war mir scheißegal. Diese kaputte, von Selbstzweifeln zerfressene Schlampe! Wäre es nach mir gegangen, hätte sie niemals einen Fuß in die Hütte gesetzt. Ich duldete sie, nichts weiter.«

»Aber was ist dann der Grund? Du sprichst davon, geliebte Menschen zu verlieren. Sam und ich haben aber überlebt, also muss es doch Melissa sein.« Das Pochen unter Evas Schädeldecke nahm weiter zu. Ihr Blick wurde verschwommen. Aber sie musste durchhalten. Fest biss sie die Zähne zusammen, blinzelte den Nebelschleier aus ihren Augen und konzentrierte sich auf den Mann, den sie als Serge kannte.

»Herrgott, wie dämlich bist du eigentlich? Habe ich etwas von Toten erwähnt? Nein. Verlust. Verlust ist nicht gleich Tod. Ich lag unter diesen Trümmern, konnte mich nicht bewegen. Ich fühlte, wie mein Bein in Flammen stand, konnte aber nichts dagegen unternehmen, weil die Trümmer mich einklemmten. Ich spürte, wie ich von einem enormen Gewicht langsam erdrückt wurde. Ich wusste nicht, wie lange mein Brustkorb diese Massen tragen konnte, wann er nachgeben würde. *Dass* er irgendwann nachgeben würde, war mir hingegen absolut klar. Ich würde bei lebendigem Leib zerquetscht werden. Da war es fast nebensächlich, dass ich überdeutlich mitbekam, wie das Feuer meine Gliedmaßen auffraß. Erst vernichtete es den Stoff der Hose, und als davon nichts mehr übrig war, machte es sich in seiner Gier an meiner Haut zu schaffen. Kennst du das Gefühl? Hast du dich schon einmal an einem heißen Blech verbrannt? Tut weh, was? Dann stell dir den unerträglichen Schmerz vor, wenn dein Bein brennt. Stell dir das Elend vor, wenn du gezwungen bist, es zu ertragen, weil du nichts dagegen unternehmen kannst. Aber jemand anderes hätte etwas tun können, das Feuer löschen können. Doch da kam niemand. Ich sah durch die Flammen, den Schutt, die Asche, wie Sam sich aufrappelte. Wie er in die Trümmer starrte. Wie er mich ansah. Und sich abwandte. Ich wollte nach ihm rufen, aber ich konnte nicht. Das Gewicht auf mir wog zu schwer. Ich brachte nicht die nötige Luft in meine Lungen. Also verkam mein Hilferuf zu einem kläglichen Flüstern. Ich musste mit ansehen, wie er dich suchte. Zu dir eilte. Dir unter dem wenigen Holz hervorhalf, das dich erwischt hatte. Während ich unweit daneben langsam krepierte. Der restliche Schmerz war ertragbar, aber das mit anzusehen, wie er mich opferte, um dir zu helfen, das war eine schier unerträgliche Qual. Ich wurde bewusstlos. Und ich weiß noch genau, wie ich Gott dafür gedankt habe, dass er dieses Elend beendete. Und wie ich ihn verflucht habe, als ich im Krankenhaus schreiend wieder erwachte.«

Eva fühlte sich benommen. Sie war verwirrt. »All die Frauen, die du ermordet hast …«

»Starben deinetwegen. Sie erlitten das Schicksal, das dich hätte ereilen sollen. Du hast ihnen Modell gestanden, aber die Fäden habe diesmal ich gezogen und niemand anderes.«

»Aber warum so viele? Warum bist du nicht direkt zu mir gekommen?«

»Ach komm schon, das Vergnügen wäre zu kurz gewesen. Und wer hätte diese Stümper von der Feuerwehr dafür bestraft, dass sie mich aus den Trümmern holten, obwohl ich sterben wollte? Die Ärzte und Psychologen spüren lassen, was ein brutaler Verlust bedeutet? Jetzt wissen sie zumindest, worüber sie die ganze Zeit redeten. Auf diese Weise arbeitete ich mich langsam zu dir vor, hielt nebenbei noch die gesamte Polizei zum Narren und wühlte die Nation auf. Macht. Ein herrliches Gefühl. Auch ich habe ein bisschen Freude verdient, das zumindest habe ich über die Jahre gelernt. Schade nur, dass das alles nun schon bald vorbei sein wird. Sam wird bald hier sein. Wahrscheinlich bringt er deinen Bruder mit. Der hat zwar nichts mit der Sache zu tun, aber was soll's.«

Wie auf Kommando drang von weit her ein knatterndes Geräusch in die Hütte.

»Ah, wer sagt's denn! Da kommen sie ja schon.« Ein teuflisches Lächeln breitete sich auf seinem Gesicht aus. Er durchquerte den Raum. Eva sah ihm nach. Er blieb vor einem weißen Tuch stehen, unter dem etwas verborgen lag. Eva war dieses eckige Etwas bisher nicht aufgefallen.

Er nahm einen Zipfel des Tuches zwischen Daumen und Zeigefinger und sah sie an. Seine Augen glitzerten begeistert. Dann zog er das Tuch weg. Einem Magier gleich enthüllte er, was darunter verborgen lag.

Ein Gasherd.

Eva stockte der Atem. Die letzten Spinnweben verflüchtigten sich aus ihrem Gehirn, und auf einmal sah sie klar. »Scheiße! Sam hätte sich für dich entscheiden sollen! Nicht nur in der Hütte. Sondern überhaupt. Du …« Eva stolperte über ihre eigenen Gedanken. Es war so unfassbar, dass sie es kaum zu sagen wagte. »Du hast ihn geliebt.«

Seine Augen verdunkelten sich bedrohlich.

Ein unangenehmes Kribbeln ließ Eva erschaudern. Das war es also. Jetzt wollte sie alles wissen. Sie hatte nichts zu verlieren, deshalb konnte sie ebenso gut versuchen, ihn noch weiter aus der Reserve zu locken. Also setzte sie nach. »Sam, die Hütte, der Herd. Du stellst die Situation von damals nach, nicht wahr?«

Jetzt grinste er wieder. »Nur besser.« Die Überlegenheit, die in seinem Gesichtsausdruck lag, trieb Evas Herzschlag in die Höhe. »Ich soll diesmal in der Hütte sein, nicht du.«

Ein Blick in seine Augen war ein Blick in eine Welt abgrundtiefer Bosheit.

So fühlte es sich also an, wenn man dem Tod ins Auge sah. »Was hast du mit Sam vor? Soll er zusehen, wie ich krepiere? Denkst du, er wird sich dann in deine Arme werfen? Sich von dir trösten lassen?«

Sie wollte ihn verhöhnen, seine Gefühle verletzen. Aber anfangs reagierte er nicht einmal. Er kehrte ihr den Rücken zu und hantierte am Herd herum. Dann drehte er sich wieder um. Mit einem Streichholzbriefchen in der Hand kam er auf sie zu. »Du willst mich ärgern? Vergiss es.« Er brach ein Streichholz heraus und ließ es über den Schwefelstreifen schnellen. Zischend entzündete es sich.

»Nein, liebste Eva, Sam wird sterben. Zusammen mit dir.

Aber vorher wirst du noch fühlen, was ich gefühlt habe. Wir fangen bei den Beinen an. Ich werde dir deine hübsche Hose anzünden. Das Feuer wird sich durch den Stoff fressen. Du wirst die Hitze spüren, die Hilflosigkeit, den Schmerz, und du wirst schreien. Egal, wie tapfer und störrisch du dich jetzt gibst, du wirst mich anflehen aufzuhören. Aber das wird nicht passieren.«

Eva schluckte. Aber ihre Kehle gab nichts her. »Und Sam?«

»Er wird zusehen, wie das Feuer über dich herfällt. Er wird deine Schreie hören, aber diesmal wird er dir nicht helfen können. Und letzten Endes wird die Hütte in die Luft fliegen und dem ganzen Spuk ein Ende bereiten.« Er entzündete mit dem Streichholz eine Öllampe. Spärliches Licht erhellte die immer düsterer werdende Hütte. Eva hatte kaum wahrgenommen, wie die Dunkelheit sich anschlich und das Sonnenlicht verscheuchte.

Er pustete das Streichholz aus, bevor die Flamme seine Fingerspitzen erreichte.

»So, es war nett, mit dir zu plaudern, aber jetzt wird es Zeit.«

Angespannt beobachtete Eva, wie er zu einem Tisch an der Wand ging, der aussah wie eine Frisierkommode. Er legte das Streichholzbriefchen weg, öffnete eine Schublade und nahm eine Rolle Klebeband heraus. Er schnitt ein Stück ab, kehrte zu Eva zurück, stellte sich hinter sie, packte ihr Kinn, presste die Finger so schmerzhaft in ihr geschändetes Gesicht, dass sie aufschrie. Sie wagte nicht einmal den Versuch, den Kopf aus seinem Griff zu winden. Er klebte ihr den Mund zu. Sie hatte nicht den Hauch einer Chance, sich dagegen zu wehren. Schließlich spürte sie, wie er die Fesseln durchschnitt, die sie an den Stuhl banden. Dann zog er sie auf die Füße. Sie wäre beinahe vornübergekippt, aber er hielt sie fest.

Er schob sie zu einer Treppe, die unters Dach führte. Was sich dort oben befand, konnte Eva nicht erkennen, wollte sie auch gar nicht. Er zwang sie, drei Stufen hochzugehen. Dort kettete er sie ans Geländer an. Erinnerungsfetzen an die damalige Nacht blitzten vor Evas geistigem Auge auf.

Hatte er nicht auf einer Treppe gestanden, als sie mit Sam zur Tür hereinkam, kurz bevor alles in die Luft flog?

Er kehrte zum Herd zurück, schloss die Augen und lauschte.

Dasselbe Knattern von vorhin hallte draußen, nur war es jetzt deutlich näher als zuvor. Es wurde lauter, bis es direkt vor dem Eingang der Hütte verstummte.

Er drehte den Knopf. Zischend wie eine Schlange entwich das Gas und begann, langsam die Luft zu vergiften. Er baute sich in der Mitte des Zimmers direkt gegenüber der Eingangstür auf und wartete.

Evas Blick wanderte von ihm zur Tür. Kaum hörbar raschelte es draußen. Ein leises Tappen und ein Knarzen. Füße, die auf das morsche Holz der Veranda gesetzt wurden. Dann geriet die Tür wie von Geisterhand in Bewegung. Ganz langsam wurde sie aufgestoßen.

»Hallo Sam.«

Eva schluchzte auf. Sie konnte es nicht glauben. Da stand er. In voller Größe.

Sam.

Sie riss und zerrte an der Kette, wollte ihm zurufen, ihn warnen. Aber durch das Klebeband drangen nur unverständliche, dumpfe Laute. Dann sackte sie zusammen. Ihre Beine wollten sie nicht mehr tragen, als sein Blick im Zwielicht dieser verdreckten, stinkenden, alten Hütte ihren traf. Sie setzte sich auf die Stufen und lehnte den Kopf ans Geländer.

Sam versuchte, die Situation zu erfassen. Er hätte schreien können, als er sah, wie Eva zugerichtet war. Am liebsten wäre er losgestürmt und hätte diesen Schweinehund mit bloßen Händen geschlachtet.

Aber das entsprach nicht dem Plan.

Nicht durchdrehen, mahnte er sich.

Leichter gesagt als getan.

Sam atmete tief ein und lenkte die Aufmerksamkeit auf den Mann, der ihm gegenüberstand. Von dem Teenager, der er einmal gewesen war, war nichts mehr übrig. Der Serge, den er gekannt hatte, war tot. Im Feuer von damals verbrannt. Was sich aus dieser Asche erhoben hatte, war allerdings alles andere als ein Phönix.

»Hallo Johann.«

Im schwachen Schein der Öllampe blitzten die Zähne auf, als Serge seinen Mund zu einem Lächeln verzog. »Du hast deine Hausaufgaben gemacht, wie ich sehe. Wer kam auf die Lösung? Jenny?«

Sam äußerte sich nicht dazu. Musste er auch nicht. Johann zog aus Sams Schweigen die richtigen Schlüsse. »Es war Jenny. Wie geht es ihr? Ist sie mit Weber und der Kavallerie hierher unterwegs oder musste sie in ihrem Büro bleiben, während die großen Buben Räuber und Gendarm spielen? Schätze, sie war ziemlich wütend, als sie die Wahrheit über den scheuen, zurückhaltenden Anfänger herausfand. Dabei habe ich sie eigentlich akquiriert, an dem Fall mitzuarbeiten, weil ich hoffte, sie würde zu meinen Gunsten ein wenig Unruhe im Team schaffen. Dass ausgerechnet die unerfahrene Jenny das fehlende Puzzleteil entdeckt, war so nicht geplant gewesen. Ich habe sie wohl ziemlich unterschätzt. Aber das ist jetzt auch egal. Sie werden so oder so zu spät kommen.« Er hob gleichmütig die Schultern. »Ich mochte sie eigentlich gern. Schade, dass es so enden muss, wie es eben enden wird. Wo hast du eigentlich Chris versteckt? Lass mich raten, du hast ihn unterwegs abgesetzt, und er schleicht sich jetzt zu Fuß von hinten an die Hütte heran.«

Einmal mehr ging Sam gar nicht erst auf die Fragen ein. Stattdessen stellte er eine Gegenfrage.

»Was soll dieses kranke Spiel, Serge?« Am liebsten hätte er ihm dieses hämische Grinsen aus dem Gesicht geprügelt.

»Du hast den Auftrag, Zeit zu schinden, nicht? Du musst mich so lange bei der Stange halten, bis sich die Polizei formiert hat und die Hütte stürmen kann.«

Sams Fassade bekam Kratzer. Er spürte es, aber er konnte es nur schwer unterbinden.

»Ach komm schon, sag nicht, du dachtest, ich durchschau das nicht. Du bist ein kluger Kopf, Sam, aber kein Profi. Du hast bei deinen vielen Ausbildungen zur Führungskraft sicherlich einiges gelernt. Der Polizist bin allerdings immer noch ich. Und das war die ganze Zeit über mein Vorteil. Ich war der Virus in deren System. Ich habe gewusst, was sie wussten, und hatte so jederzeit den Überblick und damit die Kontrolle. Selbst deine Kleine hatte ich jederzeit im Griff. Ich hatte ein Auge auf sie, als sie den Lockvogel für den Zerreißer spielte. Als er dann nicht auftauchte, wurde ironischerweise ebendieser Zerreißer damit beauftragt, sie im Auge zu behalten und sie zu schützen. Aber dann ist mir die liebe Eva doch ganz kurz abhandengekommen.« Er wandte sich direkt an Eva. »Ich wollte dich gleich nach der Lockvogelgeschichte abholen und direkt hierherbringen. Aber du hast genau dann das Weite gesucht, als ich die Rollen getauscht habe. Das war nicht nett, weißt du?« Er biss fest die Zähne zusammen. Dieses Thema wühlte ihn auf. Er spürte, wie ihm die Beherrschung zu entgleiten drohte.

Nicht jetzt. Nicht so kurz vor dem großen Finale, mahnte er sich. Er bewegte den Kopf hin und her, dass sein Nacken knackte. Dann hob er seine Nase und schnupperte. »Nun denn, seid ihr bereit, euren Platz in dem kurzen, aber voluminösen Finale einzunehmen?«

»Noch nicht ganz.« Während sich Johann mit Eva auseinandergesetzt hatte, war Sam so unauffällig wie möglich ein wenig weiter in den Raum vorgerückt. »Du hast all diese Frauen geschändet. Aber wofür? Bevor du uns umbringst, was du zweifelsohne vorhast, willst du mir da nicht sagen, weshalb du diese Frauen abgeschlachtet hast?«

Johann zögerte keine Sekunde mit der Antwort. »Deinetwegen.«

»Meinetwegen?«, fragte Sam ehrlich verwirrt. Er fühlte sich auf einmal benommen, konnte sich aber nicht erklären, weshalb. Er schob es auf die verstörende Situation.

»Du wolltest mich in den Trümmern verrecken lassen, um Eva zu retten. Du hast mich angesehen und dennoch ihr den Vorrang gegeben!«

Trümmer? Angesehen?

Das Chalet. Sam ließ die Geschehnisse der Vergangenheit Revue passieren, konnte sich aber bei bestem Willen nicht daran erinnern, in den überall in der Landschaft verteilten Überresten des Hauses jemanden angesehen zu haben. »Ich habe dich angesehen? Ich habe außer Feuer und beißendem Rauch überhaupt nichts gesehen! Hätte ich dich entdeckt, ich schwöre bei Gott, ich hätte versucht, dich zu holen. Das musst du mir glauben!«

Doch Johann schüttelte nur den Kopf und zog ein Päckchen

Zigaretten aus seiner Gesäßtasche. »Erkennst du sie? Es ist dieselbe Marke, die du damals geraucht hast.«

Sam konnte in dem schwachen Schein der Öllampe gerade noch das gelbe Päckchen und das typische Markenlogo erkennen. Auf einmal dämmerte ihm, was vor sich ging. Seine eigene Benommenheit. Eva ans Treppengeländer gekettet. Die Zigaretten.

Gas.

Die Öllampe.

Alarmiert riss Sam die Augen auf. Wenn das Gas auf die Flamme in der Lampe traf, war alles vorbei. Er musste die Lampe löschen. Aber wie?

Als hätte jemand seine stumme Frage gehört, knackte es vor der Hütte.

»Ah, das wird wohl Chris sein. Er hat sich ganz schön Zeit gelassen, kommt aber gerade rechtzeitig. Komm herein, Chris, schließ dich unserer kleinen Party an!« Johann neigte den Kopf nur leicht in die Richtung, aus der das Geräusch gekommen war, da preschte Sam los. Doch ehe er Johann erreicht hatte, hielt dieser ein Grillfeuerzeug in der Hand. Eva gab einen entsetzten Laut von sich.

»Guter Versuch. Aber ich schlage vor, du gehst keinen Schritt weiter.«

Sam blieb abrupt stehen.

»Gut so. Jetzt komm langsam zu mir.«

Sam tat, was ihm gesagt wurde. Mit bedächtigen Schritten überbrückte er die letzten Meter. Johann musterte Sam von Kopf bis Fuß. Er legte seine freie Hand auf dessen Brust und strich ihm mit den Fingerspitzen darüber, während er ihn langsam umrundete.

In Sam stieg ein Gefühl des Ekels auf, als er bemerkte, wie Johanns Atem sich leicht beschleunigte.

»Das willst du also. Die Frauen dienten lediglich als Ventile für deine Wut darüber, dass ich dich im Stich gelassen habe.« Sam senkte seine Stimme zu einem warmen Raunen. Er suchte den Kontakt zu Johanns Augen. Fand ihn und hielt ihn fest. Er flirtete. Sam konnte es selbst kaum fassen, aber er sah keinen anderen Ausweg. Er war bereit, bis zum Äußersten zu gehen.

In Johanns Blick spiegelte sich deutlich der innere Kampf. Die Neugierde darüber, was Sam weiter tun würde. Die Vorsicht, zu der ihn sein Instinkt trieb.

Langsam hob Sam seine Hand. Johann wich misstrauisch zurück, rang um Kontrolle über die Situation, wollte aber dennoch wissen, ob Sam ihn nun endlich berühren würde. Nach all den Jahren.

Sam stockte in der Bewegung, hielt aber Johanns Blick gefangen. Wagte es dann, die Hand weiter zu heben. Mit den Fingerspitzen die ausgeprägte Kinnlinie zu berühren. Johanns Haut schien unter der Berührung zu vibrieren. Aber Sam beließ es nicht bei dieser einen Annäherung. Er brachte sein Gesicht näher an Johanns heran. Streichelte über dessen Wange, ließ die Hand auf seine Schultern gleiten, wo sie schließlich ruhte.

Johann hatte nur noch Augen für Sam. Die Kontrolle entglitt ihm, die Welt um ihn herum geriet ins Wanken.

Bis auf einmal ein Schmerz in seinem Unterleib explodierte, der ihn zu zerreißen drohte. Ein Stechen schoss durch seinen ganzen Körper.

Johann schrie auf und krümmte sich nach vorne. Sam nutzte diese schutzlose Haltung. Er setzte mit einem gezielten Schlag in den Nacken nach. Johann verdrehte die Augen und brach zusammen. Sam schnappte sich das Feuerzeug. Dann rannte er zu der Öllampe und löschte sie. Er hörte, wie es auf der Treppe rumpelte und Eva aufschrie. Als er sich umdrehte, stand Chris auf der Stiege, in der Hand das Klebeband von Evas Mund. Er versuchte, seine Schwester zu befreien, konnte aber das Schloss an der Kette nicht öffnen. »Wo ist der Schlüssel?«, brüllte er seine Schwester an.

»Er hat ihn geschluckt!«, krächzte Eva heiser zurück.

»Er hat was?« Chris wartete die Antwort nicht ab. Er begann stattdessen, mit den Füßen gegen das Geländer zu treten.

Sam eilte zum Herd. Hustend drehte er das Gas aus. Er hörte Holz knacken und sah auf. Das Treppengeländer hatte nachgeben. Eva war frei und schon beinahe durch die Tür.

Sam wollte aufstehen und Chris zum Ausgang folgen, da sah er, wie Eva sich zu den Männern umdrehte und mit weit aufgerissenen Augen an ihm vorbeiblickte.

Sam fuhr herum und sah, was Eva erschreckt hatte: Johann. Er konnte sich kaum auf den Beinen halten, aber er hatte es klammheimlich bis zu der Kommode geschafft. Entsetzt entdeckte Sam, was Johann von der Kommode nahm.

Alles schien in Zeitlupe abzulaufen, dabei verstrichen nur wenige Sekunden.

Johann öffnete das Streichholzbriefchen. Brach ein Schwefelholz heraus. Lächelte Sam diabolisch an. Und holte aus, um den Kopf des Streichholzes über den Schwefelstreifen zu ziehen.

Sam wandte sich wieder der Tür zu. Hastete los. Sah, wie Eva sich aus Chris' Armen wand, der sie aus der Hütte zerrte. Erkannte, wie Evas Lippen seinen Namen formten – aber hören konnte er ihn nicht mehr.

Epilog

»Er ist tot. Sie haben ihn zwischen den Trümmern gefunden.« Jenny, zum Anlass passend in dezentes Schwarz gekleidet, war immer noch aufgewühlt. Den dreien, denen sie die Nachricht überbrachte, ging es wohl ähnlich.

Tanja saß auf einem der Stühle und schaute ausdruckslos ins Leere. Chris fuhr sich kopfschüttelnd mit beiden Händen durchs Haar. Eva hatte mit Abstand am meisten an dieser Nachricht zu beißen. Sie lehnte sich mit dem Rücken an die Wand und rutschte daran entlang langsam zu Boden. Unten angekommen, hob sie den Kopf zu der grauen Decke empor, als würde sie zu den Lichtröhren beten. Tränen glänzten in ihren Augen.

Chris und Eva waren übersät mit verkrusteten Wunden, Schrammen, Blutergüssen, Verbänden. Beide hatten angeknackste Rippen. Evas Wangenknochen zierte eine Naht. Die Platzwunde hatte mit fünf Stichen genäht werden müssen. Die linke Seite ihres hübschen Gesichts war geschwollen, stellenweise blau-grünlich verfärbt. Einen Arm trug sie zur Schonung der geprellten Schulter in einer Schlinge.

Jenny wollte das Herz brechen.

»Ich habe«, stammelte Eva mit zittriger Stimme, »noch ein paar Fragen. Könnten wir die jetzt zu klären versuchen? Ich krieg das sonst nicht auf die Reihe, wisst ihr?« Von unten herauf schaute sie flehend in die drei Gesichter über sich. In diesem Augenblick hätte Eva alles von ihnen bekommen können.

Chris hockte sich neben sie, legte den Arm um ihre Schulter und drückte ihr einen Kuss auf den Scheitel. »Sicher. Aber mir brennt da auch einiges auf der Zunge. Darf ich zuerst?«

Eva brachte gerade genug Distanz zwischen sich und ihren

Bruder, um ihm in die Augen sehen zu können. »Einverstanden. Was willst du wissen?«

»Ich will wissen, was dich geritten hat, das Hotel zu verlassen, ohne uns Bescheid zu geben. Dieses Ding mit dem Lockvogel hat mir Jenny schon gebeichtet, so weit ausholen musst du also nicht.« Chris konnte es nicht lassen, Jenny einen vorwurfsvollen Blick zuzuwerfen.

»Johann rief mich an und sagte, wir müssten uns dringend treffen. Ich habe mich bei Jenny rückversichert, mich durch die Lieferantenzufahrt aus dem Hotel geschlichen und mich zum verabredeten Zeitpunkt am vorgegebenen Ort mit Johann getroffen.« Eva seufzte. »Er war Polizist. Ich hatte keinen Grund, ihm nicht zu vertrauen. Ich könnte mich selbst für meinen Leichtsinn prügeln.« Eva atmete schwer aus, worauf sich sofort ihre Rippe schmerzhaft meldete.

»Wir haben ihm alle vertraut«, schaltete sich Jenny ein. »Auch Weber. Sosehr ich Johanns Taten verabscheue, so sehr muss ich ihn für seine eiserne Disziplin, seine Selbstbeherrschung, sein Kalkül bewundern. Sein wahres Gesicht so zu verbergen, sich so glaubhaft und beinahe fehlerlos als jemand vollkommen anderes zu verkaufen, das ist eine hohe Kunst. Er war ein Meister in dem, was er tat. Außerdem bewegte er sich aus seiner Sicht bei uns täglich in der Höhle des Löwen. Unentdeckt. Er war der sprichwörtliche Wolf im Schafspelz. Während des Falls gab es Veränderungen in Johanns Verhalten. Ich ordnete diese Veränderung in seiner Persönlichkeit der Belastung zu, die der Fall mit sich brachte. Chris hat Johann noch nicht einmal wiedererkannt, obwohl ihr alle jahrelang auf dieselbe Schule gegangen seid. Chris sagte vor ein paar Wochen noch, er hätte das Gefühl, Johann ginge ihm aus dem Weg. Nach dem, was wir heute wissen, stimmte das wahrscheinlich sogar.« Jenny ging in die Hocke und begegnete Eva so auf Augenhöhe. »Eva, niemand, absolut niemand hat auch nur das Geringste geahnt.«

Eigentlich hätte Eva sich jetzt besser fühlen müssen, aber der Effekt blieb aus. Sie war immer noch wütend über ihre Naivität. »Wer war eigentlich dieser Verdächtige, den die Bündner inhaftiert hatten?«

»Ein armer Kerl, der Johann genauso auf den Leim gegangen ist wie wir. Johann kannte ihn seit geraumer Zeit. Er lernte ihn in der Praxis seines Psychologen kennen und erfuhr so einiges darüber, wie der Kerl tickte. Er war die perfekte Marionette. Einfach zu beeinflussen. Johann übernahm die Funktion eines großen Bruders, den der arme Schlucker in seinen Jugendjahren verloren hatte, und war für ihn da. Das reichte aus, damit der Kerl Johann hörig wurde. Er kaufte einen Lieferwagen auf seinen Namen, nahm einen Job auf dem Golfplatz an und deponierte ein Ohr in Loch 11. Wie er den Job bekommen hatte, wird wohl ein Rätsel bleiben. Die Polizei konnte ihn fassen, weil Johann ihn zum Bahnhof schickte und dazu brachte, den Zug Richtung Basel zu besteigen, wo die Polizei ihn aufgrund eines anonymen Anrufs in Empfang nahm. Der Typ erzählte den Beamten bei seiner Verhaftung irgendeine Geschichte, an die er sich konsequent hielt.«

»Woher habt ihr all diese Informationen?«, wollte Tanja wissen.

»Nachdem Weber die Wahrheit kannte, wollte er wissen, was es mit dem falschen Verdächtigen auf sich hat, und ließ ihn gleich wieder auftreiben und einsperren. Man fand ihn betrunken in einer Bar. Drückt man die richtigen Knöpfe, macht so ein bisschen Alkohol ganz schön gesprächig.«

»Wem sagst du das«, meinte Chris.

»Der anonyme Anruf bei der Polizei?«, fragte Eva.

»Kam sehr wahrscheinlich von Johann selbst.«

Damit bestätigte Jenny, was Eva sich bereits gedacht hatte. »Jetzt bin aber ich an der Reihe, Fragen zu stellen. Chris …«

Eva brach ab. Die Tür neben Eva wurde leise geöffnet, und eine Krankenschwester schlüpfte aus dem Zimmer. Sie zog die Tür hinter sich zu und baute sich vor der Gruppe auf. Die Türklinke behielt sie dabei fest in der Hand. Erwartungsvolle Blicke aus vier Augenpaaren ruhten auf der Frau im weißen Kittel. Einige Sekunden verstrichen, in denen sie nichts sagte. Keine Miene verzog. Doch dann wurden ihre Gesichtszüge weich. »Er ist jetzt aufgewacht. Aber bitte, haltet euch kurz. Er braucht viel Ruhe.« Mit diesen Worten gab sie die Türklinke und den Weg frei.

Eva rappelte sich mühsam auf. Tanja stützte sie. Chris öffnete die Tür und ließ die beiden eintreten. Jenny machte das Schlusslicht.

Benommen standen sie alle in dem geräumigen Zimmer, das in diesem bedrückenden Moment viel zu klein erschien. Es herrschte betretenes Schweigen.

Eva schossen schon wieder die Tränen in die Augen. Sie schlug die Hand vor den Mund, um ein Schluchzen zu unterdrücken. Tanja reichte ihr stützend den Arm.

»Die Begrüßung habe ich mir aber anders vorgestellt.« Er brachte ein müdes Lächeln zustande, aber das Sprechen fiel ihm sichtlich schwer.

Eva löste sich von Tanja und setzte sich vorsichtig auf die Bettkante. Die Schläuche und die piepsenden Geräte machten ihr Angst. Ihre Hand schwebte unsicher über seiner. Als warte sie seine Erlaubnis ab, ihn zu berühren. Sie bekam sie.

»Hei, du«, flüsterte Sam. Er hob seine Finger ihrer Handfläche entgegen. »Du siehst beschissen aus.«

Der Damm brach. Eva lachte spontan auf, zuckte aber sogleich wieder zusammen. »Nicht zum Lachen bringen, das tut weh.«

»Es war auch kein Witz«, aber seine Augen verrieten etwas anderes. »Hätte nicht gedacht, dass ich dich je wiedersehen, geschweige denn spüren darf«, sagte er mit belegter Stimme.

»Ging mir ebenso.« Eva blinzelte die Tränen weg. »Wie fühlst du dich?«

»Als wäre eine Hütte explodiert, während ich drin war.«

»So siehst du auch aus« Chris trat ans Bettende und stützte sich auf das Gestänge.

»Danke. Du machst aber auch etwas her mit diesen Verfärbungen in deinem Gesicht. Violett steht dir gut. Aber bevor ich es vergesse, sag mir eins. Ich weiß, wie ich in die Hütte kam, aber wie kamst du da rein?«

»Magie. Und ein wenig Erfahrung im Klettern. Während du deine Show abgezogen hast, bin ich aufs Dach gestiegen in der Hoffnung, du würdest Johann genug ablenken, dass er meine Geräusche nicht hörte. Es hat geklappt.«

»Und wo war die Polizei, als mir alles um die Ohren flog? Du hattest doch noch mit Jenny telefoniert, bevor wir den Koordinaten folgten.«

»Du kannst sie selbst fragen.« Chris trat zur Seite und machte Jenny Platz, die sich bisher im Hintergrund gehalten hatte. Sam nahm ihre Anwesenheit erst jetzt bewusst wahr.

»Darf ich vorstellen, die Frau, die die Nadel im Heuhaufen fand, weil sie über den Rand der Kaffeetasse hinausschaute. Das ist Jenny«, sagte Chris.

Verlegen hob Jenny eine Hand zum Gruß. »Hallo. Nachdem ihr das Motorrad gefunden hattet und Chris mich angerufen hatte, kontaktierte ich die Bündner Kollegen. Die hatten Tanja im Hotel angetroffen und waren deshalb bereits beim Vitaparcours, wo sie Milenas Leiche fanden. Sie entdeckten auch die zerknäulte Nachricht auf dem Boden und folgten der Spur weiter. Sie kamen nicht lange nach euch bei der Hütte an. Da sie nicht wussten, was darin vorging, blieben sie auf der Hut. Sie entschieden letztendlich, die Hütte zu stürmen, da flog ihnen aber auch schon alles um die Ohren. Ich traf mit Weber nach einem verfluchten Höllenritt ein, als die Rettungskräfte Chris und Eva bereits versorgten und Sam beeindruckend weit weg vom Explosionsherd aus den Trümmern bargen.«

»Apropos Milena. Suchte er sich die Frauen nach einem bestimmten Muster oder eher willkürlich aus?«, fragte Tanja.

»Nach einem Muster. Sein gesamtes Leben wurde beherrscht von diesem einen Ereignis in eurer Jugend, als das Chalet in die Luft flog. Mit der Wahl der Opfer arbeitete er sich rückwärts durch sein Leben, an diesen einen Punkt zurück. Die Tochter des Psychologen, diejenige des Chirurgen, die der Ärztin, die des Feuerwehrkommandanten und dessen Frau, die in der Notrufzentrale arbeitete. Dann die Nichte von Magda. Sie behielt er auch am längsten. Es folgten Milena und schließlich Eva«, erklärte Jenny. »Bei Magdas Nichte war ich nicht sicher, weshalb er sie gewählt hatte. Ihr Vater war zwar Versicherungsangestellter, aber nie für Johann zuständig. Von Chris erfuhr ich, dass Maria Magdas Nichte war, aber erst später wurde mir klar, welch enge Verbindung zwischen Magda und Sam bestand. Und dann begriff ich. Er tastete sich mit seiner Vorgehensweise an Sam heran. Die Buchstaben, die Johann auf den Leichen hinterließ, bestätigten diese Theorie.«

»Geriet darum auch Milena ins Visier? Weil sie Sam durch die intime Beziehung schlussendlich am nächsten stand?«

Jenny nickte.

»Gut, gut. Aber ist es nicht ein interessanter Zufall, dass alle diese Menschen Töchter hatten?«, warf Chris ein.

»Schon. Aber grundlegend war ihm das wohl egal. Wäre kein weiblicher Verwandter greifbar gewesen, hätte er auch Söhne für seine Zwecke missbraucht. Man muss beachten, dass er die Frauen optisch alle einander angepasst hat, bis sie vom Typ her dem eigentlichen Auslöser seiner Aggression entsprachen.« Jenny ließ Evas Namen bei ihrer Erklärung absichtlich aus dem Spiel. »Diese optische Angleichung wäre auch mit einem Mann machbar gewesen«, gab Jenny mit einem Blick auf Chris' Weichteile zu bedenken.

»Ist nicht dein Ernst!«, rief Chris aus.

»Er hat die Frauen verstümmelt. Geschlechtsteile wären leicht zu entfernen gewesen. Brüste hätte man einpflanzen können. Das hätte in seine Handlungsweise gepasst«, antwortete Jenny gleichmütig.

»Okay, es reicht«, wollte Sam die Unterhaltung unterbinden, ehe sie seinem schwachen Magen weiter zusetzte. »Jenny, nehmen Sie es mir nicht übel, aber Sie sehen so aus, als hätten Sie auch eine lange Nacht hinter sich. Sie haben doch sicherlich nicht hier gewartet, damit wir Sie mit Fragen löchern.«

»Na ja, in gewisser Weise schon. Ich habe derzeit sowieso nichts Besseres vor, nachdem ich vom Dienst freigestellt wurde.«

»Du wurdest was?« Chris war empört. »Warum hast du nichts gesagt? Das können die nicht machen! Ich werde sofort mit Weber reden.«

»Ist schon gut. Der Job ist weg, aber jetzt habe ich wenigstens ein bisschen Zeit, mich meinem Date mit dem Typen aus der Forensik zu widmen und mich von diesen Strapazen zu erholen.« Jenny senkte betroffen den Blick, hielt es aber nicht lange aus. Als sie den Kopf wieder hob, blitzten ihre Augen zufrieden. »Zumindest bis in vier Wochen, dann werde ich nämlich offiziell meine Arbeit als Profilerin aufnehmen.«

»Nein! Das ist ja toll!« Chris zog Jenny vorsichtig in seine Arme. Jenny quiekte überrascht, konnte sich aber in diesem Moment keinen schöneren Ort vorstellen.

»Scheint eine gute Nachricht zu sein«, wisperte Tanja an Eva und Sam gerichtet.

»Den ersten Kaffee an deinem neuen Platz sponsere ich dir«, meinte Chris erfreut.

Kaffee. Ein Gedanke blitzte auf, den Jenny festzuhalten versuchte. Sie wich von Chris zurück, der besorgt reagierte. »Was hast du?«

»Kaffee«, murmelte Jenny. Auf ihrer Stirn zeichneten sich Furchen ab, die sich auf einmal glätteten. »Natürlich! Dieser Mistkerl hat mich betäubt! So timte er, wann er unbemerkt wieder von seinem Beutezug zurückkehren konnte. Dieser durchtriebene Schweinehund.«

»Ich versteh kein Wort.« Genauso sah Chris auch aus.

»Ganz am Anfang, als Johann sich erfolgreich bei Weber dafür einsetzte, mich in den Fall zu involvieren, nahm ich mir die Akten vor und wollte sofort am selben Tag und die ganze Nacht daran arbeiten. Das passte Johann wohl nicht in seinen Plan. Also musste er mich außer Gefecht setzen. Er betäubte mich mit dem Kaffee, den er holte, und verschwand. Als ich aufwachte, tauchte er wieder auf. In dieser Nacht hatte er erneut zugeschlagen.« Jenny rieb sich mit der Hand übers Kinn. »Das glaub ich einfach nicht. Er hat sich unter meiner Nase weggeschlichen und ist seinem Plan gefolgt, während ich glaubte, ich hätte meine Medikamente mit denen meiner Mutter verwechselt.« Jenny fühlte sich, als wäre sie unter eine Dampfwalze geraten. »Tut mir leid, aber ich muss an die Luft.«

Tanja nahm diese Ansage zum Anlass, sich ebenfalls in Richtung Tür zu bewegen. Nicht aber, ohne vorher Evas gesunde Schulter kurz zu drücken. »Das ist eine gute Idee. Außerdem braucht Sam Ruhe, nicht wahr, Chris?«

»Ja, klar, okay«, antwortete er, verdutzt über Tanjas plötzlichen Aufbruch. Er folgte ihr zur Tür. Dort blieb er stehen und drehte sich um. Er erwartete seine Schwester hinter sich. Die rührte sich allerdings nicht von der Stelle. »Eva, kommst du?«

»Nein, tut sie nicht.« Tanja packte sein Handgelenk und zog Chris mit sich fort. »Wir lassen die zwei allein, damit sie in Ruhe bereden können, was wir inzwischen geklärt haben.« Sie lächelte Chris an, dass ihm ganz warm wurde.

»Ach so, das.« Er gab Tanja einen flüchtigen Kuss, während er sich bereitwillig von ihr entführen ließ. Ehe er die Tür ganz ins Schloss zog, streckte er aber noch einmal den Kopf ins Zimmer. »Gestern ein Mann, heute eine Frau. Du treibst es ganz schön bunt, mein Lieber.« Chris grinste in zwei versteinerte Gesichter. »Zu früh?«, fragte er schließlich.

»Ja, definitiv noch zu früh«, antwortete Eva, schnappte sich ein Kissen und warf es Chris hinterher. Dieser zog rasch die Tür zu; das Kissen verfehlte sein Ziel, prallte am Türblatt ab und landete auf dem Fußboden. Eva ignorierte es. Unsicher räusperte sie sich. Die plötzliche Stille im Raum war irgendwie erdrückend. Sie wollte Sam so viel sagen, fand aber keine Worte.

»Fühlst du dich noch immer unwohl allein in meiner Nähe?«

»Nein. Ja. Herrgott, ich weiß auch nicht.« Sie ließ seine Hand los, stand auf und trat ans Fenster.

»Alles ziemlich verwirrend, nicht?«

Eva schnaubte. »Wem sagst du das.«

»Hör mal, ich bin schon angeschlagen, also kann's kaum mehr schlimmer werden. Deshalb frage ich dich direkt: Als sie mich gestern aus den Trümmern schälten, hast du mich angebrüllt, dich nicht noch einmal im Stich zu lassen. Hab ich das nur geträumt?«

Eva schaute verlegen auf ihre Finger. »Nein, hast du nicht.«

»Gilt diese Bitte auch heute noch? Sei ehrlich. Ich kann's ertragen.«

»Was, wenn ich Ja sage? Wirfst du mir dann an den Kopf, dass du mich nicht willst? Ich kann das nämlich nicht so einfach wegstecken.« Eva spürte, dass sie dieses Gespräch in völlig unsinnige Bahnen lenkte.

Sie musste Farbe bekennen. Ohne Wenn und Aber.

Eva drehte sich zu Sam um. »Du bist ein Held, weißt du das? Und beinahe wärst du den Märtyrertod gestorben. Tu mir das nie wieder an, hörst du? Auch wenn ich es selbst nicht wahrhaben wollte, seit unserer Begegnung vor ein paar Wochen in der Disco lässt du mich nicht mehr los.«

»War das erst vor ein paar Wochen? Es kommt mir vor, als läge das schon wieder Jahre zurück. Eva?«

»Ja?«

»Solange die Entscheidung bei mir liegt und nicht bei irgendeiner höheren Macht, habe ich absolut nicht die Absicht, dich noch einmal zu verlassen. Ich geb dich nicht mehr her.« Er richtete sich ächzend auf und griff nach ihrer Hand.

»Eva, da wäre noch was.«

»Ja?«

»Du hasst deinen Job, nicht wahr?«

Sie schmunzelte. »So in der Art, ja.«

»Dann kündige und bleib bei mir. Das Hotel bietet viele Aufgaben, und der Manager soll ganz okay sein.«

»In Ordnung.«

Er verzog seinen Mund zu einem schwachen Grinsen. »Das war ja einfach. Wo wir schon dabei sind, tust du mir noch einen Gefallen?«

»Jeden.«

»Ich kann mich derzeit so schlecht bewegen. Könntest du dich mal zu mir runterbeugen und mich küssen?«

Noch so ein Wunsch, den sie ihm nur zu gern erfüllte.

Über die Autorin:
Anja Berger wurde im April 1983 in der Schweiz geboren, wo sie in der Nähe von Basel mit ihrer Mutter und zwei älteren Schwestern aufwuchs. Im Alter von acht Jahren verlor sie ihren Vater ein wegweisendes Ereignis, das Anja Berger schlussendlich zum Schreiben gebracht hat und vor allem in ihren zweiten Roman mit einfloss. Anläufe zum Schreiben nahm die Schweizerin bereits in ihrer frühen Jugend. Bis aber alle Faktoren stimmten, damit aus einer Idee ein fertiger Roman wurde, vergingen noch über zehn Jahre. Mittlerweile hat Anja Berger vier Romane geschrieben und ihre schriftstellerischen Tätigkeiten mit diversen Medienauftritten und Lesungen über den Status eines Hobbys hinausgebracht. Sie arbeitet in einer Basler Anwaltskanzlei und ist glücklich liiert mit einem Winterthurer, weshalb ihre Romane hauptsächlich während ihrer Pendlerfahrten im Zug entstehen.

KNAUR